中国年选系列

华斯比 选编

2023年中国
悬疑推理小说
精 选

长江出版传媒 长江文艺出版社

图书在版编目（CIP）数据

2023 年中国悬疑推理小说精选 / 华斯比选编. -- 武汉：长江文艺出版社，2024.1
（2023 中国年选系列）
ISBN 978-7-5702-3382-3

Ⅰ. ①2… Ⅱ. ①华… Ⅲ. ①推理小说－小说集－中国－当代 Ⅳ. ①I247.5

中国国家版本馆 CIP 数据核字(2023)第 218605 号

2023 年中国悬疑推理小说精选
2023 NIAN ZHONGGUO XUANYI TUILI XIAOSHUO JINGXUAN

责任编辑：刘兰青　余慧莹	责任校对：毛季慧
封面设计：胡冰倩	责任印制：邱　莉　胡丽平

出版：长江出版传媒　长江文艺出版社
地址：武汉市雄楚大街 268 号　　邮编：430070
发行：长江文艺出版社
http://www.cjlap.com
印刷：武汉市籍缘印刷厂

开本：680 毫米×980 毫米　　1/16	印张：17.5
版次：2024 年 1 月第 1 版	2024 年 1 月第 1 次印刷
字数：278 千字	

定价：38.00 元

目 录

莫比乌斯庄园奇案

林星晴

【作者简介】

林星晴，千禧年生人，故事创作者，擅长推理、悬疑、科幻、奇幻题材，小说作品散见于《中国青年报》《故事会》《海燕》《科学启蒙》等纸媒平台。2020年因网课宅家，一时无聊决定创作推理小说，短篇推理小说首作《偷外卖的贼》收录于"谜托邦"文库主题向推理MOOK《谜托邦02：我的日常之谜》。在第六届牧神计划·新主义悬疑文学大赛的"中短篇组"和"长篇组"同时获奖，其中《干涸的怒意》荣获"中短篇组"二等奖，《沉默的逆转》荣获"长篇组"三等奖。个人创作理念是：优秀的推理小说首先要是小说。曾因为一些原因停止创作，目前已重新拾笔，希望能创作出符合个人创作理念的作品。此外，剧本杀作品有《生还之日》《妄想症调查报告》等，桌游作品有《好玩的金融》。

楔 子

韦水寿点开腕表的粒子传输感应器，向十豆加实验楼发送了传输申请。在等待对方回应期间，他举起茶几上的啤酒猛地灌了一口，末了长长地感叹一声，浑身无比舒畅。

所谓的粒子传输感应器，是在公元2191年正式投入运用的超高速传输装置，距今已经过了九年。在这九年时间里，人们的出行变得极其便利，只要通过手上的腕表向目的地接收方提出传输申请，在对方同意之后，就可以直接进行远距离传输，将人送到他想要去的地方，整个过程甚至不用花费半秒钟的时间。

口中啤酒残留的辛辣味还未完全散去，韦水寿戴在左手的腕表就"嘀"了一声，他连忙点开操作界面，黄色的光线随即从腕表上方射出，最终在他面前变成一个满是"按键"的操作键盘和显示屏。

显示屏上是几个显眼的红色大字：

对方已通过传输申请，您随时可以进行远距离传输。

韦水寿浅浅地笑了笑，将茶几上那一堆乱糟糟的文件快速整理好，并叠在一起，正准备在传输时带过去，这时他才回想起来那个家伙并不喜欢看纸质文件，只好重新放下。

叹了口气后，他毫不犹豫地点击操作键盘上的"传输"。很快，韦水寿的视野就变得一片光亮，他下意识闭上眼睛，刺眼的白光仍在痛击他的眼膜。

不过，那强光只持续了短短一瞬间。等韦水寿感觉光线消失之时，他缓缓睁开双眼，面前果然已经不是刚才那个邋遢难闻的私人公寓了。

他抬起头，仔细地打量一番面前这栋自己已经不知道来过多少次的白色大楼。大楼高五层，外墙铺了一层银色的金属，在阳光的照射下，反射出来的光线甚至让韦水寿感觉它们比太阳还要耀眼。除此之外，这栋大楼单看外表，完全没有任何特殊之处，反而让韦水寿觉得这个大楼设计师的设计水平非常低下。最终，他的视线停留在一楼大门上面的镀金牌子。

那牌子上面写着：十豆加实验楼。

韦水寿往前走了几步，将脸部（右眼瞳孔）对准大门的感应装置，眨了眨眼后，大门自动打开，他连忙迈步走进去。之前有一次他就在大门这里侧身傻站了五六秒，结果被自动关上的门给夹到脑袋，现在都还留有心理阴影。

完全进入大楼，韦水寿的腕表立刻自动连接上大楼的粒子传输系统，他都懒得观察这个早就已经看腻的实验楼一层大厅，而是直接点击操作键盘上面的"4F"，闭上眼睛再睁开眼睛，身体完全没有异样的感觉，就这么轻轻松松地来到了实验楼的四层。

"你来了。"

说话的男人背对着韦水寿，好像正在操作台旁使用着什么仪器，发出了"嗒啦"的响声。很快他就转过身，露出一个算是喜悦的笑容，慢步走近韦水寿。

"老嘉，这次又有案子需要拜托你……"

韦水寿的话还没说完，就被对方打断："我说过，在这里要叫我嘉博士，就算你是警察也不能例外。"

"好吧，嘉博士。"

韦水寿端详了一番嘉博士，他身上穿了件满是褶皱的衬衫，外头披了件长长的白大褂，白大褂的长度将近包裹住整条腿。

韦水寿抬起头，望向他的面部。

由于常年生活在实验楼内，他的脸颊几乎毫无血色，白皙得不像个男人，微微勾起的鼻子上方，是一双布满血丝，却仍然充满着坚定目光的眼睛，哪怕有眼镜片的阻挡，也丝毫不会让人怀疑他的认真。跟以前韦水寿过来这里的情况一样，嘉博士有浓重的黑眼圈，好像很久都没有睡饱过觉一样，看着蛮让人心疼的。

"说吧，这次又是因为什么案子？"嘉博士直接坐在沙发上，并伸手示意韦水寿坐在他隔壁的另一张沙发，"哦，对了，我给你泡杯咖啡。"

说完后，他也没有等韦水寿回应就一个人走开，去到一旁的咖啡机鼓弄了几下，然后端了两杯咖啡回来，一人一杯，放到了桌子上面。

"谢谢。"韦水寿伸手拿起马克杯，喝了一大口。

"下次来我这之前不要喝酒，"嘉博士一脸嫌弃，"阿韦，我都跟你说过好多遍了，我不喜欢酒精的味道。"

"我这不是因为工作压力大嘛！"韦水寿长长地叹了口气，"这起案子我独自琢磨了很久，却始终想不出大致方向，越想越头疼，这才喝酒解烦了。"

"哎哎哎，废话就不要多说了，你直接进入正题吧，我还有实验要做，不能耽误太长时间。"嘉博士靠在沙发的靠垫上，闭上了眼睛，不过他并没有睡着，只是闭目养神而已。

"好。"韦水寿清了清嗓子，开口说道，"这次的案子有点特殊，是一起完全没有疑点的自杀案。"

"自杀案？"嘉博士皱起眉头，完全不能理解对方的话，"阿韦，你这是什么意思？既然这是一起完全没有疑点的自杀案，那你来找我是想干什么？"

"死者确实是自杀——这一点毫无疑问。"韦水寿耸了耸肩，"但是他自杀的原因让我们百思不得其解。"

"此话怎讲？"嘉博士的好奇心被吊了起来。

"是这样的，死者是一个有交流障碍，同时还有间歇性精神病——或者说是狂躁症的病人。四十岁，单身，无业，独居，没有亲人。案发时间位于前天晚上的八点四十五分，他从旧世纪居民楼的七楼楼顶一跃而下，摔成一摊肉酱，整个过程都被空中的隐藏摄像头捕捉到。通过判断，我们都认为是自杀。"

"那你还来找我。"嘉博士睁开双眼，眼神满是窥破对方想法的喜悦，"自从一百多年前，整个世界都在空中装上了隐藏摄像头，案子究竟是自杀还是他杀，不都可以通过调取相关监控录像去分辨出来吗？既然你们都认定了是自杀，你却还要多此一举来找我一趟，想必是有些模糊的线索吧？不妨跟我说说。"

"还是你懂我。"韦水寿眯着眼笑了起来，还得意地用右手食指隔空点了几下嘉博士，接着说明道，"我是这么想的，一个独自生活了十年的精神病患者，以前就算突然发病，对他人动怒然后反被殴打，这么不容易地活到现在，也未曾见过他有什么轻生的念头，为什么在前天晚上突然就跑上楼顶，并且毫不犹豫地跳了下去呢？我感觉这背后总得有个原因，不是吗？"

"探究死者自杀背后的原因，总感觉有点往社会派推理小说的方向走了……"嘉博士喃喃自语了这么一句，然后说道，"也许人家就是对生活失去了希望，不想活了，干脆跳楼自杀，一了百了。子非鱼，又怎么能够知道他的想法？"

"这句话我也同样回敬给你：'子非鱼，又怎么能够知道他的想法？'"韦水寿浅浅地笑着，"其实，我之所以会对这件事情感到好奇，还有其他原因。"

"我就知道。"嘉博士一脸看透韦水寿的表情，也跟着笑了起来，"所以你就别卖关子了，赶紧说。"

说完后，他又重新闭上眼睛休息。

以前韦水寿过来请教嘉博士案子的时候，嘉博士都会趁这段时间闭上眼睛休息，然后让韦水寿口述案情。这回却又有一点儿不一样。

"这次我就不转述了，你得自己去看。"

"为什么？"嘉博士扭曲着脸，一副很不痛快的表情，"以前不都是你跟我讲的吗？"

"这次真的非常特殊，因为那些文字记录都不是案件资料，而是一篇别人写的日记。"

韦水寿点开腕表的互联网功能，打开其中一个红色的社交软件，操控几下手指，很熟练地找到一篇文章，然后他转过头望向嘉博士，嘉博士会意后也打开了腕表的接收功能，获取了他发来的文章链接。之后韦水寿说明道："这篇日记是一个叫周柏林的类型小说作家写的，是一篇记录了五天前的一次活动的真实游记。"

"哦。"嘉博士虽然不知道韦水寿说这些是为了什么，但是为了不让对方尴尬，还是选择简单地回应了一声。

韦水寿这时问："你知道'莫比乌斯庄园'吗？"

"好像听说过，怎么了？和这次的案子有关系吗？"

"或许有吧，我也不清楚。"韦水寿无奈地摇了摇头，"要是我知道的话，还来找你干什么？"

"那你接着说吧。"嘉博士催促道。

"好。"韦水寿喝了口咖啡润喉，"莫比乌斯庄园，顾名思义，这座庄园的结构跟莫比乌斯带一样，像一条首尾相接的纸带，却又只有一个面。"

"有趣……"

"整座庄园单看长度——也就是把它拆开成纸带的话，大概有三十公里长。你也知道，正常纸带圈有正反——也就是里外两个面，而莫比乌斯带却只有一个面，它因为自身的特殊性，所以要计算整座庄园实际长度的话，应该是三十公里的两倍——也就是六十公里这么长。"

嘉博士点了点头，问道："'纸带'的宽度呢？"

"宽度大概是五六十米。"

"那还真是够大啊。"

"庄园的主人叫作钟青司，是世界著名的建筑师，今年四十六岁，而这座莫比乌斯庄园就是他亲手建造的作品，正式动工于八年前，前后花了近六年时间吧，反正挺不容易的。"

"还有呢？"

"还有就是在上上周，大概十五天之前，这个钟青司在互联网上举办了一个转发抽奖的活动，中奖名额有三人，中奖人员将在他的统一安排下，进入莫比乌斯庄园参观，还能够在里头居住一天。"

"你刚刚提到的那个类型小说作家周柏林就是中奖了吧？"嘉博士问道。

"没错。"

"你既然这么大费周章地跟我说这些，我估计你一开始说的那起自杀案的死者也是中奖人员之一咯？"

"确实如你所说。"

"不过，即便如此，我也还没理解整件事情的前因后果。"嘉博士挠了挠自己油腻的刘海，然后扶正自己的黑框眼镜，"你再说明白点儿。"

"剩下的我待会再慢慢跟你说。"韦水寿指了指嘉博士的腕表，"你得先看完那篇日记。"

"好吧。"

嘉博士快速地眨了好几下眼睛，使得干燥的眼眶又重新湿润起来，恢复到可以正常阅读的程度，整个动作非常滑稽。然后他点开那篇文章，不耐烦地浏览起来。

日记片段（一）

早在前年，我就听说过建筑师钟青司先生以及他的奇思妙想建筑"莫比乌斯庄园"，并对此深感兴趣。

钟青司先生前段时间在网络举办了转发抽奖活动，中奖者可以去到莫比乌斯庄园参观，还能在那里住上一天。我看到这个抽奖活动的时候，想都没想就直接点了转发。最终，我非常幸运地获得了其中一个资格。

在出发当天，我早早就起了床，不对，应该说我是激动到彻夜无眠。等到清晨八点的悦耳铃声响起，我迫不及待地点开了腕表的粒子传输感应器，向莫比乌斯庄园接收端发送了传输申请。

半分钟还没到，申请就通过了。我在点击"传输"按键之前，兴奋得手都在抖，费了好大工夫才镇定下来，并准确无误地点击下去。

很快，我就来到了憧憬已久的莫比乌斯庄园。

这座庄园位于广东省，在大陆南端沿海位置，几乎不会下雪，除非遇上那种几年难得一见的奇怪天气。因为钟青司是北方人，从小就喜爱雪，所以整座庄园在机器的维持之下，地表上铺满了不会融化的人工雪。当然，温度是可以随时调节的，庄园的温度大概跟我自家房子开空调差不多。

由于莫比乌斯庄园的外形跟网络上的图片相差无几，在此我就不过多做叙述了，不了解的朋友可以自行在互联网上搜索，各种空中摄像头拍摄出来的图片也是相当精美的，完全跟现场的真实情况一致。

值得补充的是，整座庄园浮在四十米高的高空，所以两侧都用三米高的铁围栏挡住，防止有人从边缘摔落下去。

不过，通过后来与庄园主人钟青司的对话，我才知道原来整座庄园都使用了一种名为"重力模拟"的装置，在这种装置的作用下，处于庄园的任何人都不会受到地球重力的影响，庄园会提供属于自己的重力系统，哪怕你走到莫比乌斯带的另一侧，双脚也始终能够站立在莫比乌斯带的带面上。这样的话，在地面的人抬起头望向莫比乌斯庄园时，应该会很震惊吧，毕竟庄园里的人在空中倒了过来，还不会掉下去，实在是有些匪夷所思。

这种"悬空"的感觉挺特殊的，具体我也描述不上来，大家如果以后有机会的话，最好都来尝试尝试，感觉还挺有意思的（不过这些都是后话了）。

我在原地站了大约两分钟，面前那栋三层别墅的门才终于有人推开。

是个男人，但我知道他肯定不是钟青司，因为我在网上看到过钟青司的照片。钟青司是一张标准的国字脸，戴了一副很斯文的金丝边框眼镜，虽然还不到五十岁，但是已经有了半头白发。而开门的人是圆脸，不到四十岁，他不戴眼镜，也没有白发。

那个男人微笑着向我走近，点头问好道："您好，看样子您应该就是周先生吧，久仰久仰。我是这里的管家。"

"您好，管家先生。"

"自我介绍一下，我姓徐，单名一个'军'字。"

"好的，您好，徐先生。"

"周先生，我先带您进去吧，目前还有两位客人没到，我也不好意思让您在门口干站着。"管家徐军将我领进别墅。

其实别墅里面还真没有什么好说的，都是些很正常的家具和摆设，我以前也见过不少类似的。我那时只想着赶紧逛一逛庄园，便没有过多打量一楼大厅。

我坐在松软的沙发上，最初那种激动的心情也渐渐稳定了下来。管家先生跟我说钟青司先生还在别墅二楼办公，等三位客人到齐之后才会下来，让我再等一等。

等待期间，庄园唯一的用人何小莉小姐给我倒了杯红茶。

过了大概二十分钟，年轻貌美的旅行家兼摄影师庄子谦小姐和一位叫作陈明生的先生先后在徐军的带领下走进大厅。这下，三名中奖者总算是都来齐了。

我和庄子谦在客厅闲聊了一会儿，陈明生始终没有插嘴。没过多久，我总算亲眼见到了钟青司先生。

他真人比照片上要更加精神一些，戴了条项链，而且身姿挺拔，走起路来很有气势，我不由得紧张起来。

不过，钟先生开口的第一句话就让我悬着的心松弛下来。

"欢迎各位的到来，鄙人不胜荣幸！"

说完后，他还弯下腰，向我们表示欢迎。

钟青司真的是一个很随和的人。他谈吐举止大方得体，为人处世不卑不亢，完全没有一点架子。我能看出他每一个笑容都特别和蔼，没有一丝做作和虚伪。

钟青司望向我们问道："不知道三位有没有吃过早餐？"

"早上还在激动，忘记吃早餐了。"我不好意思地回答。

庄子谦也表示还没有吃。陈明生则是一声不吭，既不点头也不摇头，我们看不出来他究竟是什么意思。不过，即便如此，钟青司还是邀请他一同来到饭桌，我们一起享用早餐。

餐桌正中央的白粥米煮得比较碎，钟青司说是因为自己牙不好，不能吃太硬的东西，所以才让用人煮成这样。

"抱歉，我事先也没有考虑到各位的情况，实在是对不起！"钟青司在用餐期间还站起身向我们道歉，搞得大家都不怎么好意思。

"没关系，偶尔喝点这样的粥也不错，"我连忙打圆场，"就当是清清肠胃了。"

"是啊，钟先生，我们不会介意的。"庄子谦也表态道。

陈明生还是一言不发，只是"唰唰"地喝着白粥，不停地夹咸菜，好像整个餐桌只有他一人用餐，对我们毫不理睬。

不过，我认为那样的气氛也不算糟糕，毕竟当时我见到了尊敬的钟青司先生，有他在，我只感觉自己很幸运。

日记片段（二）

吃过早餐后，钟青司让管家徐军和用人何小莉待在别墅，然后亲自带着我们三位中奖者参观莫比乌斯庄园。

"你们觉得冷吗？"钟青司走在前面，回头望向我们问道。

"不冷，也就正常温度。""我也不觉得冷。"

"那就好。"

我们踩着厚重的人工雪，步步往远离别墅的方向走。

一路走下去，在距离别墅二十米的位置，有一间小小的仓库，在仓库旁边是两台滑雪专用的摩托。在这座长长的庄园里，如果别墅和仓库能够挨得近一点，它们合在一块倒有一种"湖心亭一点"的感觉。

咔嚓……咔嚓……

庄子谦举起挂在脖子上的胶片机拍了几张照片。

"你们看那边，"钟青司指向远方，大概是想让我们看莫比乌斯带开始扭转的那个地方，"从那里开始，整个道路将会翻转过来！相对地球的地面而言，我们将会从头上脚下的状态慢慢变成头下脚上，为了保证安全性，我使用了十年前才正式大量投入使用的重力模拟装置，可以保证行人不会掉落下去。可能你们会担心整个人倒过来会感到不适，并且会有呕吐感，但我可以肯定地说，你们绝对不会有这种感觉！"

"莫非是'使适应系统'？"庄子谦这时好奇地问道。

"没错！就是使适应系统！"钟青司聊到这些与莫比乌斯庄园相关的话

题时，总是容易激动得像个小孩子一样，既天真又认真，"应该是一百三十年前吧，当时有位叫作莫钰的科学家为了升级游乐园的旋转咖啡杯项目，制造了一种能够使人适应昏眩环境的装置系统，减少玩家在玩完旋转咖啡杯后的呕吐概率。不过在当时有不少人认为注定不会头晕，玩旋转咖啡杯就没有乐趣，所以也并不是所有游乐园都使用了这种装有使适应系统的道具。"

"钟先生真是厉害，还能够将跨领域的系统装置结合到自己的建筑上。"我由衷地感慨道。

"我只是站在了前人的肩膀上罢了，算不上什么厉害。"钟青司谦虚地说道，"我在十多年前就有建造这座莫比乌斯庄园的念头了，只可惜当时的科技水平还远远不够，我压根就造不出来。在十年前，也就是公元2190年的时候，最关键、最重要的重力模拟装置大规模投入使用，才将这个雏形的最后一块拼图拼起。整座庄园之所以能够悬空，我就不过多做解释了，大家平时在街上也都能看到不少悬空房，原理都懂吧？"

"这当然懂啊！"一想到我能接上钟青司的话，我就激动到要喊出声来，"用升级版的'声波喷气机'就行了！一百多年前就有人构思出悬空房的设计思路，当然，那在当时也许只是一种科学幻想，而当代沿用的正是当时那套理论知识，只是加了不少细节改良而已！"

咔嚓……咔嚓……

"不错！"钟青司赞同地点了点头，"周先生那本推理小说《悬空房事件》写的正是与悬空房有关的题材，我当时读那本书时真的特别惊喜，因为周先生的理论知识完全不弱于内行人士。况且，在这个杀人手法早已被前人写尽、推理小说近乎完全没落的年代，周先生还能写出一本诡计这么硬核的推理小说，实在是太厉害了！"

没想到钟青司居然还看过我的小说！

"那是我第一次写推理小说，也是目前为止唯一一次这方面的尝试，没想到钟先生居然读过拙作。"

钟青司说出了让我更加意外的话来："不只是《悬空房事件》，周先生的奇幻小说、恐怖小说以及科幻小说，我都读过不少。"

"感谢钟先生的喜欢！"我已经热泪盈眶了。

"没想到周先生还写过这么多不同类型的小说啊，"庄子谦接话道，

"看来我得抽空拜读一下才行！这些年我光顾着旅游，拍摄景点照片，出版游记、摄影集，完全没有静下心去读过一本书。我也是时候该停下脚步，好好沉淀沉淀，从精神层面再充实一下自己了。"

可能各位看客会对上面过多的赞赏感到反感，认为我过于骄傲，巴不得全记录下来向大家炫耀。但请相信我，我并无此意，我之所以如实地记录下来，只是想让这篇日记更加真实，让大家更加清楚钟青司先生究竟是一个怎么样的人而已。

我们往前走了十多分钟，大概走了七百米的距离吧。这时钟青司停下脚，转回身对我们说道："整个庄园徒步走一圈大概要走十多个小时，我们折回去吧，回到仓库那边，就可以骑滑雪专用的摩托了。"

"那就走回去吧。"事实上，由于常年宅在家里写稿还稿债，没有什么运动锻炼，我走了这十几分钟已经有些累了。整个庄园这么长，再往下走我一定会支撑不住。回去也就十几分钟，我应该还能再坚持一会儿。

"庄小姐呢？"钟青司恭敬地问道。

"听您的就好。"庄小姐点头回答道，然后又拍了一张照片。

"那……"钟青司望向始终没有说话的陈明生，"陈先生呢？"

"随便。"出乎我的意料，陈明生这次居然答话了。他的声音比较低沉，吐字却很清晰。

"好，那咱们走回去吧。"

不得不说，这人工雪还真有模有样，我踏在上面，脚会深陷下去，导致越走越累……

好在一路上我们几个有说有笑，聊了不少有趣的话题，才成功转移了我的注意力，让我没怎么感觉到疲劳，最终撑了下去。

日记片段（三）

回到仓库这边，我几乎要瘫倒在地上，累得不行。

"我开车带你们，一个个来吧？这样比较安全些。"钟青司望向仓库旁边停着的那两辆滑雪摩托，向我们询问道，"谁先来？"

大家都没有主动争夺这个机会，我们沉默着。

"我就不先来了"，我指了指自己的腿，"刚才走得有些累。"

"哈哈，其实没关系的。"钟青司走到其中一辆滑雪摩托的左侧，用脚将单侧安置的脚踏收起来后，把车子推出来对我们解释道，"这种滑雪摩托是全自动的，你们只要操控方向和控制速度挡位就行，特别简单，很容易就能上手。"

　　"还是你们先来吧，我想休息休息。"这是我的真心话。

　　"陈先生先来吧！"庄子谦笑着说道，"其实我也有些累了，就跟周先生一块休息好了。"

　　"那陈先生愿意跟我一起在庄园滑雪吗?"钟青司望向陈明生问道。

　　"好。"陈明生淡淡地回应了一句，走向余下的那辆滑雪摩托，学着刚才钟青司的样子收起脚踏，然后跨步坐了上去。

　　"那准备出发咯！"钟青司兴冲冲地喊了一声，临走前还回头望了我和庄子谦一眼，"对了，二位可以直接坐在地上，这些人工雪不脏，也不会沾衣服，软软的，其实坐着挺舒服。"

　　"多谢提醒！"听完他的话，我直接坐到地上。

　　真舒服啊！

　　望着钟青司和陈明生驾驶滑雪摩托离开，我竟然有一种如释重负的感觉。这有两方面的原因，一是自己真的很累，能坐下来感觉舒服极了；二是跟尊敬的钟青司先生聊天，我必须时刻绷紧神经，如果听漏了对方的话，我就感觉自己非常吃亏。

　　"还好吗?"庄子谦一边问道，一边在我身旁坐了下来。

　　我毫无防备地转过头，突然被这映入眼帘的近距离的美给吸引住。明明知道这样非常失礼，我却依然没能从她身上移开视线。事实上，这时我才开始认真打量庄子谦。

　　由于常年在外旅游，她肤色并不白，是很健康的小麦色，庄子谦留有一头乌黑的长发，上半身穿了一套立领的粉色运动外套，下半身是长长的配套运动裤，整个身体的曲线在修身运动服的包裹下，展露得非常明显。最关键的是，她五官棱角分明，长了张鹅蛋脸，是我喜欢的类型。事实上，我小说里的女主角一般也长这样，唯一跟庄子谦不同的地方可能就是我笔下的女主角肤色要更白些。

　　"你也累了啊?"我思索了一会儿，结果就说了这句话。

　　"其实我还不累呢。"庄子谦笑眯眯地对我说道，"主要是想跟你聊聊。"

"啊?"

"这几年我净顾着走南闯北的,跑了不少地方,有时候我会突然很羡慕那些能够坐在家里工作的人。当然,只是有时候而已。"她说话时,弯弯长长的眼睫毛也跟着灵动起来。

"欸?跟我很像啊!"这绝对不是客套话,"我有时候埋头在家里写稿,可能一个月都不会出一次门,烦闷的时候我总会想,如果我不是一个小说写手就好了。"

"哈哈,看来我们有很多相同的地方呢。"庄子谦顿了顿,又补充了一句,"或许,我们会很聊得来。"

我嘴真笨,愣了快半分钟也没能想出什么话去回答,感觉我们坐在一块聊天好尴尬啊。

"对了,我能直接叫你名字吗?"她突然打破沉默说道,"感觉叫你'周先生',显得生疏。"

"当然可以啊。"

"那好的。柏林,为了方便,同时也是为了公平,你也叫我名字就行。"

"明白。"我笨拙地点了点头,鼓起勇气说道,"子谦……小姐……"

"哈哈。"庄子谦倒没有介意,笑了两声。

"对了,其实刚才我就一直想问你,为什么你现在还在用几百年前的胶片机啊?"

"这个嘛……"庄子谦思考着,突然笑了一下,"我也反问你一个问题:为什么你会尝试写早就已经没落的推理小说?"

我一下子就懂了——热爱这种东西,还真不需要什么特殊的理由。

为了养活自己,我一年至少得写两本书。虽然说写书赚的钱并不多(畅销作家除外),但我是一人吃饱全家不饿的情况,倒没有什么特别需要花钱的地方。在这个推理小说已经没落的时代,首先写推理小说就是一件很困难的事情,因为有 AI 翻译的出现,各国之间推理小说爱好者的交流变得更加便利,而没能引进的推理小说也会有 AI 翻译的电子版流出。新本格至今已经过了两百多年,所有能写的诡计都已经被前人写尽,想要在诡计上玩出新花样,是一件比登天还难的事情。其次就是推理小说没有市场,现在哪里还有什么人看推理小说啊？我那本《悬空房事件》是花了两年时间，在写出版社约稿稿件的同时，挤出时间一点一点码出来的。那本书销量并不好，不过我也不指望靠这本书改变多少，仅仅只是因为热爱罢了。事实上，那本书的原名叫作《悬空房杀人事件》，因为审核，删去了"杀人"二字。也因此，我始终都感觉那本书缺了些什么，它并不完整。

我和庄子谦相视一笑，都明白对方的意思。

此后我们又聊了很多话题，就这么度过了将近四十分钟。期间，我给她推荐了几本当代流行的小说，她给我推荐了自己写的游记以及自己拍的摄影集。在此我也向各位读者推荐庄子谦的两本摄影集：《狂风黄土》《北城之雪》。这两本摄影集的质量非常高，而且还有摄影师本人出镜。

平时我极少外出，这次通过来到莫比乌斯庄园的机会，结识了跟我聊得很来的庄子谦，我感觉特别幸运。

嘟嘟嘟……

就在我们约定明天出去再一块吃饭的时候，从远方传来了滑雪摩托的声音。

是他们回来了。

日记片段（四）

听到声音，庄子谦几乎是下意识弹了起来，然后打开胶片机，对准他们回来的方向。

咔嚓……咔嚓……

她又拍了几张照片。

"呜呼……"

钟青司远远地就大声呼喊，我甚至感觉他这一路上都在不停地喊，他刚才只是正好达到能够让我听到他喊声的距离而已。

咔嚓……咔嚓……

钟青司骑着的滑雪摩托几乎和陈明生的并列着，两人即将一块开回到仓库。不过，渐渐地，钟青司的滑雪摩托以肉眼可见的速度慢了下来，直到停止滑行。陈明生的滑雪摩托仍在继续行驶，在陈明生的操控下，它准确地停在了仓库旁边，跟一开始的位置相差无几。

"钟先生，怎么了？"我连忙朝钟青司跑过去。

钟青司在我身前不到五米的地方推着滑雪摩托，摇头苦笑道："好像突然就坏掉了，不过幸好回到了这里。如果被困在庄园中间，那可就惨了。"

"要我帮忙吗？"

"不用，这玩意儿很轻的。"

确实如他所说，钟青司毫不费劲似的推着滑雪摩托回到仓库旁，放下右边的脚踏，然后回过身对我们说道："不好意思，有一辆突然就坏掉了，没有我开车带你们的话，我也不放心让客人独自骑滑雪摩托溜达庄园。这样吧，我先带你们回别墅，把你们今天的房间安排一下。这滑雪摩托如果今天能修好的话，再让你们体验。如果今天修不好，我下次再邀请你们过来。"

"钟先生考虑得真周到。"

咔嚓……咔嚓……

"那我们先进屋吧！"钟青司又将我们重新领进了别墅。

在管家徐军的带领下，我、庄子谦和陈明生分别被安排在三楼的 301 至 303 房。简单地适应房间后，我走了出去。

在一楼客厅，我们重新聚在一起。何小莉给我们一人倒了一杯红茶。

钟青司给我们讲了很多有关他过往建筑的趣事。我起初以为一位闻名于世的建筑师能走到今天会很艰难，不过被他这么绘声绘色地一描述，我倒觉得他这一路上满是精彩相伴。

我突然想到了自身，虽然在写稿过程中会极度痛苦，但完稿之后的喜悦可以让我将所有痛苦置之不理，时间会过滤掉那些不好的体验，只剩下最本质的欣喜。我想，这是一样的道理吧。

我们聊了一个多小时，要到午餐时间了。钟青司和我们三位中奖的幸运儿一起入座，我们围坐在圆木桌旁，没有主次之分。

饭桌上除了今天早上剩下来的白粥和切得稀碎的咸菜之外，还有热腾腾的白饭，以及白切鸡、红烧乳鸽和豉汁蒸排骨等知名粤菜。当然，还有要煲上好几个小时的老火靓汤。

平时我吃惯了外卖和泡面，偶尔吃这么一顿配料和调料都十分讲究的粤菜，感觉特别新奇。我也顾不上什么文人的形象，大快朵颐起来。

"钟先生，"在我猛吃菜的时候，庄子谦突然开口问道，"怎么您只喝粥，只吃咸菜啊？搞得我们几位客人都不好意思吃了。"

"我肠胃不好，平时也几乎是吃这些，这些粤菜是今天特别让用人为你们三位准备的。"钟青司连忙催促道，"你们快吃，不用管我。你们吃。"

"好的。"

过了几分钟，钟青司突然大喊一声："不好！"

"怎么了？"我几乎是瞬间就脱口而出这几个字。

"哎，也不是什么大事，哈哈。"钟青司笨拙地挠了挠头，"我脖子上平时挂着的项链不见了，估计是刚才滑雪的时候不小心掉到地上了吧。"

"那要我们帮忙找吗？"我连忙放下筷子，这时才留意到钟青司的脖子上确实少了那条他经常佩戴的项链。

"不用了，我自己去就行，反正那项链有定位，用腕表能够搜出来。"钟青司站起身，临走前又补充道，"那是我过世的妻子送我的，所以我还是想快点拿回来。你们接着吃，不用管我，也不用客气。哎，小莉！待会客人吃饱之后记得给他们沏茶！"

"知道了！"从厨房远远地传来用人的声音。

"啊呸……噗……"一旁的陈明生将嘴里的饭菜全都吐了出来，我下意识抬起头望了一眼呕吐物，顿时没了胃口。

庄子谦估计也是，她轻声说了一句"我吃饱了"，就站起身离开了餐桌。

陈明生装了一碗白粥，几乎是一口气喝光，然后又装，又一口气喝完，总共喝了差不多有六碗，才终于"啊"的一声，用手臂擦了擦嘴，起身离开。

我很想继续吃，不过看到刚才那一幕，也没有什么胃口，只好走回到客厅。

在茶几旁的沙发坐了一会儿，何小莉又给我们倒了茶。休息了一阵子，徐军从楼梯下来，径直走向我们说道："老爷刚才吩咐了，几位客人在吃饱后可以参观他的藏品室。"

"藏品室？"我还是第一次听说庄园里面还有这个地方，"里头有什么？"

"里面放有老爷过去几十年建造出来的等比例缩小迷你版的建筑。"徐军细心地说明道。

"请问可以拍照吗?!"庄子谦激动起来。

"当然可以。"

在徐军的带领下，我们走上了楼梯。

"老爷始终认为，一栋建筑就是要让人产生归属感，不然就是失败的。他觉得在室内使用粒子传输装置是对一栋建筑的亵渎，所以还得麻烦各位爬一爬楼梯。"

"这倒没什么。"就跟我看书只看纸质书，庄子谦拍照只用胶片机一样，或许这都是由极端的热爱所形成的固执，我能理解。

来到二楼走廊尽头的房间，我深深吸了口气，因为接下来将要面对的或许是非常宏伟的奇观。

徐军在门口的感应装置前眨了眨眼，门"嘀"一声自动弹开，随即漆黑的房间顿时被光线充盈，映入眼帘的展示桌上，是一排排被大小适合的亚克力盒子装好的建筑模型。

咔嚓……咔嚓……

我看到了在"海面"上的"悬浮馆"，还有"山顶"上的"侧立魔方馆"，随着视线依次扫过去，"仪表馆""滑梯馆""木馆"……还有好多我都叫不上名字。我除了大张着嘴巴，其他什么都干不了了。

值得一提的是，我还看到了尚未动工的"克莱因壶馆"的等比例缩小迷你版。在徐军的说明下，我才知道这个克莱因壶馆是钟青司的下一个工作目标。

咔嚓……咔嚓……

真心希望以后我还能有参观克莱因壶馆的机会!

日记片段（五）

在我们差不多参观完整个藏品室的时候，钟青司终于回到别墅。

"找回来了吗?"我问道。事实上，我已经看到那条项链挂回到钟青司脖子上了。

"嗯，幸好发现得及时，不然我真对不起我过世的妻子。"钟青司淡淡地叹了口气，似乎是绷着的心现在终于放松下来。

"找回来就好。"庄子谦说道。

"嗯，幸好地上铺了层人工雪，项链才没摔坏。"

此后，钟青司给我们讲了很多有关克莱因壶馆的动工设想。若把克莱因壶分割成大小相当的两半，便是两个莫比乌斯带。他之所以要先建莫比乌斯庄园，就是为了给克莱因壶馆积累经验。

他的话让我更期待克莱因壶馆的竣工了。不过，那大概也得是好多年之后的事情。毕竟目前这类建筑也只有钟青司可以完成，技术尚未成熟，莫比乌斯庄园光是动工就花了六年时间，这还不算上设计所花费的时间。

"真是抱歉，维修人员今天没有空，至少也得后天才能过来将那辆坏掉的滑雪摩托修好。"参观完整个藏品室后，钟青司道歉道，"早知道我就提前一天让维修人员检查一遍滑雪摩托了，周先生和庄小姐都还没有体验到滑雪摩托，实在是不好意思！"

"没关系的，滑雪摩托体不体验都无所谓，"我诚恳地回答道，"今天能够过来，我就已经很知足了。"

"虽然说还有一辆没有坏，但我实在不放心让客人独自骑滑雪摩托逛一圈庄园。"

"钟先生，您真不用愧疚，我们过来本身也不是为了骑滑雪摩托。"庄子谦细声说道，"只要能够如此近距离地接触世界顶尖的建筑师，能够与您坐下来好好交谈一番，我就感觉受益匪浅、不虚此行了。"

"庄小姐，你别这么说，让我怪不好意思的。"

趁钟青司与庄子谦交谈的时候，我望了眼站在我们身旁，却始终不插嘴说话的陈明生。我是个推理小说爱好者，平时很喜欢模仿小说中侦探的行为方式去观察别人。今天跟他相处了好几个小时，我这时才留意到他的腕表戴在了右手。原来他是个左撇子？

介绍完克莱因壶馆后，钟青司又挨个地给我们讲解他当初建造其他馆所用到的技术，再结合他今天早上跟我们分享的建筑生涯趣事，感觉更加生动具体了。

据说前段时间已经有出版社联系钟青司，准备出一本有关他的人物传记，由司徒侨执笔，大家可以期待一下。

言归正传，我们离开藏品室的时候，已经将近下午四点。

"虽然滑雪摩托坏了，不能让大家开车逛一遍整座庄园，不过也无所谓，其实逛不逛都一样，因为目前整座庄园也就只有这栋别墅和旁边那个小仓库，其他地方还没开始动工。这么看来，庄园的其他地方勉强算是滑雪摩托的跑道而已。"钟青司提议道，"不过，我很想让大家都去体验一遍重力模拟装置所带来的感受。"

"那我们要走过去吗？"老实说，我本来体力就不好，中午还没吃饱，实在没有力气再去走一遍庄园，况且上午那趟走了半个多小时就累了。

"有这个呀！"钟青司举起左手，用右手食指指了指腕表，"我在这栋别墅地底下的另一面也装了粒子传输装置，我们可以直接传输过去。也不用逛多久，不累的，主要是想让你们体验一遍头朝下脚朝上的感觉。"

"那我们赶紧去试一试吧，我已经迫不及待了！"庄子谦兴奋地说道。

"幸好你今天没穿裙子，不然还得去换一套衣服。"我笑着说道。

"欸，是哦，你这么一说倒是提醒我了，我要不要先把头发扎起来？"庄子谦一边说着，一边从裤兜里摸出一个绑头发的头绳圈，"幸好我带了这个……"

"庄小姐，不用这么麻烦。"钟青司连忙解释道，"重力模拟装置可以将地球重力的影响消除，你只会感受到重力模拟装置提供给你的重力。"

"听起来好有趣！"

"事不宜迟，我们赶紧过去吧！"

之后果真如钟青司所说，我们竟然真的站在了别墅地底下的另一面！我只要抬起下巴，就能看到一座座高楼大厦的楼顶。起初应该是因为心理作用，我还很不适应，总感觉有股呕吐感。壮起胆子迈了两三步，这时我发现原来这跟站在正常的地面上毫无区别，才终于安心下来。

适应力比我强的庄子谦已经踏在人工雪上慢跑了起来，我看到她这副高兴的样子，也不自觉地加快了脚步。

肢体上毫无别扭感，可能就是心里清楚自己现在处于头朝下脚朝上的状态，始终有一点点悬着，并没有完全松懈。怀揣着激动与紧张，我的玩乐兴致达到了前所未有的顶峰。就跟小时候第一次去游乐园一样，越是刺激的项目，玩得就越带劲，明明心里很慌，却还是忍不住想要再去尝试一遍。

我现在就是这种心情。

我和庄子谦在颠倒的情景设置中，尽情地玩了一个多小时，最终到了饭点，才依依不舍地使用粒子传输装置回到另一面的别墅。

日记片段（六）

晚餐的菜式依然丰盛。

钟青司为了让我们能够更多地享受到粤菜的美味，晚餐的四样菜式跟午餐的完全不同，有清蒸东星斑、广式烧填鸭、香芋扣肉以及盐焗鸡。

这一顿我依然吃得很自在，庄子谦也不例外，我看她夹菜的频率比中午那顿要多得多。也许是不好意思只吃咸菜配粥，钟青司喝了一碗白粥之后，也开始吃起了美味的佳肴。

或许是陈明生不喜欢吃粤菜，他每次将食物放进嘴里都要嚼好多下才肯下咽，吃着吃着就改去喝白粥。不过跟中午那个狼吞虎咽的样子不同，他喝了两碗不到，就再也没动过筷子，只是呆呆地坐在座位上，不知道在想些什么。

案　情

"我看不下去了。"嘉博士关掉了腕表投影屏的文章，不断用右手的拇指和食指按揉双眼之间的位置，"越看眼睛越痛。"

"抱歉，"韦水寿看到嘉博士这副劳累的样子，感觉挺不好意思，"在你这么累的情况下，我还要麻烦你这些事情……对了，你看到哪里了？"

"不，我想你是误会了。"嘉博士连忙摆手否认道，"那篇日记的第六节我还没看完，不过案子我已经大致知道真相了。我只是因为看文章看太久，眼睛有点痛而已。"

"哈？"韦水寿蒙了。

看到韦水寿的反应，嘉博士好奇地问道："你怎么了？"

"欸，我可能是最近压力有点大，有些幻听了。"韦水寿用双手捂住耳朵，保持这个动作，猛地摇了摇头，然后说道，"真是奇怪，我刚才听到你说什么案子你已经知道真相了？"

"你没听错，刚刚那话就是我说的。"嘉博士动作轻盈地举起马克杯，呷了口咖啡，"我想，我大致已经知道凶手的作案手法了。"

韦水寿愣愣地盯住嘉博士，从对方自信满满的神情中，完全感受不到话语里的任意一丝虚假。他有些不可思议，挠了挠头，轻声问："你不是连文章都还没有看完吗？"

"是啊，"嘉博士点了点头，一副理所应当的样子，"看没看完文章，跟我知不知道凶手的作案手法有何关系？"

韦水寿彻底没话说。

"起初我还以为那篇日记会有像推理小说一样的发展呢。"嘉博士略显失望地说道，"你想啊，一群人因为被选中，一起来到了某个奇怪的建筑，怎么想这都应该是暴风雪山庄模式的套路吧？结果还真的就是一篇普通的日记！"

"最开始的时候我不都说了吗？"韦水寿又气又笑，"那是一篇发布在互联网上的公开日记。"

"哎。"嘉博士站起身，"帮你续杯咖啡吧？"

"让机器人来弄不就好了？为什么还得自己动手？真麻烦。"

"这是情怀。"嘉博士一手拿起一只马克杯，慢慢走向咖啡机。

"你这就跟几百年前那些喝茶还要走流程的人一样。"

"人家那可是一种文化。"嘉博士回到茶几边，"你的咖啡。"

韦水寿接过马克杯，看着那腾腾生起的热气，就像案情的迷雾般惹眼撩人，他朝里头吹了吹，热气只是暂时散开，很快又恢复原状："老嘉，别卖关子了，你就接着说吧。"

"这是今天第二次强调，在这里要叫我嘉博士。"嘉博士享受着滚烫的咖啡，再度闭上双眼，"你刚来到我这里的时候，不是说案子的死者是自杀吗？"

"没错。"

"你还说，他是一个有交流障碍，同时还有间歇性精神病的病人。"

"对。"

"钟青司、周柏林、徐军、庄子谦、陈明生、何小莉，总共就只有这么六个人。"嘉博士玩弄着手指，每当自己说出一个人名，他就竖起一根手指头，"结合那篇我没看完的日记，我猜死者应该就是那个很少说话的陈明生吧？"

"没错，确实是他。"韦水寿点头说道。嘉博士应该是过于疲惫了，在他阅读那篇日记之前，明明已经知道死者就是三位客人之一，这时他却忘掉，还麻烦地从头到尾数了一遍所有出场人物。

"刚才我让你说明白点，你却说我要先看完那篇日记。现在我没看完那篇日记，却有了一定的思路，就差你将整起案子的完整面貌讲述给我了。"嘉博士枕在沙发的靠垫上，自言自语道，"真是匪夷所思的作案手法啊……"

"首先，陈明生跳楼自杀的全过程都被监控摄像头拍摄下来。"韦水寿眯起眼回忆道，"他住在那栋旧世纪居民楼的五楼，当天晚上八点四十三分，陈明生突然推开房门，疯了似的跑到走廊尽头的楼梯间，并且一路狂奔至七楼的楼顶，然后他没有停下，就这么一路跑到了围栏边缘翻越过去，直接摔死。走廊和楼梯间都有监控摄像头，而一开始我也说过，他在楼顶跳楼的经过被空中的隐藏摄像头捕捉到。可以说，整件事情的前后经过都有监控录像的记录。"

"查监控录像没用。"嘉博士摇了摇头，"你接着说。"

"据陈明生的邻居反映，死者虽然患有狂躁症，但是每次发病，都只会在家里喊叫、摔东西，还从来没有试过跑出走廊，更没有发生过这次这样一路狂奔的情况。"

"你们查监控、录口供，都不可能有用的，因为从现有的证据里，只能得出他是自杀的结论，而且这还非常明显，几乎不会有人怀疑。"嘉博士睁开眼睛目视前方，"解剖过了吗？"

"没有。"韦水寿抿了一小口咖啡，"你也知道，光子解剖的成本非常高，像这起案子，几乎所有人都认为是自杀，也就没有使用昂贵的光子解剖机，毕竟经费有限，能省就省，没有疑点的案子就没必要使用了。不过，在我的极力争取下，局里还是给陈明生做了一遍毒物全身扫描检测，结果显示他血液成分正常，所以排除了食用致幻药物后误坠楼的可能。"

"做毒物全身扫描检测根本没用，这不是毒杀。如果我的猜想真的是正确的话，你们只要解剖尸体，就能发现证据。"嘉博士卖起关子，"先不说这个，你先给我讲一讲陈明生跟钟青司到底有什么交集，我实在无法理解钟青司为什么建了一座这样的建筑去杀陈明生。"

"什么证据？你也认为是钟青司杀了陈明生？"

"'也'？"嘉博士打量着韦水寿，勾起嘴角挑了挑眉，还故意避开了他问的第一个问题，"你也是这么想的？"

"嗯，我是从杀人动机着手的。"韦水寿解释道，"刚才那篇日记你也看了一大半，应该有留意到钟青司说的话吧？他妻子其实在二十年前就过世了。"

"嗯……"嘉博士拉长了语气，然后问道，"钟青司妻子的死和陈明生有关吗？"

"对。"韦水寿顿了顿，换用严肃的语气说道，"说起来你可能不信，钟青司的妻子是陈明生亲手杀死的！"

"什……什么？"嘉博士着实没有想到这点。他起初还以为钟青司的妻子是发生了什么意外才身亡的，而陈明生最多只是一个间接造成意外的人。他根本没有想到原来是这么直接的仇恨。

"二十年前，陈明生二十岁，而冯美华——也就是钟青司的妻子——二十五岁。当时冯美华是省内金融大学的教师，而陈明生则是她带班的其中一位学生。"韦水寿把他今天早上查到的资料全都说了出来，"冯美华死的时候是晚上九点多，在她死之前的半个小时，学生们就已经下了最后一节晚课，当时整个教室只有她和陈明生两人。陈明生在开学的时候被抽签选为冯美华所教授的课的科代表，所以陈明生要留下来帮她整理学生交的作业。教室的监控录像显示，原本两人的工作交流都非常正常，但是不知道为什么，陈明生突然就握拳猛打讲台桌面，冯美华上前阻止，结果被他硬生生掐死！随后，陈明生依旧发了疯似的将整个教室砸了个遍。等他稳定情绪后，才被匆匆赶来的校警制服。

"据陈明生的舍友反映，陈明生时常莫名其妙就会发怒，甚至会和别人动手动脚，而事后他又表现得很正常，仿佛一切都没有发生过一样。案发之后，陈明生的母亲出示了一份陈明生幼年时的就医证明，声称自己的孩子小时候玩'飞行碰碰车'时摔到了头，从此会出现精神问题，并且要求进行司法精神鉴定。经法定程序鉴定确认，陈明生患有间歇性精神病，在不能控制自己的情况下造成危害结果，不负刑事责任。此后陈明生便转至青山精神病院由政府强制治疗，于十年后，也就是我们现在的十年前正式出院。"

"原来是这样。"嘉博士的眼神黯淡了下来，不知在想些什么。

"陈明生的父亲在陈明生很小的时候就因为车祸去世，在陈明生进入精神病院治疗之后的第六年，陈明生的母亲因为肺癌去世，他也就失去了最后一位亲人。而精神病院的经费一直都很紧张，再加上现在社会压力大，收容的病人也越来越多，后来实在没有办法，精神病院就把那些没有亲人交医疗费的病人都放了出去。"韦水寿喝了口咖啡，继续说道，"不过啊，那个陈明生被强制治疗了十年，还真有些用，他出来之后虽然还是会犯病，但是已经不会再伤人了。综上所述，凶手是钟青司，这是我从杀人动机入手得到的结论。"

"有了'复仇'这个杀人动机，整起案子的脉络我就梳理清晰了。"嘉博士自顾自地点了点头，"我再问你几个问题。"

"你问。"

"那个莫比乌斯庄园抽奖的活动是平台自带系统随机抽的还是人为挑选的？"

"这个我查过了，是人为挑选的。"韦水寿"啧"了一声，"不过这个也不能够当成证据，因为在活动声明那里，钟青司就写得很清楚：'本次活动所挑选的中奖者，完全由本人一言堂决定。'他自称是看谁的网名顺眼就抽谁，我们也就没有什么办法。"

"通过平台账户的信息去查出账号使用者是谁也并不算困难。"嘉博士急促地吐了口气，"不过，也不能凭此就去认定钟青司是预谋作案。"

"我该说的也都说了，现在轮到你回答我了。"韦水寿耐住性子问道，"钟青司到底使用了什么杀人诡计？我猜他一定在饭菜那里做了手脚，不然日记里面的午餐他为什么只喝粥不吃粤菜？"

"别急，我问题还没问完呢。而且，他并没有在饭菜里面做什么手脚。"嘉博士又摆出推理小说中名侦探的做派，先故意不说，好像想要憋死韦水寿一样，"那篇日记里面不是提到庄子谦一直在拍照吗？我问你，你有办法搞到那些照片吗？"

"我早有安排，"韦水寿点开腕表的信息传输功能，"我发一份给你。"

"有劳了。"嘉博士接收完照片后，细细地观赏起来，"拍得真不错！看得我都想去莫比乌斯庄园玩玩了。"

"你向我拿那些照片就是为了看？"

嘉博士没有回答。

时间一分一秒地过去，慢慢地，韦水寿打起了哈欠。他穷极无聊地盯住嘉博士，对方的表情始终紧紧绷着。嘉博士巨细无遗地查看每一张照片，就连一个角落都不放过。

过了许久，嘉博士才长长地吐了口气："果真如此！"

"你发现了什么？"

"阿韦，这绝对是我目前为止看到过最匪夷所思、最难以置信的诡计！"嘉博士从沙发上弹了起来，兴奋得不停地在客厅来回踱步，"换作以前，这是根本不可能实现的杀人手法！这是'新本格建筑诡计'与'延时杀人'的精彩结合！"

"求求你快说吧！我都等不及了！你还想让我跪下来吗？"韦水寿卑微地说道。如果嘉博士还打算卖关子，他可能真的要跪下来了。

"先不急……"嘉博士话还没说完，就看到韦水寿跪在地毯上，他着急地问道，"欸，阿韦你怎么了？"

"你不急，可是我急啊！"韦水寿欲哭无泪，"你知道我为什么不喜欢看推理小说吗？就是因为大多数推理小说里面都会有一个异常折磨读者的侦探！我最讨厌别人卖关子了！"

"你先站起来。"嘉博士扶起韦水寿，"这样吧，现在你跟我一块儿上五层，到了上面，你就会知道答案了。"

真　相

"这是我第一次到你这个实验楼顶楼，原来长这样。"

与四层不同，顶楼几乎没有什么实验装置，空旷无比，只在正中间有一台很普通的不大不小的银色机器。那机器方方正正的，毫无美感，也就只有嘉博士这样的人才能设计出这种外形吧。

"你是除了我之外，第一个来到顶楼的人。"嘉博士将韦水寿带到那台机器旁边，"荣幸吧？"

"不觉得。"韦水寿打量了一番机器，也看不出有什么特别的地方，他只认出了一个显示屏幕，以及大面积的信息传输区。

"现在几点了？"

韦水寿还以为嘉博士是在问自己，正打算抬起手看一下腕表的时钟，结果在他面前响起了一个女人的声音。

"现在是下午的四点五十七分。"

是那台机器发出来的。

"小花，给你正式介绍一下，这位是我的朋友韦水寿，你跟我一样叫他阿韦就好了。"嘉博士转回身面向韦水寿，"也给你介绍一下，这是我研制出来的 AI 侦探小花小姐。"

"AI 侦探？"韦水寿感觉有些摸不着头脑。

"对！由于有 AI 翻译功能的出现，我只需把全世界的推理小说都录入系统，就能自动翻译成同一种文字，紧接着，我把它们都植入到 AI 侦探的内存条内，这样，再加上 AI 系统，就形成了 AI 侦探。"嘉博士激动地解释道，"在这个所有杀人诡计都已经被前人写尽的时代，只要把小说中曾出现过的诡计、真实发生的案件录入系统，再对比新的案子，就能马上找出符合的数据，瞬间识破凶手的杀人诡计！"

"所以说，这玩意是数据库侦探？"

"请叫我小花。"AI 侦探抢先说道。

"呃……好，小花。"韦水寿走向嘉博士，凑近他耳朵低声问道，"这小花的声音是怎么回事？还挺好听的……"

"谢谢夸奖。"小花用甜美的声音说道。

"这你都能听到？！"

"这就是机器人的厉害之处了。"嘉博士解释道，"声音是我买的，声源是我很喜欢的一位声优，再使用声音合成，就有这个效果了。"

"真是厉害，能不能给我也搞一个放家里？"

嘉博士没理他："现在就让我来试试 AI 侦探到底能不能行吧。"

说完后，他打开腕表的传输功能，把周柏林写的那篇日记传输给 AI 侦探。

"阿韦，你也把你们警方的档案传给她。"

"啊？这可是机密！"韦水寿抗议道。

"机密？你要是这么守规矩的话，刚才还跟我讲？别废话！"

"好吧，我传就是了。"韦水寿照做。

"接收完毕，正在处理，请耐心等候。"小花话音刚落，又说道，"已识别完毕。"

"这么快？！"韦水寿惊呼。

"打印出来。"嘉博士命令道。

"正在打印中,请耐心等候。打印已完成。"

"好快……"韦水寿不禁感叹道。

嘉博士蹲下身,从输出装置拿出那一沓 A4 纸,念出了开头那一行字:"莫比乌斯庄园奇案。"

"什么?"

"你自己看吧。"嘉博士把 A4 纸递给韦水寿,"那是一篇一百八十年前的短篇科幻推理小说,作者好像还是我的祖上呢。这起案子的作案手法,就跟这篇《莫比乌斯庄园奇案》里的一模一样。"

"这……这么厚,你是要我全都看完?"向来讨厌看推理小说的韦水寿情不自禁地颤抖起来。

"算了,让你看也是浪费时间,我直接给你泄底吧。"嘉博士夺回 A4 纸,直接翻到小说的解答篇,"首先,在了解凶手的诡计之前,我要给你科普一些有关莫比乌斯带的知识。"

嘉博士从小花底下抽出一张空白的 A4 纸,然后用大头笔在其中一面肆意挥动一番,不知道在写些什么。

也许是看破了韦水寿正在好奇,他解释道:"我刚刚画了一头驴,大概长这样。"

说完后他还很得意地向韦水寿展示自己的"大作"。

韦水寿瞄了一眼:"……你这叫'画'?给我向全世界的画家道歉!"

"呃……能看出是头动物也行。"嘉博士摸了摸鼻子,"别在意这些细节。现在我们是面对面,我把 A4 纸举起来,画有驴的这一面对着我,空白的一面对着你。"

"嗯……"

纸不厚,虽然对向韦水寿的这一面没有画任何东西,但是另一面的图案还是透了过来。

"假设在平面上,生活着一头二维的驴。驴的头是朝向右侧的——这是对我而言,对你来说则是头朝向左侧。当然,你也可以让它在平面上转180 度,这样它的头朝左,同时变成四脚朝天的状态了。所以,如果它想站在地上的话,它必须头朝向我的右边。我们可以把它定义为一头'右驴'。头朝右是它的特性,因为在一个正常的平面上,你无论如何也无法

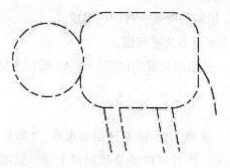

（韦水寿的视角，另一面的图案透了过来）

把一头二维的'右驴'变成'左驴'。现在，我们把它放在莫比乌斯带上，让它走一圈。

"莫比乌斯带的本身是一个厚度为0的面，而且它只有一个面，上面的生物也不是附着在'这一侧'或'那一侧'，而是就在这个平面本身的上面。用我们三维的视角来看，驴的出发点和回来点是在一张纸带的两侧，可用这个二维生物驴的视角来看，这就是同一个位置，因为它是二维的生物，没有'空间'这一概念。等驴回到起点的时候，驴会惊奇地发现，虽然它的头还是朝向右边，但是自己的身体不知道什么时候转过来了，变成了头下脚上。就像这样……"

说到这里，嘉博士将手中的A4纸朝韦水寿的方向翻转，变成了画有驴的一面对向韦水寿，空白的一面对向自己。

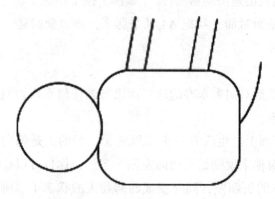

（韦水寿的视角，正对画有"驴"的一面）

"能理解吗？因为莫比乌斯带本身就会翻转一下，所以这头二维的驴在莫比乌斯带上走一圈，也会跟着翻转。"

韦水寿的空间想象能力有点差："呃……你先接着说。"

嘉博士叹气，又接着说明："刚才说到，这头驴在莫比乌斯带上走了一圈，变成了头下脚上的状态，不过没关系，它再转回去就行了。于是，它在平面上旋转了180度后，把头转回到上面。"

说完后，嘉博士右手抓住原本由左手抓住的纸的位置，然后左手又去抓起原先由右手握住的纸的边缘，双手恢复到正常举起纸的动作，图案发生了颠倒。

（韦水寿的视角，正对画有"驴"的一面）

"然而，转回去以后，驴发现了更奇怪的事情：现在，它的头朝向了我的左边，也就是你的右边。不管怎么转，如果它想站在地上的话，它必须头朝向我的左边。也就是说，它变成了一头'左驴'——这是'右驴'的镜像版。莫比乌斯带是一个具有不可定向性的典型曲面，也就是说，在这个曲面上存在路径，使一个二维图形沿着这条路径运动，回到起点，就会变成自己的镜像。另一种具有这种特性的曲面是克莱因壶，所以钟青司才会说自己建莫比乌斯庄园是为了给克莱因壶馆积累经验。回归正题，在我们的三维空间中，很多东西也是具有手征性的，比如手套和鞋子。

"和平面上的右驴一样，对于一只右脚拖鞋，你无论如何也没法把它转成一只左脚拖鞋。不过四维空间存在的话，我们就可以把右脚拖鞋拿到四维空间去转一下，那么它就能变成左脚拖鞋了。但是，如果我们的三维空间也像莫比乌斯带一样被扭曲了的话，然后首尾相连，我们也可以达到相同的目的。也许有一个手套工厂为了降低成本，只生产右手手套，然后把一半的手套用宇宙飞船运到宇宙尽头去走一圈，回来后就能变成左手手套——以上，是伽莫夫在《从一到无穷大》这本书里举的例子。"

"你到底想表达什么？"韦水寿一头雾水。

"我想说的是，如果没有去走一圈，二维生物无法察觉它们的空间变成了莫比乌斯带。同样，我们也不会察觉我们的三维空间有同样的扭曲。但是，如果有一个惯用手是右手的人在三维的'莫比乌斯带'上走一圈，再回到原点，他同样也会发现自己变成了镜像。从宏观上看，他变成了左撇子，心脏也跑到右边去了，大脑的两个半球也会交换位置。从微观上看，所有有手征性的分子都变成了镜像分子。值得一提的是，由于我们是三维生物，所以我们的'走一圈'是指回到出发点，就是回到类似于纸带的同一侧才算真正意义上的'走一圈'。"

"我已经越听越糊涂了……"

"别忘了，在周柏林的日记里，钟青司带着陈明生一块骑了滑雪摩托，逛了一圈整个莫比乌斯庄园！"嘉博士的声音越来越响亮，"回来之后，他们两人就都变成了自己的镜像！"

"这，这怎么可能?!"

"这就是事实！不信的话，你可以看庄子谦拍的照片。"嘉博士指点道，"在他们骑滑雪摩托出发之前，庄子谦给停在仓库旁的两辆滑雪摩托拍过几张照片。他们回来之后，庄子谦也拍了那辆滑雪摩托。你只需要对比一下，就能知道我说的话究竟正不正确了。"

韦水寿颤颤巍巍地打开了腕表的图片浏览功能，选取出两张他们回来前后的照片，一眼就发现了问题所在，"脚踏的位置反过来了……"

"没错，周柏林的日记中有这样一段描写：'钟青司走到其中一辆滑雪摩托的左侧，用脚将单侧安置的脚踏收起来……'这说明脚踏一开始是在滑雪摩托的左边，而他们出发之前的照片也正好说明了这一点。"嘉博士滑动着那篇文章，"他们回来之后也有一段相关的描写：'钟青司毫不费劲似的推着滑雪摩托回到仓库旁，放下右边的脚踏……'你自己看一看，再对比一下照片。"

"还真是这样……"韦水寿感觉整个世界都崩塌掉了，"钟青司只是把庄园的外形做成了莫比乌斯带的样子，这样真的可以扭曲三维空间吗？"

"目前世界上也仅有钟青司可以建成这种建筑，也许，他发现了扭曲三维空间的技术却没有公布出来吧！"嘉博士用力地拍了拍手，重新唤回韦水寿的注意力，"我要接着说下去了：在这个世界上，右撇子居多，所以将腕表戴在左手的人会比较多，在周柏林的日记中，他在参观钟青司藏品室的时候，突然发现陈明生是右手戴着腕表，还做出了'陈明生是左撇子'的推论。其实，事实并不是这样的。陈明生的惯用手是哪只？这与我们讨论的内容并不相关，但我认为他平时都会把腕表戴在左手。因为左手戴腕表是一种很普遍的现象，所以周柏林在一开始才没发现有什么特殊之处——毕竟这随处可见。等到他们骑完滑雪摩托回来，他才'突然'发现陈明生的腕表戴在了右手。而之前的陈明生看腕表时都会举起左手，变成镜像版后，他看腕表自然会下意识举起右手，所以本人是很难立刻发觉不对劲的。"

韦水寿仍然有些不服气，他使劲儿找了好几张照片，然后指着上面对嘉博士问道："可是你看这里！钟青司在回来前后，腕表都戴在了左手。这不是很奇怪吗？"

"你想啊，钟青司是预谋杀人，所以他在开车回来的时候，偷偷找了个机会将'变'到右手的腕表重新戴回左手，这样就能瞒天过海了。"嘉博士补充说明道，"而且，项链遗漏在庄园也是钟青司再去骑滑雪摩托逛一圈庄园的理由。只要这样，他就能从镜像状态恢复到正常。"

"可是，一开始骑滑雪摩托之所以挑选陈明生，完全是因为巧合啊！因为周柏林累了，而庄子谦想陪周柏林聊天，于是机会就给到了一言不发的陈明生。"

"这也很容易解决。如果一开始跟随钟青司骑车的人是周柏林或者是庄子谦，钟青司就可以带他们开两圈，这样就没有太大问题，因为最终会恢复正常。等轮到陈明生的时候，他就可以在骑完一圈后声称滑雪摩托坏掉，就不继续骑下一圈。钟青司也多次说到这一点：他不放心让客人独自骑行。有了这个借口，他就不怕被别人怀疑，反而会让他们觉得钟青司这个人非常体贴。"

"对了，钟青司完全可以等三位客人都离开庄园之后再把自己复原啊！不是吗？为什么他要编织谎言去重新骑一圈？"

"你这个问题问得不错，跟我接下来要讲解的内容接上了。"嘉博士科普道，"刚才我有提到，骑完一圈莫比乌斯庄园后，从微观上来看，所有有手征性的分子都变成了镜像分子。你知道吗？在组成蛋白质的二十种氨基酸中，除了甘氨酸，其他十九种都是左手性的。生物体内的酶也具有针对这种特定的蛋白质的分子结构，也就是说，我们的酶对右手性氨基酸构成的蛋白质是无效的，我们无法食用和消化这样的蛋白质。同样，从三维'莫比乌斯带'回来的人也无法消化地球上的左手性氨基酸构成的蛋白质。"

"那又如……欸……原来是这样⁈"韦水寿快速打开那篇日记，"我明白了！我也明白了！我终于明白了！难怪钟青司在午饭期间只喝了白粥，因为他口腔的淀粉酶镜像版消化不了白米饭，他只能喝粥，用水将米灌进肚子里，既不会让自己太过难受，也不会让别人怀疑。"

"是的，通常我们吃饭都会嚼很多下，在唾液里的淀粉酶的帮助下，我们才能够更好地将米粒咽下去，直接吞下去会很困难，不过也不是不可以，只是相当痛苦罢了。"

"所以，陈明生才会将口中的饭菜吐出来，因为他咽不下去，或者说直接咽下去会非常痛苦！"

"对，这就是他为什么会喝粥的原因。"嘉博士浏览着周柏林的日记，"日记里面也有说到那些白粥煮得很烂，这也是为了方便下咽。利用找项链这个借口重新骑车逛过一遍庄园的钟青司，在晚餐时也开始吃起肉来。反观陈明生，他中午喝了六碗粥，因为消化不掉，肠胃只吸收了白粥里的水，空出来的位置就又装进晚餐的那两碗粥。然后他就会感觉肚子非常胀，并且这种感觉不会一下子就消掉，胀腹感会持续一段很长的时间。"

"在那之后呢？"

"因为我对人体的消化系统不够了解，所以无法给你一个准确的答案。"嘉博士沉沉地叹了口气，"我猜大概有两种可能吧。第一种是那些消化不掉的米粒在胃里一直待着，始终给予陈明生胀腹感。第二种就是它们随着时间的推移，慢慢经过小肠、大肠，再排出体外。无论如何，想必陈明生都得承受常人难以忍受的痛苦——比方说他在本身就已经难以咽下食物的情况下，不管再怎么吃，都无法补充身体所需要的能量——不然他也不会在离开莫比乌斯庄园后的第三天晚上选择自杀。陈明生无法食用地球上的任何食物，除非有工厂能为他一个人定制镜像的蛋白质和淀粉，可是，他这种情况在以前从未出现过，所以目前也不会有这样子的一个工厂突然冒出来。当然，他的自杀也许与自己的狂躁症有关，总之，身体上的痛苦加上焦虑——也就是精神上的折磨，两者加在一起，持续不断地消磨患有精神病和交流障碍的陈明生的意志，最终他选择一死了之，没有向任何人表明自己的痛苦。

"以上，就是这个建筑诡计的核心所在。"

"真是难以想象……"

"可能你今天听起来会觉得很不可思议，但也许到了明天，这就变成了随处可见的现象，这就是科学的魅力……不过啊，这起案子也充分体现了科学的'可悲'之处：虽然科技在不断进步，但人性是没有任何变化的……"

"这真是一百八十年前的科幻推理小说的内容吗?"

"数据是不会骗人的。"嘉博士缓缓说道，"一位在两百年前出生的推理写手，在一百八十年前写下了这篇叫作《莫比乌斯庄园奇案》的科幻推理小说，可惜，这篇小说被当时的某个科幻作家吐槽，并引得那位科幻作家的粉丝有事没事就过来嘲笑推理写手两句，说什么'有钱造这种建筑杀人，为什么不去雇凶杀人'之类的话，还说这篇小说的诡计太离奇，完全没有可行性。"

"确实挺离奇的。"韦水寿如实说道。

"在我看来，推理小说是一种很浪漫的文学类型，它从来都不需要计较什么现实性的问题，正因为现实中没有密室，没有那些异想天开的诡计，才会有这么多推理小说爱好者愿意投身创作。很多不懂推理小说的人会对喜欢推理小说的人产生误解，但我想说，如果不懂，又有什么资格去指手画脚呢?"

韦水寿没有选择接话。

"虽然当今推理小说没落，很多人都认为已经不可能再出现新的诡计，可我还是坚信，随着科技的发展，永远都会有新的诡计出现，推理小说在未来还有无穷无尽的可能，就像周柏林能写出《悬空房事件》一样。"嘉博士突然说了这么一大段韦水寿不感兴趣的话，冷静下来后，便转移话题道，"对了，差点忘了说你们警察最感兴趣的证据了。我刚刚说过，你们只要解剖尸体就能发现证据。你现在应该知道是什么了吧?"

"知道，心脏的位置发生了改变。"

"很好……很好……"

嘉博士说完后，如释重负地望向小花，一脸疲惫，可能是在惋惜现在推理小说的没落，也可能是感慨自己生不逢时，没碰上曾经的黄金时代。

原载于《海燕》（2023 年 8 月）

保龄熊、水仙花少女与多米诺单车

惊蛰小卖部

【作者简介】

惊蛰小卖部，浙江大学 2022 级泌尿外科硕士在读，奶茶、咖啡当饭喝的邵医打工人。因国产推理入坑，喜欢米泽穗信的青春日常、孙沁文（鸡丁）的巧思妙想和东川笃哉的轻松欢快，尤其喜爱简洁有趣的机械诡计和校园日常之谜。作品散见于各高校推理社刊及《读友》《锐阅读·推理》等杂志。

1

初入大学校园便是长达两周的军训。充当闹钟的广播会在每天早上五点半准时响起，不管是美梦还是噩梦都难以在号角声中继续三十秒以上。这时天才刚蒙蒙亮，我们不得不挣扎下床，拖着未经充分休息的身体在十分钟内集结完毕。虽然女生和男生被编成不同的连队各自操练，但教官并没有打算给予我们太多照顾和体面。我的一位新室友就因为梳妆打理头发而迟到了一会儿，结果害整个连队被罚站十五分钟。为了向我们表示歉意，当晚她就对着镜子挥起剪刀，狠心把自己的及腰长发"咔嚓"一刀剪成披肩发。

好在这样的日子终于在昨天下午熬到头了。听学长学姐们说，只要迈过军训这个坎儿，往后的大学生活就可以一直睡懒觉了——不过，显然不是在今天。

现在是九月二十五日星期六，早晨七点半。我正松松垮垮地站在镜子前刷牙。即便军训已经结束，防晒霜混合汗水的淡淡气味也仿佛还在身边萦绕。

"咕噜咕噜，唔，唔……"

清晨凉爽柔和的风在走廊和盥洗室内穿梭，轻飘飘地拂过脸颊真是惬意极了，教人越发迷糊。

——之江大学社团节，这就是我早起的原因。作为学校招生宣传的王牌，它每年都在军训汇演的次日隆重举行。这天全校大大小小的社团会在文化广场（人称"文广"）摆出摊位、分发传单，以各种形式招揽游园的大一新生。

我以前就读的县城高中是一所教育方针非常古老传统的寄宿制学校，高考永远是那里优先度最高的话题。大家在老师的规划下闷头做习题、刷试卷，上课像机器，下课像木头，不敢浪费一分一秒，以题海战术和吃苦狠劲堆出成绩。在这般没有颜色的世界里，"兴趣爱好""课外活动"自然是不被认可的异端行为。所以来到大学后，我想体验的第一件事就是参加社团。再精确地说，是加入"求是馆推理社"，之江大学的推理小说爱好者组织。

——女孩子喜欢充斥着暴力和犯罪的推理小说，听起来有点奇怪？偏见，这都是偏见！史上伟大的推理小说家阿加莎·克里斯蒂，还有夏树静子、山村美纱、宫部美雪、凑佳苗等耳熟能详的名字，可都是女性喔！

初阳渐渐斜照进来，和煦的光芒在镜面和瓷砖间随意散射，整个盥洗室变得像水晶般清澈透亮，闪闪发光。我眯着眼睛偏开脑袋，避让镜子中那个明媚的亮点，然后小心摘下刘海夹，取出皮筋将头发拢成一束。

回到宿舍，我在短袖衬衫外面再套上一件浅蓝色的背带牛仔裙，在等身镜前踌躇片刻后又返回衣柜，挑出最喜欢的纯米色渔夫帽和印着蜜桃猫的小挎包搭在身上。

我左看看右看看，又在镜子前转上一圈，然后对着镜中的自己比了个"OK"的手势：

"好，出发！"

青灰色石板铺就的人行步道上，有只橘色胖猫直接躺在路中间，懒洋洋地把肚皮那面翻出来晒太阳。几只麻雀大胆地在周围蹦跳，挑拣它吃剩的食物碎屑。

要是没记错的话，沿着这条路走下去，在左手边就可以看到文广。如果去食堂吃早餐，好像需要沿反方向走约一百米，这就相当于绕路了。所以我选择去附近那家二十四小时营业的教育超市（人称"教超"）觅食。

站在保鲜货架前，充足的冷气直往外冒。我摩挲着手臂，很快挑好一个蛋黄酱饭团。本来还想从满当当的盒装鲜奶那层再挑一款来搭配，可是一看价格标签就退缩了，选择了价位低一档的袋装豆奶。虽然家里的经济状况并不拮据，但我第一次出远门生活，还是得好好规划一下支出才行。

离开教超后，我循着声音走去，感觉四周的温度在渐渐升高。有一个热闹非凡的异世界，正在通过大地和空气，将它的搏动传送给我。不多时，果然就能看到各色遮阳棚、横幅还有海报，像一道道彩虹，挨挨挤挤地分布在文广里。各家社团卖力吆喝的喇叭声由远及近清晰起来。

"手工点心社特供——黄油曲奇和流心巧克力，还有免费抹茶麻薯赠送，进来坐坐吧！"

这、这个！我眼前一亮——听起来好像很不错的样子！黄油曲奇和流心巧克力，碰巧都是我最钟爱的零食！

"还有冰激淋泡芙、榛子牛轧糖和蔓越莓饼干喔！"

听到这里，我终于停下脚步——啊，只要是个甜食爱好者……根本就拒绝不了吧……要不——进去试一下？可是，好像刚刚才吃过早饭，如果现在又买甜点的话……

我开始在脑海里想象一个衡量卡路里的天平。左边是饭团和豆奶，右边是曲奇和巧克力。虽然后两者的块头小得多得多，但是天平很明显地往这一头倾倒了。

哎，不行不行，我果断摇摇头。而且，今天的首要任务，是去推理社摊位提交入社申请，所以逛其他摊位的事就先放一放，待会儿有时间再回来玩。

我用力点头，狠心把热红茶和奶油的诱人香气抛在身后，继续往前走。对，就是这样！大禹也不过如此吧？

"小学妹请留步，国风社了解一下！"

路中间站着一位身穿朱红色汉服的学姐，像是从刚才就一直在关注我。等我一离开点心社摊位，她就伸出一把画扇，眉开眼笑地拦住去路。

"……呃……不、不好意思！"

我支支吾吾地摆着双手，然后迅速绕过她。其实我并非对汉服之类的不感兴趣。恰恰相反，这是我第一次在现实中看到汉服，比想象中好看多了。只不过听说这样一套下来花费可贵了，还是趁早打消念头，少看两眼为妙。

"星弦科幻协会社刊，二十元一本，三十五元两本！"

一位穿格子衬衫的学长不知从哪里冒出来，正拿着几本杂志，和封面上穿宇航服的太空人一起向我挥手。

居然连社刊都有吗！仔细一看，那个太空人还挺憨态可掬的。连封面都制作得这么精美，想必内容也一定差不了。如果等下再逛回来买，会不会已经卖光了？要不要多买几本，寄给高中的朋友？好纠结。

"欢迎来到 Fantasty 动漫社！"

没等我思考出个结果，突然又有几位女生像蝴蝶一样降落在面前。她们提着各式各样的 Lolita 裙子的裙摆把我围住，为首的学姐不由分说把几张传单塞进我手里。

好、好可怕啊！简直就跟抢人一样。

我感到一阵头晕目眩，垂下视线不敢直视她们，诚惶诚恐地穿过热情的万花筒。

社团节确实很精彩没错，但无奈我还有要事在身。照这样下去，一定，一定，一定会迷路的。然后像只掉入蜂蜜罐的蚂蚁一样，被永远，永远，永远困住。想到这里，我赶紧拿出社团节游园手册，翻到手绘风格的地图页，动用我那些不擅长认路的灰色脑细胞反复对比参照，弄清楚现在所处的位置，然后移动手指在地图上模拟出一条最短路线。

就这样，我一路忍受诱惑，穿越大半个文广，终于找到了背靠文广停车场的推理社摊位。

2

文广停车场是共享单车的专属停车场，也是全校最大的共享单车枢纽。作为背靠这个枢纽的几大黄金摊位之一，推理社摊位前面却出奇地冷清，既没有彩色的海报，也没有 cosplay 成柯南或者福尔摩斯的社员。能勉勉强强称得上装饰物的，只有用 A4 纸打印的"求是馆推理社"六个大号黑字，被贴在深蓝色遮阳棚边缘。

不、不是吧?! 我揉揉眼睛，再次确认了眼前的状况。

地图上的推理社摊位，嗯——确实紧邻停车场，而眼前"求是馆推理社"几个字——也是正确得无可挑剔。也就是说，我并没有走错地方。

再看向摊位内部，里面只简单摆着一张白色桌子，上面只摆了约十本推理小说和几页稿纸，显得桌面很空旷。桌子后面是几张椅子，坐着一男一女两个学生。

左边那位学姐坐的是摊位里唯一有靠背的椅子，看来应该是社团负责人。她长发过肩，稍微上斜的眉毛让人印象深刻，轮廓分明的下巴和嘴唇透露出一股英气。宽松款的黑色针织外套里是杏色衬衫，而下身则穿着及膝的藏青色格子裙（简直完美符合我脑海中"年长三岁的邻居家大姐姐"的想象）。右边那位学长身材单薄、脸型方正，留着近似中分的发型，正半趴在桌沿刷手机，鼻梁上的细框眼镜摇摇欲坠。他穿的是最基础款的黑白配色棒球服，下面是比起做旧更像穿褪色的淡蓝色牛仔裤。鞋子也是最经典的黑色回力帆布鞋。如果往此时此刻的文广随手抛一个棒球，恐怕都能砸到好几位同款穿搭的路人。

打量完这两位社员后，我小心翼翼挪着步子，让自己的身体挡住光线，故意把影子投进摊位里。

就是现在，快点，快抬起头，注意到我呀! 我在心里焦急地呼唤。

可是——他们一点反应也没有。

希望落空了。

难道这招不行吗。真不甘心——

我从小就性格偏内向，怕在生人（尤其是异性）面前讲话，总觉得主动开口是一件有点不好意思的事。所以我才会像这样绞尽脑汁用其他方式引起别人注意，尽量让他们先开口和我说话（很奇怪吧）。

继续往前两步，直接把学长和学姐都笼罩进我的影子里，这下摊位里变得更昏暗了。然而万万没想到，学姐漆黑的眼瞳还是快速扫描着手中那本书，连一点表情波动都没有。而学长嘴里含着盒装鲜奶的吸管，一副随时都会打个哈欠的样子。

啊啊啊，行不通。还是失败了。看来现在必须要由我来主动打招呼了。

攥着挎包绳子的手心已经紧张得出汗了。

"你、你好！我是来，呃，就是就是，想那个……"

像是被嘴里的话烫到了似的，我不禁犯起口吃，而且声音还越来越小，最后埋没在周围的吆喝声中。

闭上眼睛，深吸一口气，然后悄悄抬起眼皮观察——

完了，他们俩依然没有反应。

被无视了吗？我开始泄气，不知如何是好。

平时我就不擅长主动打招呼，要是这样还没得到别人的回应，更会尴尬到无地自容，绝没有勇气再把第二遍招呼说出口。怎么办？贸然敲桌子之类的似乎并不合适。转身就走吧？找准机会再回来——可这样未免也太窝囊了吧！

就在这时，背后突然有某个软绵绵的东西推了我一下——

"哎呀！！！"

没有一点心理准备，我失声尖叫出来，整个人失去平衡往桌上扑去。

哐！随后下巴便不轻不重地磕到了桌面。虽然感觉并不太痛，但也绝对蹭掉了最表层的皮肤。

更要命的是，紧接着桌子就在突如其来的冲击下被推动了！倒霉如我，既没有趴稳在桌上，也没有直接摔倒在地，而是以几乎跪着的难看姿势随桌子滑动了近十几二十厘米。

这时学姐和学长的反应倒是无比敏捷。只见他们迅速往两边跳开，完美躲掉了被桌子顶翻的危险，就像躲开播放着音乐的洒水车一样简单。然后——几乎步调一致地歪过脑袋，满脸疑惑地打量着我。

啊啊啊啊啊啊！！！脑海里响起那只土拨鼠尖叫的声音——

简直没有比这更难堪的见面方式了！那一瞬间，一种欲哭无泪的强烈情绪涌上心头。好想从这个世界上消失。

我羞得双颊发烫，还没等他们开口就赶紧从桌上爬起来，气鼓鼓地扭头看过去。

可是，一看到那个让我出糗的罪魁祸首，满肚子火便莫名失去了宣泄的方向。

那是一只近两米高的棕熊布偶，正摇头晃脑、笨拙地在路上拖着步子。布偶的用料和做工看起来很精致，周围的人都争着伸出手去摸它。真受欢迎，手感一定很好吧。

"毕竟它可是全文广最可爱的存在。呐，我说啊，如果是被它蹭到的话，那也是没有办法生气起来的事情呢。"学长淡定地坐回位置上，双手枕在脑后，模仿日漫腔不明所以地说道。

学姐把刚才看的书倒扣在桌上，弯起手肘往他的腰作势戳了一下，然后转向我关切地问道："你怎么样，没什么事吧?"她的声音听起来有点沙沙的。

"没、没事的……"

（怎么可能没事！太尴尬了……好像所有人都在用看笨蛋的眼光看着我!）

我苦笑着摇摇头，然后狼狈地迈开步子，越走越快——加入推理社和游园什么的都已经无关紧要了，现在我心里想的只有赶快从这里逃开！逃回寝室，躲进被子里，躲到现场所有人都彻底忘记刚刚那一幕为止。

可是，还没离开几米，我就感觉怪怪的。不对，好像哪里不对！

我慌乱地摸摸脑袋。

是帽子不见了。而且，是我最心爱的那顶纯米色渔夫帽。

嘶……

等等，仔细想想，既然刚才棕熊会误碰到我的后背，那么在那之前，应该就已经蹭掉了我的帽子。所以，该不会是——

我心情复杂地回过头。

果然，那顶渔夫帽正躺在推理社摊位前的地上。

这下完了。如果掉头回去捡帽子，岂不是又会被学长和学姐看到我这张傻乎乎的脸，这不就相当于，帮助他们强化记忆吗?！不行，我绝对不能接受——可是，再不去捡回来的话，万一被路人不小心踩上一脚然后踢到一边，我真的会心疼死的。真是糟透了。

为什么啊，我会这样胆小又敏感，总是害自己陷入纠结和困扰。哎，该怎么办才好……如果不是周围还有人，或许我真的会难过得蹲在地上，抱住膝盖把身体蜷成一团。

突然，像黑暗的舞台中央亮起一束光，我的心里也响起了一道声音。

——不能软弱。不要害怕。

好熟悉的感觉？那是……

水母群一样的透明泡泡裹着记忆，缓慢地涌向意识表层。

我想起来了。

那并不是别人，正是我自己。

那是不久前，动身前往远方求学的我，在列车即将出发时对自己所说的话。

——怎么样，要用"那个"了吗？

那时的自己好像正站在对面，眨眨眼看向现在的我。

是啊，从那时起，我就已经下定决心，来到大学之后要尝试改变自己，要变得开朗活泼、阳光大方。所以我才想要参加社团，所以才会给自己定下"那个"——

当我因为胆小、内向，而害怕去做一件必要之事的时候，就在心里给自己设定一个三分钟的倒计时作为缓冲。当倒计时结束后，就迫使自己一定、马上、务必去执行这件事。

我闭上眼，看到那个声音伸出温暖的手，把蹲在地上的我牵起来。

"180，179，178……"

——不仅要去捡回最心爱的帽子，别忘了，还有提交入社申请表。那才是今天最初的目的。

——我，我可能做不到……

"142，141，140……"

——去吧去吧。帽子会回到你手里，色彩斑斓的校园生活也是。

——可是，刚才我好像个笨手笨脚的傻瓜，大家都在看笑话……

"88，87，86……"

——你看，学姐和学长不是挺友善的吗。他们绝对没有半点恶意。

——真的吗……

"46，45，44……"

——相信自己，只要迈出这一步，一定会有什么因为你的勇气而改变。

——如果是这样的话……

"15，14，13……"

想要改变的勇气，和勇气带来的改变——

"……2，1，0！"

我一咬牙，立刻调转方向迈开脚步，眼里只剩下那顶帽子和推理社摊位。

啊，它们就在离我几步远的地方而已，真的，明明才几步。

脚下的感觉越来越轻。到了，就要到了……

我弯腰蹲下，伸出手，熟悉的质感再次从手心传来。太好了，没有弄脏，还和早上出门时一样干净。即便如此，我还是爱惜地将它掸了掸才重新戴上。

对了，还有报名表。

我迅速起身，在一阵短暂的眩晕中站稳，努力调整呼吸让自己慢慢冷静下来，然后转身面向推理社摊位内。再次见到我，学长和学姐相继一愣，交替着眨了两下眼睛。

报名表、报名表在……我把它从小挎包里翻找出来，将其展开抚平后，郑重地递到桌上，以我自己都没想到的音量大声说道：

"……我想，加入推理社！"

3

"咿咿咿咿呀呀啊？！！！"

学长突然爆发出一串意义不明的怪叫，从椅子上弹起来接过我的报名表。那速度快得只在我的视网膜上留下几道残影。

"有有有有人人人来来了，啊！终终终于！"

这出乎意料的反应让我有些摸不着头脑——既然这么期待有人来，那刚刚为什么都无视我啊！

他匆匆扫了我两眼，然后迫不及待地读起报名表上填写的信息："……让我看看，最喜欢的题材是密室？最喜欢的推理作家是鸡丁和青崎有吾，好，好啊！寄语是——推理不死，本格不亡！哇哇，还真是有够'中二'的……"

够了，可以了！倒也不必把这些全都念出来吧！我在心里大喊道。刚才的勇气像是彻底耗竭了一般，羞耻感再次席卷而来。

"……最初接触推理小说，是因为觉得自己性格太内向，想通过阅读有死人有尸体的书来锻炼胆量？哟呵，这可真是……"

为什么啊，明明是深思熟虑后写下的肺腑之言，经他这么一读却变得无比羞耻！我突然很后悔，想像只鸵鸟一样把脑袋埋进沙地里。

"够了，可以了。"

学姐面露威严瞪了他一眼，斜手一劈把报名表夺过来扣在桌上，然后亲切地拉着我。

"来来来，请坐请坐！可以简单自我介绍一下吗？"（呼——总算得救了）

我点点头坐在她对面，斟酌好用词，拘谨地答道："我叫孙沁文，沁人心脾的沁，文雅的文，今年刚入学，专业是历史学。"

"可爱的学妹和厚重的历史系，真是绝配啊！"

学姐啧啧感叹。

被她这么一说，我有点不好意思。

"哦，我叫林芙曦，今年大五，专业是口腔医学，喜欢读埃勒里·奎因和有栖川有栖。"她又补充道。

"我叫杨旭，大四，计算机科学与技术专业。如果按照推理迷的方式再自我介绍一遍的话——"学长挪着椅子凑过来，"最喜欢的推理作家是相泽沙呼和今村昌弘。"

"太可恶了，你那是喜欢本格吗？你明明是馋人家笔下的美少女吧！"林芙曦学姐白了他一眼。

"学姐你才是吧！古典本格这么枯燥的东西，现在还有人看？少在学妹面前装正经了！你前两天还说最喜欢读早坂吝和白井智之！"

他们你一言我一语地争论起来，又把我晾在一边。这样下去可真是没完没了了，于是我鼓起勇气，适时打断道："请、请问一下！……其他社员在哪儿呢？还有，新人入社，交完报名表之后需要面试之类的程序吗？"

话奏效得很快，两人马上就停止了争论。画面像被定格一样静止了几秒，随后他们同时撇开视线，没有回答我的问题。摊位里一时被尴尬的沉默填满。

学姐将交叠的两腿放平，低头理理格子裙，然后又换了种方向交叠起两腿。学长装模作样咳了两声，重新把牛奶的吸管凑到嘴边。但牛奶大概早就所剩无几了，纸盒一下子就瘪下去，包装上面的卡通奶牛图案走了样，从它的粉红色肚子里发出"嘟嘟、嘟嘟"的空吸声。这下学长好像没有理由再叼着吸管了。好在他又发现，纸盒上的商标被半圈黄色胶带痕迹遮住了，于是他像如获至宝一般，转而用手指去抠它。

如此没事找事的精神简直让我感动得无以言表——如果不是碰到现在这种诡异尴尬的情况。难道我刚才说错什么话了吗？到底是哪一句？或许我这样天生嘴笨的人，就应该少说话。

许久，芙曦学姐两手交抱在胸前，重重叹口气，眼神黯淡地看向我。说实话，我有些害怕与这样的目光交接。

"沁文，你肯定很想问吧，为什么别的社团摊位都搞得有声有色、热热闹闹，而咱们推理社却冷冷清清，什么都没有。"

我怯生生地点点头："和想象中的样子确实有一点差距，但其实……我并没有特别在意这些。"这些是我的真心话，并不是因为客气。

"是吗，那就好……谢谢你。"

谢谢……我？

我没听错吧，这是什么意思？

"其实，事情说来有点长呢，你有时间听吗？"

"没、没关系的！"

"好，那就从我刚入学的时候，也就是四年前讲起吧。"她眯起了眼睛。

"那时求是馆推理社还很繁荣，不管是阅读还是创作氛围都很好，每周都会办一次读书会或者创作沙龙。转折点出现在两年前，桌游突然在短时间内爆火、大范围流行。从那以后，能静下心来读推理小说的人越来越少，倒是专门为了玩狼人杀、剧本杀等桌游而加入我们社团的人越来越多。所以我们渐渐分化成热衷于组局剧本杀的桌游派和坚持看推理小说的阅读派。在我读大四的时候，桌游派在推理社里已经占压倒性优势，所以他们便索性策划成立一个桌游社。等到今年你们这届入学，他们就彻底分裂出走了。"

"啊，刚才我好像经过了一个叫桌游社的摊位，游客确实挺多的……"

芙曦学姐苦笑，原本略微上斜的眉毛此时也无力地耷拉着。

"几个月前，和我同届的阅读派伙伴们都本科毕业了，只有我这个五年制医学生还继续留守在这里。而杨旭则是后辈中，唯一剩下的阅读派。

现在你看到的我们两人，已经是推理社的所有成员了。所以，所以……"

见芙曦学姐说得逐渐动情，杨旭学长赶紧帮她接话："学校规定一个社团至少要有四名成员，如果今年我们招不到新人的话，求是馆推理社就要被解散了。所以，只要有人愿意提交入社申请，我们都会无条件接纳的。何况，我们是爱好者社团，不可能像学生会那样搞面试筛选的。"

原来如此，是这样啊……听完推理社的兴衰史，我有些把自己代入地难过起来。可是——

"既然已经到了存亡关头，那为什么不多准备一些花样，在社团节这天吸引游客呢？"

"还不是因为，桌游社那帮人！"芙曦学姐皱眉，狠狠地说，"他们觉得，反正推理社已经半截身子入土了，与其眼睁睁看着活动经费在社团取缔后被学校回收，还不如在出走前把最后的价值榨干。所以他们就趁我忙于实验课大作业的一个周末，散尽家财去玩密室逃脱，打沉浸式剧本杀，买各种卡牌。结果就是，现在我们社团一丁点活动经费都没了，什么东西都购置不了。你看，就连摊位外面贴的那几张大字，还是杨旭用自己宿舍的打印机打印的。"

"难怪看起来这么寒酸……"我小声嘀咕。

其他社团都是用横幅或者海报把自己的名字展示出来，只有推理社潦倒到要用 A4 纸的地步。落魄中甚至带一丝丝滑稽。

没想到经营推理社居然如此困苦辛酸，倘若换作我，肯定早早投降了。

"唉。好在'推理不死，本格不亡'。就算没有活动经费，也没有华丽的宣传，仍然有像你这样的推理小说爱好者加入我们，不是吗？反之，如果本来就对推理小说没什么兴趣，或者更喜欢桌游，那即便我们在社团节推出再多花样，恐怕也很难吸引这些人加入推理社。毕竟这玩意儿……还是稍微有些鉴赏门槛的，对吧？"

尽管学长嘴上这么说着安慰的话，但他心里其实还是很在意的吧。没有人不希望在社团节这天，把自家摊位办得风风光光，和游客们玩个尽兴。何况学长今年已经大四，这是他的最后一个社团节。

心里莫名有些苦涩，我不知道该说什么好。摊位里的三人再次陷入沉默。其他社团的欢声笑语不断传过来，听起来竟然有些刺耳。因为这对于一个前途未卜、也许明天就不复存在的社团来说，实在是过于残忍。

"好啦好啦，别一直说这么沉重的事情了。"芙曦学姐坚强的脸上重新绽开笑容，"明明新人都还没正式加入社团，就已经被沾上消极情绪，这可绝不是个好兆头。放心吧，我们推理社一定不会解散的。"

没错，推理社一定不会解散。现在，只要再来一个新人，只要一个而已，推理社就能继续存活下去。

"其实，我们还是准备了活动的哦。"学姐从那摞书上面的稿纸中抽出一张来，在我面前神秘地摇晃："就是它！求是馆出品的推理谜题！"

学长勉强挤出一丝微笑："题目可能稍微有点难度，所以我们本来打算等凑够两位新人之后，让你们一起讨论、展开一场推理合战的。不过，既然现在闲着也是闲着，学妹，要不要来挑战一下呢？"

"我只是喜欢看推理小说里的角色破案，并不擅长自己动脑筋、主动参与解谜啦……"对于他们会设计怎样的题目，其实我感到很好奇。可是我又担心自己表现不佳，让他们失望。

"咱们现在是爱好者社团玩游戏，又不是侦探事务所搞招聘。所以没有关系，不要担心啦。"芙曦学姐仿佛看穿了我的心思。

"嗯……那好吧，我可以尝试一下！"

"真巧，随手拿到的这一题刚好就是我供稿的。"学姐妩媚一笑，用手指弹了弹题目，"那么，沁文，请听好——"

我端正坐姿，准备好迎接挑战。

"求是馆推理合战的游戏规则是……"

就在这时，好像有另一个女生的声音从哪里传来。但因为外面十分嘈杂，所以听起来很不清楚。我突然有些理解，为什么刚才学姐和学长没有听到我的招呼了。

"请问……"——女生好像又说了一遍什么话。难道真是在叫我们？我竖起耳朵——

"这里是……推……社吗？"

我匆匆回过头，一眼就看到了她。

浅青色的长裙，搭配白色碎花雪纺衫，衣领还装饰着鹅黄色细缎带。那个样子就像，就像一支亭亭玉立的——

"水仙花……"

4

水仙花少女缓缓向我们走来。我把眼睛藏在垂下的刘海后面，偷偷关注她的一举一动，完全没有听进学长和学姐在与她交谈些什么。此时此刻，像极了有些电影进行到关键桥段的时候，导演会将画面静音和慢动作处理。

她伸手把一张纸递给学姐。那是入社申请表吗？我的心怦怦跳着，开始期待起来。她的手腕上扎着一根鹅黄色的发圈——怎么又是鹅黄色呢？莫非她特别钟爱鹅黄色的小饰品吗？顺着那双白皙纤细的手，我小心翼翼地将目光往上挪。啊，果然猜对了！在稍微及肩的中长发上，约右耳后的位置，正别着一个鹅黄色发卡，上面是朵可爱的迷你向日葵。我又挪动上身，调整角度，想仔细观察她的侧脸——

啊，突然转过来了！

我那小脑瓜子顿时嗡嗡嗡地乱成一片。

水仙花少女笑盈盈地对我点头，动动嘴唇好像说了句什么。难道那是她的名字吗？

我无意识地回应了一句什么。然后，她就来到我身边，贴着我的右肩缓缓坐下了！

在接下去不知多长的时间里，我的脑子都是一片空白。她现在在和我说话了，但是我的注意力却全部集中在她那温柔的眉眼，小巧的耳朵，好看的嘴角……什么话也听不见。

快点，快点呀孙沁文，她在和你说话，必须要回应她才行！我开始着急，很着急，有一瞬间甚至想大哭大叫。

"……说到青崎有吾老师，今年出版的那本《煞风景的早间首班车》里面，《梦之国没有摩天轮》是我唯一不太喜欢的一篇……"

终于！笼罩着她的微光渐渐消散，我第一次清楚听见她的声音——很沉静，甚至有点冰凉凉的，但同时又甜甜的，明媚着……我居然感动得几欲落泪。

"可是到豆瓣上一看评价，发现大多数人最喜欢的就是这一篇！哎呀，我当时真是错愕了好久……"

"是的是的，我也有类似的经历！虽然我很喜欢北村薰老师，但是他最受好评的那本《鹭与雪》，我却怎么也看不进去……"

欸？这不是我的声音吗？难道……我刚刚居然奇迹般地，无意识地和她谈笑风生?!

"看来我们很合拍嘛，孙沁文同学。"

"啊，是的是的！……"迷路的意识终于回来了，我轻轻捂住乱跳的胸口，感觉脸上已经飘起一片绯红。

等等，她已经知道了我的名字？可是我刚才发呆了，还没听到她的名字呢！

我突然隐隐有些紧张。打扮得像水仙花的美丽少女，她会不会也有一个充满诗意、超凡脱俗的名字呢？这么期待着，我偷偷瞄向桌上那张入社申请表——

姓名：陈慧千；专业：法学

居然是个意料之外的平凡名字。长辈们通过这个名字寄予她的祝愿竟是如此朴素而直白。不过，反复念起来还挺好听的。

还没等我继续偷看后面的内容，学长就拿起两张入社申请表挥舞起来，显得相当亢奋：

"我宣布——求是馆推理社，从今天起，复活了！"

言毕，陈慧千十分配合地带头"噼噼啪啪"鼓起掌，然后学长很搞笑地吹起口哨——寒酸的推理社摊位里充满了欢快的气氛。幸福来得太快太突然，就好像在做梦一样。

"那么，接下来——"学长话锋一转，"求是馆推理社新成员的破冰活动——推理合战，即将开始！现在，隆重有请——我们社团的负责人——林、芙、曦学姐！为大家进行，规则、介绍！"

芙曦学姐被他那露天大卖场式的主持人说话调调逗得花枝乱颤，摆手在他的肩头拍了一下，然后轻轻擦去眼角的泪花："没事儿，你来说明吧，我在一边看着就好。"

学长心领神会地点点头，继续用故作饱满的声音说道：

"推理合战游戏，共有两轮，每轮各给出一道谜题。需要大家注意的是，答案不唯一，我和芙曦学姐作为评委，首要的评价标准是——有趣、脑洞大。所以，请两位不必太拘泥于个别细节，重要的是尽情发挥想象喔!"

他顿了顿,以狡黠的目光迅速环视我们两位新人:

"那么——各位,仔细听好咯!"

我集中起精神,感觉周围的嘈杂正在渐渐远去。

"某天,晚自习结束后,丁一鸣正留在东边的 301 教室继续学习。突然,他听到吕寒冰的呼救声从西边教室传来。'救命——救命啊——'(此处学长捏着嗓子叫了几声)丁一鸣很快冲出教室,看到一个黑衣人正推开 305 教室的前门探出身体。黑衣人看到丁一鸣后马上缩身回去关上了门,丁一鸣见状迅速沿走廊跑向 305 教室。但等他到达 305 教室后,发现教室的前门怎么都推不开。于是他又跑到教室后方,推开后门发现吕寒冰就倒在门后的大片血泊中奄奄一息。

"在丁一鸣从 301 教室跑到 305 教室的过程中,305 教室一直处在他的视线之下,他可以确定黑衣人没有从 305 教室的前后门逃走。可奇怪的是,丁一鸣找遍了 305 教室也没有发现黑衣人的身影。305 教室的前门背后被插上了门闩,而 305 教室后门有吕寒冰的一大摊血,上面没有任何脚印,正常人绝不可能不踩在血迹上就从后门离开。请问,消失的黑衣人到底用了什么手法呢?"

5

啊?

我回过神来。

题目这么快就结束了吗?明明什么线索都没有啊!

"孙沁文同学,这可是你最喜欢的密室题材喔。由你先发言怎么样?"

啊?被点名的我感到有些为难。

"没关系啦,想到什么就说什么。"

"那、那我先分析一下现场情况?"我做了个深呼吸,努力回想刚才听到的题目,"嗯……305 教室的前门背后,插上了门闩,这说明丁一鸣之所以无法推开,呃,可能并不是因为当时黑衣人用力顶在门后,而是因为门被反锁了吧?而且,黑衣人也无法从前门逃走,因为他不可能在门外插上门内的门闩……嗯,然后,后门的血泊中没有脚印,所以黑衣人从后门离开的可能性也被排除了。再加上，丁一鸣的视线监视，现在 305 教室变成了一个实打实的'广义双重密室'！"

"好，孙沁文同学总结得很不错！"学长颇为激动地搓搓手，提高了音量，"既然前后门都走不通，那么你认为，黑衣人从'广义双重密室'中消失的真相是——"

"会不会是，黑衣人压根就没有从 305 教室逃走呢？"

在他的诱导提问下，这个想法很自然地脱口而出。

"噢噢，真让人吃惊……此话怎讲？"

"欸，我想想……黑衣人没办法从 305 教室逃走，而丁一鸣进入 305 教室后却只发现吕寒冰一人，这就说明，黑衣人其实就是吕寒冰吧?！嗯……也就是说，所有一切，都是吕寒冰自导自演的！他先假扮黑衣人被丁一鸣目击，然后迅速躲回教室，插上前门门闩，把黑衣人装扮扔到窗外，再取出刀刺向自己！"

"奇怪，吕寒冰为什么要这样做呢？"这次发话的是陈慧千。

"唔，让我想想……把自杀伪装成他杀，难道是为了嫁祸仇人吗？不对不对不对，这样就没必要让现场成为密室了呀，留下出入口才是更明智的选择……"

见我深陷泥潭，像死机的电脑一样执着于一个问题，学长适时打圆场道："没关系，咱们这个推理游戏呢，只要诡计能够自圆其说就行，至于动机之类的……不重要啦，啊哈哈。"

"那……好吧。"我苦笑着，心想自己果然不太擅长解谜。

"那么，陈慧千同学，你还有什么想法呢？"学长问。

陈慧千沉吟片刻："嗯……关于案发现场的情况，沁文同学已经分析得很好了，305 教室确实是个'广义双重密室'。不过……"只见她不知从哪里抽出一张传单并翻到空白的背面，然后抿着嘴，眼光在桌面上游移。

我瞬间明白了她的意思，急忙从挎包里找出一支圆珠笔递给她。

"谢谢！"她点点头，很小声说了一句，然后一边用笔在传单背面写写画画，一边继续说，"……不过，我从杨旭学长的叙述中，察觉到一处不太和谐的地方。"

"不和谐的地方……"

"在这个谜题中，丁一鸣只目击到黑衣人一次，当时黑衣人正'推开305教室的前门往外探出身体'。后来丁一鸣赶到305教室后门，也是'推开'门后发现了吕寒冰。我注意到，'推'和'拉'是一对反义词，前者表示让物体远离自己，而后者表示让物体靠近自己。因为丁一鸣看到教室里的黑衣人推开前门，所以前门应该是从教室往走廊打开的。可是接下来丁一鸣推开了后门，意味着后门则是从走廊向教室内打开的。根据我们的常识，同一间教室的前后两扇门，它们的内外打开方向应该是一致的，可是谜题中305教室前后门的打开方向却出现了矛盾。这说明，犯人在门上做了手脚。而这个手脚就是——"陈慧千竖起画好的示意图摆在大家面前，"一扇往外开的假前门。"

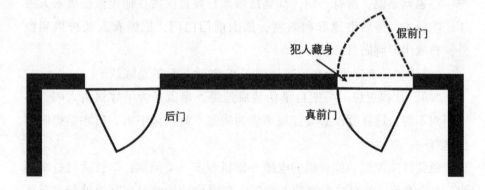

"把墙壁本身的厚度考虑在内，真假前门之间就会有一个可观的空间供犯人藏身。所以我推测，谜题中犯人的手法是这样的：他将真前门背后的门闩插上，然后把受害者吕寒冰叫到后门边，突然刺伤了他。如果犯人在外、受害者在内，而且当时出血量尚且不大，那犯人无须跨过血泊就能从后门离开教室。随后犯人逃往假前门背后，探出头四处观望。他的计划是，如果丁一鸣没有闻声赶到现场，那就直接逃之夭夭；反之，犯人就可以关上假前门彻底躲起来。

"由于假前门本该是从走廊往外拉开的，而丁一鸣却习惯性地以为前门是从走廊往教室内推开的，更何况真假门之间还卡着一个人，所以丁一鸣自然无法推开假前门。等丁一鸣绕到后门进教室检查后，犯人便抬着假前门一起从楼梯逃走了。"

啊，这……

我好像还从没见过这么胡来的密室诡计，一时间有种心灵受到巨大创伤的感觉。要是真有人把它写进推理小说里面，恐怕会被恼羞成怒的读者揪住领子，破口大骂"退钱"吧！

　　学长看起来也和我一样吃惊："这这这这……不是吧?!我还以为这么坑爹的题目，不会有人能答上来呢!"

　　"精彩、精彩!9分!"学姐直起身子送上掌声。

　　"不过，抬着假门逃跑，细想这个画面是不是有点太离谱了呀?"我忍不住问道。

　　"没关系啦!我们的游戏宗旨就是——在满足最低限度合理性的情况下，提出尽可能有趣、意外的解答。只给出9分呢，是因为慧千的解答正中我的答案，所以没有带给我足够的意外感。"芙曦学姐喝了口果汁润喉，继续说道，"和参考答案一致，却无法拿到满分，听起来很奇怪吧？但我考虑的是，既然谜题的限定条件这么少，解答也并不唯一，那么就一定还有比我这个出题者本人的答案更加离经叛道的解答，而这才是我对于10分解答的期待哟。"

　　这样的给分标准，已经可以称得上是任性了吧?!不过，不得不说，这也确实让游戏变得更有趣了。

　　"啊，等等，我还有最后一个问题。"我举起手，"这个谜题中的被害人'吕寒冰'，是不是桌游派领袖的名字呀?"

　　"啊哈哈，哈哈……"

　　学姐和学长面对面干笑几声，不置可否。

　　接下来是十分钟的中场休息时间，于是大家在此期间建好一个微信群，互相点开头像，调侃彼此的昵称。

　　不出所料，学姐的头像是她自己的照片。画面里是野花开放的草原和针叶林生长的远山，她笑容灿烂大方，戴着墨镜、手持富士相机，正迈步向前，披散的长发被定格在飘飞的瞬间。陈慧千的昵称是"一二小憨憨"，头像是一只呆萌的卡通小白熊，胸前系着黑色领巾。而学长的昵称最显眼，是"比留子系列什么时候出下一本啊啊啊"，刚好达到微信昵称的字数上限。头像则是电影《尸人庄杀人事件》里饰演剑崎比留子、手持长枪的滨边美波，下方还有一行字幕，是那句最经典的台词——"不给你，他是我的华生"!我算知道他有多喜欢今村昌弘老师和剑崎比留子了。

"啊，那个!"突然，陈慧千看向不远处，惊喜地说道，"好可爱!"

原来是刚才那只棕熊，现在又从文广另一头大摇大摆地走回来了。

棕熊所属的社团摊位离我们很近。也许是布偶内部非常闷热难耐吧，它还没回到自家摊位就迫不及待地摘下了头套。里面居然是个扎着马尾辫的女孩子。她整张脸都红扑扑的，额前的刘海糟糕地乱翘着，眼里像是不慎进了汗水而泪汪汪的。回到摊位之后，她如释重负地把抱在胸前的头套放在桌上，社员们赶紧围过去替她擦汗。

虽然它让我在学姐和学长面前出了洋相，不过现在想想，也多亏它推我一把，我才勇敢地交出了入社申请表。所以从这层意义上来说，是不是应该要感谢它才对呢?

我看了眼手机，中场休息时间快要结束了，马上就要开始推理合战的第二轮。

"啊，不好了!"

这时，棕熊女生和她身边的社员突然大呼小叫起来，乱成一团。

"快、快点!"

"拦住它! 拦住它!"

发生什么事了，动静这么大?

我伸长脖子，好奇地往她们那个方向看——

有一个毛茸茸的影子，在地上时而弹跳，时而滚动。几个女生手忙脚乱地追在它后面。

是狗吗? 可是狗的身手貌似并没有这么敏捷。还是……猫? 世界上有这么肥的猫吗? 我睁大眼睛努力辨认。

啊! 原来是棕熊女孩的头套，从桌子上滚落下来了!

"哈哈哈哈哈!"

这魔幻的追赶场面好像精准戳中了陈慧千的笑点，她捂着肚子弯下腰，很开心地笑出来。那起伏变化的笑声，让我想到一朵白花，在空中欢快地打着转，然后落在山间小溪里，在山谷间蜿蜒漂流。

我有些担心，感觉照她这个样子，有可能下一秒就会笑岔气，于是便壮起胆，在她后背轻轻抚拍着。

"哗!"

不知从哪里传来奇怪的声音，打断了我的遐想。

"完了完了完了——不不不不要啊啊!"

然后是追赶棕熊头套的女生们的尖叫。

"啊啊啊啊啊啊啊!"

"啊啊啊啊——"

"哗!哗!"那奇怪的动静并没有因为尖叫而停止,反倒一浪高过一浪,听起来像夏天的阵雨拍打铁皮屋顶。

我有种不好的预感。那该不会是——

循着声音传来的方向,我看到刚才那几个女生正狼狈地站在停车场边缘,不知所措地捂着脑袋,眼看就要哭出来了。而在她们面前——

成排成排的天蓝色共享单车,正像潮水一样,向另一头快速涌动——不,其实应该是倒下吧。

最后,潮水拍打到海岸边,渐渐消退。整个文广停车场的共享单车都倒在地上,无一幸免。就像台风席卷后的稻田,炮火轰炸后的废墟。

更讽刺的是,那只棕熊头套正躺在废墟之上,笑脸还是一如既往地天真憨厚。

结束了吗……我虚脱般松了口气。刚才那场面,恐怕从棕熊头套的滚落开始,就已经没有人能够阻止了。

陈慧千把手放在膝上撑着身子,慢慢直起腰,眯着眼往停车场那边看:"那是什么呀?"

原来她也有点近视。

"那……真的好奇怪啊。"她又说道。

我本以为她说"奇怪",只是因为刚才弯下腰哈哈大笑,没有看到棕熊头套滚进停车场的那幕而已。但是当我再次看向停车场的那片废墟,我才注意到,那里居然还有一幅更让人吃惊的画面——

所有车篮的底面都因为共享单车的倒下而露出来了。而每个车篮底面上,都被画了一个歪歪扭扭的鲜红色大叉。所有红叉连成一片,使整个停车场看起来就像一个触目惊心的拆迁现场。

6

刚才的动静吸引了越来越多人来围观,有不少人自发帮忙把这些共享单车扶回原位。

"我们，要不要去搭把手啊？"学长最先反应过来，"袖手旁观好像有点不太好。"

"不用了吧。咱们摊位本来就人少，都已经自身难保了，还去帮人家。"这是学姐在自嘲啊。

"那好吧……"学长着手整理接下来一轮推理合战要用的谜题，但又频频回头看停车场那边的情况。

"那个涂鸦，到底是怎么回事呢……"

陈慧千也有点儿心不在焉，一直念叨到现在。是哦，大家急于把倒下的共享单车扶回原位，就没有心思去处理车篮底面的涂鸦了。可到底是谁，出于什么目的而涂鸦呢？要是想不明白这件事，我也有点不太自在。

"有了，我想到个好主意！"芙曦学姐突然拍拍手，"风平浪静的校园生活中发生了匪夷所思的事件，机会难得呀——不如我们临时更改活动，把刚刚发生的'共享单车涂鸦事件'作为推理合战的第二道题目吧！"

"可是，推理合战只有两轮吧？如果以刚才那个事件作为题目，我出的题不就派不上用场了吗？"杨旭学长好像被她那灵光乍现的决定搞得有些不知所措，"为了打磨校对这些题目，我可是从昨天晚上就坐在电脑前，反复修改到今天早上六七点，一整夜都没挪过屁股合过眼。你说临时改题目，这让我……"

"那就，那就再追加一轮，把你出的题目放在后面嘛。"

"这……可是为什么不把我的题目放在第二轮……"

芙曦学姐噘起嘴往刘海吹了一口气，不快地竖起眉毛："怎么，你有意见？"

学长往后退半步："没、没。"

"我都可以。"陈慧千口气轻松地同意了，"孙沁文同学，你意下如何？"

"我……我也可以。反正今天上午没有什么特别的事情。"

"好，那就这么愉快地决定了！"芙曦学姐像个总裁似的十指交叉抵着下巴，目光锐利，"现在开始，第二题！请两位新人以'共享单车涂鸦事件'为题，进行推理合战游戏。请注意，由于这道题目和第一题不一样，彻底没有参考答案可循，所以也请各位彻底放飞想象，为我们两位评委呈现出精彩至上、出乎意料的解答吧！"

那么，首先该从哪里着手呢？我向陈慧千投去一个期待的眼神。而她果然很快就进入了分析状态。

"有件事我们要先确认一下。"

"嗯嗯！"

"其他地方的共享单车也被涂鸦了吗？还是说，只有文广停车场的共享单车被涂鸦呢？"

"这应该需要实地调查了吧……那我们现在就去其他停车点看看吗？"

"且慢。"芙曦学姐突然发话，而且脸上还露出坏笑，"这种工作就交给你们杨旭学长去做好了。"

"啊？为啥？"学长指了指自己。

"你看，为了我们两位可爱的新人学妹，稍微出卖点自己的劳动力算什么呢？快，拿出点诚意来。"学姐祭出一招滴水不漏的道德绑架式话术。

外面的气温节节攀升，在这种天气下实地调查确实不是件轻松差事。学姐继续朝学长挤挤眉毛暗示着什么，他稍微困惑了一会儿，不过很快便注意到我穿的是牛仔裙，而慧千穿着长裙，显然都不适合蹲下身子检查共享单车的车篮底面。

"嗯……那行吧。"学长挠着头站起来，走出凉爽的摊位。

大约十分钟后，他满头大汗地回到摊位，抓着棒球服的一角给自己扇风。

"怎么样怎么样？"

"喂，学姐，难道你就不先关心一下快要被烤焦的学弟我吗？"

"其他地方的共享单车也有涂鸦吗？"

"学姐，你……啊，算了算了。总而言之，我刚刚在四周的几个停车点粗略调查了一遍，结果是，那里的共享单车都没有被涂鸦。"

"啊，辛苦你了，学长。这个结果很重要！"陈慧千朝他递出纸巾。

"呜，学姐你快看，这才是请人帮忙应该有的态度。"

芙曦学姐马上赏他一个"你少说几句"的表情。

"既然只有文广停车场的共享单车被涂鸦，再考虑到共享单车本身的特性……那么，我们是不是就可以推理出犯人作案时间的大致范围了呀？"我向慧千问道。

她点点头："没错，我估计是在昨天深夜十一二点到今天早上五点半之间。"

"怎、怎么得出来的？"学长有些惊讶。

"首先，为了掩人耳目，给单车涂鸦这件事应该是在天黑时完成的。我们大一新生前段时间军训，每天早上五点半起床，那时候天刚蒙蒙亮。所以我推测作案时间在今天五点半之前。"我解释道，"然后呢，文广停车场作为全校最大的共享单车枢纽，昨天晚上七八点到十一二点之间想必也会有不少人来来往往，不利于犯人作案。所以作案时间应该在昨天晚上人流量减小，也就是昨天晚上十一二点之后。"

"好像，很有道理的样子……"学长想了想，"不过，涂鸦的部位在车篮底面，几乎是共享单车上最隐蔽的地方，人平时很难看到。所以即便车篮在昨天或前天凌晨就被涂鸦了，我们也无从知晓。那么要怎么把时间范围锁定在今天凌晨呢？"

"这就要考虑共享单车本身的'动态流动'特性了嘛。"这次换作慧千来解释，"如果犯人是在昨天凌晨涂鸦的，那昨天白天就会有大量被涂鸦的单车从这里骑走，还会有很多未涂鸦的单车从别的地方骑过来、停在这里。那么今天上午发生'多米诺单车事件'后，我们就不可能看到文广停车场里几乎所有共享单车都被涂鸦的景象，而应该看到其中有大量未被涂鸦的共享单车才对。"

"唔……嗯。"学长捏着下巴，看样子暂时认可了我们目前的推论。

接下来要怎么进一步分析问题呢？我开始在脑海里闪回以前看过的推理小说。密室案件中，侦探往往用三言两语就否认密道的存在。在毒杀事件中，警方经常先探讨死者服毒自杀的可能性。究其原因——密道、自杀大概是最基础但又最难被读者接受的解答，所以有必要首先将其排除。这就像走程序一样，是类似于"扔纸飞机前先哈口气"的重要仪式。换作这次"共享单车涂鸦事件"，最基础但又最难被两位评委接受的解答，想必就是——

7

"怎么排除这件事是纯粹的恶作剧呢？"我抛出疑问。

"这种可能性不大。"没想到我话音刚落,陈慧千马上就答上来,"因为恶作剧者一般都会有一种心理——看被捉弄者的反应,并从中获取快感。所以恶作剧者往往倾向于将自己的把戏设计得比较容易被发现。要是一直不被发现的话,他们想必会憋得很难受。所以,如果犯人真的想搞恶作剧,更有可能在车身上显眼的部位涂鸦,而不是在隐蔽的车篮底面。"

"原来如此,心证推理呀。"学长满意地点点头。

"啊,我得插个嘴,"学姐像是突然想起似的,"有个事儿你们新生可能还不太清楚,有必要向你们科普一下。咱们学校的面积很大,有家互联网公司垄断了这里的共享单车业务——"

"欸,这么说来,确实没怎么在校园里见过某家的黄色共享单车。"我仔细想了想,这半个月来见到的黄色共享单车都可以用一只手数过来。

"校园里的共享单车基本都是这家公司投放的之江大学特供版,车身上有学校的 logo,使用价格会比外面那些共享单车便宜一些,但条件是只能在校园内骑行。如果用户被定位系统检测到曾把特供单车骑出校园,那么就得支付一定数额的调度费,一般来说是十元钱。"

只能校内骑行?之前确实没听说过,不过由于我已经打算买一辆自己的单车,所以这个规定对我并没什么影响。

与我的反应相反,陈慧千眼前一亮:"既然涂鸦的位置表明犯人并不希望涂鸦被轻易发现,那么我们如果顺着犯人设想的理想情况去思考,说不定会有什么收获!"

"犯人设想的'理想情况'?"

"就是说,如果没有人察觉到这些共享单车的端倪,会发生什么事情呢?"

我感觉刚才应该讨论过类似的问题:"被涂鸦过的共享单车就会被陆陆续续扫码骑走。而且,还会有很多未涂鸦的单车从别的地方骑过来,停在这里。"

"没错没错,就是这个!"

陈慧千瞬间露出成竹在胸的表情。遗憾的是,我的思路却没有跟上去,仿佛还在原地踏步。

"如果试着把时间的跨度拉长,再继续想下去——这些单车被不同的同学骑到了学校的不同地方,可能有些被停在了某处,好几天都没再骑走；而有些却在校园里频繁兜兜转转，甚至几天后又停在了文化广场的停车场。所以我们可以预料到，几天之后的文广停车场里，有的共享单车是从学校其他地方骑到这里、没有涂鸦的，而有的单车则是在今天被涂鸦过的。有没有觉得，这个过程和我们高中学过的某个知识点很像呢？"

知识点？我一边思考一边拨弄着从额前垂下的刘海。一堆单车里面，既有被涂鸦的也有没被涂鸦的……把时间的跨度拉长……她指的到底是什么呢？慢慢地，脑海里浮现出过年期间亲戚们聚在一起打扑克牌的热闹画面。

"这个过程……仔细想想，就像进行了一场洗牌吧？因为洗牌过后，玩家发到的手牌里既有上一局没拿到过的新牌，也会有上一局中拿到过的老牌。"

"这么一说，确实很像？但洗牌好像不是高中学的知识点啦。"陈慧千的语气听起来很委婉，"不过，已经很接近了，就差一点点儿！"

和洗牌只差一点点？那还能是什么呢……

"原来如此！"身为评委的芙曦学姐恍然大悟，激动地拍打椅子扶手，差点吓我一跳，"是标志重捕法！"

"对，就是标志重捕法！"陈慧千和学姐隔着空气做出击掌的手势。

"这、这是什么啊？"

听到她们先后说出那个五字名词，我茫然地在知识库中搜寻，但是好像没有与之相关的记忆。如果我是漫画中的人物，想必此刻脑袋上已经夸张地冒出一大圈黑色粗体问号了。

"我来替慧千简要解释一下吧。"学姐在陈慧千画过诡计示意图的传单背面书写起算式，"举个例子应该会比较好理解。假设草原上总共有 N 只绵羊，有一天我们抓走了其中的 n 只，并在它们肚子上画标记，然后把它们放归草原。请问，等这 n 只绵羊充分地混进羊群之后，草原上绵羊的标记率是多少呢？"

"该、该不会是……n/N 吧？"我开口小声答道。

"好，那我们继续。过段时间后，我们又从草原上抓来 M 只绵羊。请问，理论上这 M 只绵羊中，会有多少只身上有我们之前画的标记呢？"

"呃……因为之前已经计算过了标记率，所以应该是 M 乘以标记率，也就是 M * n/N 吧。"

"答对了！现在我们设 m 只绵羊的身上有我们之前画的标记，那么就可以得到一个等式：m＝M＊n/N。在实际情况中，m、M 和 n 都是已知的，而草原上绵羊的总数 N 却往往是未知的。但是只要把上面那个等式进行移项，就能得到：N＝M＊n/m。也就是说，我们可以通过标记和两次捕捉，估算草原上的绵羊总数，而这种方法就叫作'标志重捕法'。"

听完芙曦学姐的讲解，脑海深处的记忆好像被唤醒了。我想起高二文理分科之前，貌似在生物课上学过这个。

"所以说……犯人涂鸦的目的其实是给这些共享单车做标记（n），等一段时间后，再清点文广停车场上的共享单车数量（M）和其中有标记的单车数（m），以此估算全校的共享单车数量（N）？"

"我觉得多半就是这么回事。"慧千莞尔一笑。

"妙啊、妙啊，确实出乎意料，我愿给出 10 分！"杨旭学长噼噼啪啪地带头鼓掌，"学姐，你觉得呢？"

然而此时芙曦学姐却露出一副"事情恐怕没那么简单"的表情："可是，为什么要知道全校共享单车总数呢？有什么特殊的用途吗？"

"学姐你是不是想多了？我看啊，这个涂鸦犯人只是单纯因为好奇吧。"学长干笑几声，"第二轮就到此为止吧，再花时间探讨下去，我出的题目可就没机会……"

"等一等。"学姐抬手止住他的话头，继续说道，"会不会，有什么更深层面的东西有待挖掘……"

学长见状只好悻悻放下手中的稿纸，心不在焉地抖起腿。

"更深层面的东西……"

陈慧千缓缓地起身，一边喃喃自语一边往摊位外轻轻踱步。她的头发看起来很是柔顺，在阳光下显现出淡淡的栗色，一丝一缕地微微飘动着。我望着她的背影不禁有些出神。

就这样，没有一点预兆地，从那个背影传来爆炸性的发言。

"我怀疑，这有可能涉及一起电信诈骗。"

8

"欸？"我惊得声音提高了八度。

"知道全校共享单车的数量，这到底有什么作用呢？"陈慧千不紧不慢地踱回摊位内，"刚刚我无意间瞥到这个东西，好像突然就明白了——"她拿过芙曦学姐手中的传单，翻到正面。

"启真留学营……"学长念出了上面的大字，一脸莫名其妙，"什么跟什么啊？和这个机构有关系吗？"

"呀！"我咻地倒吸一口气，快速眨着眼睛，"这是，偷偷混在社团传单中间，被一起塞到我们手里的吧！好可恶！"

"它正面写什么字、是怎么被塞到我们手里的，都无所谓啦，这不是重点。"慧千摇摇头，"关键在于，它的性质，是一张广告！"

我们的思路被慧千扳回了正轨，开始静下心倾听她的进一步推理。

"看到留学机构的广告传单，我突然想到，有些广告是像这样用来分发到他人手里的，而有一种小广告则是专门用来张贴的，可以贴在单车上。有没有可能'犯人'正在做兼职，他接到了贴这种广告的任务呢？为了估算自己需要多少份广告，'犯人'便采取了标志重捕法。"慧千像是为了留时间给我们思考一样停顿片刻，用手在耳边轻轻扇着风。

"但我很快否定了这种想法。因为既然这种广告能贴在共享单车上，那么一定也能贴在普通单车上，甚至墙上、门上还有电线杆上等地方，所以知道全校共享单车数量对于估算广告份数的帮助不大。而且，'犯人'也并不需要把事情做到这个份上，这不像是他作为'打工人'应该要考虑的问题。反正商家自然会指派一定的广告份数给他，而他只要想办法把自己分内的这一沓贴完就好了。"

学长耐不住性子地咂咂舌："既然不是为了贴广告，那说这个干什么啦！"

慧千报以礼貌的微笑："虽然'贴广告假说'被排除了，但是我相信大方向应该没有错：估算共享单车的数量，是为了进一步估计后续会用到的某样东西的数量。关键是这个'东西'到底是什么。"

"估算共享单车的数量……是为了估计后续会用到的某样东西的数量……"学姐重复了一遍慧千的话，然后捏着下巴沉思半晌，嘴里吐出呓语般的词句片段，"这个'东西'……比较容易联想到的……还是某种，类似小广告、可以依附在单车上的，才比较合理……可到底是什么呢……"

"好难呀，都到这地步了，还是没有头绪！"我可怜巴巴地抬头望着慧千，然后自暴自弃地鼓起腮帮，长出一口气，"推理就跟美食一样，我只要会享受结果就行，至于美食是怎么制作的这种问题，尽管交给别人好了！"

"噗。"慧千被我逗得身子往前颤，好一会儿才平复下来，摆出一副"真拿这孩子没办法"的无奈笑容，然后把广告单翻到背面："还记得这个吗？"

我愣了一下，几秒之后眼神才重新对焦在那张纸上："这……不是刚才那道'305双重密室'谜题的解答吗？"

"看到这幅诡计示意图，有没有觉得，305教室的构造模式，很像这次'共享单车涂鸦事件'中的某个东西？"

慧千一定很适合当老师吧，我忍不住遐想。明明学生都已经直言放弃了，她却依然坚持循循善诱的教育方针，牵引着我攀登真相的高峰。面对这样的她的殷切期望，我不得不继续打起精神瞪大眼睛，仔细看着画在广告单背面的那幅诡计示意图。

"共享单车涂鸦事件"和"305双重密室"谜题，居然在某一点存在交会。这到底是什么呢？

我频频回头观察身后的停车场，和眼前的诡计示意图对照。

嘶。一道火光闪过。

脑中突然有个至关重要的电路被接通了。

我对于自己的发现感到相当振奋，不禁欢呼起来——

"共享单车！！！"

305教室的构造模式，很像共享单车！！！

"没错，正是如此！"慧千扬起好看的眉毛，一双杏眼饱含温柔地注视着我。

我莫名脸红起来，不敢正视她的眼睛，只好将视线往斜上方飘，盯着那个可爱的向日葵发卡。

"咳。"学长适时打破了窘况，"你们说……共享单车，是什么意思？"

"沁文。"这好像是今天她第一次直呼我的名字，语气像极了鼓励学生上台板书解答过程的老师，"能不能解释一下你的发现呢？"

"啊？那我试试？不知道以我的理解和表达能力，能不能讲清楚……"我重新盯着慧千手中的诡计示意图，缓缓开始讲解，"在'双重密室'谜题中，305 教室有前门和后门。看着它的构造模式，我突然意识到，共享单车不也是这样的吗？在它的前部，两侧车把的正中间，有一个二维码；而在它的后部，车座之下、车轮锁之上，也有一个二维码，它们就像是共享单车的'前门'和'后门'一样。为了方便讨论，就把它们分别简称为前码和后码吧！

"想要骑走共享单车，只要能扫开任意一个二维码即可，而且我们基本上都习惯扫前码。这就像是谜题中，如果丁一鸣要进入 305 教室解救吕寒冰，只要能打开任意一扇门即可。但因为前门之外还有一个假前门，丁一鸣无法从前门进入 305 教室，只能选择绕到后门。那么类比到共享单车上，如果前码上面也被贴了一个假前码呢？"

"这么一来就能说得通了，前面提到关键的那个'东西'，其实是假前码。"慧千笑盈盈地点点头，"类比'双重密室'谜题中犯人设置假前门的目的，这次涂鸦事件的假前码很可能会把扫码者导向一个'上次骑行超出停车范围，请支付十元调度费后再继续扫码使用'的界面。因为这个数额并不大，所以不容易引起扫码者警觉。等他支付成功后按指示再一次扫假前码，可能就会进入一个持续加载中的卡顿界面，或者被提示'开锁失败，请尝试扫描单车后部二维码'。这时使用者就会像谜题中绕道后门的丁一鸣一样，见前码扫不开便转而扫后码。而后码则像 305 教室的后门一样自始至终都是正常的，所以使用者能顺利扫开骑走。结果就像谜题中丁一鸣不知不觉让"犯人"从假前门逃跑了一样，扫码开车者的钱也通过假前码不知不觉被转走了。"

说完，慧千十指交叉，向前轻轻伸了个懒腰。

难以置信。不可思议。异想天开。

我重重地吐了口气，偷偷观察他们三个人的侧脸。

"总结一下吧……就是说，给共享单车涂鸦，是为了用标志重捕法估算全校共享单车的数量，进而确定要制作多少用于电信诈骗的假二维码——"芙曦学姐神情恍惚，转头去看背后的文广停车场。热心的同学们顶着大太阳，已经把倒下的共享单车收拾得差不多了。

她拍拍裙子站起身："既然推理到这一步，那我们就不能继续袖手旁观了。走，一起去把共享单车的涂鸦标记擦掉，将犯人的计划扼杀在摇篮中。"她的声音里有股不容置疑的号召力。

"啊——啊⁈"杨旭学长叫出声来，追着她跑出摊位，"学姐——我看还是先赶快开始下一轮吧，我出的题目……"

"噗——"

我和慧千耸耸肩，相视一笑。

这一刻，我确信彩色的校园生活已经在面前徐徐展开了。

选自浙江大学学生推理社社刊 Vol. 1 上卷《求是集录·谜之卷》（2023 年 6 月）

镜屋的秘密

时　晨

【作者简介】

时晨，上海作家协会会员，咪咕幻想文优秀奖得主，本土原创推理作家中为数不多的坚守古典本格理念的创作者之一。创作题材丰富，推理、悬疑、武侠、奇幻均有涉猎。推理短篇集曾被日本权威推理年刊《本格推理·世界》所推荐。

2021 年 4 月—2022 年 3 月，创办上海第一家侦探推理小说专营书店——孤岛书店；2023 年 1 月，"孤岛书店"升级改造为"谜芸馆"并正式对外营业。

已出版推理、武侠小说：《侦探往事》《侠盗的遗产》《枭獍》《罪之断章》《黑曜馆事件》《镜狱岛事件》《五行塔事件》《傀儡村事件》《枉死城事件》《密室小丑》《入殓师推理事件簿》《水浒猎人》等。

1

根据我的记录，这次的事件应该发生在日本奥姆真理教创始人麻原彰晃在东京被执行死刑后的一个月。那天尤其炎热，不巧我们所住的房屋空调坏了，维修空调的工人又说没预约的话，只能明天再来，这让我和陈爔非常苦恼。正午时分，为了阻挡屋外的热气，我们将窗帘都拉上，但这样一来，屋内不透气，感觉也非常闷热。

"韩晋，为什么我们连电风扇都没有？"

陈燨霸占着房间里唯一一把扇子，用质问的口气对我说话。

我用毛巾擦着汗，冲他喊道："上个月是谁说电风扇是过时的产物，不应该存在在现代社会，然后把我从某宝上新买的电风扇送给收废品的大叔了？"

"那是借口。"陈燨摇着扇子，气流将他额前的刘海微微扬起，"说到底还是你买的电风扇太丑了，每次我看见它就会想起你的脸。"

"你说我长得像电风扇？"我很愤怒。

"尤其是扇叶旋转时发出的噪声，配上它那圆形的网罩，就像你在不停地说废话。"

世界上就是有这种人，将自己的错误都归结到别人身上，而且是以这种荒诞的方式。

"扇子借我扇一会儿。"我伸手。

"不借。"陈燨很果断地拒绝了我，然后调整了一下姿势，生怕扇子扇出的凉风不小心刮到我身上。

我懒得理他，起身去开窗户。屋内的高温让我感到随时会窒息而亡，需要让一些空气进来。我感觉身上的短袖衬衫已经被汗水浸湿了一大片，贴在身上黏糊糊的。

就在此时，屋内响起了门铃声。

难道是空调维修员大发善心，怕我们热死在家里，所以特地赶来营救？

当我打开大门，却发现现实与梦想之间的差距是如此之大。

屋外站着的是一位二十来岁的女孩，穿着一件红色的卡通T恤衫，她梳着干净利落的马尾，朝着我微笑。也许是戴着眼镜的关系，她看上去就像是个大学生。

"请问，您是陈燨老师吗？"

"啊！"我忙摆了摆手，"我不是陈燨。"

"那您一定是韩晋老师了！"她瞪大了眼睛，随后朝我身后张望了一下，"请问陈燨老师在家吗？我有点事想找他。"

还未等我开口，陈燨就从屋里走了出来，嘴里嚷嚷道："不行了，我必须去有空调的地方。韩晋，你继续留在这里吧！再见！"

我一把拉住他的手臂，用眼神示意了一下，道："别走啊，有人找你。"

"找我?"

陈燨的目光落在了女孩的身上。

女孩用力点了点头。

"有什么事吗?"

不只陈燨,连我也很好奇。

女孩踌躇了一会儿才道:"其实不是我自己的事,而是我的闺蜜。她最近遇上一件非常古怪的事件,对于这件事,我始终难以释怀。因为我读了韩晋老师的小说,知道陈燨老师的推理能力很强,所以就在想或许这件事在您这里会有答案。"

陈燨瞥了我一眼,仿佛在怪我把他的事迹写成作品,使他惹上这样的麻烦。

"请问你怎么称呼?"陈燨很客气地问道。

"我叫章小琪,文章的章,大小的小,王字旁一个其他的其。"女孩介绍得很详细。

"章小姐你好。我觉得遇到古怪的事件,第一个想到的应该是警察才对。我的很多事迹都是韩晋这家伙添油加醋的产物,我的推理能力,也没你想得那么强。所以很抱歉,调查古怪事件这种事情,恕我爱莫能助。"说完,陈燨转过头看着我,"我去南昌路喝冰咖啡,顺便吹吹空调,你去不去?"

他见我没反应,便自顾自朝门外走去。

章小琪愣在原地,站也不是,走也不是,显得非常尴尬。

陈燨就是这样,一点也不懂人情世故,拒绝别人也不知道委婉一些。我真搞不懂为什么会有读者喜欢他,反而说我不讨喜。

"要不要一起去喝咖啡?"

我问了章小琪两遍,她才缓过神来。

"可是,陈燨老师他……"

"别理他,一起去喝一杯嘛,就算他不帮忙,我也可以帮忙。放心好了!"

"这样啊……谢谢韩晋老师。"

她露出为难的神色,慢慢低下头,感觉好像更不放心了。

我们三个来到南昌路上一家冷气很足的咖啡店，我靠在布艺沙发上，感觉整个人都复活了。陈燨要了冰美式，章小琪点了拿铁，我喝柠檬蜜桃乌龙茶。

咖啡店里避暑的人很多，毕竟大中午，店外的路面被太阳烤得滚烫，敲个鸡蛋估计瞬间就能变成荷包蛋。

陈燨眯着眼，享受着这片刻的惬意。

"章小姐，要不要说一下事件的经过？"

我故意说得很大声，想让陈燨听见。

"要不要我回避一下？我可以换个座位。"

陈燨作势就要起身离开，却被我一把按住。

"反正你今天也没事干，就当听故事好了。也不强迫你帮忙，你回避什么呢？"我随即对章小琪说，"章小姐，有什么事，你就说吧，这家伙听着呢！"

"真的可以吗？"章小琪用询问般的眼神看着我。

我冲她点点头。

陈燨喝了一口咖啡，然后脑袋朝后靠在沙发上，感觉下一秒就要睡着的样子，真的很讨厌，很不尊重人。我曾劝过他好几次，但都被陈燨当作了耳旁风，他这样的人迟早要被人教训。真希望这一天早点到来。

章小琪看了看我，又看了看陈燨，像是下定了决心一般，说道："你们相信世界上真的有灵异事件吗？"

"灵异事件？"

不知是不是咖啡店的冷气太足，听到章小琪这句话时，我忽然感觉背后生出一丝凉意。

"科学无法解释的那种。"章小琪坚定道。

"遇到鬼了？"

陈燨看上去像是在憋笑。看来，这个话题成功地引起了他的注意。

"不是鬼！"章小琪似乎有点生气，转而用一种十分严肃的语气说道，"是一个房间中所有的家具，在不知不觉中，左右颠倒了！"

"家具左右颠倒了？"我很难想象这个画面。

"对，简而言之，就是如同镜子中照出来的一样。在不知不觉中，左右颠倒了。最可怕的是，屋子的主人竟然丝毫没有察觉！"

"镜像房间。"陈燏笑了笑。

他好像有兴趣了。

2

　　章小琪和严佳敏是大学同学，求学时住同一个寝室，所以两个人的关系一直很不错。由于专业不同，两个人毕业之后选择的工作也大相径庭。

　　章小琪学的是广告专业，毕业后去了一家4a广告公司，成了一名客户经理。而严佳敏学的是工科，在一家家用电器厂负责产品设计的工作。两个人毕业之后也经常玩在一起，分享生活中的喜怒哀乐。

　　严佳敏的男朋友在北京工作，每个月都会来看她一次，两个人虽是网恋，但感情一直比较稳定。这很大程度上要归功于章小琪。正因为她在严佳敏空闲时刻的陪伴，才让后者不至于太孤单，情绪上的稳定，使得两人之间几乎没有爆发过激烈的冲突。

　　刚毕业那会儿，两个人准备一起合租，因为她们都不是本地人，所以住房问题算是头等大事。只不过章小琪和严佳敏的工作地点相差得太远，一个在市中心，一个在外环，才令她们打消了这个念头。除此之外，还有另一个重要的原因——严佳敏的工厂有员工宿舍，条件是比较一般，但也替刚毕业的严佳敏节省了一笔不菲的开销。

　　通常她们俩见面都是约在市区的商场里面，不过偶尔严佳敏也会来市中心找章小琪玩。不过，严佳敏的宿舍章小琪却没怎么去过。主要是她住的地方相对偏远，周边配套的娱乐设施也少，年轻人爱去探店的网红打卡点更是凤毛麟角。

　　这天是星期五，严佳敏的工厂很不巧出了点事故，所以召开了紧急会议。不能按时下班，她和章小琪的约会恐怕就要泡汤了，为此，严佳敏非常不开心，还发朋友圈把厂里上上下下都骂了一遍，当然，这条朋友圈也仅对章小琪可见。看到好友这么失望，章小琪便提议她去工厂找严佳敏，虽然附近没什么好吃的饭店，不过她们可以在宿舍里点外卖吃。最近有一部叫《杀死伊芙》的剧口碑不错，夜里还可以一起看新出的美剧。

　　听到章小琪的建议，严佳敏当然举双手赞同，两人一拍即合。

　　章小琪下班后，打了辆车去严佳敏的宿舍，由于晚高峰，用了近一个小时才到。严佳敏这边的会议，也正好开完。两人见面非常开心，而且章小琪是头一回来闺蜜宿舍做客，心里也充满了期待。

可是，到了宿舍楼，章小琪就感到一阵失望。

宿舍楼的样式和她想象的完全不同，非常老旧，感觉像二十世纪七八十年代的筒子楼。不过也理解，毕竟不要租金，她想想自己在长乐路租的那间小破屋，每个月还要交六七千元的租金，瞬时又羡慕起严佳敏来。老式楼房，自然是没有电梯的，两人走到四楼，章小琪就感到小腿阵阵酸痛，嘴里不由得抱怨起来。

"你就是缺乏锻炼，像我天天这样爬楼梯，早就习惯了！"

面对章小琪的吐槽，严佳敏毫不留情地怼了回去。

她的宿舍在五楼，是个大约二十平方米的房间，卫生间和浴室都设在楼道里，是公用的。这才晚上七点左右，楼道里就空荡荡的，毫无人气。据严佳敏自己说，她们这里虽然很多员工都申请了宿舍，但未必天天会住这里，有的是出差，有的是去朋友家。还有，这里的治安也不好，前几天还发生过盗窃案。

"盗窃案！"章小琪很是惊讶，"小偷抓到了没？"

严佳敏摇了摇头："当然没有啦！"

"啊？为什么？难道没人报警？"

"那户人家是个男人独居的，家里也没啥值钱的东西，所以就没报警。哎，就算报警了又怎么样，也没丢什么，而且这栋宿舍楼连监控都不装，警察才不会浪费精力在这种事上面呢！你知道上海每年有多少重要的案子等着他们去办吗？"

严佳敏说得也有道理，章小琪听后也不再追问。

这里治安不好还有一个原因，就是作为工厂员工故意申请宿舍，自己不住，转而去当二房东，将宿舍再租给一些付不起高昂租金的人。这些租客鱼龙混杂，租房时候也不会查身份，说严重一点，就算有逃犯恐怕也发现不了。

推开宿舍的房门，首先看见的是一台挂在墙上的空调，随即章小琪就发现整个屋子的格局是完全对称的。房间的地上，铺陈着一整块米色的地毯。空调两边是两扇窗户，以房门和空调为中轴线，右手边靠里面的位置是一张单人床，床的两侧摆着两个床头柜，靠窗的床头柜上有一盏台灯；

右手靠门的地方，有两张单人沙发，两张沙发中间放置着一张小茶几，茶几上有个盘子，里面装着没吃完的橙子；进屋左手边靠里的位置，是一张书桌和两把椅子，书桌上有台笔记本电脑，边上还堆了一些书籍；左手靠门的位置有两个不算大的实木橱柜，一个放书，一个放衣服，书橱靠里，衣橱靠近门。（如图所示）

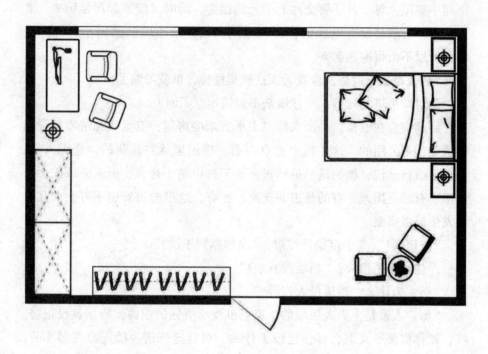

刚进屋的时候还没开空调，章小琪就感觉屋子凉飕飕的，总之不太舒服。

两人叫了麦当劳的外卖，一边吃一边围坐在书桌前用笔记本电脑刷剧，一直看到晚上十点半，章小琪才打车回家。严佳敏本意是想留宿的，不过章小琪还是拒绝了，说是第二天早上和同事约好去看电影，怕从她这里过去不方便，但最主要的原因是严佳敏这间宿舍给她的感觉很不好。怎么说呢，就像有一双眼睛，时时刻刻监视着她。

就这样又过了一个礼拜。

原本这个周末章小琪是不去找严佳敏的，因为严佳敏的男友周五从北京来找她，不出意外的话会在宿舍留宿到周日晚上，坐最后一班高铁回京。但章小琪实在忍不住，周五晚发了一条微信给严佳敏，说明天早上来宿舍找她，有一件非常重要的事，想和她商议。严佳敏回了一句好的，就没再说什么话。章小琪心想，打扰人家小两口是不好，但这件事也非找她商量不可。原来在这周的工作中，章小琪因与客户在某些工作交接上的意见不统一而发生了争执，公司领导得知后，狠狠地批评了她，章小琪感觉受到了莫大的委屈，她不认为自己在这件事上有错。这件事令她产生了离职的想法，但对于现在的市场环境来说，贸然裸辞显然是鲁莽的，因此章小琪陷入了极为苦恼的境地。

这种时候，能给她建议，或者换句话说，能让她恢复理智的人，也只有严佳敏了。

第二天上午十点，章小琪到达宿舍楼下，她还带了三杯咖啡，提着上了五楼。上次来的时候是夜里，所以即便没什么人，她也没太惊讶，可这次是双休日的上午，楼道里竟也空荡荡的，从一楼走到五楼，连一个住客都没碰见。

这导致章小琪心头那股无以名状的不适感越发严重了。

来到严佳敏房间的门口，章小琪按响了门铃。充满劣质感的电铃声回荡在无人的楼道里，显得极为刺耳。

过不多时，门打开了，严佳敏那张苍白的脸出现在了章小琪的视线里。她眼袋很重，眼白里也布满了血丝。说句不恰当的形容，就像被不干净的东西附体，吸干了精力一般。

"你怎么回事？"章小琪感到不对劲，忙朝她身后张望，"沈柯诚呢？"

沈柯诚是严佳敏男友的名字。

"他不在。"严佳敏不咸不淡地说了一句。

"不在？他昨天没来啊？放你鸽子了？发生什么事了？"

章小琪知道她神色憔悴的原因了。尽管有闺蜜的陪伴，但闺蜜始终是替代不了恋人的，严佳敏每个月就期盼沈柯诚来的那两天，为此还会做很多准备。虽然不知道沈柯诚是以什么借口没来见她，但章小琪内心对严佳敏已有了极大的共情。

其实章小琪一直觉得沈柯诚配不上严佳敏，最大的短板就是身高。严佳敏身材很好，光脚身高足有一米七八，而沈柯诚才一米六，矮小瘦弱，两个人站在一起，极不般配。可严佳敏就是喜欢沈柯诚，所以有时候爱情没道理可讲。

"工作忙呗，还能有什么事。"严佳敏移开一个身位，让章小琪能进屋，"你无事不登三宝殿，快说，找我什么事？"

　　"什么叫无事不登三宝殿，你把我看成什么人了！"章小琪举起手里的咖啡，"你看，我还给你带了最爱喝的拿铁呢！"

　　"嗯，还算你有良心！"严佳敏笑着接过咖啡。

　　当章小琪把视线转向房间的时候，发现屋里的家具和之前摆放的位置不一样。（如图所示）

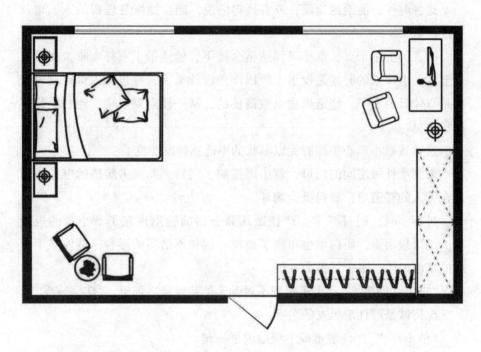

　　"你还真有空啊！把家具搬来搬去的。"

　　"啊？"严佳敏皱起眉头，仿佛听到了一句外国话。

　　"你就别和我装傻了。"章小琪苦笑道，"上次来的时候，床是在房间右边的，现在被搬去左边了。还有，你的书桌，不是在左边的嘛，现在被你搬到右边了。你还别说，你这搬来搬去的，还挺对称呢！是不是有什么讲究？"

　　面对章小琪的发问，严佳敏完全不知道如何回答。

　　她愣在原地，过了好一会儿才慢慢道："我不知道你在说什么，我的床一直是在那个位置啊，我也没搬过什么家具……小琪，你没事吧？"

"好啦，还和我装傻呢？"章小琪大笑起来，"你的恶作剧太拙劣了啦！"

"我真的没有！"严佳敏急了，"你把话说说清楚！"

"很明显啊，上次我来的时候，家具摆放的位置根本不是这样的。你的房间，就好像有人用图像软件做了'水平翻转'一样，所有家具的位置都对调了！"

也许是章小琪的神色足够严肃，严佳敏可能也渐渐意识到她的闺蜜并没有在开玩笑。

"你是说，我房间家具的摆放位置，和你上次来的时候不太一样？"

"不是不太一样，是完全对调！"

章小琪急得直跺脚。镜像对称，她本来想用这个词来形容的，但一直没想起来。

"怎么可能？我没感觉有对调过啊。小琪，你是不是最近没休息好……"

"我对天发誓！上次来你宿舍的时候，床是在右边的！"

"你别吓我……"

"你别吓我才对！"

章小琪说着拿出手机，咔嚓一声，对着宿舍房间拍了一张照片。此刻工作上的困扰早就被她抛之脑后。眼下这件诡异至极的事件，若不是严佳敏的恶作剧，那都可以称得上是灵异事件了！

"如果真的像你所说，房间里的家具被人调换过位置，那为啥我自己一点感觉都没有呢？我还是觉得是你记错了。"严佳敏说。

"肯定不会记错！"章小琪又着急又害怕，她现在最后悔的事，恐怕就是第一次来宿舍的时候，没有将整个房间拍下来。现在口说无凭，加上严佳敏记忆混乱，更讲不清了。

两个人你一句，我一句，谁都无法说服谁。

闹到最后，章小琪都开始自我怀疑了——是不是自己记错了呢？

毕竟严佳敏没有任何理由将这么多家具来个左右调换，要知道这么做可得耗费极大的精力！如果是别人的话，那这么做的目的究竟是什么？而且严佳敏也言之凿凿地说家里没掉过东西，应该不是小偷所为。

既然辩不出个所以然，两个人随即也换了个话题，章小琪开始数落公司领导的不是，而严佳敏则开始责怪起临时放鸽子的男友。

而家具莫名其妙被左右调换的怪事，两人也不再提起了。

<h1 style="text-align:center">3</h1>

可是，怪事并没有就此结束。

镜像房间事件之后，严佳敏的男友沈柯诚竟然失踪了！

严佳敏告诉章小琪，起初她以为是沈柯诚故意躲她，微信不回，电话不接，是想靠"玩失踪"逼她分手。不过事情并不如她所想的那样。不久之后，沈柯诚在北京的同事周劼也曾联系过她，询问沈柯诚的去向，他们以为沈柯诚的不辞而别，是因为与公司的人事纠纷导致的。

这下严佳敏可坐不住了，立刻买了去北京的机票，当天就飞了过去。由于沈柯诚不是北京人，父母在山东，所以在北京也是一个人独居。当严佳敏和周劼赶到他所租的公寓楼住所时，只见大门紧闭，按半天门铃都没人应门。严佳敏想起沈柯诚曾留了一把备用钥匙在她那儿，忙从包中取出，然后用来开门。

打开门后，屋内一片寂静。严佳敏冲着屋内喊了一声沈柯诚的名字，无人应答。她和周劼对视一眼，一起走进屋内。这是一间三十平方米的住宅，连客厅都没有。厕所和厨房靠北，房间朝南。这种房间的格局清清楚楚，一眼就能看清，如果有人躲在屋内，他们绝对不会瞧不见。所以，沈柯诚既不在上海，也不在公司，更不在自己的住所。

一个大活人，就这么凭空消失了。

"还是报警吧？我觉得这件事太奇怪了！"周劼对严佳敏说。

这时的严佳敏已哭成了泪人，除了不停点头外，说不出半句话来。

警方介入调查之后，发现沈柯诚在周五早上离开公寓楼后，就不见了踪影，公司也没去。他所在的地段并没有太多摄像头，所以无法从这个方向入手进行调查。负责这个案件的民警让严佳敏和周劼去派出所录了个笔录，便让他们回去等消息。

严佳敏回上海后，给章小琪打了电话，将北京之行的情况详细叙述了一遍。也许是太挂念男友的安危，她说着说着就哭起来。章小琪安慰了几句，但总觉得严佳敏的精神状态不行，便匆匆挂了电话，打车去宿舍找她。

　　谁遇到这种事，精神上一定会受到严重的打击，这个时候是最需要朋友陪伴的。

　　到宿舍楼后，章小琪付了车费，一路小跑上楼。

　　夜里九点，楼道里也是没有人声，唯有她踩踏楼梯的足音，阵阵夜风袭来，使她感到几分阴森恐怖。章小琪缩紧脖子，不由得加快了脚步。第三次来到宿舍门口，章小琪非常顺手地按响电铃，她四下张望，楼道里一如往常，非常安静。

　　门被推开了，严佳敏只露出半张脸，比之前那次更憔悴、更苍白。

　　"没事吧？"

　　严佳敏点点头，说："进来吧。"

　　"人总会找到的，或许他只是心情不好，想找个地方散散心呢……"

　　说到这里，章小琪止住了话头，她意识到这种程度的安慰，还不如别说话。

　　严佳敏弯腰准备给章小琪拿拖鞋，忽然听见她用一种颤抖的声音，缓缓地说道："佳敏，你……你的房间……"

　　"我的房间怎么了？"严佳敏抬头去看她。

　　章小琪吓得面无人色，用手来回指着房间两侧。"又……又变了……"

　　"啊？"

　　"房间里的家具，又被调换过了！"章小琪猛地转过头，瞪大双眼，一副活见鬼的神情，"我记得上次来，床在左手边，书桌在右手边，但这次又换了！第二次了，已经是第二次了！你没有发现吗？"

　　"小琪，你别吓我。沈柯诚的事情已经让我焦头烂额了，你可别出事……"

　　章小琪双手抓紧严佳敏的肩膀，正色道："我没开玩笑，我也没疯，但是你这个房间绝对有问题，你真的没发现被调换过吗？"

　　或许是被章小琪抓疼了，严佳敏使劲挣脱开来，用力道："没有发现！没有发现！小琪，你别老吓唬我好不好？从第一天来我宿舍就一直说这有问题、那有问题的，你这样讲还让我怎么住下去？我知道你想让我搬去市中心和你一起合租，但是厂里分的宿舍是免费的，你也知道这样不仅可以节省我不少钱，离工作的地方还近！你能不能成熟一点？"

"你把我想成这样的人？"章小琪很意外。

"难道不是吗？这世界上哪里来那么多神神秘秘的东西？还不都是人编出来的！你知道我是女生，也知道我胆子小，就故意编这种故事吓唬我！你还说你不是故意的？"

严佳敏憋红了脸，将她对章小琪的猜忌一股脑讲了出来。

"好！既然你这么想我，那我走！真是狗咬吕洞宾，不识好人心！"章小琪推开门。

"是，我是狗！你是神仙！"

"我不是这个意思！"

"无所谓了，反正我们朋友也到此为止，以后别再来找我！"

"你有病啊……"

还未等章小琪把话说完，严佳敏就"嘭"的一声关上了门。

被严佳敏这一顿呛，章小琪也气得不行，飞快地走下了楼梯，到路边去打车。回去的路上，还不停念叨着刚才严佳敏说的话。那么多年的情谊，几句话就结束了。章小琪想着想着就蹲在路边哭泣起来，就连路过的出租车都顾不上拦招。

章小琪在路边哭了好久，情绪渐渐平复之后，她拦下一辆出租车回家。

坐在车上，刚才与严佳敏争吵的事慢慢淡化，而房间里左右调换家具的怪事，又重新占领了她的脑海。更让她觉得奇怪的是，为何这么明显的变化，严佳敏却一无所知？难不成这件事真的有超自然的力量介入？

章小琪越想越害怕。

一回到家，她就打开一个专门讨论灵异事件的网站论坛，将自己这些天的遭遇写到了网上，同时，还将那天在严佳敏家里拍的家具照片，发了上去。谁知道一时间竟引起了网友们极大的关注，各种网络侦探纷纷现身，对镜像房间的谜团进行了不同的解答。

有网友说是屋主梦游，在不自知的情况下将家具来回搬动，也有网友说是平行世界，当朋友拜访她家时忽然两个时空交错，造成了这种现象；有说房间风水出问题，楼梯正对房门形成了"穿心箭煞"格局，有说屋主人格分裂，最离谱的是讲家具有自主意识，一到晚上，会自己跑来跑去。镜像房间的帖子一天之内就变成了论坛的热帖，成百上千的网友参与到这个话题中来，但对于章小琪来说，虽众说纷纭，却莫衷一是。

帖子在网络上发酵了几天，点击率超过百万，甚至有不少公众号都开始转载，有的视频博主则将这个故事用自己的方式在抖音和快手上进行演绎，知乎上也出现了解答帖。紧接着，有人开始呼吁大家一起去寻找现实中的"镜屋"。这时，章小琪才意识到不对劲，忙把网上的帖子删掉，可为时已晚。在这样的热度下，当事人严佳敏自然也知道了这件事。对于她来说，章小琪等于将她的隐私暴露在公众目光之下，严重影响了她的生活。

严佳敏非常愤怒，她打电话质问章小琪，并告诉她，因为她的愚蠢行为，厂里决定收回出租屋。由于这些负面影响，她可能还会面临罚款的处罚，事态如果在网络上进一步扩大，甚至会面临解除劳动关系的危险！

章小琪只得不停道歉，但严佳敏显然对她已经失望至极，挂断电话后，她就在微信上把章小琪拉黑了。两个本来非常要好的闺蜜，因为这起灵异事件而彻底绝交。

4

听完章小琪的叙述，我那杯柠檬蜜桃乌龙茶已经见底了。

"事情就是这样。"章小琪抬起头，望向我和陈爝，"所以这次来找陈爝老师，是想借助老师的推理能力，找出这起灵异事件的真相。"

"你怎么知道我就能揭开这个谜团呢？"陈爝将双手枕在脑后。

"因为韩晋老师的作品啊！"章小琪冲我不好意思地笑了笑，"像什么镜狱岛和傀儡村的案件，我都读过，陈爝老师实在太厉害了！那么复杂的案件，竟然不需要思考就能破解，我实在是佩服得五体投地。"

"毕竟是小说嘛，会有艺术加工。"我勉强挤出一个微笑。

她不停地夸赞陈爝，却丝毫不提起作为作者的我，实在令人失望。

"在我心里，不论多么不可思议的案件，只要陈爝老师出场，不需要花费很多时间就能轻松破解！"章小琪的话听上去是在拍马屁，给人的感觉却很真诚。

陈爝在边上一直不说话。

我问章小琪道："严佳敏拉黑你之后，你有没有再尝试联系过她呢？"

"有过，但她就是不肯加回来。而且我还托我们之间共同认识的人去联系，也被严佳敏严厉拒绝。她和人家说，我居心不良，想把她吓出毛病！真是疯了，幸好我第二次去的时候拍了照片，不然真就说不清呢！"

"那张照片她应该也看了吧？她就不觉得奇怪？"

"她看了，不过一口认定我是用了修图软件改过，就是为了吓唬她。"章小琪吐出一口气，耸肩表示无奈，"我疯了吧？有必要这么做吗？"

我把目光投向陈爝，希望他能给出一些建议。可他还是一副事不关己的样子，眯着眼睛欣赏着玻璃窗外的景色。其实此刻路上已无太多行人，只有被烤得发烫的地面，以及偶尔穿梭而过的汽车。

看了一会儿，陈爝收回视线，对章小琪说道："不如你先回去吧！"

"啊？"章小琪不明白他的意思。

陈爝调整了一下坐姿，将双手放在桌上，认真地说："章小姐，你先回去吧。这件事我听了，不过你也要给我一点时间思考，是不是？等我们有了答案，会来找你的。"

我忙应和道："是啊，等他想明白了，我第一时间联系你！"

章小琪来回望了望我和陈爝的脸，终于无可奈何地点了点头。对于她来说，肯定是寄希望于陈爝在当下就解开她的疑惑。不论是镜像房间的谜团，还是严佳敏何以对她这样的态度，甚至忽然杳无音信的沈柯诚。我相信这些问题时时刻刻都在困扰着章小琪，严重影响着她的正常生活。

"好吧。"章小琪最后这样说。除此之外，她也没其他办法。

我们和章小琪的会面就这样结束了。与她道别之后，我和陈爝又去了趟超市，购买了一些生活用品，和一台会摇头的立式电风扇，然后一起回到了思南路的住所。陈爝全程没有说话，面色不太好看，我很熟悉他这种表情，心里一定在反复思索刚才的事情。

"刚才的事件，你心里有答案了吗？"我忍不住问他。

"什么？"陈爝的表情看上去像在装傻。

"就是章小琪刚才说的镜像房间灵异事件。"我说。

"哦，你说那个啊！"陈爝拍了拍自己的脑袋，"这件事很简单啊。"

原来他并不是在思考这件事。

"简单？"我难以置信，"难道你已经破解了这个谜团？"

"是的。"

陈燨点点头。

"怎么可能?"我根本不信。

忽然,他仿佛想起了什么事,对我道:"你不提我差点忘了!我得给宋队打个电话。"说完他便取出手机,按下呼叫键。

他口中的"宋队"便是市局刑侦队的宋伯雄队长。

宋队可以说是我们的老朋友。陈燨自从回国之后,就一直承蒙宋队的照顾,他替陈燨挡下不少麻烦事,当然,作为回报,陈燨也经常以非官方的身份介入一些案件的调查,并给予宋队不少有价值的破案思路。不过这一切都是私下进行的。

"喂,宋队,有件事需要麻烦你。"

电话接通之后,陈燨开门见山。

"北京有个叫沈柯诚的男人,能不能麻烦你托人替我去调查一下。"陈燨接着说,"是的,事态非常严重,不过我现在没太多时间跟你解释。回头我会让韩晋把这个人的资料发你微信。对,我需要他非常完整的资料,最好排查一下他的交际网。好的,多谢。对了,还有一件事……"可惜最后一句话我没听清。

陈燨挂了电话,往沙发上一躺,闭起了眼睛。

"你认为沈柯诚失踪和严佳敏出租屋的灵异事件有关联?"我很好奇。

"目前我还不确定,需要等宋队的消息。对了,你问章小琪要一下沈柯诚的资料,越详细越好,然后发给宋队。"陈燨吩咐道。

"好的。"

我如实照办,向章小琪询问了沈柯诚的情况,然后编辑好之后,转发给了宋队。宋队收到消息后,给我发了个表情,是一只可爱的小熊在做一个"OK"的手势。我将这个表情与宋队那张凶悍可怖的脸联想到了一起,感觉非常不搭。

办完这一切后,我再想询问陈燨,发现他已经在沙发上睡着了,额上全是汗水。

我拆开新买的电风扇,通上电源,将它对准沙发,开了最小一挡。随着扇叶旋转,凉风缓缓袭来,令人感到舒适。

眼下我只希望明天早点到来。

不出所料,第二天上午,我们就等来了空调维修员和宋队的消息。

当空调被修好的那一刻，我感觉整个人都新生了。空调据说是一个名叫威利斯·开利的美国人发明的，真是大善人，是救人于水火的菩萨。原本奄奄一息的陈爝也开始活蹦乱跳起来，他美滋滋地在厨房煮咖啡，嘴里还哼着早就过时的歌曲。宋队发来消息的时候，他也仅仅是瞄了一眼，然后就将手机丢在一旁，专心用滤纸过滤咖啡。

为了庆祝空调"复活"，我还特意叫了外卖点心和他一起分享。

我们一边喝着咖啡，一边吃着甜点，感觉活着真是太好了。如果将生活比喻成西瓜，那生活中所有的困境，就像粗盐，空口吃盐确实很苦涩，可当盐粒撒在西瓜上后，又可以提升西瓜的甜味。我把这番感悟告诉了陈爝，本以为他也会被我的才华打动，谁知却换来了一句"神经病"。

"对了，宋队刚才给你发了什么消息？"

"沈柯诚找到了。"陈爝若无其事地说道。

我惊讶得差点打翻手里的咖啡。

"找到了？他在哪里？为什么要失踪这么久？是故意躲严佳敏的吗？"

陈爝缓缓摇头，然后道："恐怕他无法再回答你这些问题了。"

"啊，为什么？"

其实他的话已经讲得很明白了，只可惜当时我还没反应过来。

"因为被找到的，是沈柯诚的尸体。"陈爝仰起头，将杯中的咖啡一饮而尽，"韩晋，我要出趟门，你要不要一起？"

"去哪儿？"我问。

"我约了章小琪和严佳敏。"陈爝把咖啡杯放回茶几上，对我说道，"这件所谓的灵异事件，是时候画上句号了。"

5

陈爝把见面地点放在了一家茶楼的包厢。

这间茶楼的老板是一位著名的书法家，姓施，与陈爝也是老相识，所以我们没事的时候，经常会来这里坐坐。茶楼的环境自不必说，不论是从装修还是饰品，都充满了中国风的元素，当然这里主打的也是正宗中国味，以展示本土的茶文化。可最近老板向陈爝吐槽，尽管如此，还是有很多顾客说他的茶楼不正宗。我和陈爝都很好奇为什么。

"他们说就算你房间的装修都很中国风，但你这栋楼用的材料还是钢筋混凝土啊！这太不中国风了，太不本土化了，材料应该用木头，还有什么卯榫结构这样，才够得上正宗二字！哎，你们来评评理，这不胡扯吗？"

施老板的抱怨，我听起来十分耳熟。

言归正传。我们到达茶楼包厢后，又过了约十分钟，章小琪就到了。她比上次见面时的精神好了很多，不过这次见面时表情还是有点紧张，双手握得很紧，可能是从陈燨那边听到了沈柯诚死亡的消息。我和陈燨并排坐在一起，章小琪在我们对过的位置坐了下来。

随便闲聊几句后，门外传来了脚步声，过不多时，门就被推开了。

立在门外的是一位二十来岁的女孩，和章小琪身上的文静气质不同，这位女孩显得更外向热情。她身材高挑，目测就有一米七五上下，可能更高。她头发全都染成了金色，脸上的成熟妆容也使她看上去比章小琪大了几岁。

"佳敏，你来啦！"章小琪见到她，立刻站了起来，拖开身边的椅子，"坐这里吧。"

严佳敏站在原地，并没有走过去的意思，而是扫视我和陈燨，问道："你们谁是陈燨？"

"我是。"陈燨举起了手，"不如你先坐下来，我们慢慢说。"

"你说沈柯诚死了，是不是真的？"

和章小琪比起来，严佳敏非常具有攻击性，表情也更为严肃。看得出来，她对我和陈燨充满了戒备心。

"你要站着说话，也不是不可以。"

陈燨站起身，绕到她的身后，关上了门。

"到底是怎么回事！"严佳敏冲着陈燨大声呵斥，"我没太多时间浪费，你们有话就说，如果无话可说，那对不起，我要走了。"

她嘴上这么说，脚却没有移动。

"你想走的话，这里没人会拦住你。只不过，恐怕还没等你到家，警察就会先一步把你带去公安局协助调查沈柯诚被杀的案子。"

陈燨说话的口气虽然平淡，但说出的语句如同箭一般，直射严佳敏的心脏。

"我……我听不懂你在说什么……"

严佳敏说这句话的时候，已经没有了刚进门时的那股气势。

"听不懂吗？"陈燏干笑几声，继而说道，"那我就讲得再明白一些。杀死沈柯诚，并且藏匿他尸体的人，就是你！"

此言一出，我和章小琪都不约而同地发出了一阵短促的惊叫声！

谁会想到眼前这样一位美丽的少女，竟然是个杀人犯？

更何况，起初章小琪来委托我们调查的，不过是发生在严佳敏房间里的灵异事件，怎么会突然牵扯出一件凶杀案来？

这是我想破脑袋也想不明白的事。

"你在胡说什么！"严佳敏也被这话惊得不轻，话都说不利索了，"沈柯诚在哪儿我都不知道，我一直在找他，你凭什么说我杀了他？"

"他的尸体警方已经找到了。整个人被装在行李箱，丢进了一条河里。你还真厉害，还在行李箱里装了石块。不过呢，你也太小瞧警方的侦查能力了，尽管你去的地方是人迹罕至的郊区，不过只要犯了罪，总有办法能够找到证据的。"

章小琪打断了他们的对话。"到底怎么回事？我越来越不明白了。陈燏老师，我找您是让您破解镜像房间的怪事，您怎么会联想到严佳敏杀了沈柯诚这件事上呢？"

此时我内心的疑问，和她一样多。

陈燏清了清喉咙，开始了他的"演讲"。

"章小姐的故事很吸引人，不失为一个有趣的都市传说。不过我们都知道，都市传说都是假的，尽管其中有些是受到真实事件的启发。所以当我听到所谓镜像房间的灵异现象时，我就在想，最大的可能性就是章小姐在撒谎。可是当我听完章小姐的叙述之后，我认为整个故事中，章小姐完全没有撒谎的动机和理由。换言之，她来和我讲这个故事，目的是什么呢？羞辱我一番吗？这种可能性不是说完全没有，而是极低。于是，我又开始思考另一种可能，会不会这件镜像房间灵异事件是真的呢？"话到此处，陈燏故意转过头去看严佳敏，"严小姐，听说你并不相信自己所住的房间的家具曾经调换过位置？"

"是章小琪故意吓唬我的！"严佳敏狠狠地说。

"我没有！"章小琪大声喊了一句，像是受到了极大的污蔑。

"章小姐吓唬你如果仅仅是为了让你搬去市区和她一起住，大可不必这样兴师动众。所以，我可以很负责任地告诉你，严佳敏小姐，你的房间里的家具，确确实实曾经被调换过位置！只不过，这并不是什么灵异事件，而是你在搬动它们！"

"荒谬！"严佳敏骂道。

陈燨冷笑道："没错，确实非常荒谬，非常荒诞，非常都市传说！我当时听章小姐说起这件事的时候，反应和你一模一样。根据章小姐的叙述，家具搬动过两次！第一次是将所有家具镜像调换，第二次又将它们恢复原貌。于是我就在想，你为什么要去做这件事？将家具镜像调换，对你来说有什么好处呢？直到我听章小姐说，你男友原本说好来看你，却突然失踪了，我才恍然大悟！"

严佳敏死死地盯着陈燨，嘴里一句话也说不出来。我感觉她整个人都在颤抖。

陈燨吐出一口气，像是在宣布最后的结局。

"答案就是地毯。"

6

"地毯？和地毯有什么关系？"我更糊涂了。

将房间里的家具镜像调换，和地毯又有什么关系？不过我还记得当时章小琪在和我们叙述灵异事件时，确实有提到过房间里铺陈着一整块米色的地毯。

"简而言之，严佳敏不惜耗费大量的体力，将家具镜像对调，是因为原本地毯上因家具长期压在上面，留下了压痕，不论是书橱还是床，地毯上都会留下印迹。所以，当地毯翻转过来，为了让地毯上的印迹吻合，不露出马脚，家具也必须镜像对调才行。就像这样。"

陈燨说着，便从桌上抽取了一张纸巾，拿出圆珠笔在纸巾的右侧画了一个方块，左侧画了一个三角形。画完之后，他又将这张纸巾翻过来，原本上面的图画被换到了下面，但我们还是能透过薄薄的纸巾，看出方块和三角形的形状。唯一不同的是，它们被调换了方位，由于纸巾翻转，原本在右侧的方块，变成了左侧，而左侧的三角形，则去了右边。

这下我终于明白了！

"所以说……"

还未等我把这句话说完，陈燔便抢先道："没错，将家具镜像对调，并不是目的，将地毯翻转过来，才是严小姐的真正目的！"

"可是，她为什么要把地毯翻过去呢？"

章小琪比我还迟钝。

陈燔进一步解释道："是为了掩盖地毯上的血迹。"

"原来是这样！"章小琪终于想明白了。

"我从头开始给各位捋一遍吧！这样会更方便大家理解严小姐的行为。如果我有讲错的地方，欢迎严小姐随时纠正。一切的源头发生在沈柯诚身上。他和严小姐异地恋，却管不住自己花心的本质，于是在北京招蜂引蝶，和不少女孩子都发展成了恋人关系。起初严小姐并不知道，毕竟相隔两地，平时连见面都很难。直到有一天，严小姐从沈柯诚的同事那里，得知了他的花心事迹，当然，知道真相后的严小姐非常愤怒。案发当天晚上，沈柯诚如约来到了严小姐的住所。严小姐一见面就质问沈柯诚是不是做了对不起她的事情。沈柯诚见事情已经败露，便向严小姐提出了分手。毕竟像他这种男人，尽管外形不出色，却因为长了一张会哄骗女人的嘴，所以身边并不缺女朋友。多一个严小姐不多，少一个严小姐也不少。"

陈燔在说这些话时，我察觉到严佳敏的眼角泛起了泪光。

"愤怒令严小姐失去理智，从桌上抓了一把剪刀，就朝沈柯诚的咽喉捅了过去！可能是刺到了颈部动脉，喷射出的鲜血瞬间把地毯染红了。沈柯诚死亡之后，你将他塞入行李箱。因为他身材瘦小，操作起来并不太复杂。完成这一切之后，你开着工厂里的汽车，将行李箱运往郊外，在一处没有监控摄像的河里抛尸。回到出租屋后，严小姐忽然发现了地毯上已干涸的血迹，这时严小姐才意识到事情的严重性。因为第二天一早，章小姐就要来了，立刻去买一块这种大小定制的地毯，显然不可能。送去清洗的话，好像也来不及。幸好这块地毯是双面地毯，两面都可以用，于是严小姐心生一计，将地毯翻转过来。她本以为这样就可以掩盖血迹，但又出现了另一个问题——家具的压痕对不上。这样一来，万一被章小姐看出问题，就麻烦了。所以，在不得已的情况下，你只能将家具对调，并期待章小姐看不出来。毕竟她只来过你这里一次，你感觉她应该没那么好的记忆力。"

严佳敏的面色越来越难看。

陈燨继续说道："可惜啊，尽管章小姐只来过一次，却记得你房间的格局。所以当她提出疑问的时候，你立刻否决，并表示是章小姐记错了。但你万万没想到，章小姐在第二次来你房间竟然拍下了照片。留下证据之后，章小姐更坚信自己没有搞错。第三次你因为要搬走，必须将家具换回原位，不然会被房东察觉。你调换回来之后，与章小姐的照片所拍摄的格局又有出入，更坚定了她的想法——你的房间发生了镜像灵异事件！"

"这样一来，一切都能解释得通了！"我拍手叫好。

"至于证据嘛，只需让警方去检测那块地毯，是否有沈柯诚的血迹，就能明白一切了。"陈燨对严佳敏道，"严小姐，以现在的科技手段，即使你用清洁剂清洁了好几遍，表面上虽然看不出血液，但还是可以查出来的。除此之外，你带着行李箱取车的行为，恐怕也被摄像头拍下来了。结合这些证据，你还有什么话想说吗？"

面对陈燨的诘问，严佳敏并没有立刻回答。

"佳敏，真的是这样吗？"章小琪往前走了一步，她或许想安慰一下昔日的闺蜜，却又不知该说什么好。

严佳敏抬眼看着章小琪，冷笑道："找人来查我？我们可真是好朋友呢！"

"不是你想的那样……"

"那是什么样？你真的把我当朋友吗？"严佳敏甚至不给章小琪解释的机会，"你知道别人背后怎么说我们的吗？塑料姐妹花，是不是很形象？其实你一直很讨厌我是不是？一直看不惯我的作风是不是？觉得我交男朋友也不谨慎，整天喜欢和男人混在一起，是不是？其实你直说也没关系，何必藏着掖着，最后用这种方式来搞我！"

"真的没有！我真的没有这样想你！"

可不管章小琪如何解释，严佳敏总是保持一副冷淡的模样。也许在她心里已经认定章小琪对自己有看法，所以不论对方怎么说，她都不会相信。

人有时候就是这样，固执，愚蠢。

"沈柯诚是个渣男，我和他在一起，确实是瞎了眼。不过，我最瞎的是和你成为好朋友，这些年来，我无时无刻不忍受着你！明明心里很讨厌，表面上还要装出一副和你要好的样子。所以借这次机会，我终于可以摆脱你了。你知道吗？我多开心啊！可是没过多久，你就带着这两个人又来纠缠我。好了，我现在要被警察带走了，我杀了人，你满意了吗？你终于把我置于死地了！"

严佳敏这些话，让章小琪泪流满面，甚至都失去了辩解的力气。

"你不相信友谊，但不代表友谊不存在！"

我不由自主地喊出了这句话。

虽然我不知道她们一同经历了什么，但章小琪在我们面前表现出的那种对严佳敏的关心，是装不出来的。因为我也有好朋友，所以我能懂她，能对她产生共情。如果哪天陈燹也对我说出类似的话，我一定会很痛苦！

"每个人都只会相信自己。所以对他人的判断，都如同在镜子面前，照出来的还是自己的模样。"陈燹苦笑着嗟叹，"愚蠢的人类啊！"

直到宋队进屋之前，我们之中任何人，都没有再说一句话。

原载于《传奇故事·推理》（2023 年 11 月）

整容狂

路 笛

【作者简介】

路笛，新锐推理作家，个人兴趣是将历史、科幻设定和推理悬疑小说结合起来，创作更有魅力的新时代推理小说。长篇推理小说《金属森林》曾入围首届 QED 推理小说奖决选，《火鸟号事件始末》荣获第四届牧神计划·新主义悬疑文学大赛三等奖。短篇推理小说《指雕师》曾入围第一届"中国原创推理星火奖"复选，并收入《2021 年中国悬疑小说精选》。

1

我翻开了泛黄的剪报笔记本，这是我小时候父亲送的。我平日有搜集剪报的习惯，里面珍藏着不少珍贵数据，它们意义非凡。

左手边放着昨天的报纸。这是在 H 市街角偶然买到的一份报纸，时间是 1949 年。报纸标题是《昔日第一整容专家今流落街头，乞讨度日》。

小报记者偷拍到一个落魄男人，黑白的照片模糊不清，依稀可见一个蓬头垢面的男人披着寒酸的衣服，坐在十字路边醒目的大榕树下。报道称该男子每天日落时分会准时出现在柯士甸路与九龙道交叉处乞讨，起先无人注意，后来被人认出来与从前一位整容名医神似。

我的右手指尖停留在 1916 年 5 月间的一则剪报，标题是《盐业银行大劫案，劫犯四死一逃亡》。新闻板块有个非常模糊的照片，是警方在悬崖边抓拍到的唯一逃犯最后的照片。

据报道，这个案子非常古怪，当时在天衣无缝的金库密室里突然出现了四个蒙面劫匪，而实际上被抢劫的金额数目并不大，这似乎与银行里收藏的一幅书法作品有关。

我在昏暗的灯光下仔细对照起来。两张报纸相隔三十三年，光从照片确实无法看清两人相貌是否相同，况且人的容貌随岁月流逝本身就有变化，所以更难确定。

我所开的私人诊所就在闹市区边上。墙上的挂钟敲了五下，我好言劝回了几个还在输液的病人，早早地关了门。然后化了个淡妆，用粉底掩盖了眼角早已泛起的鱼尾纹和松弛的皮肤，特意打上了口红，踏着落霞沿九龙道来到与柯士甸路交叉的十字路口。

灯火阑珊之处，榕树下果然静坐着那个男人。尽管他早已见诸报端，但在这兵荒马乱的年代，没有人会停下脚步关心小人物的故事。

"你好，请问你是整容专家郑久榕吗？"我小心地问道，再简单介绍了一下自己。

男人混浊的眼中闪烁着莫名的诧异，却一脸麻木，一副认错了人的表情。

"我在旧报纸上看到过你的新闻，早在几十年前就名声在外，而如今却宁可流落街头，也不愿重新抄起手艺谋口饭吃，这又为何？"

男人摇了摇头。

"那你……还对我有印象吗？我们应该偶然见过面，还有印象吗？"我凑到他面前问道，想让他将我看得更清楚一些。

"已经那么多年了，很多事情记不清了……"男人操着很标准的普通话说道，和周围的广东话格格不入。

是的，尽管岁月已使他的脸上布满了皱纹，但确实和我刚才翻出来笔记本上的两份剪报照片中的男人长着一样的脸。

——名医？劫犯？

空气中似乎弥漫着一丝怀旧的气息，而这个声音竟让我有一种熟悉的感觉。

2

这种感觉让我回到了三十八年前的傍晚。北京乌云压城。我父亲是纨绔子弟，年轻时败了家产，最近身体一直不好，把剩下的家产变卖后，都用作了医药费。

那时我还在北京一所美国基金会兴建的知名医院工作，因为这家医院后台资金雄厚，连当时最著名的名医——法国名医卜西尔和中医萧龙友都常到这里订购一些名贵药材，所以薪水还不错，日子也过得很惬意。

这天下午下班后，回家途中发觉身后一直有几名戴着帽子的男人尾随，我心里有些着急，匆匆拐进了十字路尽头的一家"明明照相馆"。以前路过时没太多机会进去，目前形势紧迫，也没有别的去处，只能暂时躲躲灾。

老板示意让我坐在一旁稍等，大堂正襟危坐着一个气宇轩昂的年轻男人，他整理好表情，正准备拍照。

男人一脸严肃，老板想着法子让他表情轻松一些，但都没有奏效。

"啪……啪……"镁光灯闪烁的时候，外面冲进来几个人，开始搜查众人的证件。

我一阵慌张，开始假装在裙兜里翻来翻去。照相的年轻男人翻出了证件，给几人一看，他们脸色一变，肃然起敬。

照相馆老板说证件在冲洗暗房里，转身进屋去找了。此时年轻男人发现了我的窘迫，向我招手，示意我坐在他旁边。

"这是我的未婚妻，你们就不用查了吧。"男人向众人微笑地介绍道。

我觉得双颊顿时发热，说不清楚是紧张、尴尬还是心虚，也许看起来是恰到好处的羞赧状。

这些检查之人迟疑起来，这时老板又从暗房里出来，拿出证件给他们看时，发现我和男人坐在一起，略显诧异，不过这个表情很快就被他拉起的相机后盖黑布遮住了。

片刻等他们退去后，我们又接着照了几张。照相的时候，老板不发一言，随后给男人开了一张票，示意他三天后来取照片，于是我知道年轻男人姓刘。

"你也给她开下票吧，有她的照片，她到时候也来取。"男人让老板把我们的合照多洗了一份。

"我姓周。"我于是胡诌了个姓，"我表情照得不好，不用加洗了。"

"嗯……"老板一边在单上记下我的姓，一边意味深长地说道，"没有没有。自从你们两位一起入镜后，表情都比刚才自然多了……"

"那好，"年轻男人微笑道，"一共多少钱？"

他不假思索地掏出了钱包。

第二天我去看望了父亲，他形容枯槁地躺在床上，面无表情听完我讲述后淡淡问了一句："你和阿杰现在怎么样了？"

"不怎么样，我还不想成家。"我摇摇头，强忍着内心的怒火。

"女孩子哪有不成家的，像这次遇到坏人怎么办？"父亲一听顿时火气上来。

"这次也遇到了好人嘛！再说成家了遇到大的变故，人也会跑掉的。"我若无其事地说。

父亲年轻时是本地有名的纨绔子弟，我母亲在生下我不久就去世了。后来父亲又娶了新太太。早些年家道没落后，我就很少回家。随着改朝换代，京城顿时血雨腥风，亲朋好友更对父亲这种公子哥儿避之不及。继母也因害怕受牵连，连夜偷偷跑了，至此杳无音信，我才不得不回来照顾父亲。

不少值钱的家当早就卖掉了，我们还去承德的乡下躲了一段时间。后来父亲看到形势逐渐稳定下来，想到那群狐朋狗友还在京城，于是又回来了，一直低着头过日子，谁知积劳成疾，突然之间一病不起。

我之前在女校成绩还不错，早打算好了去大学学医。想不到父亲总是摆摆手，淡淡地说道：

"女孩子读什么书？找个好人家嫁了才是正事。我们家这个情况随时可能掉脑袋，你还是得找个靠得住的。"

我不由分说地和父亲吵了起来，索性去女校学护理，当上了护士，准备自食其力。

可父亲仍不罢休，他物色到的合适人选就是阿杰。这纯粹是因为阿杰的三叔是警察分局的局长，家族里让阿杰干这行，未来就是要接三叔的班，而我对这人没什么好感。

一个礼拜后，下班经过熟悉的老街，我想起了"明明照相馆"的邂逅，进去发现老板一个人正在收拾店铺。

"要搬走了？"我四处张望，店里的设备和广告都被收进了皮箱。

"唔……"老板默默地用鸡毛掸掸掉搬相框时落在沙发上的灰尘，"形势太乱，大家饭都没得吃，哪有钱照相？不如先回趟老家待一阵避避风头。"说罢他突然想起了什么，问我："上次你和刘先生的照片还没拿。"

"哎……"我突然有些尴尬，想起了当时是说三天就可以取走了，问道，"他还没来拿？"

老板抬了抬眼镜，有些奇怪地上下打量着我，欲言又止，于是进屋去了。

"他再没来过？"我有些焦急地问。

老板从屋里拿出一包纸袋，递给我时点了点头。

这就是底片和照片，我很好奇刘姓男子究竟下落如何，走出店门时，我在想要不要把与萍水相逢之人的合照扔掉时，突然听到不远处校场里新式步兵的操练声。

我思忖片刻，把照片塞进了衣服内兜，这时候心里有了一些奇妙的念想。

——这是我的保命符。

什么时候能再见到他呢？

3

某天我和往常一样，在医院交接好晚班手续后，正准备下班回家，这时候护士长冲进病房，大声叫我：

"小赵，去值班室接个电话。"

我过去接起了电话，护士长带着一丝笑意。电话那头传来了熟悉的年轻男人的声音：

"晓姗，你还没走吧？"

"没。马上走，你在哪接我？"我若无其事地说，其实我知道他根本不会来的。

"今天来不了，有突发情况，局里正有些事要处理……你应该接到一个面部被毁容的男人吧?"

"是, 缠着白纱带, 第 463 号病人。"

"伤势如何?"

"不严重, 不过脸被人打烂了。你怎么知道?"

"我当然知道。这几天你得看着他, 看他跟什么人接触, 有没有什么特别的计划。"

"他是什么人?"

"目前还不清楚, 只知道他可能在今天组织抗议活动时被我们用警棍打破了头……"

我心里发毛, 看来这个病人比较麻烦。

五分钟后, 我和护士长交代好了调班情况, 这几天将继续由我值班。

"你这么累, 阿杰知道吗?" 护士长关心道。

"刚才电话就是他打的, 要我待在病房……"

"啊, 是吗?" 护士长吐了吐舌头, "也难为你了。" 她还想问些什么但最终把话噎了回去。

第 463 号病人正躺在病床上喝水, 头上缠满了白布绷带, 绷带里渗出了一些紫黑色的凝固的血液, 仅留下眼睛、鼻子和嘴巴。

"你今天还去看望父亲吗? 他的病好了些没?" 护士长一边夹着棉花给病人处理伤口, 一边关切地问我道。

"还好, 目前勉强维持, 以后只会越来越糟。" 说到这, 我有些难过。

"你早点下班回去多陪陪父亲吧!"

"我这不有病人嘛! 再说我也不想回去听父亲整天瞎叨叨。" 我淡淡地说。

病人听到了我们的对话, 使劲摇了摇头, 示意我别管他。我没有理他, 和护士长一起把他的所有绷带解开。

一阵血腥味扑鼻而来, 我险些呕了出来。

"这人叫什么名字?" 护士长指着病人说, 丝毫没有注意到我的不适。

"没有说, 以后称呼 463 号病人就行了。" 我捂住了鼻子。

在我们悉心照料下, 第 463 号病人身体一天天康复。其中免不了每天的擦拭等身体接触。阿杰叮嘱过要特别关注好他, 所以我一有空都会在床头和他闲聊几句，日积月累下来，我突然发现和他有了一些亲密关系。

"我们是不是在哪里见过面？"他身体刚恢复时，听到他的声音后，我多问了一句。

病人以奇怪的眼光看着我，片刻后摇了摇头，说没有印象啊，问我为什么这么说。

"我对人的声音特别敏感。一般我会在护士台，见不到病房里的病人，只能凭听到的呼叫声判断是哪个病人得配什么药水，好的声音辨别力可以让我少跑路。"我努力回忆。

"这样啊……我也对声音很敏感，可以随便改变自己的声音，也许碰巧是变成了你有印象的人的声音吧。哈哈。"病人笑了起来。

果然之后他的声音确实又变了，真是个怪人。

"想起来了。"我说，"有好人救了我，那人姓刘，还没来得及问姓名。不过庆幸的是我总算活了下来，撑到现在这个太平盛世。"我特别注意到了他表情的变化。

"嗯？"病人突然轻蔑地哼了一声，似乎对"太平盛世"一词颇为不屑。

"你怎么看？难道不是吗？"我突然想到了阿杰在电话里的提醒，病人正是参加了抗议才被打成重伤。为了避免打草惊蛇，引出他的后台，才让他住进医院的。

阿杰正是要我时刻注意监视病人一举一动，以及可能接触到的人群。所以我也有意无意地把话题向时局方面引导，但每每说到这些，病人就沉默起来了。

看报纸和剪新闻是我每天工作以外唯一的乐趣，因此我就在医院订阅了不少报纸，然后把看过的报纸堆在病房里，顺便供病人闲暇时解闷。

第463号病人对最近宫里流出的东晋王羲之《再复帖》将抵押给盐业银行一事非常感兴趣。

我以前对银行这种新生事物不太了解，以为主要作用就是存取钱，想不到还能寄存抵押奇珍异宝。

报纸上说，随着财政部部长倡议，张镇芳准备筹备创办盐业银行。其中保管箱库存艺术藏品数量惊人，宋代以来的名家字画、玉印、宋窑罐碟、明代画轴、碑册等有数百件。

"真想不到，一个小小银行，收藏的宝物价值连城。"我剪报时不禁叹道。

病人冷笑了一声说："这有啥奇怪？"

"嗯？你知道这些藏品值多少钱吗？就说这个《再复帖》吧，书圣的作品，我也不懂。听说王羲之后人笔记中提到过这件作品，流传到现在也有千年以上，你说珍贵不珍贵？"

"这倒是，我们连看的机会都没有。何况也看不懂。"我叹道。

"你当然不懂行，因为你不是生在富裕之家，张镇芳的养子张公子虽然年纪轻轻，但对于古玩名画鉴定是行家里手，在收藏界数一数二。与他齐名的还有位年轻公子，身世更是不得了，两人交往密切，你猜是谁？"

我摇了摇头。

"袁二公子。"他得意地说。

我吃了一惊，袁二公子的大名我倒是听过的，不光外表英俊潇洒、风流倜傥，而且聪明博学，连街头巷尾小报都称之为"当代名士"。

于是病人不再言语，意味深长地望着我笑了笑。

第463号病人可以下床后，就在走廊边的窗台上来回踱步，逐渐恢复双脚机能。能看到窗外绿色风景，他的心情也好了很多。

这段时间也因为不断有新的病人送进医院，我见他慢慢康复，反而和他交流少了，直到在值班时听说有人要找他。

——他居然还有亲人和朋友？

我想起了阿杰的叮嘱，一定要注意病人接触到的可疑人士。

我跟护士长打了招呼，以后只要有人找第463号病人，一定要通知我引见。她跟我挥了挥手，让我赶紧下去。

医院门口站着一个佝偻老人，不断咳嗽，衣服穿得很厚，走路时不太利索，我带他上楼时还差点摔倒。

老人见到了病人，两人并没有显出任何诧异的神色，而是心照不宣地点头寒暄起来，似乎老朋友多年未见了，有很多话要说。

我识趣地出去了，"砰"的一声关上了门，然后悄声躲在门后偷听，这个时候应该没有其他人会经过门外走廊。

两人在房内聊天声音并不小声，几乎可以听得清清楚楚，并没有过多聊到什么暗杀之类的敏感话题。反倒是第463号病人提到了王羲之名帖

《再复帖》，说想不到居然还有真迹流传于世。两人没有聊太久，老人离开前向病人打听了一个郑姓医生的情况。

当时没听清楚郑医生的名字，但能感受到老人内心非常焦虑，希望尽快能找到郑医生。

——莫非这是个什么暗号？

我正暗自思忖时，听到老人快要离开的声音，于是急忙溜进了隔壁病房，装作刚要出来的样子。

送走老人以后，感觉两人并未注意到我旁听一事，我就松了一口气。隔了一段时间，又前后来过两个怪人，一个是高壮胖子，一个是精瘦矮子。他们来见第463号病人时，没有多说话，好像彼此并不是太熟，对病人提到的王羲之名帖似乎兴趣不大，共同点是不断向病人打听一个郑姓医生的情况。其中那个精瘦矮子一副病恹恹的样子，聊着聊着居然犯困，差点在医院里睡着了。

在这之后，我试着旁敲侧击地问他们之间的关系，但都被病人插科打诨地将话题岔开去了。

不消说，我把所了解到的情况在电话里向阿杰汇报了，当然，他说会派人调查监视这三个人的行踪。

此后这三人就再也没来过了。

4

转眼就到了八月盛夏，第463号病人已经在医院里待了五个月，医院以各种理由不让他离开。在这几个月期间，局势逐渐稳定，阿杰的电话也越来越少打来，偶尔的通话中，他提到警局那边就在考虑可以放第463号病人离开了。

这时候父亲病重，已经无法行走了，不得不住院治疗，医生也说他剩下的日子并不多了。雪上加霜的是，这时我接到了阿杰打来的一通长长的道歉电话。

原来阿杰三叔是警察局长，兴趣是搜集各类字画，一次偶然得知我父亲是书画社的副社长，手中收集了一些旧画，就约饭请教。我父亲当年也是为了巴结他，就趁机送了一大堆字画，并暗示家里还有很多。虽然并不是什么名字画，但其中的山水和人物图很对阿杰三叔的胃口，所以两人一合计，发现我和阿杰都尚未结婚，于是就想积极促成我们。

阿杰其实也对我没什么兴趣，因为他早就有个相好，但也是拗不过三叔的意思，毕竟在警局往上爬还得看他的脸色。加之三叔知道我在医院，于是就借机让我和阿杰多接触，顺便执行监视任务。如今我父亲也将不久于人世，我们家对他家而言就没什么利用价值了，反而只是个累赘，不如趁早把这层关系说破。

"警局不再提供经费让他待医院了，不过呢，如果以后你接触到有什么特别的情报或关键信息，可以给我联系，我们可以按照重要程度支付至少一万元的情报费。"说到最后，阿杰就完全在谈生意了。

这样也好，我本来对他也没什么感觉，双方都不过是在给家长做做样子而已。

"谢谢你的坦诚相告……没问题，以后常联系。"我平静地说，心想以后不会再跟他接触了。

挂断电话，回到走廊时，我看到第 463 号病人正在窗台边向外看着风景。

我想他应该没有听到我们电话上说了什么，因为我主要都是在听阿杰的电话，没说什么敏感信息。

他若无其事地拿出了一包洋烟，抽了一根衔在嘴里，正要划火柴，我冲上去一把从他嘴里拔下了烟。

"不想要命了啊，抽烟影响伤口恢复哦！"我怒道。

"没事，伤口早恢复了，再说我马上就自由了。"他笑道，"反正出去你也管不着了。"

"快找个女人来管你吧。再这样混下去，保不齐过几天又得到这里来。"我一边抗议，一边从他手里抢过烟和火柴盒。

"我伤成这样哪好再找女友？"病人摇摇头说，"……不过来这里看看你也好啊。"

"我有什么好看的？"

"毕竟你算是救了我半条命，突然听说能出院了，我竟然高兴不起来……"病人叹了口气，犹豫片刻又说，"以后也再难遇到你这样的姑娘了。"

他的话说得很直白了，我只能淡淡地笑道："伤好了也可谈对象的啊。你人挺风趣的，不用担心。"然后鼓励他要有信心。

我突然伤感起来，觉得这些日子与他相处很开心。他出院以后，我的生活好像也缺了什么。至少这段时间有他的陪伴和开导，我对父亲患病一事的焦虑得到了缓解。在这个世界上，再也没有比他对我更了解的人了。

其实说到自信心，连我自己心里都没什么底。我做的工作很普通，而且家道中落。被异性关注大多也只是因为我的容貌方面，又难以经历时间流逝的考验。父亲希望在闭眼前盼我找到合适的人家。我虽心里倍感压力，特别厌烦他催婚，但又不忍心和他争辩。

"没问题，以后常联系。"病人一直知道我家里的难处，也似乎看穿了我的惆怅，似笑非笑地重复了我刚才对着电话说的话，打趣道，"你们医生真虚伪，明明不想再见了，却说得这么客气。"

我尴尬地笑了笑，解释道在医院病房和在警局牢房是不说"再见"的，因为没有谁愿意在这些鬼地方再次见面。

"我早知道待在医院和牢房里其实没有区别。"病人笑着说，"你们也知道我是谁，我也知道你们为何会让我在医院待这么久。"

被他说破，我尴尬地笑了笑。

他继续说道："你知道我为什么要宁可如此，也要坚持理想吗？"

我摇摇头。

于是他激昂地陈述起他的宏大理想，无非是要为国为民云云。

我忙岔开了话题，问他接下来有何打算。

"去找我的一个朋友，还是先整容吧！我这副模样走在街上会吓着人的。"

"整容？效果怎样？"我突然发觉，他充满瘢痂的脸确实需要修复。这段时间日夜相处，对这张恐怖的脸竟然习以为常了，没有察觉出丑陋之处。

"我朋友之前考了英国的留学生，最近回国做出了名气。他在英国跟随一名新西兰裔耳鼻喉外科大夫哈罗德·吉利斯学习，据说这大夫所创整容术享誉欧洲大陆。最出名的是从身体上取一处皮肤，处理后移植脸上……很多伤兵找他恢复了容貌。我的朋友在英国期间，就是那个外科大夫的助手，回国后他就自己开了一家整容医院。"

"这么神奇，我还以为是美容手术呢！能把我整成女明星吗？"我摸了摸自己的脸蛋笑道，随后又问了下整容医生的地址。

听说在几十年前，美国医生斯通为日本人做了双眼皮手术，名噪一时。当时日本明治维新后全盘西化，纷纷以双眼皮为美，整容手术风靡亚洲，也包括中国。火爆时女明星不惜花费重金整容，在上海割个双眼皮价格甚至涨到了一个金条。但也听说有失败的案例，所以手术的风险完全依赖医生的技术和口碑。

"那得看你找到哪个明星的照片了。我朋友说只要有照片，就能做出和照片一模一样的脸，没有照片，就只能胡乱想象了。"他说。

"那好。"

"对了，你抢了我的烟和火柴，不留点什么东西给我做纪念吗？"

"我拿了烟是为了你好……你还想要什么？"

"待在病房里看你的剪报笔记本是挺难忘的经历，你能借我看下几个月前的旧剪报本吗？就是有王羲之《再复帖》和盐业银行报道新闻的那本。那个报纸太小众，其他地方不好找……"

我想应该没什么问题，点了点头，把剪报本借给了他。

在此之后，我就再也没见过这张满是瘢痂的脸了。

5

送走第 463 号病人后，时间转眼就到了 1915 年年底，虽然世事风云变幻，我也懒得去想第 463 号病人的话，甚至都快将他忘了。直到我偶然间发现了从他那里没收来的火柴盒。

火柴盒外壳上是一个很漂亮的金色大门，上面印着丽华宾馆，我翻了过来，背面印的是地址。

我突然想起病人提到过的整容医生好像就在这条街上，而在此之前，病人的火柴盒显示他应该在丽华宾馆住过，两人也许熟识，这不足为奇。

——第 463 号病人最近怎样了呢？上次三个古怪的男人神秘兮兮地探望他时，总是讨论到这个郑医生，究竟他是何方神圣？

我怀着这样的好奇，礼拜五趁着临时的休假，来到了丽华宾馆，果然不远的一家店铺门前就挂着"郑久榕整容院"的牌子。

店门口的玻璃橱窗上贴着女影星整容前后的照片，上面写着主要承接的业务：鼻部整容术、高鼻术、美鼻术、眼部整容术、双眼皮等，门口挂着整容专家郑久榕的巨幅照片。

我又想起了之前在医院里来过的三个奇怪男人，他们提到的郑姓医生难道就是"郑久榕"？

我拉开门帘进去，里面放了很多英文的从业执照和石膏模型，上次第463号病人说郑久榕在英国进修过医术。

大厅有两个年轻女郎正在咨询医生。

"什么事？"中间坐着的那个白净清秀的郑医生问道。

我问他在最近这两年是否有个满脸瘢痂的男人找过他。郑医生不置可否，说未经客户允许，不能透露个人隐私。

我只好作罢，想到既然来了，顺便打听下整容具体方案的时间和开销方面的问题。

"主要看手术大小，一般至少三个月到半年不等。你有意向？"他问。

"我还在考虑。听说你可以按照明星照片做出九成相似的脸……"

"这个自信我还是有的，你找到了哪位女明星的照片？"

"你这么一说，搞得我好像不整容见不得人一样了……"我哂笑道，"我有那么丑吗？"

"要我说，小姐是来我店里最好看的顾客了，"郑医生一脸严肃地说，"有时候整容并不是一定要把自己整得越美，我们店服务宗旨一直是——我们将为您提供最需要的那张脸。"

"我这次来，不是想给自己美容。是想再次跟你确认一下，那个满脸瘢痂的男人是不是以前救过我的刘先生？"

郑久榕仍然一脸茫然，似乎完全不知我在说什么。

于是我拿出了一个纸袋递给他，这是当时在"明明照相馆"里取回的照片和底片。

"这是他在毁容前的样子，我想他应该需要这些相片。"

郑久榕对相片看了一会，淡淡地说道："应该不需要。"然后把照片还给了我。

过了五月，寒冷的北京气温开始上升，同样上升的还有物价，各大银行挤兑的民众也排起了长队。

父亲的病一天比一天重，他在医院已经很难下床，终于把我叫到跟前，说家里存了一些值钱宝贝。他担心自己命不久长，又担心目前局势混乱，没人照看我，想留给我作为以后的嫁妆。

放在家里自然是不放心的，听说盐业银行也适时开展了保管箱业务，他叮嘱我去把宝贝存起来。

我来到银行，发现居然离丽华宾馆和郑久榕的整容店面也不远，都在一条街上。我虽然来得早，但门口已排起了长长的队伍。外面还源源不断地有民众想往里面挤，都被警备人员拦在了外面。我挤进了银行，想不到里面还有长队，闲来无事，只得浏览挂在银行墙上的宣传广告作为消遣。

盐业银行最开始建造时，库房里只有木质保管箱一百只。后来业务扩大，又逐年进口保险箱数百只，其中从德国专门订购纯钢库门和保管箱，各个库门进行编号，数量达到上千，全部由纯钢制成。银行三楼的金库四壁以十八寸厚钢板砌成，重十余吨。据说是东亚最坚固完善的金库，广告上说"供储户保存书画古董和珍宝契约之用，租价极廉，其尺寸大小皆备，异常安全，并于库外设有密室，以备顾客整理及检取物品"。

看广告时，有个沙哑的声音从远处跟我打招呼。

"你好！"这是个清秀的男人，我想起原来是之前见过的郑久榕，他似乎刚办完事，正从银行里面走出来。

"你好！你居然还记得我这个客人啊！"我有些诧异地说，我跟他不过只有一面之缘，而且上次见面已时隔数月。

"做我们这行，对人脸总是特别敏感。"他点点头，捂住嘴唇，似乎正在感冒，他又指了指墙上的广告，"你也要租保管箱？"

"嗯，"我点了点头。"没办法，家父病重，没人照看这些东西了。"

"你父亲现在好点了吗？"郑久榕看上去满怀关切，但并不显得意外。

"一天比一天差，哎！他现在让我收拾家里的东西。"说到这里，我突然一阵鼻酸，忍不住眼眶发烫，几滴眼泪落了下来，心想嫁妆有什么用，也许他再也见不到我成亲那天了。

郑久榕见状有些愕然，不断劝慰我说："你先放宽心，从长计议，再说家里有值钱的宝贝？实在不行可以先去当铺当掉或者抵押给银行。"他小声地建议。

我抹了抹眼睛，无奈地苦笑道："这倒没有啦，父亲觉得是些神秘的宝贝——其实不过是他们前朝遗老互赠的字画，也都不是什么名人，我觉得这只是父亲的一份心愿罢了。要真是值钱的宝贝，就犯不着为他医药费伤脑筋了。"

　　"也是，毕竟不是人人家里都有《再复帖》。"他小声嘟囔。

　　"你也知道《再复帖》？"我突然回忆起了这个名字，"是抵押在这里的吧？"

　　"不就是存放在密室的纯钢保管箱里的嘛！之前早就报道过。"

　　"哎，你知道得真多。"我心想，他居然连小众的报纸都读过，这一瞬间让我想起了在医院里照顾第463号病人的难忘时光，于是我又再问了一次："对了，那你一定认识刘先生了。他当时借走了我的这份报纸的剪报。"

　　"他很重要吗？"这次郑久榕没有否定，而是意味深长地问。

　　"很重要。我一直在找他，但你知道，在茫茫人海中找一个人并不容易。"

　　"好的，下次有机会见到他的话，我一定转告他。"

　　"不想知道我想跟他说什么吗？"我邪魅一笑。

　　"不需要。"他摇摇头，沉默片刻，突然转了个话题，指着前面长长的队伍说，"最近银行抢兑的人太多了，你还得排到下午去了。"接着他又指了指小门旁边另一条长长的队伍，说："那条队伍是办理租保管箱的业务，还需要提前填表申请，搞不好今天你办不完了。"

　　"银行抢兑是怎么回事？"我缓过神来，意识到这是个大问题。我很少来银行，想不到人这么多，结果排在前面的几个人转过头，以奇怪的眼神瞥了我一眼。

　　"你不知道？"郑久榕揶揄道，于是他简要地解释起来。

　　原来最近有风声说当局要下达停兑令，可能使货币贬值，物价飞腾，导致金融行业停顿。中国银行、交通银行两行还打算致函财政部，向内务总长抗议银行停兑，而目前早已人心惶惶，京津地区的市场正陷入萧条之中。

　　听他这么一说，我突然有些着急想上厕所，这下就很尴尬。如果去上厕所回来，就怕又要重新排队了，不如拜托他暂时帮我排下队，等我先去完厕所后再来换他。

郑久榕慷慨答应了，于是我就去了一楼拐弯处的厕所，虽然这里高级银行的厕所修得颇为气派，容量也很大，不过人也得挤在这里排队。听说这个银行共有四层，除了一层厕所是供普通客户使用，二层以上厕所也都是类似构造。

银行金库保管箱就在三楼，因此二楼以上管进不管出，有警备人员站岗把守，进去需要银行专人邀请，需要核对证件上的照片和真人，一一对应才能放行，属于是人脸验证。

终于上完厕所回到了队伍，我不断向郑久榕道谢，生怕耽误他时间。

"我倒是不忙，刚好我们整容院就在这附近。要不我帮你排小门那边的队伍？帮你顺便把保管箱的事情办了？"

我万分感激，想不到萍水相逢之人居然这么热情。我把需要填表申请的个人信息抄在了一张纸上给他，然后他就去小门旁排起了队。

两个钟头后，郑久榕先办完，他离开时把资料和钥匙都交给了我。

"511 号，我特别选了今天日子作为号码……后会有期。"他笑道。

我接过数据和钥匙，不住道谢，接下来只需要等银行通知，如果能通过我就再来一次自己办手续，存放旧字画到保管箱。

又过完一个钟头才轮到我，在银行取完所有的积蓄后，不经意听到银行人员窃窃私语，说明天——也就是五月十二日所有银行正式停兑。原来最近的纸钞已经贬值了近一半。排队取钱的民众在愤怒之余，还不得不急迫地取现。

我摇了摇头，失望地走出银行，绕到了对面不远处的电话亭坐了下来。我犹豫了半天，等整理好思绪后，拨通了电话。

"喂，阿杰吗？"我有些忐忑。

"是我。"

"上次你说的有偿悬赏第 463 号病人的特别线索，这个经费现在还有吗？"

"当然，最少有一万元。你有什么情报吗？"

"我现在缺钱，很缺钱。有机会面谈吗？带上钱明天上午十点在天坛西门碰头如何？"

从郑久榕的反应来看，很显然，第 463 号病人应该已经找过他了。而有关盐业银行存藏《再复帖》的内幕消息，除了小众报纸报道外，外界对其中具体的金额和抵押期限等关注不多。而郑久榕居然对此了如指掌，也许是正在合谋什么计划。

照理说我对此非常确定，为何心里却闪过一丝不安和难过呢？

——也许是在意那个曾经萍水相逢的刘先生的安危。

但是没有办法，我现在需要钱——很多的钱，这样才能给父亲治病。

6

再次与阿杰碰头还是在天坛西门，离上次我打电话约他谈《再复帖》一事已经过了两个月。

在上次通报线索奖励一万元后，这次又追加奖励了我五千元。理由如我上次所预料，盐业银行果然发生了劫案，据说匪徒最初的目的很可能就是《再复帖》。正是多亏警方提前部署，直接挫败了劫匪的计划，警局各级人员都受到了特别嘉奖。

事情的经过是这样的：

这天银行照常营业，迎接不同客户预约见面。整个大楼布局如我上次看到的一样，只有第一层对普通民众开放，第二层供办公职员约谈所用，中间是办事大厅，出口则是在大厅另一侧。虽然警备人员在银行大楼层层防守，管进不管出，结果发生了在第三楼密室金库里凭空出现了五名劫匪的诡异事件！

换句话说，就是一二层没有奇怪的人进入，但是第三层却多出五个人，属于是密室不可能事件。

当时已经快下班，银行职员正准备从三楼离开，五名蒙面劫匪持枪要挟职员用钥匙打开金库门。但不幸中的万幸，因为我的线索，银行事先得到了警局消息，早就将《再复帖》提前进行了转移。

可诡异的是，据惊魂未定的银行职员事后供述，五名劫匪没有找到《再复帖》，临时商量后，他们强迫银行职员全部疏散到二楼，然后抢走了三楼金库编码的钥匙串。行长和众职员尚未反应过来时就成为人质，被其中三名劫匪控制在二楼。剩下两名劫匪径直上三楼装钞票。

劫匪运送的车辆停在银行出口不远处，因为出口不同，两名劫匪分别上下多趟将装有纸钞的箱子放进车里。意外的是车型不够大，所以箱子没装多少就满了，似乎劫匪准备得并不够充分。整个过程只持续了不到十分钟，结果就被闻讯而来的警察堵住了去处。

五名劫匪并未伤人，而是迅速从二楼跑到一楼的另一侧出口逃出。这时还在二楼被胁迫的银行职员从入口楼梯逃到三楼时，突然闻到烟味，发现了被烧毁的黑色的纸质痕迹，其中有部分是没有烧完的纸钞灰烬。

冲下楼去的劫匪面对围堵的警察和人群，一边鸣枪，一边拿出纸钞，沿途抛撒，引起了围观民众的骚动，纷纷朝纸钞方向涌动。一旦人群中露出空隙，匪徒们就驾车趁乱逃脱。

银行最后统计总共损失金额比较大，大致有五十万元。但是警方事后对案发现场复原发现，同款车型在坐满五人后，容纳空间最多只能放下六个小箱子，按照一个箱子最多放三万元纸钞，也最多放十八万，与银行统计数目相差很大。

这少掉的三十多万元纸钞究竟去了哪里？警局里讨论认为应该是二楼那些被烧掉的纸钞灰烬，但目前除了几张纸钞边沿能勉强辨认外，其他灰烬已无法复原。但这一奇怪的举动引起了案件侦办人员的疑惑，为什么冒险抢了钱以后，还要在银行直接烧掉？为什么抢钱的过程中，居然用了这么小的车子而不一次性多抢一点？

从报上读到的这些未解之谜，总让我觉得劫匪犯案过程过于刻意，甚至有些不可思议。刚好这次可以向阿杰打听一些细节。

"劫匪们从银行逃离后后续怎样了？我在报上留意到没有太多消息。"我好奇地问。

"防止引起社会恐慌嘛，这个案子最后就打算让媒体淡化处理。你找我问内部消息算是问对了人……"

"关键是真凶抓到了吗？"

"他们在逃跑时翻了车，滚下山崖。燃烧过程中居然引起了爆炸。当时车速极快，没想到能被警方击中轮胎和后窗，之后他们的车就开始失去控制，左右摇晃，显然司机已经手足无措了。"

"司机中枪了？那还不冲上去全部抓起来？"

阿杰唾沫飞溅地解释起来，原来轿车在颠簸中偏离了山道公路，向路边悬崖飞驰而去。这时驾驶座车门打开，司机被甩了出来，在山道旁的砾石堆中打了几个滚，满身血污。

司机似乎受了些伤，惊愕地抬起头，看见从山道两边包抄过来的警队，知道自己已插翅难逃了。

无人驾驶的轿车如断了线的风筝般直接从悬崖上飞了出去。

他无奈地望着悬崖下方蜿蜒的河流，犹豫片刻后纵身一跃。

众警察一拥而上，望向山崖下面，发现是郁郁葱葱的山林，中间一处黑点正在冒着冉冉火光，飘散着黑烟。

这是轿车的残骸，一定是撞在山崖下的石头上引起的燃烧，刚才跳下去的司机不见了人影……

警长叹了口气，摇了摇头，指挥众人另找下山小道去悬崖下面搜寻。

阿杰一直在回忆见到的那张清秀的司机惊惧的眼神，这已被一名警员临时拍了下来。

阿杰告诉警长他见过这人的照片。这是个整容医生，名叫郑久榕。

警长立即搜查了"郑久榕整容院"，发现早已人去楼空。于是将整容院的广告照片和最后抓拍照复制了几十份，贴在盐业银行周边的几条大街人员密集处，通过重金悬赏，向来往行人搜集相关劫犯的行踪证据。

很快就收到了市民提供的线索，这有些出乎警方的意料。目击证人还不少，通过走访和认证，确定了这些信息来源基本上都真实可信。

原来在案发当天上午都有人声称见到过郑久榕，地点以银行为中心周边的东、南、西、北四个方向上，时间也大致非常接近，所以根本无法判断郑久榕是从何处而来，甚至不一定从他的整容医院过来。

这给警方推断郑久榕的真实行踪带来了很大的困难——因为一个人基本上不可能在四个方向的街道上同时出现，那么究竟郑久榕是怎么来到银行的呢？

"真凶也许就在其中，"我想起了整容师的职业，推测说，"也或许真凶早就已经整了容。"

阿杰点点头，他从档案袋里抽出了几份材料递给我，说这是之前在医院里拜访过第463号病人的三个男人的身份。

第一个人叫作费老二，是个伛偻老人，据说已经有六十五岁上下。尽管已经须发斑白，其貌不扬，但身手了得。听说他从二十多岁后就没上过班，但出手阔绰，外人只晓得他靠祖上遗产度日。后来据说偷了以前大老板的东西被追杀，因此有整容的动机。

第二个是个高壮胖子，名叫金德贵，以前经营钱庄。股票市场兴起后，他把多年积累投入其中，结果遭遇重大亏损，负债累累，听说一直有债主盯着他，逼他还债。

第三个是个精瘦的矮子，约莫四十岁左右，平日里面色苍白，眼圈深陷，道上的人都叫他"枪王"。大家只知道他姓王，真名早没人记得了。他得了这个外号，并不是说他枪术惊人，而是说他烟枪不离手，一副病恹恹的样子。他自己也偶尔卖白粉，想通过整容摆脱警方通缉也不足为奇。

而身份神秘的第463号病人，他面部因为被殴打而变形毁容，他出院后也许就去直接找了郑久榕做整容手术。再加上他一直关注盐业银行的《再复帖》，所以嫌疑最大。

阿杰说，早在两年前，这三个人被认为和第463号病人一样有嫌疑，后来发现不过是一场误会。这几个人也许只是想通过第463号病人联系郑久榕而已。经过背景调查，对他们的住址和人际关系一清二楚，银行劫案发生后，这几人就不知所终了，多半死在了车里。

车上共有四具焦尸，由于火势太大，又刚好车滚落在悬崖下方。警察们赶到时大火已经烧了大半天，最后只剩个车架了。

四具焦尸肌肤早已完全炭化，现场飘散着难闻的烟雾，惨不忍睹。

"为什么会发生爆炸？难道是轿车油箱损坏后引起的？"

"怪就怪在这里，这种车型是老式车型。一般不太可能车体着火后那么快发生严重爆炸——事实上是，我们在从爆炸后残骸的车体碎片中提取到了炸药的成分。"

——伙蒙面劫匪为何一边抢钱一边在银行里烧钱，然后在逃离时还要在车里安装炸药呢？

我摇摇头，对此百思不解。

不久荒唐的停兑令便取消了，而我的父亲也在这时驾鹤西去。我就以太过悲恸无心工作作为理由，向医院递交了辞职报告。在此之前因名医萧龙友和西医卜西尔的方子中，个别药材世间难寻，恰好我们医院有，就只能在我们医院临时调配。

在这段时间里，我脑子里开始不断浮现与第 463 号病人交往的琐碎片段，他最后离开时高谈阔论的那些"为国为民"的大道理也时刻在我耳边回响。我开始反复咀嚼他那些话的意义，以及为何他就算被警方追杀，也要冒死一搏的动机。

我慢慢开始领悟到，每个人能力有大有小，但都应该尽己所能为国家和社会做些什么。

配药房人手一直不够，我毛遂自荐申请了转岗加班。其中个别中药药材有毒性，炮制不当，患者会有性命之虞。处理药材需要花相当长时间，我都主动揽了下来，全由我一人负责，某种程度上说，这直接关乎患者的生死，这份工作本身有着生杀予夺的大权。

那段时间我心力交瘁，我想得很明白了，无论如何，我都有一个不得不去完成的使命！

父亲去世之后不久，我就索性辞掉工作，虽然护士长屡屡劝我留下来，都被我婉言谢绝。那时我看了报纸铺天盖地的报道，知道已完成了自己的使命，长舒一口气，想好南下再找一份小诊所的工作，从此隐姓埋名了此一生。

这时吊诡的是，盐业银行的《再复帖》因为附带的名人效应和未解奇案，价值不降反升，竟成了拍卖市场的天价文物，而新闻界却爆料了一个重磅炸弹。袁二公子在报上刊登署名专文，指出这个《再复帖》是双钩廓填本。所谓"双钩廓填"，自唐宋以后就流传于坊间，成为仿造著名书法作品的主要手段，就是用墨线先在半透明纸本上按真品的笔画临摹勾勒轮廓，最后再填墨以假乱真。收藏名家可以通过作品中毛笔填充廓线中飞白的枯笔处识别真伪。

换句话说，这个《再复帖》不过是个赝本而已。

这让公众一片哗然。

首先是《再复帖》，袁二公子也有继承权，但是作为收藏界名家，自己公开指出藏品是赝品未免太不合常理了。

其次是如此说来，袁二公子又不是第一天知道《再复帖》，他为什么不一早就指出？害得他父亲一直以稀世珍品视之，最后还被一帮蒙面劫匪觊觎。

我一直没有想通这些疑点，直到我在收拾行李准备离开北京时，收到了阿杰寄来的明信片才恍然大悟。

明信片上面是他的结婚照，他和另一个姑娘在中式婚礼现场的大厅背景是一幅牡丹国画。

明信片上说，这幅国画是我父亲给他三叔的字画中最贵重的一幅，本是希望在我和他婚礼现场时挂到大厅，谁知天不假年，我父亲用心良苦却未等来这一天。

阿杰也感谢了和我"相处"的这段时间双方默契的配合。

看完我就把明信片扔进了垃圾篓。

我的理解是，阿杰写这封明信片的目的，无非是想说父亲反正已经病故，相当于他和阿杰三叔的约定就作废了，那些送给他家的字画也要不回来了。另外，阿杰已经结婚，没事就别再联系他了。

这突然让我想起了父亲在弥留之际千方百计要我去银行寄存的旧字画。

其实我也早知道那些是不值钱的东西，只不过不愿在他病入膏肓时戳穿而已。因为逼婚的原因，我们父女关系多年来一直都相处得很不愉快。但他一直都希望通过遗留给我的这些所谓"价值连城"的宝贝，来修复我们之间早已破裂的伤痕。《再复帖》背后的来历如出一辙。

想到这里，我竟然有些难过，冷静的内心有种莫可名状的哀伤。

——人与人的羁绊，不是银行里抵押和债务关系，价值几何究竟应该由什么来衡量？而老人所坚持的价值观明明和子女不同，对错和亲情究竟孰重孰轻？

离开北京前的最后一天，我打算最后还是去盐业银行保管箱里取回那些留给我的旧字画。也许以后应该把一些画带在身边，挂在家里，算是作为对父亲的和解。

我在约好的日子来到了盐业银行二楼，警备员将我的证件和身份仔细验证后，将我带到三楼，将第 511 号钥匙递给了银行职员。上次金库劫案发生以后，都是需要银行内部职员用客户自己钥匙去打开保管箱的。

她进去金库了一会儿，空手走了出来。

"你没有带大箱子吗？"她颇为诧异地问。

"没有啊。"我想是自己亲手存的字画，数量并不太多。

"你可怎么拿得走？"她抿嘴笑了起来，说完，让两名警备员带着我进了库房。

我望着第511号保管箱里的东西吃惊地睁大了眼睛。

——里面竟然是塞得满满当当的纸钞！而那些不值钱的字画早就不翼而飞。

7

时间回到现在——1949年，H市街头的喧闹声又将我从回忆拉回到现实。

"我到H市的盘缠和开诊所的费用都是靠第511号箱里的钱，一共有三十一万元。"在柯士甸路与九龙道交叉处的大榕树下，我对着眼前这个乞丐模样的男人说道，"最后我终于想通了其中的缘由——这都是你留给我的钱。"

男人没有否定，空洞的眼眶里似乎闪着一些晶莹的光芒。

"当年银行发生抢劫案时，三楼突然燃起的不明大火，不是劫匪烧掉抢来的纸钞，而是第511号箱的字画，这些字画占着保管箱有限的空间，因此被劫匪烧掉，烧完后故意留下几张纸钞残片迷惑警方。而真正的巨额劫款却在银行劫案发生后就没有带走，一直锁在第511号柜子里，直到我离开北京时才发现。劫匪们当时手里有金库所有人编码的保管箱钥匙串，为什么偏偏大费周章地把钱放在我一个人的柜中呢？他一定认识我并且知道我需要很多的钱。在1916年5月那时意外发生的'银行停兑'事件出乎了很多人想象——银行户头上有再多的数字比不得手里的现金有用。而《再复帖》被转移了完全在计划外，这迫使你们的抢劫计划发生了改变，从抢《再复帖》到临时决定抢纸钞。"

说完，我拿出了珍藏多年的"明明照相馆"和刘先生拍的合照。

男人两眼开始泛红，霎时间眼泪夺眶而出，喃喃道："最后那通给警方的电话，是你打的吧？"

我踟蹰片刻，点了点头。

男人闭上了眼睛。

我低下头，解释起我和阿杰只是为了应付双方家长的意愿而相处，打电话是因为缺钱，而且第 463 号病人是不是刘先生一直没有得到确认。

"我跟阿杰那时是假意情侣，"我一边说，一边指了指泛黄合照中的刘先生，"我和这个男人不一样，虽然也只做了片刻的假夫妻，但这个照片是我的护身符，伴随了我一辈子。"

"你也是第 463 号病人的救世主。"男人终于叹了口气。

"我只想找到照片里的这个人，你知道他最后去了哪里吗？"

"就在你眼前。"男人点了点头。

我没有太意外，如果最后幸存的是郑久榕的话，没有必要抢劫时把带不走的钱留给我。

男人继续说："抢劫盐业银行的主谋是郑久榕没有错，最初的目标也确实是《再复帖》，所以只准备了一辆小车。但因抢劫时发生意外，原计划已被警方获知，《再复帖》早就被转移，我们才临时改变主意决定抢钱。"

"奇怪的是，银行突然停兑，现钞大幅贬值，为什么还要冒险继续抢不值钱的纸钞？"

男人深深叹了口气："正因为在盐业银行和你的那次偶遇，知道你父亲治病缺钱……在这个时代，名字画、黄金都不比现钞有用，纸钞再贬值，也能交给医院治病救人。"

"果然在银行里排队时见到的郑久榕原来是你，那时你被整容成了整容医生的模样。难怪你居然读过小众报纸的《再复帖》新闻。而且我第一次去店里见郑久榕时，并没有说自己的名字，他怎么能够带话给刘先生，知道我的情况？"

男人点点头："为了这个计划，是主谋郑久榕让我再找三个不得不需要整容的男人。刚好我在住院前就认识了费老二、金德贵和枪王，所以在医院里我极力想拉他们入伙。警方还误以为他们三人是反对派，其实他们只是因为各自的目的需要整容才来找我。我们四人高矮胖瘦都各不相同，不过这并不影响——抢劫银行的时候，所有人都蒙着面。可是谁都不曾想到四个黑面罩下，竟然是四张被整成一模一样的脸！"

"加上郑久榕，你们五个人被整容成相同模样？还蒙面？"

"不错。只要有照片，就能整容成照片上的脸。这点不难做到，而在那个时候，技术手段欠缺，银行警备也只能通过证件照的照片辨认进出人员，个子高矮却难以对照。郑久榕对自己的脸最为熟悉，他拍了照，对着镜子将我们四人整容成他的样子，我们几人虽身材不同，却长相一样了。在银行劫案发生那天，一开始我们分别在银行附近的东、南、西、北四处不同的公众场所出现。并且在众目睽睽下让普通市民作为目击证人，目的只是误导警方在侦破过程中，按时间先后推断郑久榕错误的活动线索。然后我们分别走进盐业银行，一楼人来人往，只要出现时间不同，谁也不会注意到五个长得一样的人。而作为劫犯戴上面罩，就是要让这个秘密不被人发现！"

"原来如此。二楼警备人员按照长相辨认你们是银行预约客后，就放进去了而没有察觉。"

"对，因为二楼出入口分别在大厅两侧，我们不同时间出入，如果被查证的警备人员问起，就说从另一侧出口刚出银行去街对面打完电话又重新回来。结果那天运气好，我们几人都没有遭到盘问，因为人实在太多了。进去后就到豪华的厕所隔间里守候，等我们人员到齐，再蒙面出来抢劫。这就是报上所谓的银行密室出现五个蒙面劫匪之谜。毕竟最初计划抢《再复帖》，郑久榕则是为了钱，我虽和他动机不同，但目的一致。"

"当然，计划临时变更后，你就在逃跑的途中在车上杀掉了郑久榕。"

"你是怎么知道的？"男人一脸诧异。

"否则现在在我面前的就是郑久榕了。可为什么在车这么小的空间里还放置了烈性炸药？"

"炸药是被郑久榕偷偷安装在车底的。他只是想把我们四人当作工具而已。按照他的计划，事先在银行四周所有人都得暴露自己的长相，所以即使抢劫案一切顺利，郑久榕最后无论如何都一定会受到通缉。怎么才能让自己既能独吞所有钱款，还能一辈子逍遥法外呢？就是最后制造一次爆炸案把所有人的脸都烧掉而自己跑掉，让警方发现四具烧焦的尸体。最后他需要做的事情很简单，只用给自己整容成一张和'自己'完全不同的脸就可以了，这样就算这起案子曝光，警方怀疑到郑久榕，也一定会归罪到烧焦的尸体上，自己也完全不会被盯上。"

"这对于他而言并不难做到，但对你这个长着整容名医的脸，却是个整容外行的人来说就难于登天了。"我说，"这也是你无法再靠整容谋生，从而流落街头的原因。"

"是的，我的分工是司机，郑久榕坐在副驾驶——后来才知道他是为便于指挥作案和逃生。作案前进行过很多次预演排练，我留了个心眼，对五个人坐在车上的耗油量一清二楚。但最后正式劫案那天，耗油意外快了一些——其实也就只快了一点点，却被我察觉到了——竟然走到半路就加了趟油，这引起我的怀疑。在加油站，我趁他们下车上厕所时，趴在车底检查了一下，发现被人偷偷安装上了炸药，所以车比平时重。而在此之前只有郑久榕一个人借口买面罩和五件相同的衣服借走过我的车钥匙……抢劫计划失败时，从他临时改变计划时的大怒表现，我就已经猜出了事情真相。于是极力劝说他把钱放在第511保管箱中，说认识箱子主人，以后可以想办法再把钱取出。"

"没想到炸药意外被伏击的警察引爆了。"

"没错。在此之前，我在加速逃亡中就用匕首刺死了副驾的郑久榕，在车上引起了后排三人的恐惧和不安。我在加油时，事先多接了一小瓶汽油藏在身边，只需要在跳车前洒满车座并点燃就行了，车掉落悬崖爆炸后，四人被烧成焦尸真相就无人知晓了。"

"后来事实证明你的运气不错。虽然你作为司机被警察拍到了正脸，但都是按照你是郑久榕来通缉……"

"哎，"他无动于衷地说，"没想到最后还是被你找到了。"

"这难道不也是好运气吗？"我把我和刘先生的合照递给了他，"尽管你自己不会整容，但现在的技术已经和三十三年前不可同日而语。英国整容名医哈罗德·吉利斯的学生光是在H市开的整容院就有十三家，个个都技术过硬。有了你自己的脸的照片，也多少可以恢复以前的容貌。"

"只不过都老了……"

"这又有什么关系呢？我们都因为误会错过了太多不是吗？照片上不光有你的样子，也有我当年的样子……我们都一起回到过去，回到那时的样子，再重来一次好吗？"

说到这里，我突然想起了郑久榕在整容店里的那番话，整容的真谛是提供最需要——而非最美丽的那张脸，这句话倒是至理名言。

男人目不转睛地盯着我满是皱纹的脸。

他究竟会不会点头？

神隐之谜

解　体

【作者简介】

解体，南京大学硕士在读，推理文学爱好者，钟爱诡计与逻辑，因西泽保彦的名作《解体诸因》而彻底入坑推理，故取笔名为"解体"。目前只创作了若干中短篇推理小说及三个剧本杀（均未发行），希望自己将来能创作出更加优秀的原创推理小说。

"所谓神隐，即指人类社会面上的消失，一个活人，以不可思议的形式消失在众目睽睽之下。而神隐分为两种：一种是肉体的消失；一种是神识的消失。当这种消失出现的时候，人们便会在记忆中抹除其存在。"

【序】

李星云无精打采地看着白礼成递过来的一沓钉起来的 A4 册子，上面第一段题头描述了有关"神隐"的概念，纸张摸上去甚至还是热的，应该是刚从楼下打印店里新鲜出炉。

"你不会刚刚才写完吧？"李星云轻笑了一下，抬起眼睛戏谑地看了一眼坐在对面沙发上的白礼成。

白礼成倒是临危不乱，依然以稳如磐石的姿态坐在沙发上，回应道："反正现在稿子已经写出来放在这儿了。你敢接受我们的挑战吗？"

李星云打了个哈欠，用她白皙的手臂撩开垂在眼边的长发。她努力睁大睡眠不足的眼睛，也不知道眼睛边上一圈黑色的是黑眼圈还是眼影，总之给人一种对世界万物都提不起兴趣的感觉。

但是纵然是不怎么关注他人的白礼成也能明显看出，李星云虽然早起但还是施了淡妆，身穿水蓝色的长裙却配着一双拖鞋向后靠在宽大的办公椅上，一股淡淡的如海水般的香水味道不断刺激着白礼成的鼻腔黏膜。

这就是学姐吗？真是不一样啊。

"哇哇！神隐之谜，感觉好棒啊！一定很厉害。"一个拿着摄像机的女孩站在李星云旁边指着文稿的封面，显得很是兴奋。女孩的名字叫陆婉瞳，是白礼成拉过来专门负责拍摄记录这次"世纪决战"的。陆婉瞳穿着米黄色的卫衣和牛仔裤，头发用红色发带束成一个马尾，不施粉黛的脸上透露着青春的可人。一看就是初入大学的新生丫头。

果然还是学姐更有魅力一点。白礼成莫名地想着。

"好啊，虽然很麻烦，但我还是接受挑战好咯，毕竟啊这么多人在关注。"李星云抬起头对白礼成莞尔一笑，但掩饰不住自己的困倦。

来了来了！她接受挑战了！白礼成兴奋地在沙发上坐直。今天一定要让推理社发扬光大！

白礼成是 N 大学的大一新生，从小就是推理发烧友的他有一个梦想，就是在大学里加入一个推理社，就如同京都大学的推理社那样，把推理发扬光大。因此他来到 N 大后第一件事就是翻社团名单去找推理社，可是来回翻了几遍之后他彻底迷茫了，他根本没有找到一个叫作"推理社"的东西。这是怎么回事？他不相信偌大个学校里各种社团百花齐放，唯独会少推理社这朵鲜花。于是他发出了人生的第一条表白墙"请问学校里有没有推理社"？一觉醒来发现自己的表白墙底下果然有许多复读似的留言，都留着一串相同的数字。白礼成大喜过望，心说果然是眼拙了，没看到推理社的所在，我就说大学怎么能没有推理社。结果当他满心期待地加进群聊后，看到群聊的名字上赫然写着"N 大学谋杀之谜剧本社"。这时白礼成才反应过来，也许在百花园般的社团当中，推理社才是那朵无人光顾的奇葩。

既然没有那就自己创造！于是白礼成又是跑团委又是在表白墙招人，由于该校注重社团建设，大一新生也可以创办社团，但在大二开始要审核，如果不过关就会被取消。最开始在表白墙捞到的成员就是陆婉瞳，也是一个热爱推理且活泼可爱的小姑娘，俗话说男女合作干活不累，在陆婉瞳的帮助下推理社最终是成功开了起来，也招收到了不少推理小说爱好者，但是毕竟还是小众，眼看大一就要结束，白礼成为了自己一心操办的推理社能活过审核，决定蹭一波剧本社的热度。

剧本社虽然也才成立三年，但在社长的带领下已经成了 N 大最大规模的社团之一，其社团活动数量在每年社团评比中都是高居榜首，人气颇高。剧本社也带有推理成分，里面也有一些推理爱好者，据说其群主，一个名叫李星云的大四学姐推理能力一流，甚至还曾经帮助警察解决过一些案子，素有"美少女侦探"的别称。

于是白礼成通过学校的各种平台发出消息，说是想要以推理社的名义挑战剧本社社长李星云，即自己写一篇保证线索公平的推理短文，以此来挑战有着侦探之名的李星云。由于白礼成的努力和加入了新闻社的陆婉瞳的传播，这件事最终引起了不少人的关注。于是白礼成受邀于今日来到剧本社在活动中心的办公室，与李星云展开对决。为此白礼成拉上了擅长摄影的陆婉瞳来记录整个过程。

但其实白礼成直到李星云接受挑战前都没去想应该写什么，等李星云接受挑战后他急得抓耳挠腮。陆婉瞳虽然也想帮他但奈何自己也想不出点子。这场关乎推理社存亡的对决，白礼成无论如何也不能放弃，他甚至已经想去看一本冷门的推理小说然后"致敬"一下了。直到比赛开始前的两天，在床上躺着的白礼成正想着推理短文的事情，突然一个点子划过了他的大脑，白礼成当即从床上跳起来大吼一声，吓得旁边正在喝水的舍友把杯子都扔了出去。

白礼成只感觉刚才一瞬间有一个恶魔穿过了自己的大脑，在它的低语中自己听出了这样的一个核诡。

于是他在两天之内赶出了稿子，直接在活动中心的打印室打印了出来，同时也是第一次见到了传说中的李星云。似乎因为约定时间是九点，感觉李星云睡眠相当不足，再加上她脚上的那双拖鞋，白礼成觉得她八成就是睡在办公室里的。

"那么既然你接受了挑战，就按之前约定的，在你读完后的两小时内，说出真相。"白礼成尽量冷静地说道，显得像一个社团负责人。

"我可以一起想吗?"陆婉瞳举起了一只手。

"当然，当然可以。"白礼成愣了一下，心说你这家伙究竟是哪边的啊。

"所以，你这里面的神隐，是指哪一种呢？"李星云随手翻着文档问道。

白礼成微微笑道："雪地无足迹消失之谜。以及，一个经典的四角游戏。"

"那我就开始看了。"李星云点了点头，翻开了第一页。陆婉瞳一手拿着相机，另一手拖了个板凳过来，乖巧地坐在了李星云身边，也和李星云一起埋头看了起来。

真像是自己一个人在对阵两个人啊。看着陆婉瞳的操作，白礼成心里不禁悲叹起来。

【一】

"所谓四角游戏，就是在一个四方形的小屋里，四个角落分别站四个人，在关灯无法视物的前提下，随机指定一个人走向下一个角落去拍站在这个角落的人的肩膀，被拍到的人继续往下一个角落移动重复上面的流程，那么请问这个流程能一直持续下去吗？"开着法拉利的柳卓在引擎的轰鸣声里解释着这样的一个四角游戏。我当然知道这个游戏，只是没想到他们今天来此的目的竟然是这个。

"当然不会持续下去，第四个行动的人前往下一个角落的时候，实际上墙角已经没有人了。稍微想一想就能发现。"我回应着，冷风不断地往脸上招呼着，我又紧了紧围巾，还好刚刚大雪已经停了，不然说不定还得半路折返。

"是啊，按理来说是这样，但这也是一个最经典的会撞鬼的游戏了。因为有些人脑子转不过来的话，第四个人移向下一个角落时以为自己会摸到人，要是实际上真摸到的话，他可能还会反应不过来自己撞了鬼。而且据说这类游戏撞鬼率非常高。啊我们到了。"柳卓把车停了下来，我也打开车门跳了下去。我倒是对这种无聊的小学生游戏没什么兴趣，最终第四个人过去大概也就是抓把空气，不过都是在黑暗中自己吓自己罢了。

"你们可真慢啊，我们这破老爷车都跑得比你们快。"刘尧站在我们面前说道，尖细的声音似乎透着嘲讽之意，不过我知道这只不过是他的嗓音使然，倒是没有恶意。相比来说柳卓的嗓音就十分富有磁性。

我们一行总共有六个人，来到一个位于山间的小屋来找鬼。我们都是来自同一个学校——仁心学校的同好，都对世间的奇怪、反常之事颇有兴趣。前不久听说这个山间小屋有鬼出没，于是便兴冲冲地决定今日出发前往。可是没想到半路突遇大雪，现在整个山都已经银装素裹。山间的这一间闹鬼小屋据说也就是一个普通的茅草屋，里面只有一个不大的房间，没有什么家具，已经废弃多年。让人意外的是，在屋子的四个角落分别有一个半人高的台子，台子上有一个按钮，人手放上去便会发出持续不断的嗡鸣声，这就可以有效防止游戏过程中有人偷偷跑到第一个角落去装鬼吓人。台子具体的由来已经无法追溯了，不知道是之前遗留下来的还是后来有人安装的。可以说这里是四角游戏的绝佳场所。

我们一行六人除了刚刚和我同坐一车的柳卓外，还有四个人是开着一辆我们凑钱买的方便探险用的二手老爷车来的。柳卓是个富二代但人很好，只是我觉得法拉利这种跑车是真的华而不实，总共只有两座，所以其他四个人才不得不坐着有四个座位的老爷车一路颠簸上来。

除了刚刚开口说话的刘尧外，还有一个叫作雷川的男子，身体一向不好的他现在冻得话都说得哆哆嗦嗦。

"我们快进去吧。"雷川提议道。于是柳卓大踏步走上前，随着"吱呀"一声，尘封已久的木门被推开了。我们一股脑儿地走了进去。

"哇，还真是什么都没有呀。"悦耳的女声响了起来。

"是呀是呀，好空旷，还好这个屋子里比较暖和。"略显尖锐的女声说道。

"你们是初次见面吧，还不好好自我介绍一下。"刘尧笑着对我说道。那两个新来的女生我确实没见过，不过倒也不算新来，之前我因为得了重感冒在家休养了一个月，就是那个时候听说有一对双胞胎姐妹加入了我们。听说她们也对地球上这些神神鬼鬼的事情很感兴趣。

"我叫苏昕竹，是姐姐。"尖锐的嗓音说道。

"我叫苏昕月，是妹妹。"悦耳的声音说道。

"啊，我叫郑佳明。"我略显紧张地说道，好久没跟女生说过话了，本来想说个"幸会"或者什么的，却怎么也说不出口。

不过那两个家伙倒没有在意，苏昕竹，也就是姐姐，一屁股坐到地上，说道："好累啊，我今天还穿了高跟鞋，上台阶那段路差点没要了我的命。"

"是啊是啊，我也是，都怪姐姐说要穿高跟鞋。"苏昕月随即点头。

身为我们中间公认的领头人，柳卓打开包里的鱼肉罐头，给了我们一人一罐。我这才发现自己已经饥肠辘辘。

"哇，你好体贴，你要是我男朋友就好了。"苏昕月拍着手高兴地说道。

"你好受欢迎啊。"刘尧继续用那尖细的嗓音说道，但我知道绝非嘲讽之意。

很快气氛便热烈起来，我靠在墙角休息着，他们则大谈着"美国十三区""湘西赶尸""美国白宫闹鬼"等事情。连因为受冻有点感冒的雷川也加入了聊天，我偶尔也插上几句话。

"话说，我最近看了篇帖子，上面说这绝对是一个真实的事情，你们知道是什么吗？"刘尧一边大口吃着罐头一边说道。

"别卖关子了，速说。"苏昕月催着他，与她沉稳的姐姐形成了鲜明对比。

"就是神隐，有人发帖子说自己的一个兄弟去了一趟地下室，结果一直也没等到他回来，下去找的时候却怎么也找不到兄弟了，就像人间蒸发了一样。"

"什么啊。"雷川接着话茬说道，"这算什么怪事，地下室养了只老虎把他吃了也说不定。"

此话引得一片笑声。

刘尧倒也不慌不忙，接着说道："可是这个人回去后发现，他的兄弟从这个世界上被抹去了。"

"什么意思？"话少一点的姐姐苏昕竹听到这样的话也不禁开口问道。

"就是这个人从所有人的记忆中消失了——除了发帖者还记得，他走访了所有曾经认识他兄弟的人，包括兄弟的父母在内，都没有一个人记得。父母甚至说自己从来没有过小孩！"

"又是从知乎看来的故事是吧。"柳卓忍不住笑着说道。

"其实从哪看来的不重要，但我觉得世界上确实存在神隐哦。"刘尧说道，"最直接的例子，就是你们看小学或者初中毕业照的时候，总会有一个或者两个人你一点都没有印象吧，你会想这个人真的是我的同窗吗？这就是这个人被抹去的直接证据。"

"这只是单纯的忘了吧，高中毕业照里的同学我可都还认识。"雷川反驳道，其他人也都觉得刘尧在鬼扯。

"那我再说一个广为人知的例子吧，就是曼德拉效应，我认为这是能证实多元宇宙存在的铁证。"刘尧丝毫不慌，笑着回应道。

"这是啥？"我从来没听过这个玩意，于是赶忙问道。

"就是集体的记忆和史实不符的现象。有很多人表示在自己的记忆中，南非总统曼德拉'在20世纪80年代已经在监狱中死亡'，但现实是曼德拉没有在20世纪80年代死去，后来还被释放，当上南非总统，直至2010年时仍然在世。但很多网友都表示能清楚地记得曼德拉葬礼的细节和那些热泪盈眶的人们。其实在中国也存在一个有名的曼德拉效应。即1986年版《西游记》有一集是孙悟空和羊力大仙斗法，无数人声称自己记得其中有一段是羊力大仙被油锅炸死的情节。但是后来摄制组甚至导演都表示绝对没有拍摄这一段。这是一个无法否认的集体记忆出错现象，所以我认为有时候多元宇宙的时间线会合并，而合并的后果是一些人可能就此消失在时间线上，即所谓的神隐。"刘尧慢慢地说道。

所有人都沉默了。我感觉背后不知什么时候出了一层冷汗。当然他举的这个例子我感受不到，因为我没看过1986年版《西游记》，但也许现在其他人脑中正在努力回忆着是否有下油锅的场景。

"不管怎么说。"柳卓开口说道，"我们也是追求超自然的同好，曼德拉效应我也有耳闻，但是神隐的事情我也没见到过，倒是听说过一些人突然在众目睽睽下消失，这也算神隐的一种吧。不过都是一些人耍的把戏罢了，推理小说里有很多诡计倒是可以做到。"

"如果关于某人的记忆已经被抹去了，我们当然不可能知道发生了这样的神隐之事。"刘尧继续说道，这句话更是让我毛骨悚然。

沉默了好久，似乎是为了缓解一下气氛，苏昕月突然开口说道："话说出发前小智的笔好像丢了……"说到这里她突然闭上了嘴。

沉默再次如同山一般压了过来。

我的心也狠狠地颤抖了一下，如果说刚才所谓的神隐是一个人消失在所有人记忆中，只有一个人记得他的存在，那小智就是相反的存在——所有人都知道他的存在，除了我。

我还记得他们最开始提到小智的时候，我就很奇怪小智到底是谁。他们告诉我小智说了什么什么，可是我一点也看不到小智，甚至完全无法感知到他的存在，只是偶尔单独在某个空间里时能感到有一个东西在我四周。我伸出手去触摸"它"，有时会有触碰到实体的感觉，却永远无法想象它的存在模式。

我那段时间几乎要发狂了，所有人都被我吓到，我疯狂地探求着，想要感知到小智，想与它交流，却无法做到，它似乎存在，但又似乎跟我不在一个次元。

从此以后，他们再也不敢在我面前提到小智，应该也就此事事先关照过苏氏姐妹。但是，连她们也能感知到吗？看来真的只有我不行。不知道什么时候，小智已经成了我的一个执念，我只能尽力不去想它。

柳卓咳了一下，站了起来，缓缓地说道："时间也已经不早了，我们就开始游戏吧。"顿了一下，柳卓又换上了有些幽冷的口吻："希望，今天能找到我们梦寐以求的东西。"

不知道为什么，我总感觉这句话是对着我说的。

【二】

四角游戏，虽然听起来十分幼稚，但作为一个在民间流传甚广的撞鬼游戏，谁也不敢保证这一定就是假的。特别是我们还身处这座屡屡传出闹鬼传闻的房子，在这真撞到鬼也是说不定的事情。

由于这个游戏只能四个人玩，而这里却多了两个人，所以有两个人只能参与下一轮。苏昕竹和苏昕月姐妹到这时候似乎有一点害怕，便申请下一回合再玩，大家也都没有异议。为了保证游戏的公平性，即房子里只有四个人而没有第五个人专门去吓人，所以只好委屈姐妹俩先站在门外等待。

"姐，帮我把棉帽子扔过来，对对，就是这个，等下别把我冻死了，我连手套都没戴，还穿着高跟鞋。"苏昕月在出去的时候喋喋不休地说着，而她的姐姐只是默然地走到门口，拉开了吱呀作响的房门。一股冷风灌了进来，吹得人浑身一个激灵。姐妹俩走了出去，重新关上了房门。

"要是你们遇到什么事记得喊我们。"柳卓朝着门外喊道。

"没问题!"门的另一边隐隐约约传来了妹妹的声音,隔音效果似乎还不错。

"那就开始吧。"刘尧的声音里透着迫不及待。

最终确定了四个人的位置。雷川站在右上方的角落,逆时针第一个行动;刘尧站在左上方,柳卓站在左下方,我则站在右下方,是最后一个行动,也就是"撞鬼"位。向下一个墙角走的人可以随意控制自己的速度,以此来给下一个人心理压力,但到了墙角后必须用手按下台上的按钮,以确定自己一定处于所在的角落。

我倒是一点也不慌,我也不信会撞到鬼。

"开始!"离电灯开关最近的柳卓说着,然后"啪嗒"一声按下了开关。

一时万籁俱寂。我站在角落里,听到位于右上方的雷川开始走了起来。他故意放慢脚步,慢慢地走向了左上方刘尧所在的位置。

"啪嗒啪嗒"的脚步声不断地传入我的耳朵,还伴随着雷川咳嗽的声音。也不知过了多久,突然一阵不算太大但在如此静寂中已经算是刺耳的声音响了起来。我知道雷川已经走到了左上方,按下了按钮。只要按钮一直响着,就说明雷川——或者更准确地说,有一个人一定待在那个角落。现在由于这个声音的覆盖,已经完全听不到脚步声了。

我靠着墙默默地等待着,不知道过了多久,左下方的按钮声音终于响了起来,两个声音叠加在一起,声音已经有点震耳欲聋了。此时按理来说柳卓应该已经向我走了过来,我心里估算着,现在已经过了十几分钟,也就是每个人走向下一个人都花了五分钟左右,这自然是大家为了营造氛围而故意放慢了脚步。

不知道为什么,突然有一丝不安像针一样扎到我的心里。可能是快到我了,人心里害怕的本能还是起了作用。

突然之间,一只手搭上了我的肩头,我也不用看,反正也看不见。也许现在搭在我肩头上的手就是鬼呢。我心里这么想着,就开始向着右上角走去。身后刺耳的铃声也响了起来,现在三个位置的铃声都响着,简直热闹非凡。但这也说明,三个位置都有人。

我本来移动速度还很快,但当我马上快到的时候,脚步不由自主地慢下来。脑子里想得也越来越多：三个位置，都有铃声，虽然重叠在一起，但耳朵还是能分辨方位，三个地方的铃都在响着，而且是红外按钮，只有人手一直按着才能触发。也就是说那三个角落至少有三个人待着。这里面也没人是长臂猿，手臂长到能一次性按住两个按钮。也不可能是录音设备，三个的音色一模一样，而且我们是第一次来，不可能有人提前录音。苏氏姐妹确实出了门，而且之后门没有再开过——就算因为铃声听不到开门的声音，门开的时候也会有一股冷气冲入，是一定能感受到的。今天也一定只来了六个人，除去自己的经历之外，客观上法拉利两个座位，老爷车四个座位，后备箱都藏不下人，所以一定只有六个人。现在出去了两个人只有四个人，其中三个各自在角落按着按钮，而最后一个我正在向右上角的角落缓慢移动着。

综上所述，右上角现在不可能有任何人存在，不可能！

我想完这些的时候，终于走到了角落，然后毫不犹豫地伸出手拍向了本是一片虚无之地的空间。

"噗噗"，我的手确实拍到了一个有实感的东西，甚至发出了拍打的声音，这绝对是一个人的肩部，我敢保证，而且还穿着衣服。

鬼也会穿衣服吗？我一时傻在原地不知该怎么反应，然后尖叫声就不由自主地涌上了喉咙，恐怖的叫声贯穿了整个屋子，甚至直接盖过了铃声。下一秒站在电灯旁边的人打开了开关，三个地方的铃声同时停了下来。

他们三人几乎同时跑向了我。此时的我连抬起头的力气都没了。下一秒刘尧的发言击溃了我的心理防线："你不会真碰到鬼了吧？这墙角，什么东西都没有啊！"

我突然想到了什么，这个东西，难道是小智！我以前也有偶尔与它产生接触的时候。小智到底是什么东西？难道它是鬼吗？鬼也分很多种，到底哪种才算是小智的形态呢？或者说它有时有实体有时却没有，但无论如何我都无法与它直接交流。

"有点怪啊，郑佳明发出了这么大的叫声，外边的两姐妹怎么没反应。"柳卓说着，走到了门口，打开了吱呀作响的大门，然而外边却连半个人影都没有。

"跑哪去了？"柳卓嘟囔了一句。

谁也想不到的是，两姐妹就这么消失在了茫茫雪原之中，就如同是神隐了一般。

【三】

我靠着墙角坐下，其他人也都默不作声。事情实在太过诡异，连刚刚一直强调着"神隐论"的刘尧都没有说话。

苏昕竹和苏昕月姐妹就这么莫名其妙地消失了。我们分头绕着房子走了一圈都没有发现她们两人的身影。而更令人惊讶的是，由于今天一直在下雪，房子周围都是白雪皑皑的一片。但这就是问题所在了：整个房子四周没有发现任何多余的脚印。

说是多余的脚印，是因为我们到的时候雪已经停了。从我们停的两辆车子到房子之间有着我们来时的杂乱无章的脚印，这一段也许还可以解释为倒着走覆盖了之前的脚印。但是再往后就只有四道车辙印了，特别是法拉利跑车的车辙印，如同两颗篮球那么宽，但上面什么痕迹也没有。我们还仔细检查了车辙印，因为两姐妹穿的是高跟鞋，如果从车辙印上走的话势必还是会留下高跟鞋的印迹，但同样什么都没有，车辙印下是白茫茫的一片。我们又仔细搜索了整个房间，也没什么收获。只是发现了有一块木板是松的，移开后有一个高约一米的小洞，但绝对无法供成年人进出。

"到底是怎么回事！"刘尧终于打破了寂静。

"你不是对神隐很有研究吗？你不来说说看？"雷川拖着他那病恹恹的嗓音说道。

这算是超自然吗？我心里这么想着。一直追寻着超自然的我们终于遇到了这样的事情，可是一点也高兴不起来，因为消失不见的是我们的朋友。

"这种情况，她们既然没从我们的记忆中消失，应该不算是我说过的神隐。"刘尧不耐烦地说道，"应该带上手机的，都没办法联系一下。"

我们有个不成文的规矩，就是出来追寻超自然时所有人都不带手机，因为我们认为现代的科技会导致超自然现象的消失，虽然也没什么依据就是了。

"我突然想起日本流传的一种神隐说，"雷川开口说道，"根据民俗学大师柳田国男的采集解说，'神隐'现象，多半发生于儿童；自古以来，每当有哪家小孩无端失踪，聚落村民就会击钲敲鼓，喊名搜找，如果遍寻不见，便判定'神隐'现象发生，失踪的小孩应该被神祇、天狗（山怪）、狐仙、山姥、鬼魅、妖精给带走了。神隐又分为四种，一是平安返归后仍记得过程，二是平安返归后却遗忘过程，三是遗体被发现，四是音信全无、生死未卜。我觉得我们这次遇到的事件反而很接近日本的这种描述。"

我狠狠地打了一个冷战，脑海里浮现出这样的一个画面：站在冰天雪地之中的两个美少女，被化成寒风的妖怪裹挟着带走，去往一片未知虚无之地，不知是死是活。我突然想起我摸到的那只"鬼"，难道它是带走姐妹的罪魁祸首？

此时柳卓开口了："在没有完全判定前，我觉得不能完全就认定此事是超自然现象。我不是说过吗，这种突然消失之谜，特别是雪地无足迹密室，在推理小说中也有很多，比如最著名的密室作《三口棺材》，里面就描写了一个人在一条大雪铺满的道路中间被人杀死了，周围却无一点脚印的情景。其实我在想这或许只是姐妹俩在捉弄我们罢了，让我们以为有什么超自然现象，但实际上是用了某种方法离开了。"

"那你倒是说说，怎么在雪地上不留下脚印离开这里？"刘尧的语气里充满了不信。

"我想到了几点，首先就是从房门到车那段路因为有我们的脚印，所以踩着脚印倒着走回去就行。关键就是在车之后就只有车辙印了，而且她们穿着高跟鞋，就算沿着车辙印走也会留下印迹。所以我在想，她们会不会是把鞋脱下来了，直接光脚走路，如果把两只脚稍微并拢一点，虽然比法拉利的车辙印窄了很多，但和老爷车的车辙印差不多宽，还是不容易看出来的。"

一幅诡异的场景又浮现在我脑海里：两个女孩，手上提着高跟鞋，赤脚小心翼翼地走在白色大地之上。

"但是不可能。"我开口说道，"天气这么冷，她们不可能光着脚走太远的，刚刚我们沿着车辙印看了一段路都快冻僵了，她们不可能坚持得住。"

我之所以这么说是因为想到了自己之前看的一本小说，里面描写了一个人光脚走在冰面上，最终因为寒冷在一次抬脚的时候把整个脚皮都撕了下来。

柳卓于是继续说道："那么用手走呢？比如倒立过来用手走路，虽然这样有点困难但只要慢慢来也总会走远的。我们在这里玩四角游戏的时候，我粗略估算至少花了二十分钟。"

"这也不对，首先手和脚不一样，手印的形状十分明显，就算尽力并拢，我也不相信在车辙印上一点痕迹都没留下来，"这回说话的是刘尧，"其次，她们也没戴手套，同样会因为寒冷而无法前进。"

"那或许是用胳膊肘？"

"这玩意怎么完全并拢，会在车辙印上留下两个洞吧。"

确实是这样，我想起了苏昕月出门前说的——"姐，帮我把棉帽子扔过来，对对，就是这个。等下别把我冻死了，我连手套都没戴，还穿着高跟鞋。"尽管没戴手套只是她们的一面之词，但手掌不留下些许痕迹还是很难的。

"那我得好好思索一下了。"柳卓默然了。

"话说，"我忍了很久终于忍不住了，"我们真的不走吗，还要留在这儿？"

"万一姐妹两人还在附近呢？从现场我们看不出她俩已经离开的迹象，如果我们走了就剩她们俩在这儿岂不是很危险。"

"可是，"我抑制不了心中的恐惧，说道，"这个房间里，有鬼啊！"

众人皆是一片沉默，他们似乎在窃窃私语什么。

我感到很不妙，于是大声喊道："你们，你们到底在说什么？"

柳卓用一种我从未听过的语气对我说道："其实这个四角游戏，是我们专门为你安排的，我们不想再看到你被折磨的样子了。"

我愣住了，这是为我安排的？他们是串通好的吗？可是不可能啊，就算他们串通在一起，又怎么可能造出第五个人的存在？

突然，一道闪电般的念头闪过了我的脑海：果然，是小智吗？

它就如同一个鬼魂一般，不知什么时候萦绕在我的身边。我有时甚至能感觉到它盯着我的目光。

"其实我们也给你说过很多遍关于小智的事情了，可是你因为自己的疾病很难去理解。今天，我们就是想让你真切地感受到，小智的存在。"柳卓的声音飘了过来，如同鬼魅一般，"不过姐妹的神隐，确实在我们的预料之外。"

感受到它的存在，我确实感受到了。我对小智的印象突然有了一个大概的轮廓，但说到轮廓这种虚无缥缈的词，我的大脑里根本就无从勾勒。

为什么，为什么我会遭受这样的苦难？

突然，一阵巨大的轰鸣声在耳边响起。巨大的声音简直如同有一头巨兽在山间怒吼，夹杂着无尽的狂怒。

"什么声音？！"刘尧疑惑地说道。

"是鬼啊！是带走苏昕竹和苏昕月的鬼魂啊！"雷川颤抖的声音传来。

"冷静！"柳卓大吼道。下一秒传来房顶破开的爆音，柳卓瞬间发出了惨烈的叫声，那是我听过的最恐怖的声音。

下一秒，一股巨力也打在了我的身上，我一口鲜血吐了出来，往事如走马灯一样涌入脑海。

我想起了母亲滴在我胳膊上的泪水。

我想起了在高中受到的无尽的欺凌。

我想起了大学时代遇到的朋友——柳卓、刘尧和雷川。我们都是一样的人，所以我们的情谊非比寻常。

要是没有小智就好了，它的出现导致了我的疯狂，我的崩溃。

我感觉自己的身体飞向了天空，我感觉自己变成了天使。无尽的呼啸声在耳边回响，在死之前，我终于追寻到了我们一直寻觅的超自然。

无论是四角游戏还是神隐之谜，一切都揭示了这个世界上的真理。

世界上是存在鬼神的。我坚信。我们追寻到了自己想要的东西，但其实我们都知道，我们只是在逃避现世的苦难，想去追寻一个奇迹罢了……

就这么睡去吧。希望在彼岸，能真切地看到小智的存在。

本报讯：

当地警署接到仁心学院的报案，称其学生外出游玩多日未归。警方根据证词很快锁定了当地龙王山的半山腰的一个小木屋，等到警方赶到的时候，发现由于连日暴雪，山腰发生大规模雪崩，小屋已经被掩埋。经过连续多日的紧张搜救，最终在大雪之下找到了六具尸体。令人意外的是，其中有的尸体有明显的被谋杀痕迹，警方已经介入调查，后续发展敬请关注本报独家资讯。

【四】

李星云放下了手中的文稿，脸上的睡意基本上已经消散了，眼睛眨巴着似乎在想着什么。

"哇，这谜面也太离谱了吧。"陆婉瞳目瞪口呆地坐在原地，对着白礼成问道，"你真的能圆回来吗，大哥。不会是什么天上的谜面，地底的解答吧。"

喂喂，你到底帮谁说话呢？白礼成心里大喊着，然后没理陆婉瞳，对着李星云说道："怎么样，社长你有什么想法吗？"

"有一点吧，不过还没完全想明白。"李星云微笑着回应，手上却不断翻动着文稿，到某一页就会停一下，似乎是在确认着什么东西。

"我反正是完全没头绪。"陆婉瞳抓着自己的黑色头发，似乎对自己的脑袋哀其不幸怒其不争。

你那脑袋能想出个啥呀。白礼成有点无语地想着，虽然陆婉瞳也爱看推理小说，但是属于看了很多却一点也没学到侦探精髓的那种人。

"现在想不出来也正常，想要一步接近答案是很难的，我在这儿先提出一个问题，解决这个问题是还原'四角游戏之谜'和'神隐之谜'的必要条件。"

"什么问题？"李星云还没说话，陆婉瞳先开口了。

"文中反复提到的小智，到底是一个怎样的存在？"白礼成缓缓地说道。

"啊，是啊，我感觉这个东西真的好抽象……"陆婉瞳坐在那儿呆呆地说道。

李星云则笑着回应道："关于这个，其实我已经知道了哦。"

【五】

"我已经知道小智是什么了。"李星云笃定地说道。

"那请你说说看。"这倒也没有出乎白礼成的预料。其实如果注意到的话，第一遍读完确实就有可能解开这个谜题。只是陆婉瞳的眼睛睁得老大，满眼写着你好厉害。

"首先，要解决小智是谁，必须从叙述者郑佳明身上入手，因为小智只对郑佳明一人具有特殊意义。我先确认一点，整个小说就是以郑佳明的视角展开的对吧？"

"是这样。"白礼成点了点头。

"好的，那看来我想得没错。其实第一遍读完整篇谜题时我还没想明白，只感觉很别扭，总感觉跟普通的记叙文章不同，或者说感觉缺少了一点什么东西。所以我才往回去翻了几页，看了一下那些奇怪的地方。"

看来她确实推理出来了啊，好强。白礼成心里赞叹着。

"首先勾起我注意的地方是柳卓的一句话：'其实我们也给你说过很多遍关于小智的事情了，可是你因为自己的疾病很难去理解。今天，我们就是想让你真切地感受到，小智的存在。'这句话给出了一个重要的信息，小智跟郑佳明的一个疾病有重要的关系，看到这里我就懂了。虽然文章中并没有点出郑佳明的具体疾病，但实际上已经隐含于整个文章中了。"

"那你推出来是什么呢？"白礼成盯着李星云的眼睛说道。

"郑佳明是盲人。"李星云若无其事地说道。

"噗"，陆婉瞳刚喝的一口水直接喷了出来，"你说什么？"

"其实我第一遍读的时候就感觉行文总是在避开一些描写。其中最为重要的就是，文中没有对任何人进行外貌描写，但是对所有人的声音都进行了较为细致的刻画。比如刘尧的声音是尖细的，柳卓的声音是富有磁性的，雷川的声音是病恹恹的，苏昕竹的声音是尖尖的，苏昕月的声音是悦耳的。其次，很多地方也能看出叙述者其实是盲人。比如四角游戏开始时柳卓关了灯，却没有房间暗下来的描述，郑佳明的感受反而是'万籁俱寂'，这就很不合常理，包括开灯的时候也没有过多地对房间的描述。甚至关于姐妹的神隐之谜，文中并没有直接写郑佳明看到了雪地上怎么怎么样，而是以一个事后转述的方式来描写的，这其实就是郑佳明听的其他人的转述话语。如果再重新看一遍文章，就会发现，郑佳明的一切描述都是基于听觉进行的。顺带一提，郑佳明说他没看过 1986 年版《西游记》，也是因为他天生失明。"

"好像，好像真是这样欸。"陆婉瞳一边重新翻着文章，一边发出赞叹的声音。然后陆婉瞳突然一拍脑袋，站起来大喊道："这么说，那小智岂不就是……"

"喂喂，今天又不是让你来答题的。"白礼成终于忍不住喊道。

李星云笑着说道："其实只要知道郑佳明是盲人后，小智的身份也就不言而喻了。我想郑佳明应该就是天生的盲人，对于他来说任何事物的形态都无法在他大脑里勾勒出来。而对盲人来说，唯一可以与他人产生接触的也就是话语交流了，这是他们唯一可以与外界交流的方式。但是有一种人，永远无法与其交流，即小智是一个真实存在的人，他是一个哑巴。"

白礼成微微点了点头，示意她继续说下去。

"其实文中对于小智的描写，基本上可以概括出：郑佳明可以与其产生触觉上的接触，却无法进行任何信息上的交换。如果小智是一个哑巴的话，一切都可以解释得通了。因为哑巴与他人交流要么进行书写，要么就是通过手语。但很可惜的是这两者对一个盲人来说根本无法接收。这两个人的残疾，彻底把他们分隔开来，两个人仿若生活在两个完全不同的宇宙之中。而郑佳明原本就因为自己的残疾而备受欺凌，又因为自己的残疾遇到了一个自己的好朋友可以与其交流而自己无法交流的人，心理便受到了创伤，逐渐把其扭曲成了一个类似鬼神一般虚无缥缈的存在，而且这个存在已经严重影响了他的生活。所以从柳卓最后的话来看，他们此行的目的就是要利用四角游戏，让郑佳明真切地感受到小智的存在。他们后面可能打算告知郑佳明真相，但不幸的是遭遇了雪崩。"

"原来如此，所以房屋中的第五个人实际上就是小智，其他人偷偷把他带了过来，因为其本身不会说话，而且郑佳明又看不到，所以他才一直以为房间里只有四个人，导致了'鬼的出现'。"陆婉瞳忍不住抢着说。

"我觉得还不算正解哦，因为雪地里只发现了六具尸体，再加上文中说了两辆车最多也只能带六个人，怎么看现场都不应该出现第七个人。是这样吗？出题人。"李星云看着白礼成说道。

白礼成点了点头，继续说着："是这样，而且这也不能解决姐妹俩的神隐之谜。而且还有一个重要信息就是……"

"仁心学院是专门招收残疾人的学院吧。"李星云接过话头，"首先一个小团体中直接就有了两个残疾人，而且郑佳明也说过上了大学才遇到这些同好们，所以我想他们所有人应该都是残疾人。文章里说过他们聚在一起找寻超自然就是为了追寻奇迹。残疾人当然渴求奇迹，希望奇迹能治愈他们。"

"是的。"白礼成点了点头，"苏昕竹和苏昕月姐妹的残疾病症，就是解开'四角游戏之谜'和'神隐之谜'的关键钥匙。"

【六】

白礼成坐在沙发上，喝着茶水，默默地看着李星云。这个人出乎意料地强，竟然刚看完就已经秒杀了自己的第一个问题。

但是现在才是关键，也是几乎最难的一个问题。

李星云坐在椅子上，一只手扶在额头上，似乎是陷入了沉思之中。旁边的陆婉瞳也用手托着下巴，眨巴着眼睛想着。

时间一分一秒地流逝着，房间里的三个人都如同雕塑一般。

当墙上钟表的分针缓慢地转过了半圈之后，李星云睁开了她紧闭的眼睛，缓缓地开口说道："我已经知道真相了。"

这回陆婉瞳也没出声，白礼成坐直身子，对李星云说道："请讲。"

李星云喝了一口桌上的茶润了润嗓子，然后开口说道："这篇文章里，最重要的地方就在于神隐之谜——也就是雪地无足迹消失之谜。姐妹两人一起在风雪中消失得无影无踪，而这却与两人的残疾病症有着莫大的关系。我想了这么久，终于想到了一个既能解释'四角游戏'，又能解释'雪地无足迹之谜'的病症。"

"我先说一下我的想法。"陆婉瞳赶忙说道，"我在想，四角游戏的异状只能是小智的存在导致的，但与这一情况不符的是，无论是报道还是车座的数目客观上揭示了这里只能来六个人。所以我觉得，嗯，其实苏昕竹和苏昕月根本就是同一个人，这就能解释多出来的小智了。"

"但是，"李星云问道，"根据郑佳明的叙述，这两个人的声音明显是不一样的。姐姐的声音是尖尖的，妹妹的声音则比较悦耳。音色这种东西不是简单能改变的，特别是对于一个盲人而言——他们的耳朵都是很敏锐的。"

"这就要说到她们的病症了，我想她们的病症就是经典的人格分裂，话说白大哥都2022年了怎么还有人写精神分裂啊。"陆婉瞳瞟了一眼白礼成，然后接着说道，"实际上苏昕竹和苏昕月是同一人的两种不同人格，正因为她的人格分裂十分严重，所以才会被残疾人学院所收。也就是她的人格分裂已经到达了切换人格时可能完全变为另一个人，很多推理小说里面不也有嘛，严重的人格分裂甚至会导致人说话的声音都发生改变。如果这么说，便能解释'四角之谜'了，实际上今天确实来了六个人，即郑佳明、柳卓、刘尧、雷川、小智以及有两个人格的苏昕 X。所以在苏昕 X 出门时，郑佳明由于看不到，误以为出去了两个人，于是这些人便凭空造出了一个鬼来。对吧对吧，一定是这样。"

"那雪地密室怎么解决呢？"白礼成问道，他也懒得去拦住陆婉瞳一起推理了，看这情况她也应该推不对了……

"这，我还没想到……"陆婉瞳的声音一下子低了下去。

"其实你的思路是很不错的。"李星云说道，"可惜并不正确。其中有个明显的矛盾点就是在苏昕月即将出门的时候喊过她姐姐给她拿帽子。人格分裂毕竟只有一个身体，不可能出现两个人格同时出现的情况，在苏昕月人格出现的时候不可能去喊另一个人格帮自己拿帽子。而且的确，仅此无法解决雪地无足迹的谜团。"

李星云顿了顿，接着说道："不过，你倒也接近真相了，四角之谜确实是因为多出的小智造成的，其他人耍了一个计谋让郑佳明错误计算了人数。"

"欸，所以确实有七个人吗？那到底是怎么做到的？"陆婉瞳问道。

"确实有七个人在场，但只需要六个座位即可做到，而且警察也只能搜出六具尸体。"

"为什么啊，太奇怪了吧。"陆婉瞳紧紧地盯着李星云问道。

"因为苏昕竹和苏昕月虽然是两个人，但在某种意义上来说，只是一个人。"

"还不是双重人格吗？可是不是被否定了吗……还能怎么回事呀？"陆婉瞳的眼睛瞪得老大。

"苏昕竹和苏昕月的残疾其实是一样的，她们是……"

"我知道了！"陆婉瞳原地跳了起来，听到郑佳明是盲人的时候她也没这么激动。

"她们俩其实是连体人。"李星云一口气说完了。

击中了！白礼成知道，李星云已经看透了所有的谜团，包括雪地上的消失之谜。

"太离谱了吧！大哥你是怎么想到的！"陆婉瞳挥舞着相机，似乎因为震惊陷入了某种癫狂的状态。

"所以这一切就都能解释通了。如果姐妹俩是连体人的话，在郑佳明不知道的前提下，自然会以为有独立出来的两个人，所以在他的感觉里除去小智就一共有六个人。但实际上虽然苏昕竹和苏昕月确实算两个人，但她们拥有同一具身体，所以当时在房间里，实际上有七个人，但只有六具身体。这也能解释报道中为什么警方只发现了'六具尸体'，因为苏氏姐妹的身体只能算是一具身体。同时也解释了'四角游戏之谜'，今天小智确实来了，但因为郑佳明的错误认知导致了闹鬼的事情。"

"说得不错，那么最后一个问题，姐妹两人，或者说姐妹这一具身体，是怎么从雪地上消失的呢？就算从两双脚印的消失变成一双脚印的消失，也依然是毫无痕迹啊。"白礼成发出了最后一击。

"这就是你整个文章中最离谱的诡计了，虽然我觉得多少有点逆天，但鉴于没有其他线索，我觉得这可能就是你给出的真解答了。"李星云专门在"你"字上加重了口气。

"是啊，就算是连体人，好像也解决不了雪地消失的谜团啊。"陆婉瞳说着，脸上写满了期待，期待着那个所谓"逆天"的答案。

"在文中否定了两个可能的方法，一个是光脚走，一个是双手倒立走，理由无非有二：天气很冷，没有御寒物品；脚印并拢点还好说，但手印不容忽视。其实姐妹离开的方法，已经隐含在里面了。"李星云继续说道。

"隐含在里面，莫非是爬？"陆婉瞳歪着脑袋努力地想着。

"那岂不是痕迹更多了？"李星云摇了摇头，"你要想想，这里面的关键点都在于运动，离开必然伴随着借助外力的运动。这两种观点，要么是靠两只脚带动，要么是靠两只手带动，势必伴随着两个东西的一前一后进行运动，而巧的是，姐妹俩用了另外的一对东西，就这么通过车辙印离开了。"

"还有这种东西吗？"陆婉瞳在自己身上看来看去。

"在你身上没有，但在她们身上有。"李星云发出了堪称邪魅的笑容。

陆婉瞳的嘴一点一点地张大，惊呼之声已经到了嘴边。

"姐妹俩倒立过来，不是用手，而是用她们的两个头，一点一点地沿着车辙印移动了出去。真有你的啊，白礼成同学。"李星云冷冷地说道。

是的，白礼成知道，李星云已经全部推了出来，这就是那天他在床上感觉有如恶魔过脑般的恐怖点子。

白茫茫的雪原上，一个连体人姐妹，倒立过来，利用在一具身体上的两个头，一前一后地进行移动，完成了这堪称神迹一般的表演。

"其他的一些细节，比如苏昕月在出门的时候喊她姐姐给她拿帽子，就足以避免被冻伤的问题。法拉利的车辙宽有两个篮球大小，而两个头并排走的话刚好也跟车辙大小差不多，所以也就可以覆盖着车辙印而不留下任何痕迹了，至于动机，我想是姐妹俩为了让其他人以为这是真的奇迹而相信奇迹，相信自己会得救吧。这就是'神隐之谜'的全部真相了。"李星云缓缓地说道。

"不愧是剧本社社长，甘拜下风。"白礼成站起来鞠了一躬，但实际上无论如何自己蹭热度的目的也达到了，这算是双赢的结果。

只有陆婉瞳坐在那儿，缓了半天才说道："虽然这解答很震撼，但是不是有点太脱离现实了，就是感觉上可行，但实际在现实中根本不可能做到。总感觉有点魔幻。"

白礼成只觉得自己要一口老血吐到天花板，这家伙绝对是对面剧本社派来的奸细。

"其实也不是不行，麻耶雄嵩都能写出那种十亿分之一的密室，与之相比这种已经算合理了。不过我感觉这已经是属于八嘎推理的范畴了，一般作为伪解答算是优秀的，但作为真解答略显不足。要是能有一个回归正统的本格真相就再好不过了。"

被批评了啊。白礼成心里惨叫道。

"这样吧，我为这篇文章增加一个条件，再加上你一些文中写出来却没用到的线索，可以推导出一种全新的解答。如果你能回答出来，我会帮你成功过大二的社团审核关，还会帮你宣传。如何?"李星云饶有兴趣地看着白礼成。

还有这种好事。白礼成想都不想便点起头来："没有问题!"

"白礼成我来助你一臂之力。"陆婉瞳高兴地跳起来，白礼成则选择了无视。

"你的文中最后有报道写着有人有谋杀的痕迹，但似乎没有用到，可能是你写忘了吧，如果用到这条线索，那么姐妹俩就是被谋杀的。我直接告诉你答案，姐妹俩没有独自离开，而是被谋杀后藏到了汽车底下，但不知道为什么没有人发现。这是我新增的一条线索。"

说着李星云拿出了一张纸，上面写着十分漂亮的油墨未干的钢笔字：

经过警方的调查，当日失踪的学生分别仅患有一种残疾病症，如下：
失明
失语
连体
身体僵直（无法俯身，膝盖无法弯曲）
多指症
???

白礼成看着这个名单，皱起了眉头。

"可以告诉你，凶手有一个帮凶，那么接下来请告诉我，姐妹俩'神隐之谜'的真相是什么？凶手是谁，帮凶又是谁？"

"哦对了，解决这个谜题还需要用到你在文中写到的一个没用到的线索，你可以自己去找找。由于这个解答是我现想的，所以是不存在杀人动机的，就不需要从这方面下功夫了。"

挑战读者

这是本事件的最后一重解答，如若读者有兴趣，可以自行尝试推理以下问题的答案。自然，所有的线索都已经在文中有所展示。

1. 凶手是谁？
2. 姐妹神隐的真相是什么？
3. 帮凶是谁？

其中推出凶手需要用到基本逻辑推理与排除法相结合。

【七】

时间无声地流逝着，从来到这间办公室的早晨变成了艳阳高照的中午。在宿舍蛰伏了一早上的大学生们终于因为饥饿而纷纷走出宿舍去觅食，窗户外传来三三两两聊天的声音。

而此时的白礼成满头大汗，纵使空调也吹不干不断流出的汗水。白礼成感觉自己的脑袋要炸了。这个李星云怎么能这么强，别人都是推理出来就够了，这家伙还当场通过谜面写个谜题出来，真够狠的。

旁边的陆婉瞳表情迷离，也不知道有没有开动她的大脑。

在时针指向约定时间的最后一分钟时，白礼成终于整理完了自己的所有思路，向李星云说道："我想我已经解开了所有的真相。"

陆婉瞳终于回过神来，略显崇拜地说道："牛啊白总。"

白礼成有点小受用，心里美开了花。

"那就请白社长从头到尾详细地说一说你的推理吧。"李星云对着白礼成点了点头。

白礼成清了下嗓子："首先是确定凶手，在新给的线索里，有一个病症没有给，说明这个病症一定十分重要。姐妹俩既然是被谋杀的，最简单的突破口就是她们被杀死的时间。显然姐妹俩出门的时候还没有死亡，而在四角游戏都结束后大家马上就出去找，却没发现姐妹两人，在那之后所有人都聚在房里一起聊天直到发生雪崩。整个时间线上，凶手唯一有时间犯案的就只有在房间里关了灯进行四角游戏的时候。"

"但是根据郑佳明的描述，游戏期间大门一定没有开关过，也就是说作为凶手和被害人，两个人之间隔着一道墙，无论如何也无法犯案。而且文中连姐妹俩的死法都没有给，基本上可以不考虑延时装置和机械装置。也就是说凶手和被害人一定出入过这个房间，要么是被害人进来被杀了又出去了，要么就是凶手出去杀了人又进来了。但是如何出入呢？就在这里我发现了一个我没用到的线索，就是在姐妹俩神隐后搜索房子的时候，移开木板后，出现了一个成年人无法出入的高约一米的洞口。实际上我也忘了自己当时为什么写这个了，可能是写昏了头，但在这个解答中很关键了。首先已经明确了被害人是连体人而且每人只有一种疾病，因此被害人

137

无论如何无法通过这个小洞，那就只能考虑是凶手患了那个未知的疾病因而得以通过那个洞口进出房间，所以答案也就很明显了，凶手患的病是……"

"侏儒症！"陆婉瞳高兴地拍了下手。

"没错，就是侏儒症。是侏儒的话便可以随便进出了，所以凶手只要趁着游戏时间跑出去杀人，然后回来迅速拍下一个人的肩膀即可。可以佐证的点是，文中说过小屋隔音较好，游戏过程中移动向下一个人的时候速度可以控制得很慢，实际上平均一人花了五分钟。凶手只要用四分钟出去杀人，一分钟跑完路程即可。由于前提是每人只有一种病症，凶手又有侏儒症，便可以排除失明的郑佳明和失语的小智。凶手即在柳卓、刘尧和雷川中三选一。以上我的推论没有问题吧？"

"完全正确，继续。"李星云点头肯定了答案。

"好的，那我继续。那么现在要确定凶手的话必须要确定谁是侏儒了……但是从行文中来看，并没有明确指向侏儒病症的话语，所以我想应该要用排除法来锁定凶手……"

"我知道怎么排除雷川是凶手！"陆婉瞳高兴地举起了手，"因为雷川是第一个出发的，当时铃声还没响起来，原文中也说郑佳明清晰地听到了脚步声和雷川的咳嗽声，说明当时雷川确实是向下一个人的位置移动，而在雷川走到下一个点之后，铃声便被按响了，郑佳明就听不到脚步声了。所以凶手必然不是雷川，他不可能偷偷溜出去而脚步声不被听见。对吧对吧，非常精彩的推理！"

李星云望向白礼成，问道："怎么样，对吗，大侦探？"

白礼成摇了摇头，说道："这个出发点是不错，但可惜这个推理是不对的。因为不能排除凶手和帮凶是雷川加刘尧的组合。如果雷川是侏儒的话，他可以先向刘尧移动，然后由帮凶刘尧按下按钮发出声音，雷川趁此机会从小洞出去行凶，回来后直接去拍柳卓的肩膀即可，反正房子中一片黑暗大家也看不到，开灯后大家都直接赶到了郑佳明身边，也不知道每个人在开灯前的具体位置。"

陆婉瞳倒也没露出失望的神情，继续说道："但这样也说明，这起案件中，要么是雷川是凶手加刘尧帮凶的情况，要么就是雷川不是凶手的这种情况。"

白礼成点了点头："是的，这就是出发点。接下来我们再来看柳卓，由文中的一个信息可以推理出来柳卓一定不是侏儒。在四角游戏中，柳卓是要拍郑佳明的，而郑佳明的描述是感觉黑暗中有人拍到了我的肩膀。如果柳卓是侏儒的话，是拍不到一个正常身高的人的肩膀的。所以柳卓不是凶手。"

"不对不对。"陆婉瞳皱眉摇头，"就按你刚才说的，也可以是由柳卓出去杀人，刘尧是帮凶。这样当刘尧走到柳卓处时，柳卓出去杀人，回来后接替刘尧按铃，刘尧再走向郑佳明，因为刘尧是帮凶又不是侏儒，所以就可以拍到郑佳明的肩膀了。"

"小姑娘的推理很严谨啊。"李星云赞赏地点了点头，陆婉瞳的脸上飞起一片红晕。

"是这样没错。但是你要注意一点那就是虽然在黑暗中，但是郑佳明应该是有一个心理预期的。"白礼成说道。

"心理预期？"陆婉瞳疑惑地问道。

"是的，他们都是相识的朋友，郑佳明肯定知道所有人都是什么疾病吧。所有人四角的位置都是固定且已知的，那么郑佳明必然是知道要来拍自己的是柳卓，而他必然知道柳卓的疾病。假设柳卓是侏儒，那么当郑佳明感受到有人拍自己肩膀时，一定会感觉不对劲吧，因为他知道柳卓是侏儒，够不到自己的肩膀。但是郑佳明没表现出任何疑惑或者异常，因此可知在郑佳明上一个位置站着的柳卓一定不是侏儒，所以他一定不是凶手！"

"对对对，合理！"陆婉瞳拍着手说道。

白礼成瞥了一眼一脸崇拜的陆婉瞳，努力让自己的脸不红起来，然后接着说道："接下来再来看看姐妹的神隐之谜，其实已经很简单了，归根结底就是：所有人都说自己没看到姐妹俩，但姐妹俩就在车子底下，如果仔细检查过，怎么会看不到呢？首先是郑佳明由于失明，所以一切信息只能从他人处获取，自然无法看到姐妹俩；凶手自然也不会说出自己看到姐妹俩；凶手有一个帮凶，帮凶帮助凶手撒的谎就是自己没看到姐妹俩；有一个患有身体僵直症，无法弯腰屈膝，自然无法看到车底下，只能搜索其他地方，他也只能从其他人那儿听到车底下有没有东西；这已经四个人了，还有一个人就是小智。小智当然可以看到车底下的尸体，但是遗憾的是，他无法把这个消息传达给其他人，因为他是哑巴，无法通过语言告诉他人；文中又提到他们外出探险的时候不带手机，也无法通过手机打字传递消息；苏昕月还提到过，来之前小智的笔丢了，那么通过用笔写字这最后一条路也被堵死，小智彻底成了一个与世隔绝的人，根本无法把姐妹俩在车下这一信息传递给其他人，注意在外面寻找姐妹俩时，所有人分别行动，失明的人和身体僵直的人自然不会去搜车子，只有小智、凶手和帮凶才会去看车底。小智虽说可以通过在雪地写字告诉他人信息，但是凶手和帮凶有两人，可以威胁小智或者假装接受了小智给出的信息，然后擦去雪地上的信息，只要一进屋，小智就没办法告诉他人这条信息了；当然这种情况比较复杂，其实最可能的情况就是小智看到凶手和帮凶注意到了车下的尸体，所以自然认为他们两人进屋后会告诉众人，所以并不会专门在雪地写字。姐妹的神隐就是如此，因为大家的一些残疾病症，才导致了如同神迹发生一般。那么通过上述推理，可以得出结论：帮凶一定不是身体僵直症患者，所以只可能是剩下的最后一个病症——多指症。"

"那么现在我们能明确，凶手和帮凶的组合一定是侏儒加多指。现在我们唯一能确定的只有柳卓不是侏儒。但是在这篇文章的开头，还有一个明确的线索指向柳卓的病症。在开头我们可以看到柳卓和郑佳明是乘坐法拉利来的，法拉利是两座车，而郑佳明是盲人当然不可能开车，所以只能是柳卓开车，但一个连膝关节都无法弯曲的身体僵直症患者也是不可能开车的，而柳卓又不是侏儒了，所以柳卓只能是多指症，他就是那个帮凶！"

白礼成缓了一口气，继续说道："既然柳卓已经是帮凶了，我们便回到最开始的推论：这起案件中，要么是雷川是凶手加刘尧帮凶的情况，要么就是雷川不是凶手的这种情况。现在由于柳卓是帮凶，第一种情况已经排除了，所以便一定是雷川不是凶手的这种情况了。而现在已经排除了雷川和柳卓是凶手，所以刘尧便一定是凶手！虽然没有任何办法锁定刘尧的病症或者排除病症，但是根据以上的逻辑推理依然可以锁定刘尧是侏儒的真相！"

说罢，白礼成也扔出了一张纸，上面同样有着墨迹未干的钢笔字：

失明——郑佳明

失语——小智

连体人——苏昕竹、苏昕月（受害者）

140

侏儒症——刘尧（凶手）

　　多指症——柳卓（帮凶）

　　身体僵直症——雷川

　　"这样的话所有人的病症都可以排列出来了。综上，就是关于'神隐之谜'的全部真相了。"白礼成停下了叙述，看着李星云。

　　"恭喜，全对。"李星云微笑着点着头。

　　"好耶!"陆婉瞳激动地跳起来，白礼成内心也是雀跃不已，不仅仅是因为自己的推理社可以活过来了，而且自己刚刚还做出了这样精彩的推理，只能说是太帅了!

　　"我答应的事情也会做到，时候不早了，你们也辛苦了，早点回去休息吧，总体来说写得挺不错的，未来可期。"李星云缓缓地说道。

　　白礼成站了起来，兴奋地说道:"还望前辈多多指教!"

　　"走了走了，前辈拜拜。"陆婉瞳早就已经跑向了门，看来是饿了。白礼成也走了过去，心里盘算着等会儿应该邀请陆婉瞳去吃什么。

　　"对了，你在题头和文中反复提到了另一种神隐，即人在消失后这个人存在的记忆也会被抹去，可惜的是解答里没有写到啊，我觉得这种题材还挺不错的。"李星云的声音从背后传来。

　　"下次一定! 前辈下次再见了。"追着前面的陆婉瞳，白礼成头都没回。

　　他不知道的是，李星云在说完那句话的时候，用意味深长的眼神看着逐渐远去的陆婉瞳，直到她消失在视野里。

选自江苏高校推理协会联刊《鸮语》vol. 1（2023 年 3 月）

总是这么慢

文小醨

【作者简介】

文小醨，日语系在读大学生，轻度阿宅，重度推理爱好者。豆瓣
ID 三色狸猫，梦想是写出自己和大家都认可的优秀推理作品。

我喜欢观察公交车上形形色色的人们，不管在什么时候。无论是带着
孩子的年轻父母、意气风发的青年学生，还是满身汗水的民工，都让人感
觉到一种象牙塔之中难以感受到的生活气息。他们匆匆上车，又匆匆离
去，不知所终。我不止一次想探寻他们的去向。就算是在和小花去往漫展
的公交车上，这种习惯也没有更改。

窗外天色阴沉，重重阴云沾着湿气，渲染出今日天空的底色，让人不
禁觉得大雨将至。车内的气氛也同样阴郁。车载电视不知出了什么故障，
播放着恼人的蓝光。报站的电子屏幕也毫无生机地闪烁着。

"你带伞了吗？"我问身旁的小花。

没有回答。我看向身边，我的这位好友，发色雪白的美少女侦探角
色，正一只手托着下巴，靠在车窗上。

居然睡着了。

"啊，啊，你说什么？我在听。"看来她睡得不深，延迟了一会儿之
后，她半梦半醒道。

"你带伞了吗？"我重复一遍。

"没有欸。到时候现场买一把吧。"她清醒了几分，回答我。然后她拍
了拍自己的脸颊，估计是想让自己清醒过来。

公交车原本平稳畅通地行驶着，忽然晃动一阵，停了下来。机械平板的合成音在公交车内响起："三里桥站到了……"

我突然想看看时间，却发现公交车上并没有时钟。窗外，刚刚经过的大桥隐约可见，江面上的游船好似翻倒的昆虫尸体。我取出手机，查看时间。现在是九点四十五分。

几个刚刚观察过的身影下了车，不知去向何处。这其中有我特别在意的一位。

"我们还有几站才到啊？"看见车上的乘客已经所剩无几，我问道。

"不知，应该还有四五站吧。虽然没有堵车，但依然没那么快哦。"

"啊，无聊。"我长叹。

"无聊就刷手机呗。"

"手机也刷腻了。"

"额……"小花一副又想去睡觉的样子。

我看着窗外将雨的天空，随口说道：

"步行九公里不是开玩笑的，特别是在雨中。"

"这是什么？"小花问。

"欧美推理小说。一句话推理的经典。故事里面的主人公，从这样一句话，推理出了一场凶案的发生。"我回答，有意要挑起她的兴趣，"你说，一句话推理，在现实之中真的能够实现吗？"

"我觉得悬，"她立即回答我，"即便是福尔摩斯那样的推理，现实中猜中的可能性也不大，说到底现实就是一个混沌的体系，推理只是用人类理解的逻辑寻找最大可能性罢了。至于一句话推理嘛，充其量不过是瞎扯。"

她将自己的一缕白发绕在指尖把玩，回答我。她嘴上这么说，血色的目光却不安地四处张望，展示出一种按捺不住的激动。在暗淡的阳光照射下，她的模样更让人感觉不真实。

"不试试怎么知道呢？"我确信她的兴趣已经被充分挑起。

"我当然试过。有一次，我表妹问我，她说什么我不记得了，总之我说：'我从这句话推理出来，你下次上学会倒霉哦。'"

"为什么你这么肯定？"

"因为她每次放假回学校都会忘带作业，然后就会被老师罚。所以不管她说什么，只要我说这句'推理'，就大概率能蒙中，"小花伸了个懒腰，"这就是名侦探的真相！名侦探的推理，都是胡扯罢了。"

她这么一说，倒让我不知怎么往下接。然而她却自己说道：

"不过我也勉强算个侦探啦。如果你不追究严谨性的话，给我一句话，我可以胡扯一个故事给你听听。"

"那好吧，"看来她成功上套了。我看着车窗外那些远去的身影，公交车又动了起来，播报着下一站的名字，"有一件事，我有些好奇。刚才下车的一个女孩子，看起来应该是个初中生。刚才她一个人坐着，盯着刚刚掏出来的已经黑屏的手机，说：'十三分钟，总是这么慢。'作为前提条件，她的精神状况正常，没有在说胡话，而且没有正话反说。不然推理从一开始就进行不下去了。"

"十三分钟，总是这么慢？"小花慢悠悠念道，像是在拆解其中的每一个字，"刚刚下车的女孩吗？她是什么样的？"

她已经不在视野中了。那是一个黑眼圈很重的女孩，孤僻地坐在角落的位置。刚才下车后，她在站台上等了一会儿，看了一会儿手机，像是在等转车。在三里桥站下车的，大概率是为了转车。公交车开走后，我回头看她，却发现她已经收起手机，快步离开了站台，向着桥的方向走去。

现在我已经找不见她，只能凭借印象描述这番场景。小花听完，轻轻哼了一声。

这一刻恰好是九点五十分。

"我觉得这会是一场不错的推理游戏，"她突然摆出一副认真的表情，"来计时吧。十三分钟。"

她伸出两只手，一只比着"一"，另一只做出"三"的手势。

"就按照以往最经典的解答篇模式。你来问，我来答，最后我们推（编）理（造）出一个完整的故事。如果规定时间内我没有得出结果，我就答应你一个要求，怎么样？"

她急切的眼神像是在逼迫我答应，为此她甚至没有要求自己应有的奖励。我花了三十秒的时间思考，最后答应了。只是个推理游戏，我这么对自己说。

深吸一口气，我开始了我的提问。

"那么，进入主题吧。为什么会觉得十三分钟很慢呢？"我提出我的疑问。这是我听到时第一反应。

"首先我们需要达成一个共识：十三分钟不是很长的时间。如果你在城市里面，要坐公交或者地铁出行的话，加上步行或骑行到公交站、地铁站的时间，十三分钟算比较短的时间。这你能理解吧？"

"我当然可以理解，我又不是智商低于常人的助手，"我点头同意，同时想起一直以来坐公交车上补习班的经历，"但是她说，'总是这么慢'，这又是为什么？"

"既然十三分钟在客观上不算长，那么觉得慢就是她的主观感受了。怎么让人觉得十三分钟过得很慢，这是个问题。"小花接着我的话说下去。

"举个例子吧。"我看一眼手表，现在是九点五十一分。名侦探还有相当长一段时间进行她的推理秀。

"比如说人在上课的时候就会觉得十三分钟过得很慢，特别是在不喜欢的课上。比如英语。明明感觉过了很久，可还是有十三分钟。又或者老师拖堂，整整拖了十三分钟。"她撇撇嘴。她还是那么讨厌英语。

是那种"明明才过了十分钟，却感觉已经经历了一个世纪"的感觉。我可以理解。

"但这样不对吧，"我反驳道，"如果她在上网课的话，她的屏幕可是黑的呀，而且也没有戴耳机。如果要发出这种感慨，说明网课还没结束，那样就不可能黑屏了。而且，她那时才刚刚掏出手机，应该只够看一眼时间才对。"

我当时观察了她好长一段时间。她一直静静坐着，直到快下车前，才取出手机。

"嗯，你说得对。"小花承认我的推理。

"那是不是在做别的不想做的事情呢？"我提出假设。

"不对，她说'总是'，说明应该是经常做的事情。你总不能'总是'在做不想做的事情吧。"

哦，也对。我承认。

又过去了一分钟，我们的推理游戏目前没有取得进展。

车速慢下来，公交车又进站了，寥寥的几位乘客，也基本上都下了车。这一站距离上一站很近。只是等红绿灯消耗了点时间。

"我觉得我们走错了方向。"小花提醒道，"我们应该先把注意力集中到前半句话——十三分钟，这是个缩写，包含很多种情况，对吧？"

女孩说的十三分钟，可以是过了十三分钟，计时十三分钟，诸如此类的可能性很多。

"如果是'迟到了'十三分钟？比如面试迟到，工作迟到之类的。"

"你不能总是迟到吧，而且现在是九点五十多分。这句话是你刚才听到的吧，那么往前推十来分钟，是什么时候？一般人约定时间的时候，大多会选择整点或者半点。现在的时间点，无论怎么推，都不太合理哦。"

而且，如果已经迟到的话，应该有焦急的神色才对。可是我看到的女孩，只是静静坐着。那么，"迟到"这一可能性就此排除了。

"她在公交车上刚好坐了十三分钟？"我抛出下一个可能性。

"因为十三是一个很具体的数字，如果她刚刚好坐了十三分钟公交，那的确有可……但是她上车刚好十三分钟吗？"小花反问道。

我只记得，我们上车时，她就在那了，而我们的坐车时间自然超过了十三分钟。这种可能性还是不成立。

"退一步说，就算她真的只坐了十三分钟的车，她也有可能说'十多分钟'。"小花没为这一可能性的流产而哀悼，反而进一步地否认了它。

"如果她是在说具体的时间呢？"

"现在都九点五十三分略，你刚刚是什么时候听到的？"

"十多分钟前吧……不能成立啊。"我懊恼道。

我们的对话突然停滞了。比无法穷尽可能性的是，无法想出可能性。

正当我想要叫停，做一个短暂的休息时，突然灵光一闪，一个想法涌出脑海。

"有一个靠谱的想法：她在用手机的秒表进行正计时。计时已经过了十三分钟。"

"不靠谱，"小花毫不客气地撇了撇嘴，立马否决，"她坐在车上的时间可不止十三分钟。有谁会在坐公交坐到一半的时候心血来潮开始计时？可能是到达某个站点的时候，想要计算它到目的地的距离，这能说得通。但是这样仍然违背'总是'的语境。"

我顿时有些头疼了。咬文嚼字的，这不是语文赏析吗？我的兴致开始流失。然而小花越发兴奋，悬荡的双腿兴奋地摇晃着。

相较于她，我的兴致显然不如刚才。说是瞎编一个故事，到头来还是在用逻辑去死磕。这相当符合她的作风。

如果只是主观地去猜测呢？初中生的活动，我能想到的不多。无非是上学、回家、补习，还有出去玩。可我又隐隐觉得，那个女孩的情况，不属于其中的任何一种。

我的思路断了线，这才想到还有倒计时的存在。我取出手机，想看看十三分钟还剩多久，却突然被小花的高呼声打断。

"我怎么没想到这种可能！"

"还有什么可能？"

"十三是倒计时。"她回答，"这样就很合理了。如果距离什么只剩下十三分钟了，那么嫌慢也就不奇怪了吧。我们排除了具体时间、迟到和正计时，那么在时间轴上，就只有倒计时没有被考虑到了——就像我们正在进行的那样。"

"也对哦。"我突然发现，在刚刚讨论到面试和网课的情况之中，"倒计时"这一可能性已经在语境之中了，只是我没有注意到而已。自此，短暂的停顿后，我们继续开始推理。

现在是九点五十五分。

"其实我们可以讨论一下，后半句的主语到底是谁。"小花提议。

我仿佛听到远处传来的一声闷雷。雨逼近了。

"主语？Somebody or something？"

"对，差不多这样。如果主语并非人类，这句话就只能是指公交车慢了吧。然而这辆车今天行驶平稳，实在没有说它慢的理由。而且十三分钟之内，要小跑去三里桥附近的标志性建筑，还是绰绰有余的，没理由在到目的地的情况下说公交车慢。因此我想，这句话的主语只能是人。"

"是什么人呢？第一、第二，还是第三人称？"

"暂时还不知道。"她的兴奋掩饰不住。

"第二人称绝对不可能。她在自言自语，没有说话的对象，自然不可能是第二人称。她在责怪自己'我总是这么慢'，我认为这很合理，也能和她当时的情绪对上。"我提出自己的假设。

"我认为不是。她说'我总是这么慢'的时候，应该是在快要迟到的情况下吧。可就像你说的，她下车后还等待了一会儿。如果已经来不及了，她应该下车迅速离开，又怎么会站在原地不动呢？"

像是要彻底驳倒我似的，立马，她又想到了新的证据：

"如果她想要去做什么事，而现在已经快到了。现在只剩下十三分钟，换作你，你会怎么说？"

"总是……这么慢？"我没有理解她的意思。

"如果只剩十三分钟的话，应该说，总是这么晚。"

"这么晚？"

"因为她已经接近目的地了，所以应该是说到得晚而不是到得慢。慢更多是行进得慢吧。结合前面的语境，我觉得也不通顺。而且三里桥站附近的标志性建筑不算太远，绝对在十三分钟的范围之内。她完全可以在十三分钟内到达目的地，所以她也没有说'慢'的理由。而如果主语是他人的话，她要等的人在十三分钟车程之外的地方，那么说那个人'这么慢'就很合理了吧。"

这段话说完，一分钟又流逝了。以上两条证据，让我心服口服。看来主语还只能是第三人称，而且是人类。

"那么，这个对象是谁呢？"公交车又在红绿灯前停下了。这个路段的红绿灯特别多。

"初中生的话，人际关系一般很简单吧。同学、亲戚、老师什么的，基本不会逃脱学校和家庭的圈子。"小花扳着手指，列出了几条，"还有几个能确定的情况。她很熟悉这个人，所以才有'总是'；她在等这个人，就像我们之前推理的，她不是被等的人。"

"这句话确实像在等人的情景下才能说出来。可是她自己都还没到达目的地呢，为什么说别人慢？为什么不打电话呢？"我继续问。

"手机没电是一种可能。可是不对，十三分钟，这是一个确定的时间，而且时效只有一分钟。车上没有看时间的地方，因此她要知道确切时间，只能来自手机。那么手机在一分钟前还是有电的。"小花率先否定了这个可能性。

"那有没有可能是因为电话欠费，被限制呼出了？"

"没钱充话费怎么上公交？"小花不屑道。

"在等人，嫌对方慢，还不用手机打电话，这是什么心态？"我大为不解，"更何况，还是在公交车上！就算是快到目的地了，也应该先询问一下对方到没到吧？"

148

"绝对不是客观原因让她打不了电话的。其实很简单，我能确信，是她不想给对方打电话。"小花解释我的疑问。

公交车在红绿灯前停下，过了这个路口，就是下一站了。现在是九点五十七分，她还剩下一半的时间，但推理已经初具雏形了。

"啊？"

"我倒是觉得不难理解。一边不想给对方打电话，又一边期盼着对方会来。这样的心态，她一定是和对方闹了点矛盾吧。这也和你描述的她的状态很吻合哦。"

"这下又回到了原本的问题：对方到底是谁呢？"

"男朋友吧。我觉得像是小情侣闹矛盾。没有证据，但作为解答足够了吧：她和男朋友吵架，一气之下坐上车，心里期待着男朋友的道歉。'总是'这个语境，也能体现小情侣吵吵闹闹的日常吧。"

我为她最后关头的敷衍感到不满："这样的话，你怎么解释倒计时呢？"

"这还真不好解释呢……"她咬着嘴唇道，"或许是给他一种焦急感吧。限他在多长时间内找到她，这样的。"

"那她坐上公交车的目的是什么呢？她完全可以找个地方躲起来。自己坐在移动的交通工具上，也不能怪别人找不到吧。而且她只是初中生，很可能是没有男朋友的！"这下换我紧紧追问，名侦探这下有点面露难色了。

"对啊……她去那里的目的是什么呢？"小花嘟囔着。紧接着，她耍赖似的解释道：

"如果换成父母呢？和父母闹矛盾的话总能说得通吧。"

"要真是这样，总觉得她经常离家出走，家庭关系很不和谐的样子……"我说着，小花的脸色忽然严肃起来。

公交车到站。依旧无情的机械音在催人下车。小花突然站起，拉着我就要下车。她站起来更显得娇小。虽然她平日里本来就咋咋呼呼，但我也从未见过她如此剧烈的情感变化。她想到了什么？

"怎么了，不是还没到站吗？"我疑惑道。

她没有给我确切的回答，只是说："没时间解释了，和我去确认个事情。"

"可是，倒计时应该还没结束……"

我勉强随着她下了车。随着她下车后，我们就一路飞奔起来。虽然她个子小，但是跑起来格外地迅速。

"到底怎么回事啊，刚才的推理不继续了吗？"

"就算是瞎扯也得去验证一下！万一歪打正着了呢？"她回答得牛头不对马嘴。此时的小花看起来分外狼狈。因为狂奔，她的外套上下飘飞，围巾也顾不得收拾，只能紧紧攥在手里。我很想停下来问个清楚，但是看她这副认真模样，觉得还是不要打搅的好。

"你知不知道我在干什么？"小花突然回头，上气不接下气地问我。我理所当然地摇摇头。

"你好好想想！有一个解释！她去那里的目的是什么？会是躲起来不让别人找到吗？想想倒计时吧！倒计时……总是有目的的啊。"

——如果结束前我还没有编造出一个故事，就答应你一个要求。

对啊，倒计时总是隐含着其他条件的。如果在倒计时结束前不完成任务，就会有某些后果。当这个想法进入我的脑中时，我仿佛能够明白小花所担心的事情，担心那个一脸忧郁、朝着桥上走去的女孩。

如果在倒计时结束前找不到我，就再也见不到我了。

而且三里桥……附近真的有一座跨江大桥啊。

脑海中，那个女孩的面容浮现。当时她之所以能够吸引我的注意，是因为她的面容过于憔悴。她不知多久没有睡过好觉，沉重的黑眼圈将无神的双眼层层包围。当她说出那句话的时候，语调中没有一丝一毫的感情变化，仿佛对这个世界已然毫无眷恋。

她已经绝望到什么地步了？我为什么没有早发现？

一句话推理的时候，是不会把说话人的语音语调纳入考虑的。但在这个例子当中，忽视了这一点，恰恰是最为致命的。

繁乱的信息如丝，缠得我混乱的大脑发疼。未来得及理清，我便反应过来，当务之急是知道我们还剩多少时间。

我看一眼手机，已经将近十点了。她的倒计时在什么时候结束？一般来说，约定的时间会是比较整的时间。她在四十五分左右下了车，照这么推算，十三分钟……应该在九点五十五分的时候到达尽头。

我们已经迟到了。

不过，小花告诉我，还是得试试。

好在这路段红绿灯很多，车子并没有开出多远。就是得硬闯红绿灯了。但是此时这也无关紧要，能够真正挽回她的，估计也只有我们俩了。如果真的有其他人在焦急找她的话，她怎么会一条消息、一个电话都没有收到呢？不管说话的人是谁，对方一定没在找她。

我在心中祈祷刚才我们的猜测真的只是瞎扯。

我们穿过红绿灯，在人行道上奔驰，活脱脱像是两个疯子。我们甩掉被乌云玷污的景色，一路狂奔，最后来到了大桥上。

我看了一眼时间，十点零三分。想要自杀的人，一般来说会在现场徘徊一阵。如果在她注意到之前就将她控制住，完全可以将她救下来。

我和小花对上了眼神。两个人，完全足够实施计划。我们俩心照不宣地点点头，开始寻找她的身影。

我听到不远处传来人们的惊呼声，循声望去，发现人们在一处栏杆旁迅速聚集。

我和小花飞奔上去，推开逐渐拥挤的人群，却只看到一部破旧的手机，压着一张满是皱褶的纸片。

"谁知道那姑娘一下子就跳啦，我才刚刚察觉到不对劲……"背后有人议论道。

事件刚刚发生，我们恰好迟到。推理游戏的倒计时结束，也是她最后徘徊与希望的结束。

我心中安慰自己"不过是游戏"的虚伪防线彻底垮塌。懊恼，悔恨，疲累，这些情绪使我再也支撑不住，情绪崩溃，瘫软下来。

江天一色，连成漫天的灰白，整座城市泫然欲泣。雨，好像制止不住地要落下。

更多人聚拢过来。不明事理的、凑热闹的吵成一团。没有人哭泣，没有人悲悯。他们或批判或轻蔑的讨论，我并没有听清，耳边只有女孩的那句绝望的话语。

总是这么慢。

我们从此再也不做一句话推理。

选自《空森协奏曲》（2023 年 4 月）

倒悬塔

亚　戈

【作者简介】

亚戈，曾用笔名 Don Diego，北京大学公共卫生学院硕士毕业，北京大学推理协会成员，多次参与会刊《闇》的制作。酷爱一切能带来推理乐趣的事物，并无门户之见。对于优秀推理作品的评判标准简洁而混沌：精彩好看。希望能以之作为目标践行下去，写出真正令自己满意的作品。

一

日方朔月，时已入冬。栾州地处淮河南岸，街市繁华，人烟阜盛，气候温暖湿润，但也被一场大雪宣告了寒意的来到。城外五里沿江而下，染雪松柏之间，有一座敕造玉源寺，香火旺盛，善男信女多有往来，如今虽然天寒，但或乘车马，或仅步行的香客仍络绎不绝。

天色已晚，风雪未曾消退。玉源寺大殿后的院落中，数名男女正聚在一间禅房之内。灯火闪烁间，讲话的僧人年纪不过二十三四，剑眉星目，英姿俊朗，神色从容不迫，黄色僧衣虽然简朴，穿在他身上却颇有英华内敛的感觉，飘飘然仿似并非凡人。

"玉源寺是三百年前，前朝皇帝敕旨所建，香火绵延至今。七十年前本朝太祖从湘鄂一带起兵，占据了江淮之地，曾多次来此参拜。"

"我听说寺里的方丈与先帝是莫逆之交，玉源寺一直与本朝皇家有着密切关系，是以一直繁盛至今？"说话的人紫红色面庞，身形壮硕，膀大腰圆，眼神却机敏异常。他是栾州本地名捕何焕志，擅使百斤大铁椎，在栾州屡破奇案，颇具人望。此时他随身携带的铁椎正倚在墙边，椎体布满缺角划痕，显然是随着他出生入死，身经百战。

年轻僧人微微一笑道："老何说得没错，前任方丈智恒长老与太祖皇帝乃是同乡，自幼便以兄弟相称。中年后两人在栾州再次会面，智恒长老以佛法劝谏先帝，先帝从善如流，停止兵戈，休养生息，传为佳话。后来先帝御驾南征，则是另外一件广为人知的逸事。"

"当年栾州局势复杂，太祖皇帝曾宿于玉源寺，说不定也有请智恒长老充当其护卫的缘故。"在座的一位青衫书生突然说道。

"哦？"僧人讶然道，"陆兄何出此言？"

书生名叫陆里，将手中折扇一收道："我曾读过一些武林中的掌故，有言说智恒长老乃是杖法高手，学艺时一手疯魔杖冠绝南少林。栾州当年局势复杂，长老是太祖皇帝旧交，又武功高绝，想必护龙有功，也无怪玉源寺后来一直颇受皇家青睐。"

僧人缓缓道："陆兄既出此言，想必有其依据，但本寺并无智恒长老的武功相传。"

"我读的不过是些稗官野史，上不得台面，如果冒犯还请海涵。"

"不不不，"僧人连声否认，"陆兄乃天机阁门人，定不会胡乱断言，当年距今已有几十年，恐怕即便是本寺的记录也有错漏，如有关于智恒长老的信息，可告与慧藏方丈，方丈必会感激不尽。"

陆里微微颔首。

这几十年来，江湖中最显赫的门派莫过于天机阁，最神秘的高手莫过于天机阁主人。没有人知道天机阁主人姓甚名谁、年纪来历，但他如今隐约已是白道武林的魁首，就连少林、武当、峨眉、崆峒这些名门正派的掌门人，也纷纷屈身其下，供其差遣。天机阁门人稀少，在江湖中也甚少抛头露面。青年僧人尚未剃度时本是江湖有名的翩翩佳公子，琴棋书画无所不精，与嗜书如命的陆里恰好臭味相投，三个月前却不知为何突然看破红尘，毁弃婚约，在玉源寺剃度出家。今天在这僧房之中除他之外的四人，都是他的俗世好友，因过去的情谊而前来探访。

"陆大哥的看法的确不算无迹可寻。"说话的是一位眉清目秀的少年，裘袍锦衣，玉佩金带，处处显露出家世不一般。他名叫吴烨，世居西北，本人年纪尚轻，声名不显，但是提起吴家的天骏马场，可谓无人不知无人不晓。两京一十三省，处处均有天骏马场的分号，有"天下谁人不识骏"之称，就算当今皇帝，也要依仗吴家的良马巩固边防。吴烨自幼在巴山学艺，七七四十九手回风舞柳剑法已得八分真传，又常在家中牧场驰骋，骑射娴熟。身为世家公子，他通音律、善诗文，常与陆里等人唱和，算是众人颇为爱护的后辈。

吴烨接着道："半年前回乡，我与当年曾为先帝置办马匹的叔祖攀谈，据他所说，先帝身边信任的谋士幕僚中，便有一位得道高僧擅使铁杖。如今想来，可能指的便是智恒长老。"

"既然小吴这么说，我所看的那本闲书的可信度便高了不少。"陆里点头道。

"话说回来，陆大哥，还有一事要跟你请教。"吴烨眨了一下眼睛，"叔祖还提到，当年先帝身边与那位高僧同样文武双全的，还有一名道号天机的青年道人，与高僧一时瑜亮。虽然姓名已不可考，但这'天机'两字，不由得让人浮想联翩。"

"哦？"何焕志张大了嘴巴，"小吴你是说天机阁主？"

"小吴你也太拐弯抹角了。"陆里笑道，"不过师门规矩森严，我忝列最末，实在不敢透露什么。不如……"

陆里和其他人看向一直沉默在座的最后一名女子，只听得她缓缓说道："你自己说不就完了，非得让我开口作甚？"

女子身穿绛色纱裙，披着大红色的织锦斗篷，仪态万方，美艳动人。曹子建写洛神有云"云髻峨峨，修眉联娟。丹唇外朗，皓齿内鲜，明眸善睐，靥辅承权。瑰姿艳逸，仪静体闲"，用来形容她再合适不过。此刻她一副促狭慵懒的表情，显然是懒得搭理陆里。

"二师姐在这里，小弟哪敢造次。"陆里讪笑道。他年过而立，反倒要叫不过二十岁出头的女子为师姐。

"哼，"名为温绛的女子冷哼一声，转头却向少年展开笑靥，轻声道，"小吴，智恒长老在世已是七十年前，我爹年纪并没有那么大。"

天机阁主人对弟子一视同仁，门下并不依入门次序排名，但其门人毕竟大多是争强好胜的江湖儿女，常常私下里比拼本事，约定长幼之序。温绛是天机阁主膝下的次女，去年的同门比试中凭着一手妙绝的刀法过关斩将，仅在最后一刻输了半招，暂列第二。陆里则武功稀松，还未上场便投子认输，毫无疑问地屈居最末，同门常称呼年纪较大的他为师弟，以表戏谑之意。不过他倒也无心习武，在江湖中行走，大多数人听到天机阁的名号便肃然起敬，以礼相待，根本没有显露武功的机会。另外，他平生好钻研琢磨，投身天机阁门下不过是为了博览阁主秘藏的典籍，能享寻幽入微之趣，自然也就不在乎对着年轻后辈叫上几声师兄师姐。

正在陆里想要再搜肠刮肚，讲几件先皇逸事的时候，禅房的门突然打开，两名老年僧人走进了屋里。前面一人身穿锦布袈裟，雪眉霜鬓，鹤发童颜，神态祥和，宝相庄严，端的一副神仙模样，令人心生敬畏；后面一人则略年轻些，须眉灰白，眉头紧皱，嘴唇发紫，形容枯槁如木，生得一副苦相，粗布直缀上满是雪渍，显然是刚刚踏雪从院中走了过来。

青年僧人向两位老僧行了一礼，向在前的老僧道："方丈，晚课已经结束了吗？"

老僧点头，道："玄真，这就是你说的俗世好友？"

"正是，"青年僧人道，"诸位，这两位是本寺的方丈慧藏长老与监寺慧静大师。"

何焕志率先起身抱拳行礼："在下何焕志久居栾州，却未曾有机会拜会，此次前来叨扰佛门净地，还请恕罪。"

"何捕头刚正不阿，尽心竭力保一方安宁，老衲早就耳闻。"慧藏微笑道，"玄真先前已将各位介绍给了我，何捕头，吴少侠，以及两位天机阁门人，都是武林中的俊杰，本寺虽是佛门净地，却也不应怠慢。"

众人依次站起行礼寒暄，轮到温绛时，一脸苦相的老僧慧静眉头拧得更加紧了，他咳嗽了两声，声音嘶哑道："方丈师兄，时候已不早了。"

"说的也是，"慧藏道，"我听玄真说，各位想要参观静密阁，明日玄真要在塔内静修，还是今天趁早登塔为妙。"

众人起身欲走之时，青年僧人道："玉源塔顶的静密阁是收藏智恒长老遗物之处，历来只许一人同时入阁，各位请依次随我和方丈前往。"

"那我就先去了。"温绛如此说道，不想走到门口时，恰被砖缝绊了一下，稍有趔趄，走在前面的青年僧人玄真下意识回头欲扶，两人的视线今天第一次有了接触。

温绛不知道自己现在是一种什么样的表情。

……

"妹子，还是让我先去吧。"何焕志大声道，起身去拿墙边的铁椎。

慧藏回身道："何捕头，静密阁是智恒长老的旧地，最好不要带刀兵入内。"

"实在抱歉。"何焕志放下铁椎倚在墙边，随三名僧人走出了房间。

温绛站在门口看着院里的风雪，许久没有说话。

吴烨与陆里对视一眼，难挨的沉默让两人心里有些发毛。

"唔……"率先说话的是陆里，"老何一直很期待去玉源塔的静密阁，玉源寺与皇家关系密切，不是谁都能受邀参观的。京城里声名最响的'铜鹤神捕'司空觉去年路经栾州在此借宿，都没能登塔一览智恒长老的典籍。"

"我记得司空神捕他……"

"是啊，他双腿残疾，要靠内藏精密机巧的轮椅代步，不然也不会去和当年的'无情'成崖余相提并论。"

"他这样子登塔的确有点困难。"吴烨点头道。

"倘若寻常寺院，找几个人把他抬上去也就罢了，玉源寺背靠皇家，估计懒得理他这个茬。总之，老何把登塔看成一件在公门内很有面子的事，所以比较心急。"

"原来如此。"吴烨拊掌恍然大悟道。

"够了。"温绛生硬地打断了两人的对手戏，看起来已经恢复了正常，"你们知道他是免得我尴尬。"

"不，"陆里把手中折扇"啪"的一声拍在桌上，"他是怕你把那人给宰了。"

陆里口中的那人，自然指的是刚刚落发三个月的青年僧人玄真。在剃度出家前，他还是温绛的未婚夫婿。陆里对当时的情况所知不多，只知道无论是温绛，还是天机阁主人，均没有对男方毁约提出异议。半个月前他与温绛见面时，感觉温绛并没有把这事放在心上，这才放心随她一起来玉源寺见玄真。

"终究还是会尴尬。"陆里心想。

"不谈老何了。"温绛叹了一口气，重重坐下道，"师弟，你说得没错，这玉源寺不单是间普通佛寺。"

"哦?"

"外面风雪交加，刚才两位老僧进来的时候，慧静大师身上全是雪渍，冻得嘴唇青紫，然而慧藏方丈身上却片雪不染，面色如常，丝毫没有寒意，内功想必已入化境。"

"唉，我听说内功高强的人，都是面皮油光，太阳穴突出的样子。"吴烨道。

"小吴，你江湖经验不足，天下不同门派运气方式不同，你说的不过是笨路子。"温绛指了指自己的额头，"你看我像是太阳穴突出的样子吗?"

"那说不定他们是从门廊走过来的，或者有人打伞。"陆里道。

"我刚才在门口看过了，门外直接就是院落，并没有遮挡风雪的门廊。两人没有带伞，如果是有其他弟子打伞的话，也没有只给方丈打伞，不给监寺打伞的理由。"

"二师姐，慧静大师看你有点不顺眼，又一脸苦相，说不定是故意在风雪中磨炼的苦行僧。"

"哼，"温绛听出了陆里嘴里的讥刺之意，"玉源寺每年的女香客没有一万也有几千。不提平民，碰到皇帝驾到，陪同的妃嫔、公主、女侍难道他能挡在寺外吗? 凭什么看我不顺眼?"

"阿姐这么漂亮，监寺长老怕让僧人动凡心吧。"吴烨笑道。

陆里本想说"可那人剃发当了和尚"，但转念一想，还是不触这个霉头为妙，说道："这玉源寺香火旺盛，倒也不独是拜皇家所赐。皖南江浙一带的百姓几十年来都感怀智恒长老当年的救命之恩，常来祭拜。"

"咦，还有这种原因?"吴烨道。

"刚才提到的先皇逸事便是说的这个。"陆里来了兴致，滔滔不绝道，"话说当年本朝已占据了天下三分之二，南朝负隅顽抗，先帝决意亲征。要知道江浙一带是天下最为富庶的地方，一旦动了干戈，必将生灵涂炭。当时朝中文臣武将大多赞同出战，但智恒大师则以佛家劝说先帝休动刀兵，等待南朝来降。"

"智恒大师只是僧人，有这么大的影响力吗?"

"僧人未必不能参与政事，做黑衣宰相。"温绛道，"智恒大师武功高强，见闻广博，心思缜密。最重要的是他与先皇是总角之交，情同兄弟，同时又身为僧人，清心寡欲，没有家族势力，比寻常文臣武将要受信任得多。"

"二师姐说得没错，"陆里有些惊讶温绛居然知道这些往事，不过天机阁门人见多识广也是应该的，"智恒大师中年前声名不显，但是从其南少林武功路数看，应该是一直在南方游历，对南方武林与民情所知甚详，没有他的帮助，先帝进军也会困难重重。"

"那他劝说成功了？"吴烨问道。

"当时三军已经集结，箭在弦上不得不发，智恒长老只能以命死谏。"

"死谏？"

"世人流传的三国故事里，刘备入蜀之前，益州刘璋手下的从事王累曾把自己倒悬于城门之上，劝谏刘璋不要接纳刘备。智恒长老与他相似，他把自己倒悬在了玉源塔顶层的静密阁，绝食辟谷，求先皇不要擅动刀兵。"

"诶，那不就是刚才何大哥去的地方？"

"正是。"陆里轻抚扇脊道，"智恒长老当年在静密阁倒悬，水米不进，一心求死，只愿先皇在自己死前不要攻打南朝。先皇视他为兄弟，自然慌了手脚，没有如期动兵，朝中其他人则不敢面拂圣意，只待智恒坚持不住再力主出兵，却没想到他居然一坚持就是十天。"

"十天？"吴烨惊讶道。

"没错，十天，"陆里拿扇子敲了一下桌子，"这十天里朝中大员令卫兵在静密阁外看守，直到第十天南朝发来降书。原来南朝上下笃信佛教，智恒长老倒悬绝食一事，让南朝伪帝非常感动，心知不敌的情况下，便举国投降。智恒长老使江南免于战火，可谓佛心动天地，玉源寺几十年来受江南民众信奉也在情理之中。"

"这个倒无所谓，只是这十天……"

"按照普通人来说，别说十天，绝食三天也忍受不了，更别提还是倒悬梁上。但佛家有流派讲求苦修，有别样辟谷法门也说不定。"

温绛反驳道："师弟说得过于含糊，智恒长老不是普通人，而是南少林的高手，内息悠长，凭'龟息'之术昼夜不食，也不会有什么关系。"

"'龟息'法扛过一天一夜不是问题，但智恒长老扛过了十天，不能简单用武功解释。"

"既然会武功，自然可以轻松地解开自己脚上的绳结，把自己放下来。"温绛道，"师弟应该知道玉源塔是由谁修建的吧。"

陆里愣了一下。"二师姐想不到对这些掌故也有了解。"

前朝负责设计建造玉源寺的人乃是大名鼎鼎的奇人海无归。此人通术数，知机巧，尤其擅长工程营造，前朝皇宫便是其杰作。可惜已被战火焚毁，不过江湖中至今还有不少他设计的亭台楼阁遗留供后人瞻仰。

"二师姐是想说，这玉源塔有机关，可以轻易从正门被紧紧看守的静密阁脱身？"

"海无归在遗作《宏图妙算》中提到他一向以游戏心态去设计楼阁，必要有常人所不能想象之处。他设计的武当大殿，三百年来一直无事，十年前有惊雷劈倒主梁，武当门人这才发现原来大殿地下隐藏了一处绝妙书阁，藏匿了当年不知所终的武当道藏。而前朝皇宫被焚，摄政郡王不知所终，也是后来在废墟中才发现通向城外的隐藏密道。如此想来，玉源塔有暗道也不足为奇。"

"啊，你居然看过《宏图妙算》？你怎么不早说，快让我看两眼。"陆里一听有珍贵书籍，登时忘了现在的话题。

吴烨接过话茬道："可是既然当时朝中有反对势力，想必也会对静密阁细细检查？"

"小吴，海无归的机关精妙至极，普通人可看不出来。武当大殿三百年来不知多少人走过，多少人修缮，但无人看出要将真武大帝像倒转再磕三个响头方能使活板门打开。"温绛不理陆里的纠缠，继续说道，"而且玉源寺一直香火旺盛，寺里藏龙卧虎，智恒长老之后又与皇家关系密切，想要'细细检查'恐怕是做不到的。"

"原来《宏图妙算》里记载了这些东西。"陆里点头道，"我之前一直不知道二师姐钟情数算，连这书都看过……"

陆里本打算继续软磨硬泡让温绛借书与他一观，然而这时门突然再次打开，慧藏方丈走了进来，对着寺中僧人妄谈所谓真相未免无礼，他只好闭上了嘴巴。

玉源塔除了最高层静密阁之外，另有几处僧房。慧藏方丈始终感觉让客人独自等待不是待客之道，便专程回来邀请三人移步塔内。

"方丈专程冒雪回来，实在折煞在下了。"温绛道。

"玄真与何捕头相谈甚欢，慧静师弟身体虚弱，老衲身子骨还算强健，无妨，无妨。"

温绛起身向门口走去，外面寒风扑面，她突然想起先前的事，道："哎呀，差点把兵器带进塔里了。"

"还是阿姐记得清楚。"吴烨笑道。

三人分别把随身携带的兵器放在桌上，吴烨所持的是一柄造型古朴的巴山长剑，陆里所藏的是一支不到一尺长的判官笔，温绛的兵器则是一把刀。

一把长约二尺，刀身略弯，锋刃透明，从头到尾散发着妖艳红光的窄刀。

慧藏的瞳孔陡然收缩，惊道："金风细雨红袖刀?"

"正是。"温绛点头道。

北宋徽宗年间，京城暗流滚滚，各路豪杰龙争虎斗，白道龙头首推"金风细雨楼"的楼主苏梦枕。他幼时受重伤，一生虚弱多病，常常咳血不止，但凭着一身豪情傲骨，练就了凄艳诡谲、迅捷凌厉的"红袖刀法"。他广交豪杰，建立"金风细雨楼"，锄强扶弱，主持正义，同时心中始终不忘驱逐鞑虏、收复北方失地，是天下人人敬仰的大豪杰。至于他与两位结义兄弟王小石、白愁飞的恩怨情仇，则是另外的小说家言了。

"大师也曾动过刀兵?"温绛道。

此时四人已经走出了僧房，狂风呼啸，雪如鹅毛，白雪覆盖大地，难以行走，然而四人均身怀武功，稍一运功，寒风暴雪便对其并无妨碍。

"实不相瞒，老衲年轻时学过武功，也办过不少荒唐事，二十几岁才皈依佛门，故而听说过红袖刀的威名。"

"这不是和阿哥很像?"吴烨道。

"哈哈，的确如此。只不过玄真能言善辩，博览群书，长于佛理，可比当年愚昧的老衲要聪慧多了，可谓本寺之宝。"慧藏微微看了温绛一眼，道，"如果他曾对各位有什么冒犯，还请多多包涵。"

温绛佯装没有注意到慧藏的意思，沿路一直默默向前走。

"诸位可曾听说过玉源塔静密阁的故事?"慧藏道。

"刚才在下已向二师姐与小吴讲了。"陆里抢先道。

"哦，老衲早听玄真说过陆公子博览群书，今日一见果然名不虚传。"

"智恒长老菩萨心肠，救万民于水火，在下一向神往不已。"

"光有菩萨心肠还是不够，"温绛突然插话道，"智恒长老在南朝游历已久，相识甚多。当年他绝食明志劝说先皇不要动兵之时，他的南朝友人也在收买大臣，竭力劝说南朝伪帝投降。若没有这样的运作游说，佛心也只能撑上一时，怕是动不了帝王之心的。"

这话颇为无礼，陆里向温绛使了个眼神，道："二师姐也曾读过一些时人的无稽之谈，又心直口快，方丈还请见谅。"

慧藏倒不在意，缓缓说道："姑娘所说的的确是常人所论，然而拯救万民，需以菩萨心肠行雷霆手段，这无碍家师之名。"

温绛作势还要争辩，吴烨慌忙稍稍扯了下她的衣袖，让她略一分神，没能成功插话。

慧藏接着道："我也知道其他人的一些虚妄猜测，说到底还是佛法未能普及。要知道，这佛理比武艺技击要深奥许多。老衲常常后悔年轻时虚度光阴，把岁月耗费在了好勇斗狠、舞刀弄剑上，以致今日仍然浑噩。我慧静师弟自幼出家学佛，刻苦修行，已继承家师衣钵，练成了辟谷法，每日仅饮清水，不食五谷。诸位如若知晓佛理中有如此的奇妙法门，对家师当年的故事也就不会奇怪了。"

陆里生怕温绛再说出什么不敬的话，忙应道："的确，有些记载里，辟谷法大成之后，五脏六腑已浑然一体，不需外物供养。即便吃下一些食物，也不入胃肠，只会尽皆呕出……"

陆里的声音越来越大，只因要盖过温绛的小声嘟哝。慧藏微微一笑，手指前方，原来几句话间，四人已经到了玉源塔前。远远看去，玉源塔好像一棵擎天青松，伫立在无限的黑暗与风雪之中。众人走近，塔前阶梯上一个魁梧的行者向众人施礼。寒风凛冽，站在檐下的他面目被横飞的雪片遮住，看不清眉眼。

慧藏略一皱眉道："玄觉，你怎么在这里？"

魁梧的僧人玄觉用一种含糊不清的语调说道："方丈让我在这里等待。"

"唉，我的意思是让你回塔里，何必在这里受冻。"慧藏转头向众人道，"这是小徒玄觉，从小在寺里修行，用心甚诚，但就是有些愚钝，头脑不甚聪明，让各位见笑了。"

"没有没有，刚才玄真师父说，贵寺并没有武功流传，但这位师父功夫俊得很啊。"温绛道。

的确，玄觉虽然被风雪吹击，但下盘极稳，站得笔直，明显是练过武功的样子。

"姑娘有所不知，二十年前的冬天，发着高烧的玄觉被亲生父母遗弃在寺门前，后来由寺内僧人抚养长大。这孩子心地善良，不愿与人争斗，因为当年的大病，幼时一直身体虚弱，所以老衲传授了些强身健体的法门。"

"原来如此。"

玄觉为众人打开厚重的塔门，暖意扑面而来。这塔分为三层，一层是僧房与仓库，门口挂着几串钥匙；二层曾为藏经室，现在空置；三层便是众人此次的目的地静密阁。在此居住的僧人每日会定时在塔内巡视清扫，点燃火炉取暖，是以塔内并不寒冷。

众人沿着塔内螺旋状的楼梯拾级而上，不久就到了二层，向内推开两扇厚重的木门后，可以看到何焕志与玄真相谈甚欢，而慧静则独自站在一旁。他见慧藏与其他三人已经来到，便向慧藏道："方丈师兄，刚才何捕头出静密阁后，我已将门上了锁，如果没有其他事，我就先回去休息了。"

慧藏接过慧静递来的钥匙，道："师弟保重身体，接下来交给我即可。"

慧静向众人告别，下塔去了。接下来要决定登静密阁的人选，陆里当仁不让，抢先要求上楼一观。温绛嫌他这殷切的样子过于难看，嘲讽了几句，陆里佯装不觉。

慧藏引导陆里出门走上三楼，温绛仔细打量了一下周围。这房间之前曾被用作藏经阁，但如今只被当作仓库，存放一些漆桶、书架、佛像之类的杂物，挤得满满当当。抬头看去，这房间竟出奇地高，约有三四层楼，地板上的烛台完全映照不出屋顶的模样。

就在温绛眯着眼睛努力看清天花板的时候，吴烨突然道："唉，这墙壁怎么这样奇怪？"

温绛光注意昏暗的天花板，受吴烨提醒才发现，四周向天花板延伸的墙壁上凹凸不平，似乎雕刻着什么东西。

"佛像？"何焕志眼神锐利，在摇曳的烛光间第一个看清了墙壁上的东西。

"没错，"玄真道，"这房间原本被称作千佛阁，由百位能工巧匠在四壁雕刻佛像，并以琉璃装饰。过去在天花板上有一盏奇人海无归设计的九莲宝灯，一旦点燃，光彩夺目，整个房间里万千佛像交相辉映，为一盛景。"

"那为何现在这么……"吴烨指了指身边的烛台，大家心知他没说出口的是"寒酸"二字。

"两百年前，还是前朝永定年间，寺内有一枚佛骨舍利，作为镇寺之宝，多有外人想要强取豪夺。当时天下战乱，有一员武将带兵抢夺经文，寺内僧人不会武功，只能悉心周旋，免遭灭顶之灾。后来不知为何，这武将竟在某天夜里随着宝灯一起摔死在了此处，同时无数经书被扔在了塔底四周。其他人虽有疑虑，认为是僧人所做，但僧人的确是武功全无，根本没办法击杀身经百战的武将。有人猜测是舍利藏于九莲宝灯之中，武将在静密阁四处翻找，随意丢弃经书，最终得到启示，来到千佛阁冒险攀爬上去取舍利，不慎坠下身亡，可是死亡现场的宝灯残骸里却并无舍利。镇寺之宝的去处便成了一个谜。"

"所以是僧人怕有厉鬼作祟？"吴烨打了个寒战。

"这个嘛……"玄真故意顿了半晌，却突然想起此时陆里在楼上参观，所以无人接茬，只好继续说道，"以上不过是野史，真正的原因是一方面宝灯损坏，难以再找到海无归这样的能工巧匠予以修复；另一方面，历任方丈其实一直对千佛阁不太满意，认为其工于机巧，虽华丽繁复，但失却了修行者的本心，因此如今千佛阁顶只有灯座与铁链，宝灯却并未再做修缮，这间房间如今也只被用作存放暂时无用的杂物。"

"这周围的东西都是弃之不用的？"何焕志问道，"看上去品质不凡。"

"老何果然有眼力，"玄真称赞道，"这些大多是皇帝赏赐给玉源寺的，尤其是智恒长老的物件，就连一方小小的砚台，也是皇家御用之物，弥足珍贵。智恒长老不贪富贵，收到赏赐便封存于塔里，久而久之，积攒了如此之多。"

温绛道："这么一想，这塔的布局，有要抛弃俗世工巧与荣华，静虑深密自身修为的意思。"

玄真缓缓道："温姑娘说得不无道理。"

"可惜说起来容易做起来难。"

"天下万物何尝不是呢？"

163

……

又是难挨的沉默，吴烨生怕两人争执起来，插话道："阿哥，你在寺里住得可还好？需不需要给你送些细软？"

"不必了，寺里常受布施，不缺少日常用品，生活虽然简朴，但并不艰苦。小吴、老何，你们最近怎么样？"

"我还好吧，无非在府里当差，或是外出查案。"何焕志道，"最近世道不算太平，河南出了两起大案，但幸好还没涉及栾州地界，所以我才有空来玉源寺一趟。"

"最近我和阿姐在附近逛了逛，我家在西北，学艺在巴山，还没怎么到江淮一带来过，这边风景确有独到之处。是吧，阿姐？"

玄真抬起眼眸，看向温绛，似乎也要寒暄几句。

就在这时，慧藏与陆里结束参观，推开厚重的木门走了进来。夜色已深，温绛没有心情再登阁一览，吴烨也有些倦意，想早些歇息，于是众人向慧藏与玄真告辞，下塔去了。只有陆里还不满足，在众人都已离开之时还独自在二层的房间里左瞧右看了好一会儿，温绛在塔底等了许久，实在忍无可忍，上楼把他强扯着拉离了房间。

二

玉源寺常接待外来宾客，故而另建有一栋别院供俗客尤其是女眷投宿歇息。出人意料的是，这别院完全没有艰苦朴素的感觉，房间的布置整洁舒适，如果愿意一掷千金，甚至可以住到为皇亲国戚达官显贵所设的华贵房间。而四人中就有一个不计较金钱的富家少爷。

"我们都是沾阿姐的光，如果没有阿姐的话，恐怕要被阿哥安排住在寺内的僧房了。"吴烨昨晚对温绛小声道。

"这孩子。"

温绛知道他从小锦衣玉食，娇生惯养。他肯去巴山学艺，是因为这一代的巴山剑客是他舅舅，对他颇为溺爱，允许家人在山上为他建了一栋舒适的房子专门居住，在日常的传授中又对他尽心讲解培养，从不虐待打骂，除了学了一口南方口音外与在家中生活无异。所幸吴烨天资聪慧，虽然不太刻苦专心，但也把巴山的剑术学了个七七八八，足以傍身，但相比普通的江湖人士少了一份吃苦耐劳的韧性。

温绛没有资格责怪吴烨，她同样出身显贵，天资聪颖，由亲属传艺，并未吃过多少苦头。只不过她性格叛逆不恋家，好游历江湖结交朋友。三年前她认识吴烨的时候，便萌生出一种亲近感，一方面是因为出身相似，另一方面则是因为她非常喜爱陌上人如玉的英俊少年郎。

翌日天色晴朗，风雪已经停止。温绛用过早饭之后，便在自己的房里打坐练功。今天玄真要在静密阁里修行，吴烨、陆里、老何想必会去塔里陪他。温绛一向对佛教不感兴趣，对玉源寺更是成见极深，更不要提与法号玄真的这个人的恩怨了，所以不想随他们同去，只待今天结束后一同离开。

不知过了多久，就在温绛闭目运功之时，突然听到了敲门声。

"谁？"

"阿姐，是我。"

温绛深吸一口气，轻声道："进来吧。"只是她等了半晌，却未见人进来，只好起身过去打开门。

吴烨在门口忸怩道："你在练功？"

"没事，不过是些寻常功法，何必拘礼。"温绛笑道，"怎么，你没去塔里？"

"没，那塔太过寒酸，我不喜欢，这别院里倒是有些新奇玩意可以看看，昨天经过的时候我没注意，那幅张旭的字居然还可能是真迹……"吴烨喜珍宝好古玩，落座后便滔滔不绝起来。

"老何和我那陆师弟呢，去塔里了？"温绛问道。

"老何是本地名人，所以被慧藏方丈邀请去塔里，他感觉与有荣焉，便没拒绝。陆兄我就不知道了……"

"我没去。"突然，陆里不知道从哪里远远应道，不一会儿大摇大摆地走了进来。

"陆师弟又睡到现在？可记得'大摔碑手'要每日苦工不辍？"温绛挖苦道。

"小弟惭愧。"陆里毫不惭愧地说道，"如有什么危险，还得靠师姐施以援手。"

温绛白了他一眼，不再说话。

"师姐和小吴昨天没登静密阁，实在是遗憾。"

"有什么东西可看吗？"吴烨好奇地问道。

"要说可看也没有什么可看的，阁里有十几个大铁箱，放的都是经文书典，据说与当日智恒方丈在阁中绝食的时候一样，七十年来没有变化。其余的像是鎏金锡杖、御赐袈裟之类，才是小吴感兴趣的东西。当日先皇感怀智恒大师之诚，下旨将静密阁封存一切如旧。智恒大师去世之后，先皇每次经过栾州都要登阁一览怀念旧友，所以这玉源寺地位极高，只有得到方丈同意，才能登阁，皇亲国戚、王公官宦都不能例外。"

"怪不得老何这么开心。"吴烨道。

"是啊，京城六扇门，能让玉源寺看得上眼的人也没几个，更别说栾州衙门了。"

"师弟话里有话？"温绛听出了陆里的弦外之音。

"昨天提起过，智恒大师朝内树敌不少，无论他绝食的真相是不是像师姐所说的那样别有隐情，政敌肯定都要力求证明其虚伪。然而这几十年来，玉源寺受到先皇谕旨庇护，谁都无法正面擅闯。同时寺里藏龙卧虎，慧藏方丈更是功力深厚，方丈僧房就在第三层另一侧，静密阁对面，可以随时注意是否有人夜里偷偷潜入……"

"所以这七十年里，没有人能细细地把静密阁检查一遍？没想到师弟你同意我的看法。"

"我只不过事事求钻研，和师姐还是不一样的。"陆里淡淡道，"不过这几十年来，进过静密阁的不说上万人，也有几千人，慧藏方丈不在阁里陪同，估计是示意可以随便翻找，昨天我也一样，并没有发现什么机关旋钮，毫无异常。"

"海无归所设计的建筑，想要查出密道暗格可不容易。"

"的确。"

两人正聊着，突然听到远处一声钟响，余音袅袅，就连屋内的花瓶也微微震动。

"已经正午了，是阿哥准备进阁修行的时间。"吴烨解释道。

提起玄真，三人突然不说话了。沉默中，陆里不由得想起了昨天温绛的态度，不仅是对玄真自己，就连对慧藏方丈都是一副无礼的样子，莫非真的因为悔婚的事情被气到现在？

"师姐昨天也太失态了，我们终归是客人，寺里是主人。"与持重的老何以及年轻的小吴不同，陆里并不介意捅马蜂窝试试。

出乎意料，温绛并没有动怒，而是反唇相讥："我也是一心求真相，和师弟不一样的。"

莫非真的没放在心上？陆里撇撇嘴不再过问。

吴烨好言相劝道："阿姐，陆大哥说得没错，慧藏方丈仁慈长者，还是以礼相待的好。"

"我自有分寸。"温绛微笑道。

"不过说来也奇怪，阿哥这么爱玩的人，居然会在寺里出家。"

"在庙里做和尚也不失为一种新奇体验。"陆里道，"我读佛典不多，倘若真有一天可以整天不必练武，只是打坐学佛，想想还算不错。"

"那是师弟你太懒惰了，习武都受不了，寺庙苦修只会更加难挨。"温绛道。

"好吧，"陆里挠挠头道，"但那人耐性也不会好到哪里去。"

"阿哥兴趣博杂，又好游山玩水，但他的确读过不少佛家典籍，兴许一开始就有这个意思？"

温绛正想回答，突然听到外面嘈杂声四起，三人对视一眼，起身出屋，正碰到一个小沙弥急匆匆地从玉源寺本院那边走来。

小沙弥看到温绛，愣了半晌，随后说道："请问……施主是……"

"我是温绛。"温绛抢先说道。

"何捕头请几位施主过去一下。"

"好的，"温绛点头并打探道，"出什么事了吗？"

"那个……"小沙弥扭扭捏捏的，明显隐瞒了什么东西，温绛朝他展颜一笑，没怎么与异性接触过的小沙弥更是羞红了脸。

"有人死了？"陆里道。

小沙弥吓了一跳，明显是被说中了。

"陆大哥你怎么猜到的？"吴烨同样十分惊讶。

陆里耸耸肩道："我一直有这样的预感，这几天可不会痛痛快快地过去。"

温绛在玉源塔二层的千佛阁门前见到何焕志的时候，竟感觉有些陌生，一向沉稳也见惯了命案的他，此刻却慌了神。千佛阁厚厚的木门紧闭着，门口地上有些红色的痕迹。

"老何，怎么回事？"陆里问道。

"有人死了，在里面。"何焕志心事重重，简短地说道。

玉源塔里每日都有打杂僧人定时上下巡视，大约半个时辰一次。午时钟声响过后，僧人行至千佛阁前时，发现与前一次相比左侧门前地板上多了红色的奇怪污渍。僧人一开始感到奇怪，甚至联想到了血迹，略一思索才明白，这是千佛阁里保存的油漆从左侧门缝里漏出来所致。不像静密阁收藏智恒大师遗物，钥匙仅由慧藏方丈保管，千佛阁由于收放的都是些杂物，需要时随取随用，钥匙便在玉源塔一层的门口挂着，谁都可以进去取用物品。然而玉源寺僧人日课繁重，取用杂物要等到晚上了，又有谁会在正午时分进千佛阁？怕不是遭了盗贼。这么想着，僧人取钥匙打开了千佛阁的门……

昨天夜里的千佛阁由于天花板过高，照明不足，空中有些昏暗，今天阳光明媚，正好把屋子照了个干干净净。千佛阁四壁万千佛像的正中，一具尸体双手反绑被倒吊着。更加诡异的是，头颅已经不见了踪影，只能看到血肉模糊的脖颈断面，血液不停滴答滴答地滴落。

温绛随何焕志进到千佛阁，看到如此场景，不由得心头一颤，再看吴烨脸色铁青，已经说不出话来。

陆里缓缓道："老何，你来这里多久了？"

"我一听说千佛阁出现了尸体，便派了个小沙弥去找你们，也就早来了一炷香的工夫。"

"没有人在阁里？"

"没有，"何焕志道，"我小心地搜索了一遍，屋里没有人。"

"那……"陆里抬头看着不断滴血的尸体，"我们得先想办法把尸体放下来。"

"这谈何容易。"何焕志道，"我现在都不知道，凶手到底是怎么把尸体放上去的？"

陆里正要回答，突然千佛阁的门被打开，慧藏方丈、玄真、玄觉以及两名灰衣僧人走了进来。众人还不及向何焕志提问，便看到了空中的尸体，均大为变色。其中尤其惊慌的居然是慧藏方丈，从未动容的他此刻像是全身脱力般，低沉挤出了几个字。

"慧……静师弟。"

"什么，这是慧静大师？"何焕志惊讶地说道。

"我与他师兄弟几十年……"慧藏的声音越来越低，脸上的肌肉浮动，努力地让自己不向厉鬼的样子转变。

"好了，老何，不论如何，先把尸体放下来吧。"陆里道。只见他左瞧瞧右瞅瞅，竟然攀上了墙壁上的佛像浮雕，手脚并用，不一会儿便爬到了房间的最高处，伸手把挂在天花板灯座上的铁链取了下来，铁链上悬挂的尸体也一并在空中移动。

"师弟小心。"温绛喊道，她知道陆里武功根基不牢，担心他一个不小心，从空中跌落下来。虽然陆里没什么可能直接跌死，但如果慧静大师的尸体在地上摔损，那就太过不敬了。还好，陆里看起来轻身功夫并没有落下，一手持着铁链，一手攀援而下，最终落到了地上。

"既然之前天花板上有宝灯悬挂，自然有把灯放上去的办法。"陆里解释道。只是这时已经没有人听他说话了，大家全都把目光聚集在了死者的尸体上。死者瘦骨嶙峋，皮肤黝黑，穿着一件黄色僧袍，虽然穿着与慧静大师平日不同，但是体形上确有相似之处。

"这真的是慧静大师？"何焕志再次确认。"在下可能需要验一下尸体，如有冒犯，还请宽恕。"

慧藏与众僧人点头。"何捕头不必拘礼，请务必找出是谁杀害了慧静师弟。"

陆里站在一旁仔细观察尸体，发现死者的双手被反绑在身后，用的寻常的布条，看不出什么异样，双踝则被本来悬挂宝灯的铁链缠绕着，一时间无法解开，所以刚才他不得不连同铁链上调节宝灯高度的滑轮组一起取了下来。他皱着眉头往上看整具尸体最为诡异之处，颈部被斩首的切口已经贴近锁骨，整个脖子和头颅不翼而飞。

"死者被害最晚距现在不应超过两个时辰。"何焕志检查尸体皮肤，谨慎地说道，"但也不会太近。"

他指了指颈部的断面，道："人被斩首，势必会有大量血液喷涌而出，但从尸体的状况来看，血液已经凝固，死者至少已死了小半个时辰。"

"可是血去了哪里呢？"陆里道，"这地上滴落的血远不够一个人被斩首时溅出的。"

"陆老弟说得有道理，我认为，死者并非被斩首而死。凶手应该是杀害死者过了一段时间后才将其斩首，所以血液凝固，没有溅出太多。"

"有没有可能，死者是在其他地方被斩首，后来移尸此处？"温绛道。

"本寺僧人已经查过塔内，并没有找到其他血迹。"玄真道。

"如果死亡现场在塔外呢？"

"全寺都在进行搜查，没有结果。何况玉源塔门口有人看守，虽说若是武林中人，找到空当潜入也并非不可能，但扛着一具尸体，总不会这么容易。"

"塔里只有一个出入口吗？"陆里隔开两人，指着一旁打开的窗户道。

"塔里的其他房间有几扇朝外的窗户，"灰衣僧人道，"然而刚才已差人去检查过，其他的窗户全都从内部反锁了。"

陆里走到窗前向外看去，竟是一片深谷，谷底隐约可以看到河水流动。

"玉源寺建在山上，塔背侧正是悬崖，很难从这边攀援上来。"玄真道。

"总之，可以暂且认为凶案是在塔里发生的。"何焕志道。

"既然是死后才遭斩首，老何看得出慧静大师是因何而死吗？"温绛问道。

"不好说，尸体除了颈部的切口之外，没有其他外伤，看血液的颜色，也不像是剧毒致死。"

"这么说，伤口是在头部，凶手不愿意被看到伤口才斩下了头？"陆里道。

"有可能，但也不能确定。"何焕志看起来欲言又止。

"还有一个疑问，凶手为什么要把死者倒吊起来。"吴烨刚才一直沉默，这时才慢吞吞地挤出一句话。

听到这个问题，众人不约而同地想起了智恒长老倒悬绝食的旧事。

"莫非……"陆里看向慧藏方丈。

"这的确像是在对我寺示威……"慧藏思忖道。

"而且，"陆里指了指地面，"诸位感觉凶手是先将尸体斩首再倒吊起来，还是先倒吊再斩首？"

怎么会有非得把尸体吊起来再斩首的道理？温绛刚想反驳，却看到地上的血迹仅有中间的一大摊与周围的几处斑点。周围的应是刚才陆里手牵尸体一路向下的时候滴落，距死者被害的时间已久，血液凝固，所以仅有几处。如果凶手是先将死者斩首，再牵着尸体爬上天花板，那么周围理应有更多滴落的血迹。

"如果凶手真的是先将死者倒吊，然后再将其斩首，那这可就难了。死者的脖子距地面有将近三丈，尸身又是系在铁链上摇晃，凶手无论是从旁边佛像的抓手上一跃而下，还是从地面平地而起，能一刀将其斩下，都必然轻功不凡，又善使锐器。别人不谈，小弟我的功夫是做不到这一点的，老何练外家功夫，用的又是重兵刃，这样精巧的行径恐怕也做不来。"

"如果凶手先用布将断面包住，再一路提上去，即便是先斩首后倒吊，地上也不会有痕迹。"温绛指出陆里的漏洞。

"二师姐说得也有道理。但是无论如何，凶手必然是身怀武艺之人，哪怕不是绝世高手，至少也得像小弟我一样有几手三脚猫的功夫，否则是无法沿着佛像攀援的。"

玉源寺不是少林寺这样有武功世代相传的寺庙，寺内只有慧藏、玄真、玄觉会武功，然而加上何焕志、温绛、吴烨、陆里四人就不同了。陆里的话无疑是把矛头指向了在场的人，玄真脸上一阴，想要说些什么。

吴烨抢先道："会不会是外来人员作案？"

"凶手知道千佛阁的构造，也知道钥匙放在门口，对玉源寺知之甚详，把人倒吊斩首的方式也说明积怨极多……"

"千佛阁钥匙之前一直由老衲保管，三天前出于方便起见，才放在一层门口，这件事只有寺中僧人以及这几天来访过千佛阁，见过僧人取还钥匙的人才知道。"

"啊？居然是这样。"吴烨有点慌神，悻悻道，"会不会是有人把这个消息透露了出去……"对于他来说，找到凶手还是其次，自己不被绊在这里可能才是最重要的吧。

"嗯。"何焕志似乎终于下定了决心，严肃地说道："既然如此，慧藏方丈，我可否让公门弟兄入寺调查？"

玉源寺背靠皇家，何焕志虽然是公门中人，但也不能擅自做决定。

"这个无妨，只要能找到凶手，何捕头尽管随便搜查。"慧藏方丈应允道。

"谢方丈,那么妹子……"何焕志视线转向温绛。

"老何放心吧,既然我也有嫌疑,水落石出前我不会离开的。"温绛道。

至于其他人,吴烨无奈地同意留下,陆里则是兴致勃勃,乐不思蜀。只见他把手中折扇展开,好像在说书似的,边挥扇边说道:

"我曾读过一些凶杀案例,若是说到斩首,第一个想到的便是拿别人的身体来冒充死者,然而刚才慧藏方丈远远地便已经确定,死者确是慧静大师。"

陆里话里带刺,然而慧藏并未动怒,只是淡淡说道:"我与慧静师弟相处数十年,能够看出来不足为奇。"

玄真接着道:"慧静大师修辟谷禅,四肢肌肉萎缩枯瘦,陆兄如果不放心,可以看尸体是否也是如此。"

陆里耸耸肩。"的确,天下修辟谷禅的不过寥寥数人,就算不看尸体体态,仵作解剖尸体,看肚内是否有食物残渣,也可以知道尸体是否是慧静大师。"

"这……既然已经知道尸体身份,没必要再对尸体动刀吧。"何焕志为难道。

"人之五体不过是一副臭皮囊,只要是对查案有益,如有需要,何捕头可以随意动刀。"慧藏道。

"我不过是妄言罢了,还请恕罪,刚才玄真师父的看法很对。"陆里拱手道,"被害人是慧静大师无疑,那么斩首便不是为了隐瞒身份。相反,像刚才慧藏方丈所说的那样,有可能是恐吓与示威,这样的话倒吊尸体也可以解释得通。"

"可是,"吴烨道,"如果是示威,岂不是要把头颅放在现场让人发现才好吗?"

"小吴说得很对,老何,你刚才估计也是为这件事而发愁。"

何焕志被说中了心事,喃喃道:"陆老弟果然博识多闻,还是我来说吧,各位可知道一两个月前陆续被害的卓星与卓懿兄弟?"

卓星与卓懿两人是少林派的俗家弟子,分别得了"韦陀手"与"达摩掌"的真传。他们家住河东,多有行侠仗义,故而人称"河东双侠"。一个月前，卓星在河东的家宅中被害，在外的卓懿听到消息后连忙赶回家中，立誓要为兄长报仇，不想同样又在家中被害。这两人平时交游广泛，朋友甚多，不少人为武林少了两位青年俊杰而扼腕叹息。

"卓星和卓懿的事情我知道，可是这有什么……啊?"温绛话还没说完，便想到了一件事，不由得"啊"了一声。

"卓氏兄弟之死虽然并未向外宣传，但是风言风语总会入人耳朵。"陆里道，"二师姐想必也听说了，卓氏兄弟的死亡现场，头颅都被人割去，不知所终。"

"虽然没有头颅，"何焕志补充道，"但是官府凭借两人手上练少林'韦陀手'和'达摩掌'的痕迹确认了身份。"

"居然如此相似。"温绛皱眉道。

"卓氏兄弟与慧静师弟素昧平生，为何会被以同样的方法杀害?"慧藏不解道。

"这个……"

陆里看着何焕志左支右绌的样子，心里暗暗为他叫苦。事情要从头说起，得上追到一年前去世的先帝之侄齐王。齐王擅长诗词歌赋，体弱多病，为人谦和，乐善好施，不逐名利。当今圣上是先帝义子，能够顺利继位，与齐王虚怀若谷的鼎力相助是分不开的。一年前，齐王府遭窃，丢失的多是先皇御赐的宝物，齐王幽愤难当，竟至去世。皇上听闻此事后震怒，令京城"铁鹰神捕"魏彻严查此事，定要将窃贼绳之以法。正是在魏彻来到河东的时候，发生了卓氏兄弟的凶案。魏彻经过一番抽丝剥茧的绝妙推理，初步断定卓氏兄弟便是齐王府的窃贼，凶手将其斩首，是为了以示惩戒。三天后果然在附近山野发现了被野狗啃食得面目不清的头颅，而在齐王灵前发现了两人的随身物品。倘若把卓氏兄弟之死代入慧静大师的案件中，那么慧静大师是因为在齐王府盗案中与卓氏兄弟同谋，而被某位不知名的正义之士杀害。玉源寺与皇家关系密切，寺中僧人为盗贼先行打探，这也并非不可思议之事。

只是直接把死者指为盗贼，未免太不恭敬了。

陆里忙解围道："斩首示威不过是一种猜测，贸然当作真相也有不妥。斩首凶案除了调换身份、示威之外，还有另外一个很重要的原因，那就是死者的头颅有让凶手不得不斩首带走的理由。比如头上有特殊的痕迹，无论是独门暗器的伤口，还是毒砂掌、嵩阳手之类的功夫让口鼻出血，凶手不想被识破身份，所以将头颅砍下带走。按照这种想法，最有嫌疑的是我和师姐，天机阁武学博杂，可能会有这样的奇门兵刃或者武功。"

怎么拐回到自己身上了，温绛无奈地想道。

"师弟，毒砂掌、嵩阳手这样的功夫不是什么不传之秘，普通门派也会传授的。而且慧静大师不会武功，凶手没有必要非得用一些奇门功夫才能将其杀害。"

"唔，师姐说得有道理，其实我也不太认可这一点。"陆里似乎早有预见，"不过，我还有一个想法，不仅是斩首原因，甚至是凶手身份，都可以确定。"

"确定？"温绛扬起眉毛，这么肯定的语气让她有些吃惊，看来其先前的一通乱扯不过是故布疑阵，这最后的一句话才是核心。

"哦？陆兄请讲。"玄真的眼神看上去并没有多么相信陆里。

"刚才我观察尸体，发现一处奇怪的地方，尸体被斩首的位置过于靠下，甚至已经到了锁骨，相当于砍下了整个脖颈与头颅，这个位置不像随心所致，更像是精心挑选的。"

"说得对，江湖仇杀里斩首的情况我也见过不少，大多数都是从脖子中间的某个位置砍下，这样的位置实属异常。"何焕志赞同道。

"既然如此，尸体的脖子肯定大有玄机。"陆里道，"在下有一个猜测，慧静大师修辟谷禅，无论吃下什么东西都不入肠胃，尽皆呕出，那么是不是会留在咽喉处呢？"

……

温绛有些摸不着头脑，从一开始她就对陆里今天过于活跃的表现有些疑惑，等到陆里说出这些惊人之语，心中就更加不解了。再看其他人，明显也被陆里的话吓到了，许久没有说话。

"这……"慧藏方丈首先打破了沉默，"陆公子也是习武之人，又博闻多识，理应知道江湖中对各种功法的传闻描述夸张之处众多。辟谷禅虽然玄妙，但人终究是肉体凡胎，任何东西入口之后都是要入胃肠的。"

"的确，除了孩提童稚，恐怕没有人会把江湖中流传的东西当真，可是，如果真的有人智力如小孩呢？"

"这怎么会……"慧藏方丈先是不明其所指，环顾四周之后，缓缓道，

"玄觉呢？"

玄觉，在场的人都想起了这个有些呆愣的僧人，他小时生了场热病，莫非……

"玉源寺当年丢失了一枚佛骨舍利，至今未见踪迹。如果慧静大师面对凶手威逼将其吞下，而凶手误以为慧静大师吞下的东西会在喉咙处被挡住，为了取走舍利，便会将尸体从咽喉下方锁骨处斩首，将喉咙与头颅带走，希望找到吞下的舍利。"

陆里所言虽然有些异想天开，但与尸体的奇怪状态有了些许吻合，令人不得不深思。何焕志略一思索，道："那么陆老弟，凶手为何要将尸体倒挂？"

"慧静大师身怀舍利，却不告知寺里，凶手恐怕是将尸体布置得像当年智恒长老一样，以示谴责吧。"

"如果是在现场的话，为何不在斩下头颅后直接寻找舍利？"吴烨指了指尸体，"尸体上可没有类似的痕迹。"

"塔内僧人众多，难保是否有人出入，凶手不敢在此久留。"

"直接解剖看看尸体肚里是否有舍利不就得了？"温绛正想如此说的时候，慧藏身后的灰衣僧人已将玄觉带到了阁里。身材高大的他看到地上的尸体，显得有些畏缩。他刚才一直在楼下打坐参禅，虽然听到有动静，但是谨遵戒律，并没有走动，直到刚才慧藏方丈让灰衣僧人下楼找他，这才知道发生了凶案，上楼来了。

"玄觉，昨晚回房后，你可曾继续研习？"慧藏问道。

玄觉一脸疑惑，说道："昨日回房后，又抄录了十首寒山禅诗。"

"是哪十首？"慧藏对玄觉说着，眼睛却看向陆里。

原来玄觉虽然年幼时生过一次大病，又看上去呆愣，但在智力上没有什么问题，尤好唐代诗僧寒山的诗歌，常常抄录传诵。只见他将昨日抄写的诗歌篇目一一道来，丝毫没有智力仅如童稚的样子。

"陆兄的想法有些怪异，倘若写在自己创作的话本里，倒不失为极优秀的回目。"玄真眼中难掩笑意，揶揄道。陆里只能无奈耸耸肩。

慧藏向玄觉讲明发生的事，问他是否发现什么异样。玄觉今日在塔内一楼僧房里与两位师兄弟一起打坐参禅，未离开房间一步，因此并未看到奇怪的人。

"不过，在正午前后，倒是听到过头顶传来两次撞击的声音。"玄觉道。

"哦？为何能确定是正午？"何焕志道。

"今日师弟要入静密阁修行，所以正午进阁前会鸣钟。当时我先听到头上有一声响，接下来便传来了钟声，随后又是一声响。中间相隔时间很短，如果不是因为正好是正午钟声前后，我也不会特意记住。"

一楼僧房的正上方便是千佛阁，玄觉所听到的声音不会有假，定是凶手所为。

"这么说，凶手真的是先把死者倒吊，然后斩首？头颅掉到地上，导致有撞击的声音？"吴烨道。

"倘若把尸体卧在地上，然后大力切断脖子，武器敲击地面，也会有一定声响，目前还是没有办法确定。只是无论如何斩首，声响理应只有一次，另一次声响又是什么？"温绛道。

"想必是这个吧。"何焕志指着门口地上的大片红色痕迹道。

温绛这才注意到门口右侧的地上跌碎了一只瓦罐，满地都是已经凝固的红色液体，从右边半扇门的门缝里流到了外边。正午过后，僧人正是在门外的左侧看到了这样的痕迹，才开门查探发现了尸体。

"这是宫里御赐的上好油漆，用于寺内修缮，它原本一直放在门边的架子上，想必是凶手离开时不小心碰到跌落所致。"玄真道。

陆里蹲下身子，千佛阁的门板下缘与地面不过数分，仔细看去，果然右扇门靠内的一侧除了底部有着在地面上蹭到的水平整齐、略高于地面的油漆痕迹之外，在上面还有罐子打碎时被溅到的斑点，靠外一侧则没有这样的斑点，只在底部与内侧有着一样的痕迹。

"刚才我们进来的时候，没有踩到脚印？"吴烨道。

"这油漆平时都在罐子里密封保存，倒出来后不过半炷香时间便会凝固。刚才我已经问过，尸体发现的时候，油漆便已经凝固。"玄真道。

这么说，凶手离开最晚是尸体发现半炷香前的时候，据玄觉所说，钟响后的那次响声距离正午的时间很短，两者相互吻合。按照这样的想法，凶手是在正午前后行凶的。

"也不尽然，目前还没有办法确定这响声到底是如何发生的，玄觉师父的记忆也不知是否有误，"何焕志谨慎地说道，"抛开尸体的死亡时间不谈，发现尸体的那位师父每隔半个时辰便在塔内巡视一遍，至少可以断定，凶手在尸体发现前的半个时辰内进入过阁里。"

今日早晨用早膳时，寺内僧人还见过慧静大师，用餐后他便去玉源塔一层的一处僧房内独自修行，再往后便无人见过他。僧人发现尸体的时间约是正午过后两盏茶，往前倒回半个时辰，众人纷纷回忆自己在这段时间的行为，温绛三人正在别院屋里闲谈，何焕志上午参观完后，一直在一层的僧房里独坐，慧藏则是一天都在三层的住持房里修行。今天进阁的玄真，则是与一名僧人在静密阁外的小隔间内静坐等候，待到正午才进入静密阁。

"老衲今天把静密阁钥匙交给了玄疑，令其与玄真一起等候，正午后再开门让他入阁修行，锁上门，随后再将钥匙还给我。有人报告发现尸体后，我便进入隔间打开阁门，唤出玄真，命他离开查探，看静密阁并无异象后，将其上锁，所以离开得比玄真稍晚了一些。"

慧藏的说法得到了玄真的认同，这么说来，玄真这一天里，不是与另外一名僧人在一起，便是独自被锁在静密阁中，可谓毫无作案可能。

然而在场有人并不这么认为……

"方丈，"何焕志似乎下定了极大的决心，坚毅地说道，"在下认为，想要彻查此案，关键不只在于千佛阁，整座塔都需要仔细检查，请问您是否可以应允？"

温绛心知何焕志说的是千佛阁正上方的静密阁，按理说静密阁时刻都处在上锁的状态，里面的人不可能出入。然而自几十年前，关于静密阁就有暗道的传闻，老何就算不完全相信，肯定也是心存疑窦的。只是如果真的有暗道，那岂不是说……

温绛偷偷瞅了一眼玄真，他神色如常，并无异色。

慧藏沉吟了一会儿，道："何捕头，这静密阁由先帝下旨封存至今，几十年来，我都谨遵圣旨，不敢有丝毫松懈……"

何焕志闻言有些沮丧，但也在预料之中，正当他想要开口道歉时，慧藏接着说道：

"但是此次命案牵扯到我寺僧人，人命关天，何捕头所求之事在情理之中，老衲不应拒绝。"

何焕志见慧藏并未拒绝，慌忙说道："在下在搜查玉源塔时必定会处处小心，仅带最为谨慎的四五个兄弟入塔，保证不出现任何毁坏亵渎之事。"

慧藏微笑道："既然如此，老衲还有一个请求，家师遗物一向放在静密阁中，应与此案无关，为了免去什么差池，是否可以先移出塔内？"

"这个当然。"何焕志一口应允，"待公门弟兄到后，我便与其一起为方丈把那些铁箱搬出来。"

"不必了。"慧藏转身上楼，不一会儿，便手提两只巨大的铁箱走下楼来。

"玄真，你身怀武功，就不必麻烦衙门中人或是你的师兄师弟了。"慧藏唤道。

玄真点头，动身上楼搬运，不一会儿也提着两个大铁箱走了下来，两人如此往复，最终将静密阁里面的物件全都搬到了塔下，寺里的其他僧人或拖拽，或用扁担抬运，将这些铁箱妥善安置。何焕志好生安抚众人，说这几天定会水落石出，只要耐心回房等候即可，众人便逐渐散去。

温绛心中对于今天的案子并不特别关切，毕竟如果斩首真的是发生在正午时分前后，那么她与小吴以及陆里都在别院，有确凿的不在场证明。就算退一步，将作案时间延长至发现前的半个时辰，虽然温绛已经无法确认三个人聚在一起的具体时间，但根据别院中另外一位客人所言，小吴在去找她之前在大厅里与之聊了很久张旭的书法，无论如何也是在午前的那一次巡查之前便已身在别院了。而温绛也理所当然地知道自己不是凶手，只有陆里是一上午都在安睡，无人作证。

想起陆里，温绛有些不安，这个师弟平日里便是一副好为人师的掉书袋做派，但是今天尤甚，不停说着那些无来由的狂想，狂想被戳穿后，好像泄了气的皮球一样不再说话，肆意不敬的样子完全不像是谨小慎微的他。而且……

三

今日天气晴朗，阳光和煦，昨日下的雪已有小半化为了水，然而空气却还是冷得要命。陆里于武功上不甚用心，无意如武林高手一般运功御寒，而是用过晚饭后便早早卧床，盖上了厚重的锦缎棉被，蜷着进入了梦乡。

不知过了多久，一把刀缓缓伸向他的脖颈……

陆里猛然惊醒，冰凉的刀刃已经贴到了他的皮肤上，他本能地向床的内侧一缩躲开刀刃，眼睛猛地睁开，黑暗中一片妖艳的红光闪烁，惊起一身冷汗的同时，悬着的心却也放了下来。

"我听说二师姐喜好英俊少年，不想居然对小弟也有垂青，实在荣幸。"陆里面对架在脖子上的锋刃毫不畏惧，讥刺道。

温绛不答话，将手里的刀向内侧又伸了几寸。

陆里有些慌张，道："我知道二师姐想问什么，人不是我杀的。"

刀锋停止移动，温绛冷冷道："何以见得？"

"这……"陆里略一思索，"倒也没什么证据。"

刀锋重新贴到了脖子上，陆里忙道："至少给我一个申辩的机会。"

"你为什么会知道千佛阁攀爬到天花板灯座处的路径？"

"当年灯座上悬挂宝灯时，总得有人修缮，更换灯油，所以必然会有攀爬到这个位置的方式。"

"你怎么会这么快就看出来？"温绛不为所动。

陆里这才想到，他在众人都还手足无措之时，便看出了攀爬的途径。倘若是其他人，都知道陆里见闻广博，因此对其比自己看穿得早并无太多疑问，毕竟是天机阁门人，有此等眼力也是情理之中。然而温绛则不同，她知道陆里的斤两，她在这方面输给陆里，是绝无可能的事情。

"唉，看来小弟只有说实话了。"

刀锋仍然紧贴着喉咙。

陆里徐徐道："这玉源塔传闻众多，尤其是当年智恒长老倒悬绝食一事，很多人，包括师姐你，都认为其中有隐情，有说当年卫兵有问题的，也有说塔中有密道的。卫兵被收买一事我感觉不太可能，当年在阁外的隔间内看守的卫兵，都是朝内大将的亲信部曲，而且日夜轮值，他们受圣意约束，不可进入静密阁，只有一名僧人才能每日开锁进入查探，最后也是这名僧人将奄奄一息的智恒长老从梁上放下抱走。这名僧人身上携带的东西，以及僧人在阁内的互动，卫兵可以看得清清楚楚。"

"师弟虽然嘴上说得很恭敬，心里却和我一样认为塔里有密道？"

"海无归设计的建筑，必然会有一些奇怪的机关。而且千佛阁与静密阁不过隔着薄薄一层地板，只需有一个活板门，便能开出一条生路。"

"你是早有预谋？"

"正是，所以昨天晚上师姐把我拉出来之前，我在千佛阁里仔细寻找爬上去的途径，并且有所收获。"

昨晚临走时，陆里的确在千佛阁里独自待了很长一段时间，想到这里，温绛逐渐把刀收了回来，坐在了旁边的椅子上。"所以你今天是想激一下方丈？"

"嗯，可是即便说了这么多，慧藏方丈还是不显山不露水，倒是那人似乎有些不悦。"

"那人"自然指的是玄真，温绛眼光流动，道："他对玉源寺很是喜欢。"

"我一直有一事不解，还请师姐赐教。"

"什么事？"

"师姐到底是希望证明凶手是那人，还是凶手不是那人？"

温绛沉默不言。

"老何明显也听说了这样的传闻，所以要搜查静密阁。虽然我不感觉这帮栾州的捕快有什么能耐能看出海无归的设计，但是假如真的存在密道，那么最为可疑的便是那人了。通过活板门，即便是在午后进入静密阁之后，也可以直接在上面把尸体挂在千佛阁的天花板上，省去了很多麻烦。"

"麻烦反而更多了，尸体是如何运进静密阁的？凶案现场在哪？玄觉听到的两次声响又是什么？既然不需要经过千佛阁的门，为什么门口会有摔碎的油漆罐？"

面对温绛一连串的提问，陆里微微一笑："所以师姐还是不希望那人是凶手。"

温绛狠狠地瞪了陆里一下，让蜷在被窝里的陆里竟起了一身鸡皮疙瘩，但出乎他意料的是，温绛随即叹了一口气。

"算了，还是告诉你吧。我和他的婚约，并不是由他毁掉的。"

"是你？"陆里凝神一想，没等温绛回答，便接着说道，"被绝情的未婚妻抛弃，随即遁入空门，倒也可以理解。"

"他是我爹安排在我身边的人。"温绛淡淡道。

"女儿行走江湖，总得嘱托人照看，爱女之心人皆有之。"陆里喃喃道，心里却明白天机阁主在江湖中密探众多，在订下婚约之前，玄真是否便已经与其有约了呢？这对叛逆的温绛来说是不可忍受的。

"在江湖上这么多年，我始终没回过阁里，我爹却对我了如指掌，我不是姐姐那样会任他摆布的人。"

陆里感觉非常尴尬，不知该怎么回应这些家事。"……师父一向不喜欢我。"

"我和你关系也并不那么亲密，所以知道不是你。"

"那就好。不过，师姐你也没有什么确凿的证据吧。"

"毁婚约这件事，他没有声张，而是借机遁入空门。"

"师姐的意思是，是师父不愿意毁了你的名声，让他不要说出真相，然后借机混入玉源寺为师父进行调查？"

温绛默默点头。

"但是，假如说是他对你仍有旧情，将骂名自己扛下，又在伤心之余遁入空门，也可以说得通？据我所知，二师姐，你是不会给他辩白的机会的。"

温绛闭上眼睛道："这事应该与你无关。"

"的确，"陆里知道自己该收手了，"感谢师姐赐教，我大概已经知道师姐心里的矛盾。这起案子，我感觉从作案可能性上排除实在是太难了，玉源寺寺规森严，平时塔里没有人走动，谁都可以通过正门进入千佛阁，恕我冒昧，除了有明显不在场证明的我和小吴之外，谁都有嫌疑。"

看来陆里倒是和温绛想到一块去了。

"想要解决这起案子，最重要的是，要明白尸体为何是这个样子。"

"你是说斩首？"温绛回忆起今天陆里的宏论。

"不仅如此，尸体为什么要被斩首？为什么要被吊起来？为什么要被倒吊？为什么斩首的位置这么贴近锁骨？甚至说，为什么尸体的双手被反绑在身后？再有，即便是倒吊斩首，倒吊和斩首的顺序也有区别，倘若是先斩首后倒吊，那么凶手为何要这样控制血迹？倘若是先倒吊后斩首的，那么凶手为什么要这么麻烦布置现场？又为何要显露自己的一手功夫，高高跃起去斩首？只要解决了这些问题，那么凶手是谁就不言而喻了。"

"师弟想得太多了，这些是细枝末节，倒吊斩首可以是模仿智恒长老旧事威吓玉源寺，其他的都是偶然为之，倘若斩首的位置贴近下颌，你同样会发问。"

"师姐说得也有道理，我可能是写话本写入迷了。"陆里有些沮丧，"想必老何平时办事也是一样，只要能抓住凶手的现行，也不必纠结这些有的没的。"

"他今天有点反常，"温绛想起平时为人持重的老何，今天居然斗胆向慧藏要求搜查静密阁，"莫非背后也有人让他彻查玉源塔？"

"我感觉不像，老何如果背后有人的话，也不必在栾州这个地方蹉跎这么久。"陆里道，"他只是不想让'铁鹰神捕'来争功罢了。"

"铁鹰神捕"魏彻，这话点醒了温绛。魏彻是朝中勋贵之子，生性好断狱善推理，目前大概是受圣命在追查卓氏兄弟的命案，慧静大师死状与卓氏兄弟如此相像，定会把他吸引过来吧。老何这样的地方捕快对京城六扇门的人一向有敌意，更何况是个吊儿郎当的公子哥，应是怕魏彻闻讯来栾州抢走所有功劳，这才孤注一掷请求方丈，力求在魏彻赶到之前把案子办结。

"我不喜欢这个人。"想起魏彻，温绛颇为不屑地撇撇嘴，这人在家里豢养食客，非常爱好排场，每次到达现场必然是前呼后拥十余人，可谓毫不遮掩自己的富贵。

"但是他手下的奇人异士蛮厉害的，至今没有破不了的案子。"陆里道。

"你居然对魏彻评价这么高。"温绛翻了个白眼。

"不不不，"陆里矢口否认，"我只是说他手下非常厉害，有精通毒典的，有擅研机关的，还有武林高手、验尸专家、驯兽者、建筑师……都是天下少见的奇才。魏彻本身倒是非常愚蠢，那次读了我的话本之后竟说不合常理，脑子是不是不太好？"

"原来如此，"温绛嗤笑一声，起身准备离开，"先休息吧。"

"刚才师姐告诉了我这些秘密，我也得投桃报李。"陆里仍然蜷缩在被子里，突然说道。

"哦？"

"那人不可能是凶手。昨天独自在千佛阁里的时候，我攀上去在天花板上布下了阁里的'密尘烟网'，如果的确有个活板门开启关闭的话，必

182

然会留下痕迹。"

陆里翻了个身朝向里面道："我今天爬上去的时候，'密尘烟网'完好无损。"

温绛在夜里辗转反侧，思考着陆里最后说的那句话。

"密尘烟网"说白了就是蜘蛛网样的极细纤维，天机阁门人有时怕别人随便进自己的屋子，会在门上布下这样的东西，这样的话只要有人闯入，"密尘烟网"就会破损，自己再次检查时便会知道曾有人闯入。

陆里没必要对自己说出画蛇添足的谎言，那么这说明千佛阁与静密阁之间的确没有密道，玄真的确没有作案可能？

千佛阁的窗户还开着，是否可以凭轻功从窗户进出？第一天下了大雪，塔身湿滑，一不留神便会掉入万丈深渊，而且既然有积雪，那么一定会留下攀爬的痕迹。

玄真的武功会不会已经到了"踏雪无痕"的境界？

温绛苦笑，她自己都还差着火候，那人武功不可能比自己更高。倒不是她自吹自擂，据她所知，目前江湖里武功比她高的不过寥寥数人，都是黑白两道的宿老。唯一与她年龄相仿的，是她极为尊崇的那位大师兄，只不过斯人已逝，自然可以排除在外。

说起武功，她又想起了被挂在三丈高空的尸体，如果真的是先把尸体挂在空中，再跃起斩首，那么凶手的轻功肯定不一般，这个高度已经接近自己竭力运功腾空的极限了，即便降低要求，先攀爬至相同的高度，再横跃斩首，死者的尸体挂在铁链上，想要直接斩下头颅，而不来回晃荡，凶手的刀法（或是剑法？）也必然极其凌厉。综合来看，这个凶手的武功只怕不在自己之下。

莫非真的是大师兄？

温绛与陆里一个月前并没有找到他的尸体。

第三天的上午，温绛依然照例打坐练功，用早餐的时候，她看到老何火急火燎地走进来又走出去，一问才知道，老何已经老实地把消息寄给了铁鹰神捕，也无怪他急成这个样子。

"有什么新发现吗？"

老何无奈地摇摇头。

待到中午，再看到老何时，已经没有那么急躁，反倒和昨天一样心事重重。

"怎么了？"

老何吞吞吐吐，不太想说的样子。

"有什么发现吗？"温绛敏锐地意识到了这一点。

"……"老何终于下定了决心，"弟兄们在慧静大师的禅房里发现了些宫里的细软。"

"玉源寺经常受皇家布施，有些宫里的物品也不奇怪。"

"我一开始也是这么想的，后来找来管账目的僧人，查询各种名录，却发现里面并没有记载有这些东西。"

"什么？"

"我怀疑是齐王府的东西。"何焕志道，"如果是这样，那一切都可以连上了。"

温绛点点头，从现场来看，这次凶案像极了卓氏兄弟的命案，现在又找到了死者和齐王府的关联，那么更是板上钉钉，这也意味着，铁鹰神捕插手这件事不可避免了。

"魏彻那小子，一看就不是好好查案的样子，一切都是为了争名夺利。"老何与陆里猜测的一样，对铁鹰神捕嗤之以鼻，"让他来查案，说不定捅出什么娄子来。唉，妹子你是不是和他认识？"

"没关系，我也很讨厌这个人。"温绛笑道，"老何，那你得抓紧了。"

"早点把案子办结，也能早点回去。"何焕志突然想起了什么，"对了，刚才慧藏方丈差人找你，说有事要与你谈谈。"

温绛依言前往玉源塔三层，一路上她看到陆里蹲在院墙旁不发一言，似乎在思考什么，便没有打扰他。这是她第一次登上玉源塔的第三层，楼梯口左转便是方丈的房间，温绛向四周扫视了一眼，静密阁方向的门都已打开，越过隔间，可以看到腰悬佩刀的乌衣捕快正在聚精会神地检查静密阁的地板。

慧藏方丈的僧房装饰古朴，四周摆满了书架，满满地都是各色典籍，慧藏站在窗前的火盆旁，不知在烧着什么东西。

"方丈。"

慧藏转过头来道："温姑娘，请坐。"

温绛坐在房间正中的木案旁，案上堆放着三摞经书，形制颇为古旧，尤其是一本黄色鎏金封皮的《金刚经》，一看便不是凡品。

"这些是我师弟的藏书，留着也没什么大用。"慧藏解释道。

窗边的火盆里满是纸灰，显然是将死者遗物烧掉寄托哀思，温绛默默低头。

"不谈这些，今天找温姑娘来，是因为前天提到的事。"

"小女多有冒犯，还请见谅。"温绛连忙道歉，前天说的确实有些过火。

"这个无妨，对于家师的往事，世人总会有一些风言风语。"慧藏微笑道，"老衲主要是想借红袖刀一观。"

"哦？"

"老衲年轻时对于苏梦枕的事迹多有耳闻，对其高绝的武功与宏伟的志向神往不已，但是年代久远，他的那一手红袖刀法早已失传，直到前天老衲才在温姑娘手中见到红袖刀的真身。"

温绛一想也没有理由拒绝，便从腰间解出佩刀放在桌上。慧藏仔细端详道："的确与世人所传相同，刀身如绯红琉璃，弯处如溪水流转，令人一见难忘。"

突然，慧藏话锋一转道："姑娘姓温，老朽一直有个疑问，是否与'小寒山燕'温柔女侠有关？"

温柔是苏梦枕的师妹，一同受业于红袖神尼。正是当年她进汴京探访师兄，偶遇王小石与白愁飞，开启了一段传奇故事。她与一代奇侠王小石有着一段刻骨铭心的恋爱，在故事最后，在谁都不知道结果的"天敌"大战后一同不知所终。温绛身怀红袖刀，又姓温，慧藏有此联想在情理之中。

"这个倒是没有关系，"温绛苦笑道，她已经不是被人第一次问起这个问题了，"温是家母的姓氏，她出身官宦人家，并不会武功。说来惭愧，这柄红袖刀并非继承得来，而是家父根据传说中红袖刀的样式，令能工巧匠打造的，乃是近世之物。"

"哦，原来如此。"慧藏恍然大悟，"不过没有家族传承，姑娘竟能练成红袖刀法，实属不易。"

"苏梦枕当年的风采，今人已不可追溯，不过是东施效颦罢了。"

"不然，"慧藏道，"红袖刀法未必就得由苏梦枕来施展，照常理论，红袖刀法是诡谲阴柔的刀法，在苏梦枕之前，红袖刀法的大成者乃是红袖神尼，这红袖刀法理应是由女子来使，方能显出其至阴至柔的威力。苏梦枕自幼罹患重疾，体质虚弱，其性情又凄清冷淡，心机深沉，虽是男子，但其体质与性格暗合刀意，是以才成为大家。在此之前没有人会认为，红袖刀法会在男子手中显露精妙之处。试想，如果苏梦枕是个女子，与红袖刀法的意境是否会更加契合？抑或苏梦枕是个身体健康的壮汉，是否能与刀法更加阴阳并济？这都是未知之数。温姑娘年纪轻轻，已有如此修为，必能创出自己的风格，不应囿于古人的限界。"

"多谢方丈指点。"温绛看着桌上的红袖刀，心中有些感慨，"方丈之见，与家父的看法有些相似。不过他更加计较于以今仿古，想来是有些狭隘了。"

"不敢，令尊是百年难遇的奇才，能令早已失传的奇妙武功重见天日，这一点远非老衲这个纸上谈兵的庸人所能及。当年天机道人与家师智恒长老相斗，虽然观点不同，但家师一直都对其才学武功推崇至极。"

温绛心头一颤，说道："方丈……"

"姑娘不必多言，虽然时间已久，当日的天机道人已经尘归黄土，但仅凭'天机'二字以及冠绝天下的才学，令尊与其必然有着千丝万缕的关系，对于玉源寺的成见，想必也是一脉相承吧。血浓于水，姑娘知道令尊的观点也并不奇怪。"

"小女粗鲁无知，还请原谅。"温绛再次道歉。

"姑娘不必道歉，前天关于家师的讨论，虽然有些过于直白，但并未脱离考据推断的范围。在老衲看来，姑娘的言论直抒胸臆，过于直白，反倒不像是对玉源寺有不满，更像是一种预警。"

温绛微微点头。

"玄真出家以前，得令尊青眼，与姑娘订下婚约，这一点老朽已经知道。倘若计较令尊与玉源寺之间的这点嫌隙的话，也就不会接纳其入寺了。"

"可是……"

"玄真心性纯真，博学多闻，无论在江湖之中还是在庙堂之上都必然会有一番成就，能在玉源寺出家修佛是本寺之幸。之前与姑娘的一些红尘中事，就请暂且放过吧。"

温绛欲言又止，慧藏究竟知不知道那次婚变的真相，知不知道玄真是天机阁的密探，他的话是否别有深意？面前的这个老僧滴水不漏，温绛看不出一丝一毫，不过既然他已经知道了玄真与天机阁的关系，那么自己也仁至义尽了。

"那是小女多心了。"温绛最终无奈说道。

"不不不，是老衲要谢谢姑娘的一番好意。"

温绛收起红袖刀，心绪杂乱地看向窗外，别院中，陆里仍然蹲在墙角处沉默不语，小吴则是与老何在激烈地交谈。他们发生什么事了？

慧藏同样看到了此景，道："慧静师弟不幸遇害，何捕头努力查办是职责所在，但陆公子为了慧静师弟的案子也是殚精竭虑，姑娘可否代老朽向他们表示感谢？"

"他啊，就是喜欢琢磨一些刑狱断案的事，昨天多有冒犯，应该是他向方丈道歉才对。"

"慧静师弟一案案情实在奇怪，开放思路讨论案情，算不得什么冒犯。"

温绛远远看着愁眉苦脸枯坐的陆里，上一次看到他这个样子是一个月前，两人来到湘西，祭拜那位两人都非常崇敬的大师兄的时候。两人均不认为以他的修为，会惨遭横死，尸骨无存，然而任陆里绞尽脑汁，也想不出他去了哪里。

"姑娘说的是两个月前那次折了河阳侯府、何家高手、点苍俊杰的那次大横祸？"

"正是，"温绛点点头，"我师兄当时也在那里。"

"姑娘还请节哀。"

"多谢方丈，只是我师兄武功已然通神，理应不会遭此劫难才对。"

"所以一个月前你与陆公子、吴公子以及何捕头前去寻找？"

"不，这毕竟是天机阁的家事，只有陆师弟随我同去，我们在那里盘桓了数日，一无所获。唉，他对我仿佛兄长一样，我实在无颜面对……"

慧藏闻此言逐渐低下了头，温绛心知这与他无关，谈论此事也太尴尬了，慌忙道："方丈，我看老何与小吴似乎有些争执，如果没有其他事，小女先就此别过。"

慧藏浑然未觉，直到温绛再次重复，他才回应道："好的，好的……"

难道他与大师兄认识？倒也不能否认这种可能。温绛这么想着走下了玉源塔。陆里已经移步到了寺内的墙角下蹲坐，在他对面矗立了一个柴堆，白布包裹着尸体，停在柴堆之上，旁边的僧人举着火把已经准备好进行火化。

"方丈说要好好感谢你。"

"啊？你去塔里了？"

温绛告诉他刚才与方丈的谈话。陆里听完后愣了愣神，道："他真的是这么说的？"

"怎么了？"

陆里又陷入了沉思，温绛知道他一旦这样，就必然油盐不进，便不再搭理他，径直回到别院。时间已经到了傍晚，夕阳余晖下，吴烨在院子里不停踱步，何焕志在一旁颇为犯难。

"阿姐，我感觉咱们总绊在这里也不是个办法。既然凶案发生在正午，咱们和陆大哥就自然是清白的，就没必要再待在这里了吧。"

何焕志一脸焦虑的样子，估计想不出什么回绝的理由。理论上，吴烨的要求合情合理，只不过温绛先前已经说过要配合何焕志调查，而陆里则是沉迷案子不能自拔，两人都没有必须要走的需求，而对于贪玩的吴烨而言，就另当别论，锦衣玉食的富家公子天性凉薄，对与自己无关的生死是不会太过在意的。

"老何，没必要给你出难题，"温绛深知何焕志行事谨慎，好不容易向慧藏方丈要来了搜查寺里的许可，不敢再向慧藏提出什么要求了，"这件事我去和方丈说吧。"

何焕志向她投来感激的眼神。

三人离开别院的时候，正看到陆里走进来，此时的他容光焕发，完全没有此前愁眉苦脸的样子。

"你们要去找方丈？我也有些事想跟他说。"陆里眉飞色舞地说道。

温绛皱了皱眉道："你又犯什么病了？"

"天机不可泄露。"路过熊熊燃烧的柴堆时，陆里的神色让温绛几乎忍不住要在他脸上揍一拳。

再次登上玉源塔三层，静密阁已被重新锁上，玄真拿着钥匙正与两名捕快攀谈。

"原来是这样啊。"听完温绛说明来意，玄真道："这事得让方丈定夺。"

捕快向何焕志汇报了几句便下楼去，五人走进方丈的房间。天色已晚，慧藏坐在桌旁收拾经书，玄觉持着火石一个个点燃屋内的烛台。不一会儿，屋内灯火通明，刚才桌上的那三摞经书已经不见了，火盆里满是纸灰，旁边多了几个大木桶。

"方丈，"温绛没等慧藏说话，便抢先说明来意，"小吴家里有些事情，目前来看，案件与他没有关系，是否可以让他先行离开？"

"这……"慧藏有些犹豫，看向何焕志，"何捕头，案子现在查得如何了？"

"案件发生的时候，小吴应该的确是在别院中。"

"哦……"慧藏沉吟许久，显然不愿在真相尚不明朗的时候，让众人离开玉源寺。

这时，陆里突然站到众人身前。

"方丈，如果能够确定凶手身份，是否便可以让小吴离开？"

"陆公子有何高见？"

又要开始了？温绛有点哭笑不得，却发现陆里的右手在背后比了一个不起眼的手势，这是天机阁提醒同门有危险要小心的示警方式。虽然弄不清楚陆里葫芦里卖的什么药，温绛还是默默把手按在了腰间的刀柄上。

"这起案子有一个核心点，昨天没有提到，就是尸体的头颅哪里去了。"

"陆老弟，我已经差弟兄把寺里搜了一遍，而且山下以及河流的下游也有人去寻找，只是没有找到。"

"我不是说老何做得不对，我的意思是，我们没有把头颅的所在当成确定凶手身份的重要手段。这不奇怪，先前卓氏兄弟的案子，头颅被丢弃在荒野中，并无深意，而千佛阁的窗户开着，窗下就是万丈深渊，随手丢下去，纵使神仙也猜不到会漂到哪里。老何没有在这方面下功夫，是很有道理的。只不过，我也可以确认，静密阁的地板与慧静大师的死没有关系。"

"什么？这是为何？"何焕志看来的确像陆里预计的一样，把办事最为有力的手下都安排去搜查静密阁了。

"稍后再跟你说。"陆里没有直接说出自己用了"密罗烟网"的事，"刚才说到头颅的位置不能确定凶手，但这也不过是我们根据已有线索的推论。尸体的头颅在水里漂流，或是被遗弃在田野里，自然是没有什么意义。然而，如果是在某人的包裹里呢？"

"在谁的包裹里？"玄真皱眉道。

"我只是打个比方。凶手可以很简单安全地处理头颅，我们也是如此猜测的，但如果最后发现头颅在别处，是否便可以说明这是凶手特意为之，可以进而推测出凶手的身份呢？"

"陆公子看来已经发现我慧静师弟的头颅在哪里了？"慧藏缓缓道。

"严格来说还没有，但是刚才我已经嘱咐两位捕快大哥，去检查慧静大师火化的柴堆，结果一会儿就能知道。"

众人皆变了脸色。

"头颅居然在柴堆里？"何焕志惊讶道，"凶手是怎么放进去的？"

"寺里的僧人与寻常捕快不通武功，凶手避开眼目放进去并不困难。重点是，凶手为什么不把头颅抛下山崖，而是大费周章，冒着被发现的风险将其与尸体一起火化？难道凶手是个和死者有着深厚感情的人？不谈凶手行为的矛盾，与慧静大师感情颇深，而又身怀绝妙武功的人，恐怕只有慧藏方丈了。"

慧藏脸上阴晴不定，玄真大声喝道："胡说！陆兄太过无礼，目前还不知道头颅是否在柴堆中，即便的确如你所说，又有何证据说是方丈所为？你仅凭自己的猜想，便对本寺方丈不敬，是否有违为客之道？"

"玄真师父说得很对，头颅在柴堆中这件事，不过是我的个人猜测。然而这并非无由无据，相反，正是由于我发现了慧藏方丈参与此案的证据，才做出了这样的猜测。"

此言一出，玄真被陆里言语中的坚定镇住了，慧藏皱皱眉，双手合十道："陆公子请讲。"

"多谢方丈包涵，刚才二师姐与您在塔内闲谈的时候，看到您在烧一些典籍，说是慧静大师的遗物，因此烧掉以表怀念。"

"没错。"

"我这个二师姐，无论武功见识还是书画珍玩都有不浅的造诣，可谓远胜于我，但只有一件事她不及我，那就是对于书的刻印装帧、版本校勘这些小玩意的了解。她看到的那本黄色鎏金封皮的《金刚经》，不是本朝的形制，而是前朝皇宫里的珍本，我可以确定，这绝不是慧静大师的藏书，而是七十年前，智恒长老所藏之物。"

　　温绛瞳孔陡然收缩，她一开始以为这是宫里赐给玉源寺的东西，但如果是前朝所制，那么就说不通了。当然，可以辩称这些书是慧静私下自己搜集，或是从智恒长老那里继承得来的，然而慧藏并没有反驳。

　　陆里继续说道："据我所知，智恒长老的藏书自长老在世之日，便一直放在静密阁的大铁箱中，一直没有变过，莫非这是方丈偷偷拿出来的？而方丈要烧掉恩师的遗物，这件事也着实奇怪。"

　　只要说这是慧静继承得来的就好了，温绛紧紧盯着慧藏方丈，慧藏没有说话。

　　"联想到这次的案件，我有一个猜测，这些经书的作用是为头颅替出空间，方丈当日将玄真师父唤出静密阁先行下楼之后，将头颅藏到了铁箱中，而将铁箱中的典籍拿了出来，放在了这个房间里。后来方丈又自己抢先把铁箱拿出了塔里，这就逃过了老何的搜查。老何，钥匙在方丈手中，他嘱咐过你，不允许你搜查铁箱吧？"

　　何焕志诧异地点点头，他对静密阁的构造有怀疑，却并未太过在意搬离静密阁的铁箱。

　　"后来方丈把头颅从铁箱中取出，放到柴堆中。之前替换出的经书，或许还加上箱中沾到血液的其他经书，则是为了毁灭证据，假托是慧静大师的藏书在火盆中烧掉了。"

　　温绛看了看火盆，大堆的灰烬已看不出之前是什么样子。

　　"虽然方丈已经烧掉了证据，但是匆忙之中估计也没有做好补救措施，我们可以去看看那些大铁箱中是否有类似的前朝宫中藏书，或者是否有一箱不自然地少了一大块。"

　　这也太模糊了，远远不算决定性的证据。温绛紧张地看了一眼慧藏，只见他神色恢复了平常时的镇静，没有出声反驳，而是毫不慌张地转头看向窗户，塔下的火堆已经熄灭，只要塔下的柴堆里没有搜出头颅，陆里的话自然不攻自破。

突然，温绛感到一丝不对劲，像是一股杀气，却又亲切无比，让她一霎之间想起了学艺时与父亲拆招的感觉，手中的刀不由得从鞘中滑出了几寸。

这救了陆里的命。

慧藏从谁都想不到的角度挥了挥衣袖，众人只觉眼前有电光一闪，再睁开眼时，看到他手中多了一把略短略弯、刀身似雪的窄刃，已向陆里当头劈下，却被温绛在陆里身后用红袖刀在陆里的头顶架住。这一刀极其刁钻，力道尤其狠辣，饶是温绛已得红袖刀法真传，也被震得手臂发麻，刀背几乎被逼贴至陆里的头皮。

"咦?"慧藏颇为诧异地收回手中刀，"温姑娘的武功果然不同凡响，竟能接下老衲的这一刀。"

其他人均惊讶地张开了嘴巴，说不出话来，慧藏的这一刀明显是自己承认了陆里的所有指控。陆里仿佛置身于大冰窖里一般，发麻的感觉从头顶逐渐蔓延到脚底，嘶哑地说道："方丈?"

"人之五体不过是臭皮囊，老衲纠结于此，的确修行不足。"慧藏一脸轻松地笑道。

"方丈……"玄真没有想到事情会如此发展，一时间无法动弹。

"还愣着干什么?"温绛大声喝道，抢身拦在陆里与慧藏之间。慧藏的武功比她想象中要高不少，堪在她此生见过的高手中排名前三，在敌手中堪称第一，如果不是刚才偶然的一丝感觉，她绝拦不下这必杀陆里的一刀。她环视四周，玄真、玄觉被慧藏的行为吓到，不知如何是好，何焕志谨遵慧藏所说，并没有带兵刃上塔，只有吴烨腰间悬着巴山宝剑，但他此时已被吓破了胆，逐步向门口挪动，显然无法指望他来助拳。

"我师弟心直口快冒犯了方丈，还请恕罪。"

"那姑娘可否让我离开?"

"不行。"温绛冷冷道。

慧藏大笑，像把少年时的肆意张狂彻底释放出来了一样。

"老衲其实也不想破杀……"

还没说完，慧藏又是袍袖一卷，谁都没有看到他是如何出招的，闪电般的一击便已袭向温绛的咽喉要害。温绛同样没有看到，但是她已经习惯了这种亲切的感觉，闭眼挥手一格，金石交击的声音传来，一红一白两把刀在空中交叉停顿，好像已经在空中悬停了千百年一样。

温绛不再忍耐，刀刃滑动，如同孔雀开屏一般，红袖刀法绵绵不绝地施展开来，刹那间，整栋屋子里充斥着红色的曼妙身影，刀身破空之声仿佛天籁，此情此景美不胜收，令人看得如痴如醉，纵使致密的刀网不停地逼近蚕食，也只愿死于这风华绝代的刀光剑影之中。

慧藏面对温绛天罗地网般的攻势，没有回刀自守，反而是继续进攻。只见他手中的刀斜斜地刺出，刀不快，却力道千钧，狠辣至极，刀刃所到之处，温绛不得不收敛刀势，为慧藏留出一丝喘息之机。只是当这一刀劲头刚一衰弱，漫天遍地的红光便又充斥了整个空间，逼得慧藏只能向另一个方向出刀。

温绛的刀，极快极美极绵密极繁复，仿佛五彩斑斓的美景中，春光普照大地。

慧藏的刀，极慢极愚极简单极狠辣，仿佛罕无人迹的大地上，老叟垂钓寒江。

两人刀来剑往，不过几个回合，便已险象环生，玄真等人借这个机会缓过神来，然而两人刀法过于凌厉，实在插不上手去帮助。

终于，刀光渐止，消逝的红色刀网之中，温绛咬紧牙关，脸上都是汗珠，慧藏也不遑多让，短短的时间内，他已喘得不成样子，仿佛已经斗了三天三夜一般。

"姑娘刀法果然精湛，老衲已经二十年未与人动武，但像今天这般畅快，要追溯到七十年前，老衲年少轻狂时的往事了。"

"方丈过奖了，小女实在惭愧。"

温绛心知慧藏是自己此生仅见的强敌，刚才使尽全身解数，不过与之旗鼓相当，对方可是年近百岁的老人，虽说有着十倍于己的经验，但体力早已衰弱，自己仍不能取胜，有些汗颜。

"这不是姑娘的错。"慧藏似乎看出了温绛内心所想，"老衲俗家姓苏。"

原来如此，温绛心中早已有了预感，这种亲切的感觉，使尽浑身解数仍然旗鼓相当的无力感，就好像师徒喂招一样。慧藏竟是苏梦枕后人，使的也是红袖刀法，怪不得他对苏梦枕与红袖刀如此感兴趣。

"原来正宗的红袖刀法竟是如此模样。"温绛言语中有些失落。

"不然，"慧藏微笑道，"苏梦枕的红袖刀法是一种红袖刀法，老衲的红袖刀法是一种红袖刀法，姑娘的红袖刀法自然也是一种红袖刀法，老衲此生能目睹与传说相类的那种红袖刀法，可谓无憾矣。"

"谢方丈。"

温绛闭上眼睛，她与慧藏虽然刀意截然不同，但是所有的招式与变化全都互相知根知底，双方再斗下去，是自己的体力占优，还是慧藏的经验取胜，或许得等到两人累到彻底无力挥刀才能分出。慧藏已经自承其罪，周围的人总不可能放任无力的他离开。想到这里，温绛顿时轻松了许多。

慧藏挥刀了，杀气却没有从预料之中的位置袭来，温绛陡然睁开眼，只见慧藏如同大鹏一般跃在空中，似要直接越过众人，冲向门口。

他就是以此轻功斩下慧静的头颅？温绛已无暇细想，手中的红袖刀编织出闪耀的刀网，包裹住慧藏的下盘。

"呲！"

慧藏没有挡温绛的刀，而是翻身冲向刀网，强行向门口抢去，红影闪烁间，未持刀的那条臂膀已被温绛卸了下来，血花飞溅，为红袖刀更添了一分妖艳。

"当！"

与此同时，慧藏手中的素色红袖刀向堵在门口的吴烨斩去，吴烨慌忙拔剑格挡，然而这一刀已经灌注了慧藏毕生功力，竟把吴烨手中的巴山宝剑直接砍断，刀势不减，直接穿过了吴烨的脖颈。

"咚！"

吴烨的脑袋掉在地上。

众人大声惊叫，玄真更是目眦尽裂，吴烨从小与他一直都很要好，此刻吴烨身死，让他怒气冲天拦在门口。

"慧藏！"

温绛没有大声叫喊，只是咬牙切齿地将刀指向见无法逃出、重新奔回窗边的慧藏。

慧藏左手已无，血流如瀑布般从肩头涌出，他右手快速点了几处穴道止血，静静道："玄真、玄觉，送各位和师兄弟离塔吧。"

众人当然不听他的话，正待一拥而上将其制服，只见他一脚踹翻旁边的大桶，将旁边的烛台扔了上去。

"是桐油！"玄觉惊叫道，看来这桶是他搬上来的。

沾了桐油的地板遇火即燃，熊熊火焰将慧藏与众人隔开，纵使愤怒至极，也无法再过去将其制服了。

"慧藏方丈……"温绛缓缓道，小吴的死让她十分愤怒，但是眼前这个老僧已经决心与玉源塔一同赴死，家传的红袖刀法也即将断绝，她此时内心竟有些矛盾。

慧藏默默看向窗外，不再有任何举动。

火势愈燃愈烈，蔓延到了整个房间，众人抱着吴烨的尸体走下塔去，同时让还在塔中的僧人尽快逃出。逃离玉源塔的众人看着塔顶，火焰照耀得四周如同白昼，就在不久之后，绵延了几百年历史的玉源塔轰然倒塌，连同慧藏一起化为了灰烬。

四

是我害了小吴，温绛、陆里、玄真以及何焕志都这么想道。

其中表露最为直接的是何焕志，毕竟如果不是他害怕寺里怪罪，没有同意小吴自行离开，那么小吴也不会被慧藏杀害。他为此郁郁寡欢了好几天，几乎想要辞掉做了半生的捕快职务，进一步的搜查自然就搁置了。

说回来，这起案子也没有什么继续查下去的必要了。慧藏已经认罪自尽，捕快们从玉源寺的残骸里发掘出了他的骸骨，交由寺里的僧人安葬。慧藏、慧静去世之后，寺里暂时由玄觉主持，他看起来粗枝大叶，却意外地把种种事务安排得井井有条。至于玄真，他认为自己才是这一切的根源，还俗离开了寺里，不知所终。

这样的情况没有持续多久，十天后，"铁鹰神捕"到达了栾州，接管整件案子，并且带来了一个惊人的消息。

"何捕头，你没必要为这事纠结了，就算没有你们，慧藏也必然要杀掉吴烨。"

魏彻是个很有礼貌的年轻人，对江湖与官场中的逻辑熟稔于心。即便收到圣命，理论上算是何焕志的上司，到达玉源寺后，他也第一个找到何焕志好生宽慰。魏彻早就怀疑吴家牵扯到了齐王府盗窃案中，卓氏兄弟外出移动的速度太过惊人，想必是有人提供多匹良马换乘。他检查了吴烨的遗物，发现确有一些东西与齐王府有关，慧藏既然为了这件事杀害了自己的师弟，要杀吴烨自然也不会有半分犹豫。吴烨在寺里表现出一直想要离开的样子也可以得到解释了。

"慧藏方丈重视本寺清誉，偶然得知自己的师弟居然参与了齐王府盗窃案中，登时怒火中烧，为了保全玉源寺几百年来的名誉，便杀掉了卓氏兄弟、慧静与吴烨，听陆里老兄描述，慧藏的武功竟能与绛姐斗个旗鼓相当，杀这几个人不算难事。最终他被何捕头一行人指认行凶，自知不敌，便与玉源塔一起自焚。慧藏方丈虽然破了杀戒，行事偏激，但是说到底还是对齐王一事的歉意，不损玉源寺的名誉，圣上对此事也非常满意，据我所知，已经准备下旨厚葬慧藏方丈，重修玉源塔，这一切离不开何捕头的得力处事。"

魏彻对着何焕志一抱拳，玉源寺案就此了结。

此时此刻，温绛和陆里正在三百里外的一处客栈，两人不愿与魏彻相见，几天前便离开了玉源寺，在玉源寺的三天中发生的这一切让他们心事重重，一路上无暇游览。

这天早晨，温绛走出房门，准备去大堂用早餐，意外地发现陆里没有睡到中午，反而正在院子里扎马步练功，一招一式正是前日提过的大捶碑手。

"二师姐。"陆里像是做错事情的孩子一样，不好意思地搔搔头。

"师弟今天怎么想起练功了？"

"上次如果不是蒙师姐相救，差点就丢了性命，感觉还是先练一手足以防身的功夫为好。师姐可否帮我纠正一下，小弟有些地方不太明白。"

温绛第一次看到太阳从西边出来的事，自然没有拒绝，仔细端详起来，陆里的功夫根基不牢，对于口诀记得也颇为敷衍，温绛不一会儿便挑出了三处大错、七处小错，陆里依言改正，却掌握不好分寸，真气不纯，脚下一软摔在地上，煞是狼狈。

"哈哈，武功果然不是很容易就练成的。"陆里躺在地上大笑。

"只要勤练就会有收获。"温绛淡淡道。

陆里起身拍拍尘土，道："今天魏彻估计也已经到玉源寺了。"

温绛惊讶地看着他，自从玉源塔倒塌之后，陆里好像变了个人似的，绝口不提玉源寺发生的一切，就连接到魏彻书信，听说他揪出吴烨的底细的时候，也没有发表自己的看法。

"二师姐，之前你经常批评我过于轻浮爱卖弄，"陆里叹了口气，"你说得没错。如果不是我没有细想，得到一点启发就迫不及待地去指认，那么小吴也不会死。魏彻那个王八蛋非常喜欢故弄玄虚，一副高深莫测的样子，说起来也并非毫无可取之处。"

"是我带小吴去见慧藏的，"温绛在这几天里逐步接受了挚友已死的现实，但是突然提起仍不免有些忧伤，"而且魏彻说，方丈要杀小吴是蓄谋已久的。"

"不，"陆里道，"昨晚我已经考虑清楚了，这件事是我的错，同时更适合由我来解决，魏彻是没有用的。"

"你是说魏彻消息有误？"

"那个王八蛋手段很厉害，不会有误。小吴喜欢珍奇古玩，又是世家子弟，自视甚高，为卓氏兄弟提供便利去盗齐王府并没有什么心理负担。按照常理，齐王府遭窃，最多动用一些当地的捕快，根本不会惊动朝廷甚至是魏彻这样的人，压根查不到他们头上。齐王会因此忧惧而亡，是谁都想不到的事。"

温绛有些拿不准陆里的意思。

"魏彻是个聪明人，既然凶手已经伏法，背靠皇家的玉源寺在整件事情中清理门户，德行无愧，他便不会再多费周折去探寻无意义的东西。这不仅让皇帝脸上不好看，他自己也会背上与地方争功的骂名。"

温绛默默想道，即便知道了凶手是慧藏，他为何要如此离奇地布置现场，仍然无从得知。

"不只是斩首，"陆里看穿了温绛的心思，"如果知道了凶手是慧藏，那么还有另外一个重要的问题，他为何斩下了慧静的头颅，却又念及旧情将其放入尸体火化的柴堆中？这个举动完全让倒吊斩首并且拿走头颅的行为变得毫无意义。"

"你已经明白了？"

"是的，"陆里点头道，"事实和魏彻所想的不一样。"

"你要去告诉他？"

"这个不会，我懒得搭理那个王八蛋，而且知道事实其实对大多数人来说并没有什么益处，需要知道的只有二师姐你，权当感谢你的救命之恩吧，这个秘密在今天之后我会一直带到坟墓里去。"

"我？"温绛脑中闪过无数个可能，然而每一个可能都让她无法信服。

"先整理一下吧，按照我们的设想，根据巡塔僧人以及慧觉的证词，凶手在两次巡塔之间，大概率是在午时左右，进入千佛阁，用某种方法将尸体倒悬斩首。尸体可能是当时带入的，也可能是早就放置好的。头颅掉落到地上，玄觉听到第一声撞击。接下来午时钟声响起，凶手带着头颅离开千佛阁，在门口不小心碰掉了漆罐，掉到地上，玄觉于是听到了第二声撞击。现在我们知道头颅在慧藏手上，所以这个凶手便是慧藏。"

"没错。你想说这个人不是他？"

"斩首的人是慧藏没有错。但是刚才提到的次序有问题，事实是先碰落的漆罐，后有正午钟声，最后尸体头颅落地。"

"为什么这么说？"

"千佛阁房门与地面缝隙极小，当日我看到千佛阁大门右扇的内外两侧底部都有略高于地面油漆的平整痕迹，应是开合时蹭擦到地面的油漆所致，里外都有，则说明右扇门在地面洒落油漆后，曾经在向外和向内两个方向均有过移动，也就是说有过开闭的过程，大门底端运动中擦到了地面的油漆，所以痕迹略高于地面。"

"这有什么意义吗？"

"可以分成两种可能，一是凶手进入后，把右扇门关上，然后罐子摔碎，如果这样的话，凶手根本没有必要再在油漆上开合右扇门，傻子都不会从右扇门这边踩着油漆经过，只要从左扇门出入便可以，右扇门两侧都不会有高于地面的痕迹。二是凶手进入后，没有关上右扇门，然后罐子摔碎，如果这样的话，凶手要做的也只是把右扇门关上即可，没有必要非得再把右扇门打开至最大，右扇门只会在靠近外面的一侧有高于地面的痕迹。"

陆里的话将两头全部堵死了，温绛思索道："会不会是巡塔僧人发现的时候推门进入，内侧扫到了地面油漆？"

"玄真问过巡塔僧人，发现尸体的时候，油漆已经干掉了。"

"这……"

"我的想法是，第三种可能，凶手在打开右扇门的过程中便不小心撞到了漆罐，内侧的痕迹是由于右扇门打开的惯性产生的，后来关上门则形成了外侧的痕迹。"

"有道理，可是……"

"师姐也想到了，凶手，或者说慧藏方丈是个武功极高、心思缜密的人，他怎么会在开关门的过程中不小心碰到漆罐呢？再者说了，慧藏方丈这时在行凶，即便不是在开关门过程中，小心谨慎又对千佛阁非常了解的他也不应该犯下这种错误。"

温绛瞬间明白了陆里的意思。

"答案只有一个了，陶罐是在慧藏方丈在门外推开门的过程中被门撞落的，隔着一道厚重的木门，他看不到里面的情况，无从提防。而慧藏方丈不可能在推门进屋之前斩首尸体，所以顺序必然是漆罐掉落，钟声响起，头颅落地。"

温绛本来想问这个次序有什么特殊意义，但是转念一想，另一个问题出现了："为什么慧藏方丈会在推门的时候意外撞落陶罐？"

"师姐的问题很对。千佛阁一直有僧人拿取物品，如果漆罐真的一直放在这么危险的位置，早就会有人撞落或是纠正位置，不会等到那一天恰好发生凶案时才掉落。事实上，案发前一天最后离开千佛阁的人是我，那时候漆罐的位置并不是推门就会撞落的样子。"

"有其他人。"温绛言简意赅地说道。

"是的，我只能认为，有其他人当天在慧藏方丈之前进入过千佛阁，将漆罐布置成右扇门一开门就会撞落的样子，这并不难，因为左扇门可以出入，只要将右扇门关上，布置陶罐到恰好的位置，然后从左扇门离开即可。"

"这人是谁？"温绛已经隐约猜到了答案。

"我的想法是，他需要让巡塔僧人发现慧藏进入的痕迹，从而把作案时间圈定在两次巡塔之间，证明这段时间内有不在场证明的自己不是斩首者。如果没有油漆，哪怕慧藏进阁斩首，也无法知道具体时间，玄觉听到正午的声音只是偶然，再想制造确凿的不在场证明就很难了。玄真、玄觉、老何以及慧藏都在塔里独处，没有这段时间的不在场证明，而咱们三个中，师姐和我的不在场证明比较模糊，只有小吴的不在场证明是确凿无疑的，所以小吴便是那个移动漆罐的人，也正是他杀害了慧静大师。"

凶手是小吴，那么……

"慧藏方丈也是这么想的。"温绛道，"所以他杀了小吴。"

"没错，慧藏杀害小吴不是所谓的为齐王报仇，而是更为实际地为师弟报仇，慧静大师从始至终便和齐王府案没有关系。如果我没猜错，卓氏兄弟也是小吴杀的。"

"小吴……"温绛没有想到这个少年居然犯下了三起命案，如果此时吴烨正在她身边，她估计会愤怒地揍他一顿，只是斯人已逝，此刻的温绛心中只有无限的惋惜。

如果陆里在案发当日就跟自己这么说，自己会不会让魏彻将吴烨绳之以法？温绛是个颇为护短的人，她不知道自己会如何做选择。

"小吴和卓氏兄弟合伙盗了齐王府，然而没有想到齐王因此而死，皇帝震怒，派了天下闻名的铁鹰神捕魏彻来查案，小吴恐怕慌了神吧，吴家基业怕不是会因此被一锅端掉。于是他杀了卓氏兄弟，防止暴露自己。然而魏彻不是常人，查到卓氏兄弟后，自然会对这起凶案产生怀疑，哪怕小吴伪装成义士为齐王复仇，毕竟也是他犯下的案子，总会查到头上来。于是他来到玉源寺，杀害了慧静大师，并且用某种方式迫使慧藏方丈将其斩首，自己拥有了此案确凿无误的不在场证明，只要三起案子情况类似，被魏彻看作同一个凶手所为，那么他就可以高枕无忧了。"

"他如何知道慧藏方丈会去千佛阁？"

"那天师姐在慧藏方丈房间的窗外看到别院的小吴和老何，反过来也是一样，其他人可以在院子里或使暗器，或用弩箭，将信件传到方丈的房间。小吴出身天骏马场，弓马娴熟，这应该难不倒他。只要写'慧静死在千佛阁'，慧藏便会去查探到底发生了什么，落入圈套。"

"可是慧藏方丈为什么进入千佛阁之后，会将与他感情深厚的师弟斩首呢？"

陆里揉揉眼睛，说了这么多，哪怕确定了是吴烨杀人，慧藏斩首，那些问题仍然没有解决。

"师姐，这起案子的根源便在于此：慧藏为什么要将慧静斩首？为什么慧静被倒着吊起来？为什么斩首的位置这么贴近锁骨？为什么慧静的双手被反绑在身后？为什么慧藏方丈要尽毕生所学，高高跃起凌空斩首而不是把慧静放下来？"

"为什么？"温绛想不明白。

"师姐先不要着急，除此之外还有更多的问题，两百年前玉源寺中的那名武将是如何身亡的？为何塔底散布着大量丢弃的典籍？七十年前智恒大师在塔中倒吊绝食，难道真的只是凭意志硬撑吗？为什么静密阁被封存这么多年，只允许人独自观赏，许多人想一观而不得，慧藏却允许老何带人查案？为什么慧藏要这么着急？当天我说的不过都是猜测，哪怕发现了铁箱少了些典籍，头颅在柴堆中，也无法直接证明他是凶手，老何根本没资格把他抓起来。再浓缩一下，玉源塔到底有什么机关？倒悬斩首之谜不过是这个问题的衍生罢了。"

陆里的一番话让温绛如坠云里雾里，若是平时，她只会教育道应以常理思考，不要纠结细枝末节，但此时的温绛只是静静思考，没有说话。

"先从最简单的一点开始说吧，慧藏只允许一人进阁，这是明确的，但是他到底允不允许带武器上塔？"

温绛起先想要回答不许，毕竟当日慧藏发声提醒过，但是转念一想……

"是的，慧藏方丈说过不许，然而那天师姐带刀上塔，他看刀的时候可是没有提起这一点。"

"可能说的是不要带进静密阁？"

"那天师姐看到静密阁里的捕快腰间都悬着刀，就在方丈房间的对面，慧藏不可能不知道。"

"那这是怎么回事？"

"仔细想来，慧藏真正提醒过的不过是老何罢了，第一天咱们三人入塔时，他便没怎么在意，全是师姐自己记起来他的话，才会把兵器留在外边，此后的两天，除了谨慎的老何，咱们应该都把这一茬给忘掉了。"

"不让带兵器是在针对老何？"温绛想起何焕志所使的那柄百斤大铁椎，这有什么深意？

"不只是老何，还有一人，铜鹤神捕司空觉，他的兵器是藏着百般机巧的轮椅，几乎永不离身，甚至没有办法像老何一样弃置在别处，慧藏直接没有同意他登塔一观。"

"铁椎和铜椅……"

"这两样兵器都很重，几乎能抵得上一个人了。"陆里从怀里掏出判官笔，"师姐的刀，小吴的剑，我的判官笔，重不过几斤，大概还在一个人的范围之内。"

"你是说……"

"当日我因为'密罗烟网'便断定没有密道有点草率，玉源塔是有密道的，而开启密道的要诀就是静密阁的地板上有一定的人数，这个数量应该是两人。"

温绛微微蹙眉，陆里的说法看似荒诞不经，然而她看过《宏图妙算》，也听闻过武当大殿的奇景，对于海无归的奇门机关有一些了解，其中多的是无法以常理度之的精妙设计，如果的确如陆里所说……

"自从七十年前智恒方丈倒悬绝食之日起，静密阁就一直由玉源寺僧人严格掌管，从未让两个人同时进入过。哪怕是绝食的那段时间，虽然外有守卫，但是开闭静密阁的权力也都在僧人那里。"

"可是老何的捕快进去搜查过，至少有四五个人同时在阁里。"

"我刚才说'一定的人数'，可没有说必定是两人，慧藏方丈允许搜查之后，做的第一件事就是自己上楼拿出了几个沉重的铁箱，那十几口铁箱搬空后，自然可以多容纳十几个人而不激活密道。"

"唔……"

"师姐，静密阁中有两人以上的情况，其实还有另一个时间节点，那就是两百年前那名将军摔死在千佛阁之后，将军的手下必定会细细搜查静密阁。师姐还记得这段时间，静密阁少了什么吗？"

"书……"

"没错，将军死后，静密阁中的大批书籍都被扔下了塔，阁内的重量自然会减少大半。我的猜测是，静密阁的密道是一个连通千佛阁和静密阁的活板门，只要千佛阁中的重量达到一定程度，活板门就会自动打开。两百年前的玉源寺，僧人手无缚鸡之力，想要击杀这名将军，估计是将其骗至静密阁，让他走到活板门上，然后再多人一起进入静密阁，打开活板门，将军就会从静密阁掉到千佛阁直接摔死，而千佛阁天花板上的宝灯也从挂钩上滑落，或者僧人有意从上面把宝灯拆下扔掉，造成了将军攀援至宝灯旁一同摔下的假象。事后为了防止兵士搜查，僧人将静密阁中最多最重的东西——书全部扔下塔，使静密阁的承载人数达到最大，那些士兵没什么能耐，当然看不出海无归隐藏的活板门。"

"那智恒长老的绝食也是如此？可是阁门有守卫紧紧看着啊，又哪里去找另一个僧人？"

"师姐，我说静密阁内容纳的人数，其实有些不太对，说到底，这是静密阁地板承载的重量，而静密阁的地板就是千佛阁的天花板……"

"从下面。"温绛瞪大了眼睛。

"没错，智恒长老只需要将自己从绳子上解下来，然后其他僧人从千佛阁攀援而上，全身挂在灯座上，便可以凑够两人的重量，开出一条密道。"

温绛一直受天机阁主人影响，认为智恒长老的绝食绝不是简单的精诚所至，必有另外的隐情，但是她没有想到，真相居然是这样。

"等一下，你说挂在天花板上，那岂不是……"

"智恒长老绝食完成后，先皇下令封存静密阁，为玉源寺减少了很多外来的麻烦，然而同样的，也杜绝了僧人减少阁中重量的方式，只要里面有稍微的变动，智恒长老的旧敌得知之后，便会有所猜想。慧藏方丈一直对其师智恒崇敬有加，估计从纪念的角度也不愿意更改布置，毕竟背靠皇家，他完全可以控制静密阁内的重量，这几十年来玉源寺一直无事便是例证。直到那一天，尸体挂在天花板上，阁中有玄真。为什么要吊起尸体？因为这样可以在僧人的监视之外，打开静密阁密道。"

"可是密道没有打开啊。"温绛疑惑道。

突然，她灵光一闪，脸色变得煞白。

"斩首。"

"师姐终于明白了。为什么慧藏要斩首慧静？因为他要减少天花板上的重量。"

"他可以上去把铁链解下来啊？"

"来不及的，我能很快发现攀援途径，是前一天细细观察而且实践过，智恒长老的事情已是七十年前，慧藏方丈恐怕从未爬过千佛阁的天花板。而且师姐还记得那三声的顺序吗？"

"漆罐打碎，钟声响起，头颅落地？"

"正午钟声有什么意义？"

"钟声是说那人要准备进入静密阁？"一个又一个事实冲击着温绛的大脑，惊讶让她浑身冷汗直冒。

"是的，钟声一响，玄真就要进入静密阁了，上下均有一人，密道就会打开，慧藏听到钟声之后，去找玄真是铁定来不及了，他根本没有选择，必须快速减轻重量。"

"……"

"师姐，人非常脆弱，人体却着实强健。你刀法很好，想要杀人，只需攻击要害，一刀捅穿心脏，或是砍断脖子，我想你不会拿你这把又薄又窄的红袖刀去纵着把人砍成两段吧。"

"……"

"我之前曾经想过，面孔是人最有辨识度的地方，但是想要将面孔与身体分离，自然也可以腰斩，剥脸皮或是从侧面自上而下一分为二，为什么从古至今人都选择斩首呢？这是因为脖子是人的要害，是最脆弱、最容易切断的地方，往上是头骨，往下是胸膛，无论是坚硬程度，还是横截面积，都比脖子难以切断。慧藏方丈也是一样，尸体倒吊着，他需要减轻尸体的重量，不能失败，而且师姐说过，以尸体悬挂的高度，对你来说，切断脖子已经几乎是极限了，无法往上去直接切断铁链，慧藏自然选择了从古至今人们选择最多的方式：斩首。"

"而且切面还贴近锁骨，切下了尽可能多的一部分……"温绛喃喃道。

"嗯，上面那些问题迎刃而解。为何斩首，因为慧藏需要在倒吊的尸体上尽可能地削减重量。为何倒吊，因为如果小吴正向悬吊慧静，慧藏便无法够得到首级，只能切断胫骨或是脚踝，大家会有疑心。为何双手反绑，因为如果不反绑，双手垂下来，会影响慧藏斩首的过程，切断的手掌手臂也会让我们生疑。"

"居然这么简单。"

"是啊，慧藏做出这样的选择只是一瞬之间的下意识反应，他不能让人发现密道，毁了智恒长老的名声，尤其是不能让可能与天机阁有密切关系的玄真发现。斩下头颅后，江湖经验丰富的他立刻想到了卓氏兄弟一案，意识到自己为别人做了替罪羊，于是便带着头颅离开了。"

"他为什么这么做？"

"小吴想利用慧藏来脱罪，慧藏同样也可以用小吴脱罪，虽然他在慧静一案中是作案者，但是在卓氏兄弟案中他有不在场证明。带走头颅，将此案与卓氏兄弟一案联系起来，对他自己也是有利的，只不过他念及旧情，未将慧静头颅丢弃罢了。"

"慧藏方丈没有杀人。"

"他杀了小吴，但是在此之前，他只是斩下了慧静尸体的头颅，没有杀人。当时慧静已死，人之五体仅仅是臭皮囊，所以慧藏在做出决定的时候没有负担。无罪的他却无法告诉我们实情，因为凶手这么做其实是在拿玉源塔的秘密要挟他，他只能秘密探查，按照我之前所说的逻辑，对小吴实行了制裁。"

温绛已经大体明白了，只是还有一些细节不甚明了："那么他为何要允许老何查案，又为何急躁地向我们公开动武，而不是找机会暗杀小吴？"

"这要怪三个人，我太过急躁浮夸，迫不及待地激化了矛盾，慧藏害怕小吴会逃跑，便立刻翻脸动武。"

"还有我？"

"师姐和方丈聊天时，提到我和你一个月前去湘鄂一带寻找大师兄，没机会杀卓氏兄弟，这更加坐实了小吴的嫌疑。"

温绛长长地吁出一口气，道："好吧，另一个人是谁？老何？"

"不，是魏彻那个王八蛋。"

"他不是今天才到吗？"

"他奉旨查齐王府盗窃案，现在线索一路来到了玉源寺，如果是平时，慧藏可以找个理由不让他登塔，然而现在命案牵扯到了齐王以及自己的师弟，再不让他登塔于情于理都说不过去。铁鹰神捕的手段举世皆知，很有可能查出玉源塔的真相，于是他一不做二不休，先让老何上塔做无用功，告诉世人，捕快搜查玉源塔未发现密道。"

"然后放了一把火，魏彻有通天之能，也查不出灰烬中的机关了。"温绛完全明白了。

"唉，主责在我，虽然慧藏必须在魏彻到来之前杀死小吴、放火烧塔，但是他付诸行动得也太早了。如果我能沉下心来搞清楚这一切，在昨天才向他摊牌，说不定事情会有转机。"陆里狠狠地捶了一下自己的脑袋。

"你能够想清楚已经很厉害了，谢谢你，没有你的话，我这一辈子都不明白小吴到底是如何死的。"温绛第一次感觉对陆里产生钦佩之情。

陆里苦笑道："你该谢我的部分还没有提到。"

温绛疑惑地看着陆里。

"慧藏虽然替小吴背了三条人命，但为玉源寺清理门户，大义灭亲，

205

估计会受到皇帝嘉奖。小吴虽然参与了齐王府盗窃案，但是可以辩称是误入歧途，罪不至死。说出真相只会损害小吴与智恒长老的名声，慧藏方丈也是不希望这样的。这个真相只对你有意义。"

"你想说什么？"

"师姐，你感觉凭小吴的年纪阅历，真的能设想出这么绵密复杂的杀人脱罪之策吗？"

温绛一时语塞，这当然是不可能的。

"这太难了，规划者必须武功高强，能知道练红袖刀法的人原地腾空的极限高度，同时心思缜密，擅长逻辑推理之事，最重要的，必须见识广博，知道无人能破解的玉源塔之谜……"

"还有，对玉源寺成见极深，或者说恨之入骨，想让玉源寺僧人背上杀人罪名，还亲手斩下同门的头颅。"温绛缓缓道，"你说的是我爹。"

"正是师父。这一切恐怕是师父为小吴规划的，毕竟这个计划太过周密，一环扣一环，不容差错，寺外能对玉源寺有如此了解的人，我只能想到无所不能的天机阁主。他没有预料到的，大概只有千佛阁的钥匙在几天内换了位置，断绝了外来凶手的可能，以及玄觉听到的声响让我和你都有了比较明确的不在场证明，致使小吴没有办法脱身吧，当然师父他估计不会太在意小吴的死活。"

温绛愣了一会儿，叹气道："我已经足够恨他了，你认为我知道他这么狡诈无耻，会更开心吗？"

"不不不，我想说的是，师父能为小吴想办法脱罪，说明他们早就暗通款曲，是不是说明师父安插在你身边的密探并非那个人，那个人只是代人受过呢？"

好似半空中响了一个炸雷，温绛呆愣在原地。她百感交集地揉了揉眼睛，与玄真的千般往事涌上心来，她只能默默地站在原地，将过去的柔情蜜意慢慢消化。最后，她缓缓说道："陆大哥，谢谢你。"

"别，我不太适应，叫我师弟吧，我有武功要向你讨教。而且你最好快一点，他离开玉源寺不过三天，现在去寻找估计还来得及。"陆里淡淡道。

事不宜迟，温绛去马厩牵出马来翻身上马，回身看去，陆里又开始在原地老实扎起了不标准的马步，温绛扑哧一笑，大喊道："我十天后回来找你，大摔碑手不是这么练的。"

"啊?"陆里连忙换了个姿势，"你赶紧在师父面前为我美言几句吧，虽然你和他矛盾很大，互不信任，但说到底你还是他的女儿。"

提到天机阁主，温绛心里一沉。

"陆……"温绛一时不知怎么称呼陆里，"所以我爹说的居然是真的。"

"不，师父对智恒长老的成见太大了，导致他一叶障目。"试验新练功姿势的陆里憋得满脸通红，最终还是败下阵来，气喘吁吁地说道。

"嗯?"

"慧藏方丈会将尸体斩首，说明静密阁密道的打开条件是两个人，而静密阁布局七十年未变，说明智恒长老当年的静密阁密道打开的条件也是两个人，既然如此，有一个时间点就很奇怪了。"

"什么时间点?"

"绝食结束的时候，是另外一名僧人将他抱走的，这时静密阁中有了两个人，守卫却没有发现密道。"

"莫非智恒长老本来就干瘦?"

"智恒长老练的是疯魔杖，必然是个精壮男子，最终他和另外一个僧人没有触发静密阁的密道，只能说明当时智恒长老的确已经饿得形销骨立，奄奄一息，他的绝食是真的，只不过师父不愿意相信罢了。密道是他没有启用的最后保险。智恒长老佛心动天，无怪慧藏方丈宁死也要维护他的名声。"

五

夕阳西下，海心月拾起地上一块焦黑的木头，叹了口气。自己终究还是没能赶上看玉源塔一眼，不过，如果不是魏彻给自己制造了机会，说不定连废墟都看不到呢。想到这里，海心月举起木头，饶有兴味地端详了起来。

魏彻是个好人，虽然他为人圆滑世故，但从另一个角度来看，能和他交上朋友，算是不谙世事的她最幸运的境遇了。魏彻让她不用为生计发愁，可以在天下任意奔走，研究她最感兴趣的建筑，同时魏彻也看重她身为海无归后人的家传绝学，帮助自己在案件侦破中发挥作用。

"海姐，在看什么呢？"

问话的少年年方十三四岁，稚气未脱，一身衣服都是兽皮缝制，毛茸茸的像只大猫，魏彻在蜀地山里找到了与野兽同居的他，海心月称他为"小蛮"。

"没什么，都已经烧干净了。"海心月微笑道，"你魏大哥呢？"

"公冶大哥和他在聊天，感觉快吵起来了。"

"在吵什么？"

"我听不懂。"小蛮摇摇头。

公冶平是魏彻手下最擅长断案的人，一丝不苟，严肃认真。海心月可以理解两人吵架的缘由，玉源寺的案子实在太过离奇，虽然慧藏方丈已经认罪自尽，但无论是他将尸体倒悬斩首的原因，还是他夜行千里袭杀卓氏兄弟的方式，都仍然是个谜。而且魏彻一行人到来前，天机阁的两个门人，以及与天机阁关系密切的一位僧人，都已经离开了寺里，公冶平肯定想要彻查此事，然而魏彻大概会说"没必要没必要"搪塞过去吧。

海心月继续端详着木头，不知过了多久，穿着一身黑的中年人森然走到了她身边，面色苍白，一脸怒气让人不寒而栗。

"公冶大哥，又和魏彻吵架啦？"

"那个王八蛋！"公冶平咆哮道，"说什么已经禀告皇帝，还和吴家达成了协议，妈的，老子下回把这些事都捅出去。"

海心月心知公冶平脾气暴躁，便不答话。不一会儿，公冶平气渐渐消了，向海心月赔了个不是，道："妹子，你怎么看这事？"

"啊，我不懂断案。"

"不是说断案，玉源塔是海无归所建，有着密道的传闻，你一直想来看看。它却就在我们来之前被烧掉了，这其中必有蹊跷，莫非是不想让你发现其中的秘密？"

"哦，是说这个啊，"海心月面露笑意，"其实也没有什么秘密啦。我读过我家祖上海无归留下来的东西，《宏图妙算》倒背如流，在我看来，海无归不过是个颇有想象力的狂想家罢了。"

"哦？"公冶平有些难以置信。

"海无归的设计的确很精妙，但是应用到实际中，很多就难以奏效了，哪怕当时可以使用，过个十年，也会慢慢腐蚀卡住，我曾经做过不少实验，大多都是如此的。"

"可是武当的大殿……"

"武当大殿我去看过，《宏图妙算》里说得很好，但是时至今日，机簧早就不起作用了，如果不是雷劈，这个暗室的通道永远打不开。"

"那为何江湖中人全都盛传他的威名？"

"这就是我想来看看玉源塔的原因，这个塔没有在《宏图妙算》里记载过，我也不知道是否有机关。这几十年来，天机阁一直在高度评价海无归，据魏彻说，天机阁与玉源寺有隙，很难说是否通过拔高海无归来暗示他设计的玉源塔必有密道，从而降低智恒长老的名誉。"

"有道理。"公冶平点头道。

"智恒长老当年绝食的时候，距海无归建塔已经过去了两百余年，以我的知识范围来看，最多流传下来一些如何打开密道的方法，大多数机关应该都早已不起作用，所以智恒长老利用密道假绝食的说法可能性不大。实际上，这几十年来，登塔之人少说也有几千，不是也没人发现密道打开的方法吗？"

"原来如此。"

"玉源塔有密道，或许当年的确有，但是到了今天，应该只是流传下来的执念，天机阁希望玉源塔有密道，所以整个江湖都被天机阁的执念影响，全都猜测玉源塔有密道。说实话，当年智恒长老在塔中绝食，如果真的有密道可以送饭，那岂不是一根足以救命的稻草？智恒长老和寺里其他僧人说不定内心也希望有这么一个密道呢。"

"哦，"公冶平并没有将话完整地听进去，"刚才你说魏彻对你提起过玉源寺和天机阁有瓜葛是吧，这小子居然诳我，我非得把他杀了不可。"

看着公冶平愤怒离去的背影，海心月不由得有些汗颜，执念果然很可怕。

转头望向玉源塔的废墟，这座寺是否便是建立在对智恒长老的执念之上的呢？虽然智恒长老大概率没有用到密道，但无论是天机阁执着于要证明智恒大师假绝食，还是寺内僧人执着于证明智恒大师真绝食，都是执念，或许并无高下之分。毕竟即便智恒大师真的用过密道，那么天机阁和玉源寺的态度也不会有丝毫改变。佛家讲求要通过修行，灭掉心中的贪嗔痴三毒，从这个角度来看，反而是寺内僧人的执念更深一点。

天色已晚，月亮逐渐升了起来，把漆黑的废墟加上了一层乳白色。

那么自己呢？

自己一心要证明先祖海无归志大才疏，不及自己，是不是也是一种执念呢？

"小月，你又跟公冶平说啥了？"魏彻在海心月背后发出焦头烂额的求救之声。

还好我不是和尚。海心月如此想着，微笑转过头去。

选自北京大学推理协会会刊《闇》NO. 7（2022 年 11 月）

破戒之徒

南城大气

【作者简介】

　　南城大气，出生与长居都在南字开头的城市，故而取了这怪名儿，意在自嘲自省自励。当了十来年推理内容的食客，口味杂、生冷不忌、中西古法新派皆能吃得津津有味；眼下则正努力去做个烹调推理的厨子。目前为止炖出长篇一盘《此地无怪力乱神》，盛放于网络平台，品尝者寥寥，应是因着技法火候还未到家。另有短篇点心两道，本作即是第二盘出锅的，望诸位食完展颜欢喜，起码不至于去后厨骂人。未来也会致力奉上更多推理佳肴以飨读者。

　　国之南境，饮霞山半山腰处，岩莲寺。

　　寺外静风堂后是个墓园，天蒙蒙亮时，园中已传来"咔嚓咔嚓"的动静。

　　一个少年正手握木锹，将脚下黄土一块块掘松。他瞧上去十六七岁，光头支在纤长的脖子上，一双眼宛如溪中光亮亮的卵石。

　　眼下暑气还未蒸腾，可他的额前已开始淌汗了。

　　他法号呼作癸镜，一年半前便被责罚至此。

　　"十二月中，你妄自下山；一二月里又乱食荤腥；至于坏夜禁的次数，那就更多了……"

　　"现而今，又加上一个同门殴斗。"大师父乙影将一个布包递给他，"住持也听说了你的事儿，按着寺内规矩，需罚你去墓园思过两年。"

　　"正好，也磨磨你急躁的性子……"

自那日起，癸镜便一人孤零零住着，此地虽没人盯瞧，可活计并不轻松——除开功课修行，还需清洗碑石、整饬草木、诵经供奉。每过三天，又得跑去山巅的藏经殿，帮着大师父整理经文书册，擦拭橱架。

　　一月又一月，周而复始。

　　不过日子一长，癸镜也不将此视作惩戒了——墓园在庙殿墙外，异常清静，磨炼技艺也不会遭打扰，时不时还能捕食到飞鸟和野鼠，烹作滋养他身体的食粮。

　　没出半个时辰，癸镜便刨出了个一人长宽的土坑。

　　埋葬骨灰的墓穴，这大小应该够了吧——他思忖道。

　　这段时日，山下大疫忽起，山寺中也安宁不得，半月以来已葬了两个师兄。二人皆是忽然病倒，高烧呕血，试遍寺内药方都不见好转，熬不过几日，便在榻子上咽了气。

　　而今日这土坑，却是给住持甲藏挖的。

　　五日前，住持步入禅房静修，原先说好三日便出关，可待到期满，也未再开大门。大伙儿觉察着不对，赶忙破门而入，却见甲藏卧倒在榻前一汪血中，面孔已青紫溃烂得失了形。

　　睹见住持这模样，不光一众小徒儿吓破了胆，就连师叔辈也缩在屋外，个个踟蹰不敢进。好在大师父赶去了，独自将住持背了出来，又呼人在院中堆起柴禾，将尸身火焚了了事。

　　今日应该就是骨殖下葬的日子。

　　癸镜擦了擦汗，直起腰身缓缓劲儿，恰望见园中那尊石像——八九尺高，兀自立在墓园西北。历经多年风霜雨雪，它的衣裳与面孔早被蚀去原先轮廓，辨不清是观音还是佛祖。

　　听大师父说，这石像百十年前便立于此境，比这寺庙的时日更久。建寺之时，僧人见它粗糙不成形，既怕胡乱请错了菩萨，又怕挪了对它不敬，只得让它依旧留在这园中。

　　想着今日还未礼拜，癸镜拍了拍手上的灰，静静合掌。

　　过了片刻，晨光已淋洒上石像的头顶，这小僧再度拿起了木锹。

"住持啊住持，未想着竟与您隔墙做了伴。"一锹下去，癸镜心中又浮现那人的模样。

威名响彻南境的甲藏住持，他敬如鬼神一般的住持，那身本领已与骨肉一道化作灰烟。

其实，入寺两年有余，癸镜并未睹见住持的面孔，甲藏的僧帽下总是垂悬一圈火红轻纱，遮住双目，纱上用金泥描着一颗十刺之星。

听大师父乙影说，住持那幔巾与他戴着的一样，都是为了遮盖火灼之伤。

"为何要来敝寺出家？"癸镜忽想起两人的头一回交谈。那一日，住持端坐在蒲团上，声音沉静，虽望不见上半截面孔，可脸颊那处清白细腻，也不见老衰。

"为了修习佛法。"癸镜双手合十回答道。隔着布纱，他瞧不见住持的眼，也不知那人是否正看着自己。

住持起身，缓缓上前，直至离他两尺之远，一股淡淡的味道侵入癸镜的鼻孔，似是丁香，还混着甘草与薄荷。

住持忽开口道："你所言并非实话。"

癸镜一愣，嗫嚅了几下，不知该如何应声儿，却听甲藏道："……气息炽烈纷乱，似要将自个儿给点着了。"

就在下一刻，他又缓缓点头道："原来如此，你是为了报仇吗？"

少年吃了一惊，半晌才回答："住持明察……"

"仇家是谁？"

"是血蝈蝈……"

"血蝈蝈？那个女匪？"甲藏住持口气平淡，"她杀了你的亲人，还是朋友？"

"我爹，还有商号里其他的人。"悲愤刹那涌上心间，癸镜哽咽道，"我家原在广州府经营药材生意，前些时日，爹带着我和伙计们，载着几船财货，经过那银藻湾……"

他清楚记得那一夜种种情景。彼时，癸镜还叫着俗世的名字，唤作安如卿。

当时他虽才十五岁，已被父亲教了几年家传功夫；未精于一技，但也算是入了门。自打过完新年，他便缠着父亲，想跟大伙儿走一趟船，好去见识见识沿途风光。

可父亲总是不肯答应，老是念叨什么："江河上风波与人心都险，你岁数还太小。"在他听来，却仿如借口一般。

又软磨硬泡了大半年，父亲终是拗不过，应允九月中带着他一道儿。

"说的也是，该让你见见家中生意了。"出行前，他记得父亲准备得特别仔细，连口粮都带了双倍分量。三艘大船在夜间便上完了货，应是如先前一般，填塞满各色药材。

天刚亮，货船升起了帆，沿大河朝东行去。

时值深秋，天气晴好，借着长风，船走飞快。就这么行了三日，入夜时分，伙计们将船泊进一处叫银藻湾的地儿，落下木锚。

这一路顺顺当当，父亲的心情着实不错，晚膳之时，他从仓中寻出几坛藏酒，分与了众人。

可癸镜这几日倒未必舒坦，行船远不如他料想的有趣——白天被水浪颠簸得头晕，钻入舱中去睡，又被魇着了，梦中似有人在周遭低声呜咽。醒来后，他发了一身汗，口干舌燥，平白多喝了许多水。

此刻，癸镜尿意倒上来了，忙跑去船尾小解，远远还听得伙计们说笑谈天。待他尿完，提着裤子正往回走，却发觉周遭已无人闹腾，唯余下一片苦痛呻吟。

天还未全黑，抬眼望去，却发现大伙儿皆躺倒在甲板上，捂着肚子，不停翻滚。再回望另两艘船，也都无一个立着的人。

"这……这是病了？"少年心中一惊，"还是……被药翻了？"

癸镜张望着找寻父亲，却见人倚靠在另一艘船的桅杆边，他赶紧朝那方大喊了一声，却听不着回应。

为何只得自己没事？

——"酒！定是因着酒！"癸镜霎时参透其中关键，"酒里被掺了东西！"

今晚只有他碰都没碰那玩意儿。

见此情形，癸镜一下慌了手脚，正寻思要不要跳去对面船上，却发现一个赤红身影从那船舱中钻出，衣衫飘逸、仿若幽魂。此人身子修长窈窕，俨然是个女子。癸镜猛吃了一惊，尚未回过神来，便见来者一抬手，刺中一个伙计的脖颈。

那人喉咙发出一声怪异的啸叫，旋即便挺直了身子。

癸镜霎时全身冰冷，直直僵硬在那处。只见那女子盯着一众人，似是俯视着笼中鸡鸭。就在这短暂瞬间，她快步走到癸镜父亲身旁，一扬刀刃，对着他的颈子斩下。

"住手！"癸镜大喊了一声，明月之下，他与那人远远相望。下一瞬，便见来者如鬼魅般冲向这方，手中钢刀寒芒耀目。

癸镜胆气霎时消散殆尽，父亲、同伴……一切都被抛到了脑后；他慌不择路逃窜狂奔，待奔到船头，"扑通"一声跃入河中。

水流湍急，癸镜也不知自个儿漂了多远，等他爬到岸上，天已黑透了。恰好岸旁有个小村，他连忙奔去，拍打那些宅子的门，呼喊求救。村人们还算淳朴仗义，速速凑出十几个青壮年，跟在他后头赶去银藻湾。

可到那里一瞧，见大船只剩下两条，甲板上留下十余具尸首，细数一下，包括他父亲在内，无一人幸免；船中财货也被洗劫一空。

就在诸人的脸上，皆搁了一只染血的蝈蝈，瞧那奇诡情形，仿佛是它们吸食了亡者的性命似的。

癸镜也不记得自个儿是如何回到家中的了，他母亲听闻这消息，当即便昏厥了过去，随后便一病不起。

抚恤、货资、讨钱的人也纷至沓来，有的手上拿着听都未听说的债条——不出些时，家中余财便飞速散尽。母子不得不将能卖的都卖掉，祖宅也被抵了出去。

开春没多久，他母亲便在愁苦中撒手人寰。

葬下他娘那日，癸镜正望着河水愣愣发呆——当初若不逃跑，与那女子拼死一搏，是否就不会落得今日境地呢？

就在此刻，恰逢一个旧邻老太太路过，见他这模样，赶忙凑近宽慰了两句，又道："娃娃啊，你若是实在没地儿去，可以往南直走百余里……

"那处有个岩莲寺，乃是此地第一门派。听说寺中师父宽厚，时常收留些良善苦人儿，你若把情形说与他们听，应能落得个暂且的安稳。

"兴许还能学得些功夫，好替你爹娘报这大仇。"

岩莲寺之名响彻江湖，少年也早有耳闻。只不过，先前他自觉没有礼佛的觉悟，若单单为习武而入寺，怕是会被人赶出来。

可若不去那里，自己又能漂泊去何处呢？"替你爹娘报这大仇"——老妇的建言终在他心中引燃了一丝火。清晨时分，他草草收拾了行李，日夜兼程赶去了寺中。

"原来如此。"听罢他的旧事，甲藏开口道，"想来此学武报仇的，倒也不止你一人。

"世道不稳，咱寺中也不光念那慈悲的经。既然你想来，不论当下心迹如何，我都不阻着你。

"只不过，今后的修为与参悟，得看你自个儿了。"

癸镜与住持打交道不多，但这两年中，他时不时会想起这一日情景。住持只是在水中丢下片叶子，却救得他这只落水的虫儿，天地间自此才有了一寸容身之地。

对这少年而言，住持仿若圆月一般，亮堂、神秘、触碰不着。他只见过一次甲藏出手，那一日，劫阳帮四名残党强闯入寺，意图报复灭派之仇，只见甲藏手握一杆银枪，舞动如白龙腾空一般。那几路枪法与寺内传承大不相同，霸道似破城，却精细如刺绣——只消得八九击，便将那几个刺客统统挑翻在地。

寺中僧人的本事大多都不能与住持相比，唯一能与之一战的，也许只有大师父乙影了。他气力强盛，身形迅捷，这数年来，与其他门派论武或是平定纷争，大多由他出马。乙影步履尤为快，南境江湖皆称他"旋风僧"，便是在寺中，他也常常动如鬼神，往往方才还在藏经殿中，须臾便踏至演武场，似是随时都监察着寺内僧众。哪怕他一时离开，那些徒儿也都紧着头皮，轻松不得。

倘若能修炼得如他俩一般，应能报自家那血仇了吧……癸镜也不执意想望清甲藏的模样了——住持便是住持。不知自何时起，癸镜心中便给住持塑出虚幻的脸来，与爹娘的重叠在一起。

两年前，他亲手葬下那两个人，未想到今日却又要给住持掘墓。一股空了心的失落涌上胸口，癸镜不经意将手中木柄攥紧了些。

"咣当！"就在这当口，墓园的门忽被撞开，一个小和尚如风般冲进园子："癸镜、癸镜，你起来了吗？"

216

"起了起了，大早上嚷嚷什么？"癸镜喝了那人一句，远远他便认出了来者，原是同门师弟壬朴。

"你可听说了？"壬朴跑来他身旁，气喘吁吁，"大师父……大师父他出事儿了！"

跟着壬朴一路奔跑，癸镜赶去了山巅近侧，那里有一小片地，三亩见方，平平坦坦，仿若一刀将山顶劈去半截。紧挨着石壁建着一座殿舍，小半截没入岩山中，围起半圈高高的院墙。大殿青砖乌瓦，飞檐舒展，从远端望去，仿若这峰顶盘踞一只黑鸦。

而就在此刻，那殿前正立着一群僧人，密密麻麻挤在一处。日头升起，照着几十个光溜溜的脑袋。

"还真死了啊……"壬朴挤到前头，探头探脑道。

癸镜立在他身旁，没有接茬儿，只是直直盯着殿内。就在那处，几个年长的和尚正指手画脚，其余僧人如无头苍蝇扑腾忙乱。

"都找仔细了！把柜子全打开！"吼这话的是师叔乙季，他生得一条高大个儿，面皮白净，薄片嘴，"大门关着，人还能跑了不成？"

"门关着？这话是啥意思？"癸镜扭头问壬朴道。

"我刚刚不是和你说了吗？一早师兄们来这儿，瞧见这大殿是从门内闩着的。"壬朴低声道，"等劈开闩子推开门，才发现大师父死在屋里。"

癸镜再度沉默，这一路过来，壬朴应已提过此事了，可是他连听进去的心思都没有。

就在这会儿，乙季望向院中，恰与癸镜视线撞到一处。他忽就抬手一指，大声道："你，还有你几个，也都别闲着，将乙影师兄请去静风堂吧。"

癸镜一愣，刹那间，所有人视线全集于他一身。迟疑片刻，癸镜便大步走向殿中，而他侧旁那几人则面面相觑，都不知乙季所言是否有自己。

"愣着干吗？"乙季又吼了一句，惊得那些小和尚一哆嗦，慌忙拥了上来。

就在癸镜跨过门槛的刹那，乙季在他肩上轻拍了一下。

"师叔还有何吩咐？"癸镜连头也未转，不动声色道。

乙季抿了抿嘴，似笑非笑。

"罢了，回头再找你……"他莫名丢下半句，便松开了手掌。

大殿三四丈见方，等步入殿内，癸镜瞥见东北角倒着个壮实大汉，不消得见着脸，只需瞧着那黝黑黝黑的胳膊与腿，便知是乙影本人。

可这会儿想望他的脸也望不见了。只见乙影趴伏在地，依旧披着往日那一袭僧袍，背上破开一个半寸不到的口子，被血染红了大片——

而他那颈子上也没了脑袋。

唯剩一道断口，肉是红的、骨是白的，平滑齐整。

目睹这情景，癸镜喉头鼓动了几下，身子微晃。

师兄们跑去找搬运的物什了，癸镜立在尸身旁，抬头环顾四周——这大殿中并未供奉佛像，而是排布着五排木架，架上搁着一本本经文卷册，整整齐齐，一尘不染。两侧偏殿中则落满了木柜，柜门皆用铜锁扣住，关得严严实实。

那些柜中大多蓄藏各类功法、要诀与药毒方子，像癸镜这样的小沙弥，平日是没资格翻阅观览的。眼下，乙季师叔已步入那房内，指使着众人将柜锁打开。

癸镜微微侧目，瞥见了大敞的木门，门上的闩子已被劈断，一截丢弃在门槛边，另一截被钉子卡着，晃晃悠悠悬在闩扣中。

大殿四壁都未开窗户，唯有这门洞透入一方光亮。

昨夜，大师父便是在此殿内殒命的吗？

倘若如此，头颅与凶手又去了哪里？

"邪门儿了……"癸镜听到屋外有人低语。

见乙季又瞧向了自个儿，癸镜忙做出找寻模样，急匆匆走入右边偏殿。此刻，这屋里并无他人，待癸镜绕到一尊书柜前，冷不丁瞧见地上落着一个物件，似是一块麻布绢子，团成了一团。

癸镜忙俯下身，悄悄拾捡起来。

打开一看，只见其中乃是把钥匙，吊着块木牌，他眉头动了动，飞速将其揣入怀中。

就在这当儿，大伙儿已抬出了一块木板，应是大师父平日所躺的铺面了。这些年，他一直睡在那侧偏殿中。

"来帮忙！"有人呼喊道。癸镜闻声，赶忙从书架旁离开，与众人挤去了一处。

木板搁到了地上，小和尚们齐齐使劲儿，提腿的提腿，拎胳膊的拎胳膊，将那尸身挪上了板子。

收拾妥当，这些人便抬着床板，小心跨出了殿门。刹那间，院中僧人们一阵纷乱，有向前凑的，有朝后退的，一时间叽叽喳喳吵成了一团。

癸镜自不管他们，提溜着床板左侧，小心走在前头。走出十来步，众人便行到了山崖边缘，眼前现出一条石级，紧贴着绝壁，两尺来宽，陡峭异常，根本容不下二人并行，这便是山下寺中来此地的唯一通途了。

癸镜朝一旁的同伴挥挥胳膊，让他退去后头。

"呼——"癸镜深吸一口气，独自扛起床板一端。

"乙季又找你晦气了……"壬朴在他身后扶着床板，"这一年多了，这厮咋还记着仇？"

"嗯……"癸镜含糊应道。

"对了，当初你到底是咋得罪他了？"

"哪晓得？"癸镜摇摇头，他搬着尸身就已够吃力了，此刻完全不想开口。

其实，要论个中缘由，癸镜当然知道。

——他刚来寺中那阵子，乙季便有意无意找他聊话儿，还邀他拜入自个儿门下。起初他只觉着这师叔热情了些，每每见面，乙季都探掌搭在他肩上，偶尔还戏谑般拍拍他的脸；癸镜虽觉着别扭，却也不好意思躲闪。

直到有天晚上，乙季爬进他被窝，将手伸进他衣襟内，癸镜才恍然大悟，慌忙滚下大铺，蹿出了屋子。

自打那日起，乙季便越发纠缠他，软的硬的轮番。许是因着他在寺中熬的日子长久，有不少僧人也与乙季一个鼻孔出气，处处与癸镜过不去。

终有一日，癸镜被激得按捺不住，猛还了乙季一拳，这厮便立刻滚倒在地，一面痛苦呻吟，一面招呼人去大师父那处告状。

那一晚，癸镜被唤来这藏经殿。

待他踏入门槛，见着大师父乙影正在簿册上记着什么，脸上未如平日一般覆盖布巾，现出一大片狰狞的火伤。

乙影望了他一眼，便又继续低头书写。

"掌门先前定下了十条戒律，你入寺那会儿，我便逐条嘱咐了你。"半响，大师父才开了口。

"其中之一便是——不得与同门龃龉冲撞。"

乙影那宽厚的嘴唇翕动着："这几个月来，你可还记得犯下多少条规矩了？"

"……"

"你这些账，住持都记着呢，"见癸镜不吭声，他叹了口气，"但凡犯满十条，便会将你驱出门去，谁也保不得你。"

癸镜嗫嚅了几句，最后只是答道："我晓得了。"

他心里明白，乙季的种种恶行，除开壬朴这样驽钝的，寺中人大多知道。可住持与大师父都不与他计较，不知作何考量。

此刻他若据理力争，大抵也不会有用吧——虽然觉得窝囊，可癸镜还是没再多说什么。

一阵风卷进大殿，吹得灯影摇晃。"这回要罚我清扫院落，还是罚我饿上几顿？"癸镜心中思忖道。

"你可害怕死人？"乙影提笔蘸蘸墨，忽开了口。

癸镜不明白师父此话何意，只是摇了摇头。

"那便好。"

于是，又遭数落一通罪状后，癸镜便被打发去了墓园，至今独居于此。

约莫过了一炷香时间，尸身终于被抬到了山下，癸镜擦了擦额头的汗，将床板又抓牢了些。

"你说……是谁杀了大师父？"壬朴的嘴碎似是止不住，"会不会有鬼啊……"

"鬼？"

"是啊，大殿就这么锁着，那凶犯是咋跑出去的？"壬朴念叨道，"还带走了大师父的脑袋……"

癸镜沉默片刻，应道："没准儿人就藏在哪个屋的角落，只是未被瞧见罢了。"

"这会儿他们不是正打开柜子一个个查吗，要是在里头，想跑也跑不了。"

"唉……住持刚死了几天，大师父竟又遭了难。"又有人嘟囔道，"暗礁凿底风撕了帆，咱门派这条船啊，眼看就不稳当了。"

癸镜回头，见说话的原是壬直师兄，他一向口无遮拦，想到啥说啥，惹得门内上下都看他不顺眼。虽说快三十岁了，却依旧只混到寺中"壬"字辈。

"咦？你说咱寺是不是被仇家盯上了。"壬朴心思浅，倒和壬直一唱一和，"住持虽说是染瘟死的，会不会其实是被人下了毒……"

癸镜没吭声，他并未亲眼瞧见住持的死状，只是自众人言语中听得个大概。

"你想多了吧——住持备的那些吃食干粮，都是先前他亲自去伙房取的，众师叔那几日都吃了，也没见着谁出事儿啊。"

"屋中饮水也是他自个儿打的，与咱都是一个桶、一个井，若是其中被下了毒，我们这会儿早都倒了。"壬直连连摇头。

"更何况，禅房门窗也都紧闭着，就如今日那殿门一般，周遭还有徒儿们轮值看守，谁又能找着啥下毒的机会？"

大伙儿就这么有一搭没一搭聊着，聊住持的圆寂，聊大师父的死。寺中频遭异变，和尚们的语调都有些紧张兮兮。癸镜只是安静听着，并没太搭腔。

过了一顿饭工夫，大伙儿终于穿过山下的主院，又踏出寺门，行到了静风堂。

待在堂中搁下大师父的尸身，那几人回头便走。

"法事可要操办起来？"癸镜立在墙边，忍不住问道。

壬朴挠了挠头："我去问问师叔们吧，看他们有何计划。

"这如何布置……也不是咱们说了算的。"

说罢，他便一溜烟跑开了。

须臾，众人脚步声远去，周遭唯剩下鼓噪的蝉鸣，癸镜缓缓行出静风堂大门，望了望日光炙烤的远山，径直走向了堂后墓园。

小会儿工夫，他行到园子的东南角，此处戳着间屋子，一块块青砖已然半朽，乌瓦也碎了不少，瞧着这模样，应是已经历了数十年风吹雨蚀。屋顶被几片浓绿树荫遮挡，周遭又立着一座座坟堆与墓碑，纵在晴日也透出森森阴气。

这便是癸镜平素的居所了。他立在檐下，侧耳听了听屋内，又解开了门上锁头。房门大敞，现出一张床榻、一方歪腿小桌、一把椅子、三个搁放物件的竹架，除此之外，并无其余大件家什了。

见床脚散落着一堆草绳，癸镜不禁一惊。

就在那瞬间，他觉得有啥物件正在撩拨头顶，柔柔细细，仿若轻羽。癸镜猛一激灵，慌忙抬头，恰望着一个女子的面孔——眼如幼鹿，眉浓如漆，唇弓挑出一道俏皮的线。女子也正瞧着他，一束乌黑发辫自她脑袋上垂下，不停晃荡。

癸镜腾然闪身，蹿至门前，亮出拳掌架势。

瞧见小和尚这模样，那女子扑哧笑了，就见她双腿正钩在房梁上，整个人倒吊下来。

"你可算回来了，我还当你把我忘这儿了哩。"这姑娘开口道。

就在一刹那，却见她两腿一松，从屋梁上骤然翻落——便听"嚓"的一声，双脚稳稳点地，轻盈如猫。

"昨晚上逮我时那么豪勇，此刻怎尿得和只雀似的？"女子笑道。瞧她那模样应有二十好几，也比癸镜高出一头，神色语调却如同小丫头一般；穿一身黑色夜行衣，料子一眼便知是上佳的绸布，上头用乌线绣着片片飞云似的翅儿，却需细细打量才能瞧出精致。

可她双手被反剪在背后，用草绳绑缚得紧紧的。

"小师父面色不大好，是遇着啥烦心事儿了吗？"女子忽又问道。

癸镜微微一愣，他自觉已将诸事压到了心底，却被这姑娘轻易瞧了出来吗？

不过他却没回答她，只是道："脚上绳子……是你自己解开的？"

昨天夜中，明明已将她手脚都捆扎仔细了。

"是啊，都捆麻了。"女子坐在铺边上，跷了跷足尖，"人有三急，你不回来，我总得自己想法子。"

癸镜并没料到会横生大师父这事儿，听得她大大咧咧抱怨，一时也不知该如何回应。

可这姑娘倒似无啥顾忌，她从铺上跃下，凑近道："可有啥吃食没，我肚子饿了。刚刚瞅了瞅你屋里，连块干饼子都没。"

癸镜叹了口气，从怀中掏出一个馒头，塞到她嘴边："给……"

那姑娘伸过脸来，小小啃了一口，边咀嚼边道："看来这寺中着实丰裕，连你们这样的小沙弥都有白面馍馍吃。"

"我们也只有糙米粥加咸菜，一年到头也吃不着精细米面。"癸镜摇摇头，"这是天没亮那阵儿从师叔口粮里偷来的。"

"偷？没想着你也是个小贼？"那姑娘嘻嘻一笑，又啃了一口，"既然咱俩都是同行，你便放了我呗？"

"谁与你同行？"癸镜冷冷回答，"若不是要管你的饱，我哪犯得着去脏自己的手？"

他是昨夜在墓园撞见这女子的，当时癸镜正在一丛石碑后练功，望着一个身影轻轻翻过高墙。

癸镜没有吭声，缓步上前，就在女子踏上泥地的那瞬间，他猛扑了上去，如同一只捕鼠的狸子。

那女子应也觉察着了，忙朝侧旁一闪，那一掌堪堪擦着她衣裳掠过，几乎同时，下一击已至——"啪！"指头霎时捏住她的手腕，恰如凶蛇猛咬了一口。

好在姑娘腕子细瘦，侧着一甩便挣脱了去，可酥麻与疼痛依旧残留，活似他指尖真成了毒牙。

"你竟凿着了我的穴道？"她站稳身子，满面诧异，"小师父年纪轻轻，功法与手段竟如此凌厉……"

癸镜没有吭声，又追着击出一掌。

姑娘赶忙跃至一旁，却不忘扯话道："你入寺修行几年了？"

"两年。"癸镜步步紧逼。

"诓我吗？"她一边说着，一边闪躲，"两年工夫，就能将'捕雀指'练成这样？"

"你信不信都无妨。"癸镜左掌猛一前探，只听得"咔嚓"一声，虽未逮着那姑娘，却将一旁枯木掏散去大块。

月光之下，见那女子瞪大了双目："呵，搅海擒龙式？"

"没错。"癸镜上前一步，"你对寺中功法还挺熟？"

"略晓得些吧。"女子答道，"这本事可挺难的——不只需摆个空架子，还得外力、气息、内劲三者调和。

"先前听人说过，岩莲寺教徒弟讲究筑底扎实，像这等身法，至少得入寺五年方才可教授……

"你一个嫩秧子，莫不是偷学了前辈的本事？"

葵镜眉头一动。

平素在藏经殿打扫时，他的确在拼命偷阅功法典籍，仿若要将每张纸烙在自己心里；大师父在院中独自修行，他也不忘有一眼没一眼窥看。

自打入了寺中，葵镜每日最多睡两个半时辰，一直从虚从实打磨着那些功夫。

复仇的念想如铁锤，日复一日锻打着他，哪怕背弃寺内那些戒律规矩，也要让武技速速精进——直至如住持与大师父那般。

"莫要扯东扯西了。"葵镜沉默片刻，开口说，"与其徒劳挣扎，不如乖乖就擒吧，司姑娘——或许，是该叫你'阴蝙蝠'？"

那女子一愣，却又笑道："你咋知道我姓司的？"

葵镜缓缓收回架势，回答说："山下丰禾镇，有个刘记胭脂铺，两个月前，店中新来了个帮工，掌柜唤她司茗儿，长得和你几乎一样。"

"你记性着实不错，路过几趟集子，竟就记得咱了。"那女子轻轻拊掌，"那是我用的假名儿，其实我姓柳，唤作柳福娘。"

"那为何要假作姓司？姓这个的不多，反倒惹人留意。"

"我喜欢姓啥便是啥。"那女子翻了个白眼，"不过，你提那'阴蝙蝠'又是何意？"

葵镜指了指她身上："你外头套那夹袄，应是柔铁衫，可防利刃刺入。这物件原属鸣河寨，半年前失窃了。

"足上的鞋子是白峰贼巢的'踏云絮'，鞋底排布细小钢钩，登墙上树，如履平地。

"而当初盗得这两物件的，便是一名叫'阴蝙蝠'的女贼。"葵镜道，"应就是你了吧。"

"你身居这野山古寺，倒是通晓天下消息。"被瞧出了底细，那女子反倒一脸释然，"没错儿，我便是'阴蝙蝠'柳福娘；身上这几件宝贝，确也是我偷的。"

葵镜未置可否，这些消息当然不是从寺中得知的——过往日子，他时不时会溜下山，出入诸个村镇，打听仇人的消息，那些江湖传闻便如风传入耳中。

"专偷贼盗的贼，倒也罕有。"癸镜拢了拢衣衫，"那你来岩莲寺做什么？这地儿并无珍奇，连银子都没几两。"

柳福娘挠了挠发髻："听说你家住持没了，看看可否浑水摸把鱼呗。"

癸镜摇摇头："那你走错了，这地儿是墓园，不通寺庙。想去到正殿，要经过东边那座山道的石门，门旁有巡夜的师兄把守，要进去可不容易。"

"晓得晓得，"柳福娘闻言，忙行了个礼道，"谢谢指路，那我就按你说的走了。"

未等她迈出步子，癸镜默不作声用脚一撩，园墙上靠着的高竹篱"扑棱"倒下，直直拍向这女贼。柳福娘见状不妙，赶忙蹿向一侧；却又见癸镜一抖袖子，数颗打磨过的石子从中甩出，如箭矢般射向她那方。

朝前不是朝后不是，柳福娘忙一旋足尖，往身右小踏半步——可就听"刺啦"一声，一根粗绳冷不丁套紧她的脚踝。绳子那头霎时被扯紧，差点将她拽一个跟头。

好不容易站稳，她一边挣扎一边道："你将我逼到这角落，竟是为了让我入这圈套？

"如此下作手段，没半点儿高僧做派！"

"我不是什么高僧，是你自己踏入逮兔儿的绳圈里的。"癸镜疾步上前，飞快将她胳膊拧到背后，"你再喋喋不休，当心把寺内巡夜的惹来。

"他们若逮走了你，如何处置可就随他们乐意了……"

癸镜押着这女子，赶去自己屋中。"小师父意欲何为？"她如同顽皮猫儿般挣扎不停，脸上倒依旧笑嘻嘻的。"且老实些！"癸镜低声喝道，拽来两截麻绳，飞快扎紧了她那手脚。

就在这时，忽听得院外有人喊道："癸镜，癸镜，刚刚可是你在说话？"

这嗓子听起来似是壬朴，少年吃了一惊，赶忙跑出屋门，隔着墙问道："壬朴吗？大半夜了，你在这儿做啥？"

"你莫不是忘了？今儿是我与壬直那六人守夜，"院外人嚷嚷道，"师兄们让我先绕寺转上两圈，刚好路过此地，听着你在叽里咕噜的。"

真是不巧——癸镜暗想，他打了个哈哈道："哦，方才有俩猫儿，发春打闹撞进了园子，我呼喝两句，将它们驱走了。"

"哦，原来是猫啊。"壬朴应道，"我当是园子里进了歹人呢。"

"没有没有。"

"平安就好。"壬朴又道，"那我待会儿再来巡巡。这便先走了。"

癸镜口中感谢着，心里却有些无奈："等下竟还要来吗？虽说这小子一片好心，倒是有些碍事儿了……"

待脚步声渐远，他忙奔回屋中，尚未进门，却见那女子已然在铺上施施然侧卧，似是已坠入了梦乡。

"这姐儿到底想做啥？"癸镜一愣，本想喊她起来，却又想到园外巡夜的同伴，只得轻轻叹了口气。

"罢了罢了，天亮了再来和你计较……"

他将房门轻轻关合，又自外锁上，抬头瞧了瞧明月所在，知是这夜色已深。于是，癸镜缓步来到停灵的静风堂内，靠着墙根坐下，和衣而眠。

愣神的工夫，女子已啃掉他手上半个馍。"水，水……"她似是噎着了，赶忙招呼道。

待"咕咚咕咚"饮下半碗，柳福娘慢慢舒了一口气："你已捕缚了我好几个时辰，既不放我，也不将我押往寺中，到底想要做什么？"

"我需得你……帮我办件事儿。"癸镜凑近了些，微微俯下身去，两人面孔霎时只离一尺。

"啥事儿呢？"柳福娘扬了扬眉，非但没有躲闪，反将脸探了过来。

就在那一刻，癸镜手指一抖，电光石火般将个物件儿塞入她口中。

柳福娘吃了一吓，忍不住猛一阵咳嗽，好不容易缓过劲儿，不禁嗔怪道："刚刚你喂我的是啥？怎么如此之苦？"

"枯心丸。"癸镜立直身子，面无表情道，"住持之前试着焙制的丸药，我偷偷藏了一颗。"

"那是什么？从未听说……"

"毒药，当然苦。"癸镜回答，"此丸奇诡无比，服下之后，想要活命，须连服三日解药……

"否则，便会力衰而亡。"

"啊？这是啥缺德方子！"柳福娘忍不住嚷嚷道。见她目光又游移了一下，癸镜忙一抬手："别打你那花花心思——我不会傻到将解药随身带着，更不会藏在这屋内。"

"嗯？"

"只消得你帮我把事儿办好，我便会将解药予你了。"

柳福娘轻叹了一声，肩膀也松劲塌了下去，问道："好吧，你且说说看，要我做什么？"

癸镜深吸一口气，回答说："岩莲寺内藏着一本棕皮书卷，其内用秘文写成，只有住持才能翻阅，听大师父说，是精妙的功法。"

"我在掌门居室见过几回，在藏经殿见过一回，理应就收在这两处地儿了。"癸镜说道，心中竟涌起莫名鼓动。

他第一次见着那书是在一年多前。那一日，癸镜去住持禅院递送棉被，远远望见住持捧着本册子，装帧奇特，煞是惹眼，见他走近，就若同变戏法般藏得不见了。

再后来，他几次远望见住持翻阅那册子，还时不时抬起胳膊，似是在比画操演。见着多了，癸镜心中越发好奇——那上头究竟录着何等功法，让住持如此潜心修炼。

终于有一日，临近黄昏，住持恰好离开了屋子，那书册大大方方搁在桌案上。因着好奇，癸镜忍不住将其掀开，瞧了几眼——只见那一页画着一个人相，正做着站功吐纳姿势，身上描绘五彩，似是勾出穴位和经脉，一旁还写着一堆他瞧不懂的符记，密密麻麻。

他又翻过一页，其上画着一柄长刀，一旁也全是奇诡的记号，看得癸镜恍恍惚惚，正待再翻下去，忽听见门口一声大喝道："你在看什么！"

癸镜猛回头，却见大师父快步冲来。他从未见过乙影师父露出如此恼怒神情，慌忙将书本合起。

"大师父……"

"谁许你翻这个的！"

"不……我……我不晓得这是啥，才……"

乙影愣了一下，旋即拿起那书卷，在他头上敲了一记："你平时偷师些武技倒也罢了，这是住持的秘典，可是你这样的小字辈能看的！

"啥都胡乱学，当心练得走火入魔！"

自打那日，他便未在住持房里瞧见那书卷了，直到有一日，他见着乙影捧着它，匆匆走入藏经殿。

这两年来，他已偷偷将寺内武学典籍阅览个遍，不说烂熟于心，也记了个七七八八，未来只需得苦练打磨，应该就能至臻化境。

可唯独有这本书从未见识过，日子一长，这秘册便如同诱蚁的蜂糖般，惹得癸镜牵肠挂肚。

他也曾旁敲侧击向同门打听，可大伙儿闻之皆茫茫然，都说从未见过寺中有隐秘典籍。

"教拳脚的《地崩岩解章》、讲伤药的"风吹气生章"、论结阵的《水缚冰固章》，还有讲兵器的《火侵焰噬章》。"壬朴摇摇头，"咱门中功法不就这四大类吗？都在藏经殿一橱橱搁着，哪里还有什么其他秘册了？"

可癸镜并不如此觉得——寺中前辈武技虽都不错，但招式技法都大抵相仿，唯有大师父与住持自成一派。他俩都是半途入的寺，也未将一身本领记录与教授。

"那书册应与他俩武学源流有关，住持应就是修习了其中的技艺，才能立于江湖之巅的。"——癸镜如此思忖道，日子越久，他越发笃定这个念头。

"秘册？我倒是有点兴致。"柳福娘晃荡着腿，"不过这事儿为啥得叫上我？你每日出没寺中，得手的机会理应不少吧。"

"我先前也试过了，并未找见。"癸镜回答，"术业有专攻，本事各有短长。当初鸣河寨与白峰贼防卫重重，你却能从容盗出秘宝，想必在寻物上有拔群本事。"

他缓缓坐下："这几日内，你若能助我找着那书册，我便解了你的毒，放你回去。"

"倘若我也找不着呢？"

"如果你已尽了力，那我也不为难你。"

柳福娘大眼眨巴两下，叹了口气："原本开个锁、找个物件也就是举手之劳。你大可不必费尽心机，为了挟制我，还浪费这么颗宝贝药丸。"

癸镜淡然道："我喜欢安安心心办事。"

"行吧行吧，就依你。"柳福娘无奈笑笑，"对了，我方才听得院外嘈杂，似是啥人死了，被抬去那堂中。莫非寺内又出了事儿吗？"

癸镜眼望向屋外，答道："嗯……大师父他没了。"

"大师父？莫不就是窝在藏经殿中的那位？高大个子，黑乎乎的。"柳福娘面色诧异，"这么说来，此刻大殿中岂不是无人看守？"

"是他没错，昨夜逮到你后，我本是思量着去诓走他，好让你入殿搜找。眼下来看……自是不用了。"癸镜抬袖在脸上扒拉一下，似是拂去了鼻头的灰，"不过，那大殿应不是无人——也许看守的人更多了吧。"

"到底怎么回事儿？"柳福娘好奇道。

"只因大师父死得着实怪异……"

"怎么个怪异法？"

癸镜迟疑了一瞬，还是道："嗯……既要你做帮手，有些事儿也得告诉你。"

于是，他便将所知情形——道出，连同他亲眼瞧来的与顺道听来的。

柳福娘听罢，歪了歪头道："按着你所言，这凶案多半是寺中人干的吧？"

癸镜点点头："我也是如此觉得的——山寺门前有人把守，外人皆进出不得；正院周遭又都是绝壁与高崖。而能从正院去向山顶的，也只有那一条狭窄的石径。"

"除非有飞天遁地的功夫，外人想要侵入其间，着实难上加难。"癸镜忆道，"最近些年，岩莲寺只被劫阳帮众攻入过，还是用了火雷炸开院门，方才得手的。"

"哦，就是那帮炼丹耍火、采生折割的妖邪教派，我倒是听说过。"柳福娘眼珠滴溜溜转了转，"对了，几个瞧见尸首的和尚呢？会不会是他们串通合谋的？"

"人那么多，不太可能。更何况门被闩死了，他们应也没那么大本事吧。"癸镜道，"那几人原是请大师父传授枪棒的早课，一个个提着棍子行到殿前，却发现大门未开，拍了半天也未有人应声儿。

"大伙儿正议论纷纷，恰巧乙通师叔也走来大殿，他在门前立了会儿，说似有一股血腥味儿，怕是有人对大师父不利，忙从院角落处取了把柴刀，插入门缝儿，一气劈下。"

"所幸那门闩并不粗，砍了四五记便断成了两截。乙通嘱咐大伙儿提好棍子，将殿门一推，待众人一气冲入，却只见着那无头尸身，不见了凶徒。"

"原来如此。"柳福娘问，"你还瞧过那门闩了？能否用丝线从外头拉扯关合？江湖常有人用这法子，倒也不稀奇了。"

葵镜摇摇头："那闩子两头都有钉扣，如将铁钉铆入其中，便拨拉不开了；我方才也留意过——那钉扣确还卡着门闩，没法子用丝线拉动。"

说完，他绕到柳福娘身后，将绑缚她双手的绳子解开："你且在这屋稍等会儿，我去寺中瞧望一下。

"倘若没生出新的事端，咱们午后便开始动作。"

葵镜走出屋子，将门仔细关好。旋即，他倚靠大树缓缓坐下，紧闭双眼，长长呼出一口气。

大师父之死突如其来，似是在他头顶猛击了一拳，直到这眼下，葵镜都未落得半点实感。

然而形势所迫，他也不得不强作姿态，与柳福娘周旋博弈，刚刚那小会儿，已然耗尽了他剩余的精神劲儿。

"既已喂她服下那药丸，应不会横生啥变数了吧……"葵镜暗自道。

热风吹拂在葵镜脸上，须臾便烤出了汗水。

他望向远端那无面石像，也未起身，端坐着拜了拜。

这片刻工夫，墙外不时有人呼来喝去，众人都似在全力搜找，可谁也没踏入这墓园一步。静风堂中也悄然无声，并无人来打理乙影的后事。

平复好心境，葵镜慢慢踏出墓园，却听不远处人叫唤："葵镜师弟。"

他回头，只见四个和尚戳在庙门那方。葵镜老老实实行礼，问道："师兄呼我作甚？"

"没啥，早上乙季师叔嘱咐过，让你在寺中好好待着。"其中一人开了口，"缉拿凶徒的活儿，交给大伙儿便是。"

"晓得了。"葵镜冷冷答道。

"对了。"那人笑道，"为了搜找那人，已有十来个师兄弟下山去了；你也莫乱跑出门，万一给他们逮到，怕是左右说不清楚……"

"多谢师兄提醒，我自不会乱走。"

乙季这厮，是在警告我逃也逃不掉吗？癸镜暗自道，他没再与那人纠缠，兀自行向寺中。

绕着寺中大道，他慢悠悠转悠了一遭，仿佛自己是个观览的香客，一路上睹见大伙儿忙忙乱乱吵吵嚷嚷。没了住持与大师父，几位师叔都散成了乱军——乙季坐镇正殿，打发他徒弟去庙外搜寻了，乙通则留在藏经殿中看守；另两个乙字辈的一个占了囤粮的仓库，一个蹲在搁兵器的屋内，各自打着各自的算盘。

癸镜察望了一会儿，再度走回墓园那屋子。

打开大门，见柳福娘正卧倒在那床上，又似在酣眠。

听着开门声，她头也未回，只是梦呓一般说道："我正寻思着呢——你说那寺门前有人看守，院墙边也有人巡视，那白日里我可咋进得去？"

"那倒是有法子。"癸镜道，"两个月前，连降大雨，将寺庙与墓园间的院墙泡松了一角，塌下来几块砖石。

"我试着将它们扒拉开，发觉那窟窿直通一个仓库。那地儿本是放被褥的，三伏天里自是没谁去，因而也无人觉察。"

"那会儿因为也用不着，我便先囫囵堵上那缺口，眼下要去拆开倒也容易。"癸镜顿了顿，"等午后巡视松懈些，便可借着此道，进到寺内了。"

"你有法子就行。"柳福娘打了个大大的哈欠，缓缓坐起身。

眼下已是正午，暑气已然蒸腾，她抬起手掌，扇了扇风道："不过，我昨日就想问你了，为啥就你一人守这园子？倒也没个伴儿。"

"被罚在这儿的。"

"犯了啥事儿？"

癸镜答道："好几件，诸如溜下山去、烤了几只鸟啥的。"

"倘若这些都算犯事儿，你们寺中要责罚的可不止你一人。"柳福娘忽似精神了些，"我在山下蹲望那会儿，两个月里头，起码见着有十来人来镇上闲走。

"有人偷买酒喝的，有人去私会婆娘的，就说你那大师父吧，六天前还来过咱店铺。"

"六天前？那他是去镇上采买纸笔杂物的，我也跟在后头。"癸镜还记得那一日情形。自从南境起了疫病，寺中便不太准人下山了，便是有要购置的货品，也得前辈后辈同行，速去速回。

"他下山倒没啥，可来店中买了胭脂水粉牙盐。"柳福娘笑笑，"这些东西哪里是和尚要用的？多半是送与了哪家姑娘。"

"是吗？"癸镜皱了皱眉，大师父曾将他丢在茶摊，独自离开了一会儿，没准是那时进的店铺，"那我便不知了……"

买完纸笔与棉线，大师父便与他一道回了寺中，期间也没见着啥生人造访。

对于这姑娘的闲聊，癸镜倒未必全然相信——大师父已然故去了，其余人再嚼舌根，他也不会爬起来对质。

更何况，哪怕这事儿是真的，也不算啥不得了的罪过。这两年多，癸镜已窥见寺中太多秘密。越是位高之人，拥有的秘密大多更惊人奇诡吧。

相比之下，乙影有个把相好的，也算不上啥了不得的事儿。

转眼工夫，数个时辰过去，日头渐沉，将藏经院的白壁映出金赤颜色。院中依旧有人影在晃荡，应是被留在此地看守的乙通和他那几个徒弟。

就在院西南的山崖旁，散落着一堆乱石，马牛一般大小。石头后面蹲踞两人，正是癸镜与柳福娘。

不多会儿前，山下寺中开了饭，大伙儿瞎忙了半日，一无所获，肚中却耗得饿了。短短瞬间，沿路竟一下不见了人影。趁着这当口，两人匆忙蹿到此地，静静潜伏下来。

柳福娘倚在一块石头上，玩耍着她的辫梢。从那巨石被搬挪的痕迹看，方才此地也被细细搜寻过一轮。

"人咋还没来？"她开口道。

癸镜低声回答："快了。"

话音刚落，就见两个小和尚踏上这岩台，各担着一个食盒与粥桶；两人晃晃悠悠走入藏经院的殿门，不多会儿，又从院中走出，空着双手，缓步下了山。

癸镜伸长了脖颈，望向那处，几乎要从山岩后探出身子。

"你面色不大好，莫非也偷吃了那些餐饭？"一旁的柳福娘忽低语道。

癸镜一愣，此时他才觉察自己出气如牛喘，口唇都已干了。

"没啥……"

嘴上如此说，可他心乱得厉害，两年多前的情景撞上心头，父亲等人被药翻的模样再度清晰起来。

——只不过，眼下自己成了施毒的那人。

那两个和尚送入的晚膳，已被癸镜撒满了迷药。

"哦，这个还你。"柳福娘将一把钥匙丢给他，钥匙一头是个断了的皮绳，另一头吊着个木牌，上书一个"药"字，"没想到你竟有药库的钥匙；一个小字辈，不但管着墓园，竟还司管药库呢？"

"不是我的。"癸镜摇摇头，"这物件原本由大师父保管，早上那会儿在藏经殿捡到的，应是被他不小心落在那里了。"

"倒是巧得很。"柳福娘挥挥手，驱走他脸旁一只蚊子，"不过，你们那药库守卫真是怠惰，都没个看门的；便是没这钥匙，我也能潜入其间。"

就在半个时辰前，她从癸镜手中拿了钥匙，闪入寺中药库，盗出那一大份迷药。旋即，癸镜接过药包，匆匆行去了厨厅。

他知道壬朴最近在那儿帮工，与这小胖子胡乱聊了两句，便打听得哪几份饭食是送来殿中的。趁着大伙儿忙作一团，他将迷药偷偷掺入。

柳福娘凑近了些，低声道："话说回来，你们这儿煞是怪异，明明是寺庙，藏药却比药铺还多。"

"岩莲寺原就有一门《风吹气生》，便是讲究以药辅武的；寺中有言'缺一味药难救十年功''学武先学保命'。"

"住持的医术修为也高，这迷药乃是那人两月前亲手焙制的……"

就在这会儿，隐约听得院中动静大了些，似是传来碗碟杯盏的声响。"那先前可曾拿人试过？"柳福娘小声问道。

癸镜一愣："没有，可我见住持喂了些给猫狗，劲头不错，好久才醒……"

"有效没效另说，我是说吃入口中，会不会被察觉……"

话未说完，忽听那殿院中有人嚷嚷道："这啥味儿？"

声调高亢，在此地便也听得一清二楚。

紧接着，又有人道："说啥呢？什么味不味的？"听着是乙通师叔的声儿。

味道？癸镜心中一惊，莫不是真被柳福娘说中了？——那迷药入口后

233

味儿大，败露了诡谋。

他几乎要跳将起身，逃下石级，却被柳福娘一把扯住。"等等。"柳福娘低声道。

就在这时，又听那人喊道："这茶水啊，一股臭气。"刹那间，其他几人也吵嚷出声，霎时听不真切了。

就在院外，癸镜缓缓蹲下，嘀咕道："茶水？我没在里头撒药啊……"

"别吵，别吵！"院墙之内，乙通声音高了几分，"癸末，人呢？茶壶在你那儿吗？"

紧接着，"在、在……"只听得一个小和尚忙不迭答应着。

"癸末？"癸镜皱了皱眉，他倒是认识这娃娃的，半年前才入的寺，拜了乙通为师，因着个头小，没少遭同门欺负。寺内也没啥好活计他做，端茶倒水、捶背捏腿，被驱使得如奴仆一般。

柳福娘正想说些啥，就听得门里嚷嚷："这是啥？呸呸呸——啐！废物，连个茶壶都守不好，你还能做啥……

"……眼瞎了吗？这么大一个臭虫落里头瞧不见，就知道蹲屋里灌粥汤！"

乙通口气恼怒，紧接着，便是"啪啪啪"棍子抽打的声响，夹杂着癸末的哀号与求饶。连抽了十来下，乙通似才消了气——"滚滚滚，滚院角去思过！"他吼了一句。

紧接着，伴随他人断断续续的牢骚声，院内又渐渐安静下去。方才的鼓噪仿佛被一阵风儿卷走，无人在意。

柳福娘啧了啧嘴："虚惊一场，我还以为下药败露了哩。"

"没事儿便好。"癸镜低声道，不知怎的，他忽想起了遭罚的癸末，倘若不是大师父一直暗自护着，自个儿是否也会似他这般被欺辱呢？

"罢了罢了，莫要乱想。"癸镜闭上眼，暗自道，"正事儿要紧，眼下也没精神头再关心那娃娃……"

片刻工夫，红日已半落西山。"不知那帮人有没被迷倒下？"癸镜心想，他寻思凑近瞧瞧，却又有些踟蹰。

"你是想瞅瞅他们睡了没？"柳福娘一下看透了他的心思，"瞧我的吧。"

只见她轻轻闭紧双目，口唇微启，似是做出吹哨子的模样，依稀能听着气息从她唇间徐徐而出，却没发出啸音。

不一会儿，她又睁开眼，晃了晃手："院里还有人在走动，莫要着急。"

光是噘噘嘴，便能探得屋内的情景吗，还是她又在装神弄鬼。癸镜疑惑道："你这是什么功夫？"

"寂音聆世。"柳福娘双目在夕照中泛着柔光，"倘若那方还有人在动，我便能觉察着了。"

癸镜将信将疑。不过，眼下工夫，他也不着急核验真假，只需她所言无误便行。

柳福娘似是等得无聊了，又拍了拍他，问道："你说那甲藏住持医术了得，为何不去做大夫，反而当了和尚？"

"住持心思我哪里晓得？"癸镜低声道，"我只是听说，数年前，两人是因救了前一任住持甲空，才入的这岩莲寺。"

"是吗？原是有这段机缘？"

"都是大师父告诉我的。"也许是为了排遣心头的惶惑，癸镜的话也多了起来，"那阵子，他与住持在海疆云游，拜谒各大山门。

"一日里，二人路过钟磬寺，正在廊下闲走，寺中忽就起了大火。他俩刚跑出门，却见一个中年僧人跌在堂中，被烧断的木梁压着了腿。

"见这情形，二人赶忙又返回去，强忍着火燎，将那人救出。

"他俩脸上的伤便是那会儿留下的，所以一直需戴着纱巾遮面；大师父身上也被烧灼了多处，多亏住持调制药汤，浸泡疗养，才慢慢恢复康健。

"只是那药颜色深，将他通身都染乌了。

"而那僧人便是岩莲寺前一任住持，法号甲空。当时他右腿被木梁砸断，甲藏便试着用扎骨之术救治，养了一段时日，竟又接上长好了。

"甲空自是感激，便将他俩迎到寺中。"

"说到甲空住持，两年多前，他便是在那处踏空坠亡的。"癸镜指了指不远处的崖边，"那天正下着小雨，他走去大殿取一本经册，半日未归，众人赶来此处一瞧，发觉他人摔落在悬崖下。

"甲空亡故后，便由甲藏接任了住持之位。"

"哦?"柳福娘朝那儿望了望,"这事儿听起来倒是奇诡,莫不是谁有意害他?"

"应该不会吧。"癸镜摇了摇头,"我也听壬直他们提过,那日所有人都在山下寺中,诵经的诵经,习武的习武,并无谁待在这山顶。"

"时日已久,多半也无从查验了吧。"柳福娘点了点头,"不过我又要问了,虽对上一任有救命之恩,甲藏一个半道入寺的,有何能力服众人,坐上那住持之位?"

"许是因着精明强干又武艺卓绝。"癸镜道,"这岩莲寺能得以重振,应多亏甲藏住持之功。"

"有何说道?"

"听说甲空敦厚老实,压不住阵仗,还喜好时不时外出游历。那阵子,庙里也就百来号人,倒起了三四个派系,纠葛纷争不歇。

"寺中不稳,周遭那些帮派也虎视眈眈——诸如花影派、霸辕帮、清波门,接连借机欺辱侵占,几年下来,山下的田产都丢了大片。

"加之劫阳帮作乱,连连伤及僧众性命,搞得大伙儿如惊弓之鸟,每年逃散的僧人比入门的还多。

"自打甲藏来了,交涉争夺、运筹打理;数年下来,不光银钱上有了盈余,也将被掠去的产业又夺回了不少。

"再后来,便遇着了劫阳之祸。"

柳福娘点点头:"哦,我听过那事儿——两年多前,南地这十七帮约好在广林山论武,途中却连遭劫阳帮的伏击。霸辕与清波这两派的掌门人都被炸死了。"

"是啊,当时岩莲寺也死伤了十余僧众。"癸镜道,"自那日后,甲藏借着大势,将各派纠集到一处,一年不到,便合力剿灭了劫阳帮那群妖人。

"至此,门派威名也传遍全境;各豪杰都尊岩莲寺为此地魁首。"

"如此看来,你们这住持不光功夫了得,还是个经营好手。"柳福娘笑了笑,"如此文武全才,窝在山坳子里做住持,倒有些大材小用、牛鼎烹鸡了。"

"可能住持自有打算吧。"癸镜回答,"只可惜,纵然一身神技雄才,也不敌那疫病……"

就在这时，柳福娘抬了抬手："且先等等，我瞧这时辰也差不多了。"言罢，她再度捏起手诀、微微张口，使出那"寂音聆世"功夫。

片刻之后，她睁眼，眉头微皱，轻轻"唔"了一声。

"怎么了？"癸镜关切道。

"这会儿院里确已无人动弹了。"柳福娘回答，"可功法探得的情景似是与方才有些变化……"

"变化？什么变化？"

柳福娘轻轻摇了摇头："我也不晓得，我这功法修行还浅，尚只能馈反来一个模模糊糊意向……"

癸镜也听不太明白，径自问道："那可还需再等等？"

"不用了，进去吧。"柳福娘答道，"院中诸人定然已睡了，也许进去瞧瞧，便知那异样到底是何原因。"

披着暮色，两人轻脚行到院前，院门虽紧紧关合，里头却无门闩可闩，癸镜轻轻推了一下，木门便嘎吱一声打开了。

放眼望去，院中拢共有七名僧人，不过，此刻皆已是躺倒的模样。

庭院里本搁着两个石桌，一东一西，乙通独自一人倒卧在东边桌旁，他身子精瘦，面色红红如同微醺，没一根胡须，桌上搁着个空碗，还有半杯残茶。

其他僧人原是绕西侧石桌坐着，此刻也在那儿倒作一圈，从这情形看来，应是吃着吃着便昏躺了——有人四仰八叉，将脚搁在了同门胸口，而被压着的那人却浑然不觉；有人饭碗被打翻在一旁，碗中面条撒了一脸；还有个人兴许是觉察着有啥不对，正欲起身往外走，却趴卧在离桌四尺的地儿。

无一例外，他们胸口都还在起伏，有几个鼾声如雷，似已入梦极深。

沿着院墙搁着几件兵刃，应是他们用膳时搁在那儿的，有两把戒刀、三条长棍、一条流星坠儿、一根长枪。柳福娘正凑近瞧望，却被癸镜扯了扯袖口。"事不宜迟。"癸镜催促道，一边急匆匆步向大殿，"里头还有不少活儿要干。"

走近那殿前石级，只见上头搁着一个粥桶和一瓦缸咸菜，桶中尚余小半的碎米粥，一个徒儿滚倒在阶旁，癸镜认出那是遭罚的癸末。他脸上道道青痕还在，应是方才被棍子抽的。

看着他那凄惨模样，癸镜不禁泛起些恻隐之心。

不过，眼下也没空兔死狐悲，他将大门轻轻打开，再度踏入那藏经殿。天色已晚，屋中黑沉沉的，只见不少经卷都被搬出书柜，搁在了地上。目睹这情景，他的心忽似被人攥紧——往昔这大殿内，他一面整理书架，一面趁乙影没留意，偷偷翻看书上的武技路数。而乙影也时不时踱到他身旁，督促他手脚麻利些。

此时此刻，再也无人盯着他了。

癸镜伸手探了探门边，上头的断闩已被拔出，唯余空落落两个闩扣。

他正待将殿门关上。"等等。"柳福娘忽开口道，她如猫儿般蹿去偏殿，来到墙边一座高橱旁，在橱门上摸索几下，捏到其上悬挂的铜锁。旋即，她拔下发钗，利索地扯出一根铁丝，照着那锁眼拨拉几下。

下一瞬，便听得"嚓"的一声，锁便开了。

"院子里不是搁着条链坠儿吗？你且帮我拿来。"她冲癸镜招呼道。

癸镜不知她要干啥，但还是照着做了。

柳福娘接过那铁链兵器，在那个门闩间缠绕几圈，又将铜锁穿入两枚铁扣，"咔"一下锁紧了。

"如此一来，应能凑合着挡挡。"

"可若他们醒来，咱俩岂不是会被瓮中捉鳖？"癸镜有些犹豫。

"门要不关，不就成了请君入瓮中捉鳖吗？"

癸镜叹了口气，他也不知柳福娘是故意混说，还是确不晓得这话的意思，不过听起来倒有几分道理。锁着这门，也是能挡一阵儿是一阵儿。

"哪怕他们醒了，只要进不来，咱还能以这一间屋的书册为质，要挟他们放咱走。"柳福娘引亮了火筒，点燃了桌旁一支蜡烛，咧嘴一笑。

"你可莫要真将这些书烧了……"癸镜头皮微微一麻，"咱俩在里头可逃不出去。"

"放心吧，我可不会捅出那娄子。"柳福娘摆摆手，"事不宜迟，咱们快些找你那秘册吧。"

癸镜转身，目光扫过那一组组书架，白日里他没空察望，当下细细看来，这屋中应是藏不住人的——莫要说大伙儿已像篦子细梳般搜过这大殿。

"那凶徒还藏在此地吗，还是早如一阵烟般离开了……"

"若他逃走了，又是如何逃的？"

"为何要带走大师父的头颅？"

不知不觉，癸镜傻愣愣立在那处，手中活计也停下了。身后柳福娘忽开了口："你似是没啥心思？"

她又笑道："明明是你要寻东西的，咋还临阵不出力了呢？"

被这一催，癸镜还复忙碌起来。"没错儿，莫要乱想，寻东西要紧。"他暗念道，可他越不去想，思绪越忍不住飘去那凶案。望见屋中一道道暗影，他都恍惚觉着有人隐匿其间。

柳福娘见状，叹了口气，也没再管他，飞快蹿去偏殿，将那些柜锁尽数打开。

小半个时辰过去，两人终于将书册都翻了一遍，柳福娘搜找了其中七成，而癸镜慢吞吞才找了三成。

"没见着你说的那秘册啊。"柳福娘挠了挠鬓角，"这些破书都是纸糊的封，哪里有啥棕皮面儿的。"

癸镜将一摞书塞回柜子，眉头锁成一团儿："难不成是我看错了？——还是那书册又被还回了住持的住处？"

"你说——会不会这柜子家具藏有暗格？"他忽想起什么，蹲下身去，在大师父常坐的椅子旁摸索着。

"我方才验过了，没有。"柳福娘斩钉截铁道。

她缓缓走向左方偏殿。"不过，提到暗格，我倒可以试试……"

言罢，柳福娘再度闭上双目，对着这空屋微启双唇，似是要诵唱经文一般。

"你这本事不光能对活人用，还能对死物用？"癸镜诧异道，瞧这情形，她应是又使出那"寂音聆世"的神功了。

柳福娘未答他话，半响，她忽睁开眼，直指西北屋顶道："那处有些异样，屋顶后头虚实不匀。"

癸镜抬头望去，烛火映照中，木梁木椽如鱼骨排布，也看不出啥端倪。在心中揣摩了一下方位，那里应似嵌入山中、与岩壁相贴的那一侧。

柳福娘二话没说，将带钉刺的鞋子脱去了，光脚踏着书架，轻盈攀上。她站到书架顶端，轻轻一跃，便稳稳吊着那檩子；又利索攀上，抬起胳膊在那屋顶摩挲片刻，再轻轻一推。

　　——那处屋顶乍然洞开，露出黑魆魆一个窟窿。

　　癸镜目瞪口呆，就在这当口，只见柳福娘一拽一蹬，霎时钻入了那洞眼中。

　　下一瞬，她身影便消失于黑暗，半晌都无声息，癸镜心中忽地一紧——早晨杀死乙影的凶徒还未找见，莫非人就躲藏在其间？

　　如此说来，柳福娘此刻怕是有危险！

　　"留神那里头！"他想喊叫，却又不敢大声。

　　就在此刻，只见那窟窿里隐隐透出光亮。

　　"你还平安？"癸镜忙又问道，"里头有什么？"

　　"可上得来吗？"那方传来柳福娘的声音，"还是在底下等着？"

　　"莫要小看我……"癸镜心一横，将衣角扎好，也照猫画虎爬了上去。待他钻入屋顶，方才望清这窟窿的内里——横竖二尺多，用砖垒出一个小道，柳福娘蹲在不远处，已又点燃一支蜡烛。

　　"前头还有路呢。"她招呼道。

　　"小心，那凶犯弄不好就隐匿在此。"

　　"唔……"柳福娘未置可否。

　　两人顺着窄道，猫腰走了几步，这洞壁便从砖石变成了青岩。癸镜心中暗惊——未想这藏经殿竟连着山穴。再蹚出数十步，前头忽然高了不少，微光照见一条石级，向下行走了丈把远，豁然开朗。

　　借着柳福娘手中烛火，癸镜隐约瞧见一方洞室，从起伏的岩壁看，这洞应是天然而生的，四丈见方，洞壁上有个鸡卵大的窟窿，似是直通到外头，空穴隐隐透出微光，应是今夜的月华吧。

　　"你瞧，那儿有个桌子。"柳福娘指着不远处道，火光照去，见桌上搁着一只烛台，上头支棱着半根残烛。她翩然走近，将其点上。

　　烛光燃起，照得此地越发明亮了些。

　　除开那桌案，洞内还搁着一方床榻、一个恭桶，另有四五个木柜搁在墙角，洞壁与地面干燥清爽，四周也被凉意浸透，全然不似正处夏夜。

　　但未见着有活人。

"瞧你神色慌张，到底在怕些啥？"柳福娘笑笑。

"我以为……害死大师父的凶徒会藏在这儿。"

"你可是忘了我能使功法？若已探出埋伏，怎还会傻愣愣往里闯？"柳福娘用指节磕了磕他额头。

"这倒是……"癸镜点点头。

"不过，从此地这模样看，这两日应还有人住过。"柳福娘回头环顾，"薄被上没有落尘，蜡烛也似是新的。"

"那会是谁？"癸镜心中疑惑越发重了，"此洞莫非还有出路，凶徒杀了大师父后，又自此逃去了外面？"

"不会的，这是条绝路。"柳福娘摇摇头，"我也探过了——除了那个透气的洞眼儿，应无其他通途了。"

癸镜望了望那小孔，估摸方向，它应该隐在峭壁之上，那处离山道七八丈远，地势又高，定然不会被路过人瞧见。

"那难不成在那箱子内躲着？"

"里头也没探出活物。"柳福娘摇摇头，"且先打开瞧瞧吧。"

癸镜走到箱子旁，带着十足的戒备，他将箱盖揭起——只见里头一堆木头疙瘩，似是用刀胡乱削过，刻得坑坑洼洼，却瞧不出雕的是啥物；再往箱底掏去，只剩一些贝壳，有大有小，形色各异。

"我还以为会有些金银呢？怎连铜子儿也没一个。"柳福娘打开另一个箱子，失望道。

两人在这洞窟中又寻了些工夫，每个箱子都翻遍，角落处也顺着摸了一遭，连褥子下面也扯开看了，也未找见一本书册。

"这屋到底是谁在居住？"癸镜暗自思量——此洞室只有大殿那一个出口，乙影居在殿内，不可能不知洞里有人。

没准儿此人正是杀死乙影的凶手。

而秘册也许已被那人夺去。

癸镜心中惶惶然，越发觉得不妙。

"走吧，那秘册也没在这儿。"柳福娘拍了拍他的背。

"啊？要不再找找……"

"怕是把这洞刨去三尺也找不着。"柳福娘摇摇头，"若不愿走，你在此地住下算了。"

"可是……"

"莫要被魇着心了，没有就是没有。"柳福娘道，"等屋外众人真醒来，逃都来不及逃。"

虽说满怀不甘，癸镜还是点了点头。

依着原路，两人折返回大殿屋顶，又自其上小心爬下。

癸镜皱着眉，方才就没松开过——既未找着秘册，也未弄清乙影如何被杀的，眼下又平添这么一个诡异的洞室。

是谁住在其间？大师父到底又藏了什么秘密？

他缓缓行着，冷不丁被地上书绊了一下，险些磕个跟头，这才回过了神。

癸镜抬头，见柳福娘正立在门前，忙低声问："你在做什么？"

"探探外头人醒了没。"柳福娘缓缓收了势。

"可有动静？"

"没有，依旧睡得如死了一般。"柳福娘摇摇头，"不过，探查之下，似又有啥怪怪的，仿佛与方才又有些不同了。"

"不同？依旧不知是啥原因吗？"

"对。"柳福娘点了点头，"功夫未到，也没法体察得太清……"

癸镜叹了口气："那……咱们这便出去？"

想到眼下一无所获，他不禁有些颓丧。

"莫要急。"柳福娘摇摇头，"这大殿端的诡异，让我再来瞧瞧……"

她虽说是瞧瞧，却再度将双目闭上，施出那"寂音聆世"。

须臾工夫，她猛睁开眼，快步奔向了另一侧偏殿，癸镜心领神会，紧跟其后。

"狡兔三窟，狡兔三窟，"她不停念叨着，来到一个木柜旁，"来，帮个手，将里头书腾出来些。"

"腾出来？"

"没错，书堆得太重，挪不动这柜子。"

癸镜忙将书一摞摞搬出，半盏茶工夫，清出了一半。

"行了。"柳福娘立在一侧，将柜子慢慢推开。

柜底下的地面现在眼前，那是一块三尺多长、二尺来宽的石板，无论模样与新旧，都和一旁的石板别无二式。柳福娘将手指塞入缝隙，用力一揭——

石板下现出一方孔洞。

"这？……"癸镜惊诧道，"又是一个密道？"

这个窟窿方方正正，如同地上开了扇小门。"真与你们这些和尚心眼儿一般多。"柳福娘啧了啧嘴，再度点起那根残蜡，探身钻入其中。

怀揣惊愕，癸镜也匆忙跟上。

与顶上的那条走向不同，这洞窟一路下行，似是通往岩山深处。

"此殿竟还有第二个暗洞……"癸镜一边行着，一边自顾自念叨，"莫非那凶徒是从这条路遁走的？"

柳福娘嗤笑了一声："你再仔细琢磨琢磨？"

癸镜闻言，心中稍一盘算，答道："不会，不会……"

"倘若他从这小道离开，就必须挪动那书架，如此一来，书架就定然不会落在原处。"

"呵，倒是长进了不少嘛……"

此岩道比方才那条长了许多，约莫走了百来步，石级忽转为上行。

不多会儿，两人就摸到这小道尽头。"没路了？"癸镜问道。

"不，路在头顶上呢。"柳福娘抬手推了推，"这块石头松着。"下一刻，便听得"咯啦啦"一声响，她将顶上那岩片儿挪移开几分。

两人鱼贯钻出那窟窿，借着微明烛火，癸镜瞧清了这屋中景象，一下瞪圆了双目。

——两人正身处一栋大屋，而这洞窟则位于屋子一角，隐在一条坐榻后头。

"这又是哪儿？"柳福娘问道。

"是住持的禅房……"

"呵？这禅房与大殿竟也相连着？"

"原来如此。"柳福娘环视屋中片刻，笑了笑，"早先看那藏经殿，就觉得它造的地儿怪异——明明前头还有一块空场，为何却要贴近那山壁而建呢？

"眼下我晓得是为啥了……"

癸镜尚未从震惊中回过神，愣愣问道："你意思是……"

"这两条洞道应是天生的，最初建这寺庙时，应是依着两个山穴入口，特地筑起了那座大殿。"她一边说着，一边开始翻箱倒柜，"为的活用这隐秘之道，好行些见不得光的勾当。

"今日寺中被翻了个底儿朝天，却无人来这暗道中搜寻，应是大伙儿都不知道吧——如此看来，通晓这个秘密的，或许只有甲藏与乙影。"

"住持与大师父吗……"癸镜喃喃道，他忽又想起什么，低喝了一声，"小心，莫要乱动那些家什！"

"为啥？"柳福娘停下手。

"住持前几日横死在屋中，许是染了瘟病。"癸镜四下张望，"也不知这些玩意儿上是否还残留疫气，当时大伙儿都没敢触碰……"

"是吗？不触碰的话，你们又是如何把那尸首给弄出去的？"

"大师父一人抬的，之后便立刻净手沐浴了。"癸镜回答，"其余僧人全离得八丈远，便是火焚住持尸身，也只敢用长杆挑着火头子点着。"

"谨慎些倒也没错儿。"柳福娘笑笑，"不过这三日过去，应也无事了吧。"

癸镜本还要叮嘱两句，却见她朝外指了指："你将那门关严实些，万一给人瞧见这空屋燃着蜡烛，前来察望，便太不妙了。"

癸镜赶忙上前，将门轻轻关阖，所幸这屋子也无窗户，不会泄出光亮。

木榻旁边是个书架，上头码着数十本书册。就在此刻，柳福娘已麻利将书搬下，一本本翻开查检了。

"方才在殿中没找见那秘册，会不会真如你猜的那般，被送还到这儿了？"

"兴许是的……"癸镜进这屋的次数不多，仔细打量来看，房内情景与住持去世前并无差别——瓷壶瓷杯搁在桌边，一旁的笔墨也都没挪地儿，仿佛方才还有人拿着书写。桌案左侧立着一个木架，应是住持洗漱所用，架上搁放一个铜盆、一个陶盏，地上摆着盛残水的木桶，除此之外，再无他物。

他再望向住持那床铺，整个铺面如同巨大的蒲团，径约八尺，圆溜溜没有床腿，落在石板地上。

"这地儿倒简朴，虽说是住持居所，却一点儿都没奢靡的模样。"柳福娘查完书册，一屁股坐去床边，拍了拍那铺面，"不过，这被面的料子倒是真不错，你要不要躺着试试？"

"莫要闹，赶紧寻寻那秘册在哪处。"癸镜皱了皱眉，走到墙边衣箱前，打开翻看，可里面除了几件浆洗好的僧袍，啥都没有。

就在这时，柳福娘冷不丁开口道："你可否记得，先前咱俩刚提到甲空坠崖那事儿吗？"

癸镜影子正映在一旁墙上，话音未落，她见那长长黑影猛然滞住，过了半晌，才听他吭声道："记得……"

柳福娘如没事儿人一般，继续道："时值当下，你还觉得那只是个意外吗？还觉得寺中诸人都无嫌疑？"

癸镜又沉默片刻，开口道："你是何意……"

"我是说，既然有了这两个洞道……"

"嗯，大概吧。"癸镜含糊道。

柳福娘似是起了兴致，继续滔滔不绝："会不会有人从这儿……"

"别说了！"癸镜声音忽高了几分，打断了她，"寻东西就寻东西，扯这扯那做什么？你还想不想服那解药了？"

屋中霎时冻结了般安静。

"啧！不说就不说呗。"柳福娘扬了扬眉毛，将铺上褥子掀开。

一股恶心翻涌上胸口，癸镜似是回到两年前那夜，只不过这次追逐他的并非活人，而是一股挥之不去的恐惧。

——某些呼之欲出的真实，混杂着虚无混沌的迷雾，自四周升腾而上，似是要将他吞噬殆尽。

小半个时辰转眼过去，两人再未搭过腔。癸镜浑浑噩噩翻找一通，也未找着那本书册；见他这模样，柳福娘默然走近，将他寻过的地儿又搜了一遍，可同样一无所获。

"咱们走吧。"柳福娘终于先开了口。

听着柳福娘这句，癸镜微微点头，行尸走肉般跟在她身后，钻回了墙边的窟窿。

沿着洞道，两人匆匆走向大殿那端。

"方才……多有得罪。"行到半途，癸镜终于吭声，支支吾吾道。

"没事儿，我也不该挑你不喜欢的说。"柳福娘走在前头，口气似是毫不在意。

还未从洞中钻出，却隐隐听得一阵嘈杂骚乱声。两人赶忙从窟窿中探头，辨清那声儿是从殿门外传来——有人在操门，有人在叫嚷，还有人将利刃刺入门缝间乱捅，期望劈开那铁链。

"他们竟醒了吗？"癸镜惊道。

"倒也不怪，我俩进屋一个多时辰，药劲儿也应是过了。"柳福娘扯了一下他的衣裳，"退回去，咱们从这道儿逃走。"

"可是……"癸镜望向洞口的书柜——如此一来，这暗道定然暴露无遗了。

"还'可是'个啥？有路逃你不逃，还想从前门硬闯不成？"

不由分说，柳福娘拽住癸镜的腕子，将他拉回那窟窿洞中；被这一惊，癸镜倒清醒了不少。两人顺那岩道飞快奔逃，些许工夫后，又再度从住持禅房中钻出。

轻轻推开门扉，待窥得院中无人，他俩赶忙闪身出这大屋，朝墓园那方蹿去。

"跟我来！"癸镜行在前头，专挑着那隐匿小道奔行，一路上并未遇着一个同门。抬头望去，他见着星星点点火把飘向山顶——下药之事定然已被觉察，乱子应又闹得更大了。

未被逮着，癸镜却有些喘不过气，一来是因接连奔走，二来只因今晚所见。

——忙碌一夜，却似落得竹篮打水。那两条密道陡然显现，亦如两条枝杈般梗在心头。

先逃入仓库，又从那围墙洞中钻出，带着一身灰土的腐朽之味，两人终于回到墓园。

钻入墓园的那刹，癸镜才察觉身子似是要散架了，星穹之下，他又窥望见那孤独矗立的石像，本下意识要拜，却颓然抬不起胳膊。

"罢了……"他暗念道。

行走在林立的坟茔与石碑间，两人终于放慢了步子。

柳福娘拍了拍肩上的泥渣，笑道："他们应不会来寻这儿吧。"

癸镜摇了摇头："小声些。"他又忽想起什么，抬手示意，抬头望向十来步外的静风堂，见那方依旧黑咕隆咚，寂然无声。

瞅此情形，并未有谁去料理乙影的后事。

"放心吧，屋里没人。"柳福娘也明白他的意思，只是道，"你大师父身故之后，为何就被草草搁在这堂间，都没来个念经烧纸的？"

癸镜回答："我午后也问过师弟了，说是因那头颅还未寻见，师叔们觉得匆匆操办法事怕不大妥当。"

"大夏天的，还能放得几日？"柳福娘挥了挥手，径直朝那方走去，"好歹他先前照顾过店里生意，既来寺中一趟，我也去祭拜一下吧。"

"如何祭拜？连香都没法子上。"癸镜心中忍不住嘀咕，却还是依着她意思，一起行去了静风堂。

片刻工夫，两人跨入堂中，柳福娘回身，轻轻将房门关好，再度引燃了所携蜡烛。此屋本是僧人下葬前停灵用的，住持那骨灰也暂且供在屋西侧。乙影的尸身则搁在堂正中榻上，颈子那处堆着一摞纸钱，暂拟作头颅模样。

柳福娘走近大师父，细细端详着他那尸身，扯出胳膊来，瞧看皮肉；待她打量完一圈，又将那堆纸钱拨开，看了看被斩断的脖颈。

"你究竟要做什么？"癸镜忍不住道，虽说这女子有些放浪，先前做事儿倒还有板有眼。当下说是要祭拜，却对尸身乱挪乱动，确是有些不敬了。

"死都已死了，看看还能有啥事儿？"柳福娘道。

一边说着，她一边将那尸身侧翻起，拨拉开衣裳的破口，瞧望背上的那道伤。

"行了，行了！别再折腾了。"癸镜按捺不住，抓住了她的腕子。

"怎的？又想将我绑起来吗？"柳福娘瞥了他一眼，挑着眉头笑道。

癸镜不自禁地松开了手。

"这事儿结了……"他后退半步，决然道，"你可以走了。"

"嗯？"柳福娘将尸身放平，面露诧异，"那秘册不是还没找见嘛，怎就要赶我走？"

"多半是找不着了。"癸镜默然片刻，轻轻叹了口气。

"怎的？这便停了手？"

"我想了想，多半我俩下手已晚——那书要么已被同门偷偷取走，要么已被凶徒偷出大殿，带离了寺院。"

癸镜忽又想起什么，低声道："我先前不是让你吞下了'枯心丸'吗？莫要担心，那只是颗普通的补气丸子，大师父先前给的，没有毒，更不用吃啥解药。"

柳福娘嗤笑一声，掏出一方松散纸包，里头半露着的竟是那药丸："我担心个啥，反正那会儿我也没吞下去。"

癸镜当即愣了："你……怎么做到的？"

"你觉得那些小伎俩降得住我？你才跑了几天江湖，便学着拿这些玩意儿唬人？"柳福娘口气带着一丝得意，"虽说料想也没毒，为了逗得你开心顺气儿，我还是假装吞下，实则含在了舌头下面。"

"可……那么，你既未上当，为何还要陪我忙前忙后呢？"

"因为觉得有趣。"柳福娘呵呵一笑。

癸镜半张着嘴，半晌才答道："多谢。"

"不客气，也没帮上你的忙。"柳福娘摆摆手，"那你接下来咋办？继续在寺中修行吗？"

癸镜望了望乌漆大门，摇了摇头："逃走。"

"为啥要逃？"

癸镜答道："掌门和大师父亡故，接着多半是那叫乙季的得势，他与我有龃龉，多半不会轻易饶了我……"

"你一个小和尚，咋会和师叔辈不睦？"柳福娘饶有兴趣道。

"没啥……"

"说来听听，说来听听嘛。"

癸镜迟疑片刻，便将他与乙季的过往事情简述一二。柳福娘听完，面露讶异，然后忽又大笑起来，连连拍打案子。

"小声些，你想把其他人招呼来吗？"癸镜赶忙摆手。

"好，好。"柳福娘答应着，一边捂住了嘴。

"有什么好乐的？"

"我不是笑你，只是关于今日凶案之谜，本还有一点点未想明白，你说出这事儿，忽就一下接续打通了。"

"什么？"癸镜瞪圆双目，"你弄清大师父是怎么死的了？"

"差不离吧。"

"到底是怎么回事儿？"癸镜声儿一下高了，他猛上前一步，握住柳福娘的手腕。

这一瞬，他全然抑制不住自己的心绪——连癸镜自己也感到一丝诧异，乙影如何被杀与他也无太大关系，他也从未有查清真相的决意。

"松手松手……"

"谁杀了大师父，又为啥要砍去他脑袋？"癸镜似是没有听见，追问不休。

"你且莫急。"柳福娘甩开他手掌，揉了揉腕子道，"行凶的与斩去头颅的，可未必是一人啊。"

"什么？"癸镜愕然。

"瞧瞧这尸身便能猜到吧。"柳福娘指着那背部道，"就看这伤，狭窄细长，虽一刀致命，创口却不宽也不深。"

"依着这模样，多半是用匕首或小刀所致。

"而斩下脑袋的切口则平整利落，应是用阔刃一记砍离的。

"如此一来，便有疑点了——既然这两刀都是致命伤，为何却要用不同的刀刃施行呢？"柳福娘道，"除开故布疑阵的情形，切下脑袋后，则定然无须再补刺一刀——因而多半是刺杀在前，斩首在后。"

"若真如你所言，那是谁人先刺杀了他？"癸镜气息越发急促。

"话说回来……这真是你大师父吗？"柳福娘突然问出这一句，她望向癸镜，眼里蕴含一丝诡谲。

"再说分明些——真是你寻常所认识的那位大师父吗？"

"你此话何意？"癸镜一愣，"虽没了头颅，可大师父肤黑高大，普天之下，也未见着第二人长这模样。"

"是吗？按着我的推断，他或许曾作为乙影与你相处过，却未必是你熟知的那一位。"柳福娘笑笑，"这寺中的大师父看似只有一人，实则是两位——因他俩身形肤色皆很相似，因而，只需遮盖住面孔，在外人看来，便一模一样。"

"而斩去了此人头颅，又将殿门反闩的，恰是另一个乙影。"

癸镜心中乱糟糟的，嗓子也干涸嘶哑："你倒说说，大师父为何要砍下这头，又是如何将门闩上了？"

"他为何要斩首，这个我稍后再解释，至于你问门是如何闩上的——当然是按寻常法子从里头闩的。"

"可如若那样，他不也被困住了吗？"癸镜问道，"殿中虽有两条暗道，按着今日的景况，他也未曾从其中出去啊。"

"闩上门后，他确是没立刻出去。"

"可方才我们进去之后，也并未瞧见他在殿中……"

"那是当然——只因在咱俩进门之前，乙影已走出了大殿。"

"那院中不是一直有好些人守着吗？他是如何走出去的？"

"你仔细想想——在某个短瞬，确实有一个可以出入的机会……"

"啊！"癸镜心中一亮，"大伙儿被迷躺的时候……"

柳福娘笑了笑："没错，就是那会儿。"

"不对，"癸镜摇摇手，"那时我们正躲在院前，也未见有人从院门或院墙逃出啊。"

"对，当时他并未立刻走出院门。你可还记得——我曾几度用功法探查殿院。"柳福娘道，"在后两回，我都说觉得有啥地方怪异、不太一样了……"

癸镜点点头："没错，我还记得。"

"可惜这功夫没练到家，我只能觉察出情形有变，却不能探明个中缘由。"柳福娘道，"方才细想，这份异样或许来自同一缘故——院中人数变化了。"

"这……"对于"寂音聆世"功法，癸镜自是一窍不通，但柳福娘所言之意他还是明白的。

"依我猜测——见众人昏躺，乙影先走出了大殿，但没着急跨出院门，而是装作僧人中的一位，睡倒在他们之间。"柳福娘在桌上比画道，"紧接着，待我俩走入殿中，他方才起身，偷偷离去了。"

"故此，功法探察便有了变化。"

癸镜目瞪口呆："竟是这样……我记得倒在院里的有七人，究竟哪一个才是大师父？"

当时天色已暗，他仅留意到师叔与癸末，并未细细分辨其他人是谁。

柳福娘笑笑："便是将面条泼在脸上的那位。"

癸镜竭力去回忆那人的相貌，却只记得他大致身形，确似有些魁梧，但那面孔全然被一团扯面覆盖，不见原貌。

"为何你笃定是他？"

"你还记得自个儿早上的话吗？就在给我馍馍那会儿——'只有糙米粥加咸菜，一年到头也吃不着精细米面'。为何一个徒儿会将面碗泼在脸上？按着寺中规矩，他理应只能挤去墙角盛那稀粥。"

癸镜直挺挺立着，迷雾似是被柳福娘撕去一块，渐渐浮现周遭的情景。

这事实如此直白简单，为何自己先前并未留意呢？

"那半碗面，应是乙通吃剩下的。"

此刻，癸镜心思翻涌，他缓缓道："可论做伪装，谁都可以做，你又怎能判别那人便是大师父呢？"

"当然是按着他先后行径推断的。"

柳福娘继续道："他遮蔽了面孔，定然是不想让来者知道他是谁，倘若是寻常僧人，便无须这么做了。"

"再者，倘若真的如你所言——这几日并无生人进出这寺庙，那他便只能是一个原在寺中，却不该出现在那里的人。"

"那会不会是隐藏在洞室内的那位，或是潜入寺中许久的外人？"

"说到那洞室，我倒觉得，本应是乙影与那人共用，并非独哪一人居住。也就是说——平时你瞧见的乙影，可能是乙影本人，也可能是另一个。"

顾不得癸镜错愕，柳福娘继续道："但院中之人绝非生人，对今日情形也不是一无所知。"

"——因为倘若是生人，见院中和尚们纷纷昏睡，不应会伪装成其中一个躺下，而是会果断离去。"

"他之所以先行伪装，只因他晓得这帮人是被药倒的，且还知道院外正有人盯着，随时会进来。"

"什么？……"癸镜又一愣，旋即摇了摇头，口气中带着一丝惊恐，"不会……不会，下药之事理应只有我俩知道，那人是怎么晓得的？"

柳福娘意味深长望了他一眼，幽幽道："你今日拾得这钥匙，真是碰巧拾得的吗？"

"还有——你觉得自个儿去拿的迷药，下到餐中，真是你自个儿所想吗？"

她虽笑嘻嘻的，这言语却激得癸镜脊背发凉。

"此话怎讲？"

"依着推测——你捡起的那把钥匙，并不是乙影遗落在那处的，而是他见你进屋，方才从屋顶轻轻丢下的吧，且还细细用布包上了，生怕弄出响动。"

"可……他又怎知我定会给同门下药？"

"因为他了解你，晓得你的处境——在他死后，便无人再会庇护你了，乙季也不会轻易放过你。你除了逃出寺中别无选择；甚至在逃离之后，依旧会被乙季追缉，想法子逮回来。"

"而你觊觎寺中的秘典，多半会赌上一把，潜入这殿中寻觅那本书册。"

"可若我拿的不是迷药……"

"迷药、毒药，你给乙季下药，还是给乙通下药——对于乙影来说都无妨了，只要能搅扰起寺中的事端，他便能从此地脱困。"

柳福娘歪了歪头，发髻松松垂坠到一侧："你猜，这寺内对你景况如此熟悉的僧人，应会是谁？"

不消得癸镜开口，两人都知那姓名——唯有乙影。

癸镜似是停止了思索，他喃喃问："那你又为何说大师父没杀人，只是斩下了尸首的头颅呢？"

"因为有个人举止更怪异，更似是凶徒。"

"是谁？"

"乙通。"

"乙通师叔？"

"嗯，依着你讲述的情景——几位小僧人来找乙影，叫门却无人开；待乙通赶来，说似是有血腥气，便抄院角那柴刀，将门闩劈断了，是不是这样？"

"没错。"

"为何他会先觉得门中有凶徒，还让大伙儿提好兵器，以防不备呢？"

癸镜道："当然是无人开门，又有血的味儿……"

柳福娘摇摇头："住持三日前吐血身亡，寺中皆道他是染疫而死的；乙影则是唯一碰过他尸身的人。

"如今乙影也不应门，又有血腥之味，那也应先觉得他染病了才是，而不是先断定他遭人行刺。

"更何况，按你所说——住持病死之后，众人都不敢进门，生怕沾染疫气；可到了今日，明明还未弄清屋中状况，那乙通却一反常态，一马当先冲在了前头。

"——只因他知道乙影并非染疫，而是被刺死的。"

癸镜道："可是，万一那乙通只是没想清楚……"

"退一万步讲，乙通真能闻到血腥气吗？"

"什么？"癸镜一下没明白她这话的意思。

"今日傍晚，茶水中进了臭虫，他人未喝入口，却都闻出来了，唯独乙通已然喝下去大半杯。"

"连如此近的气息都闻不到，他又怎能闻到屋中的血腥？"

那桌上半盏茶、盛怒的乙通、被抽打的癸末——种种情景骤然涌入他心头，癸镜情不自禁喊了一声"啊"——

他沉默些许，又问道："可大师父为何要将门锁上，再斩去了那人头颅？"

柳福娘摸来一把椅子，优哉坐下："按着今日屋中排布，我觉得事情可能是这样的——最初，乃是乙通一刀刺中了屋中人，戳透后心，便仓皇逃窜了，也未理会那门有没有关上。

"原本他想顺小道一路下山，可远远望见几个小僧人上来，赶忙又退回大殿附近——倘若被他们瞧见，那就会背上极大的嫌疑。

"所以，他便暂且躲藏，也许就藏在殿前的石头堆后；原想着等那几人进门，赶快下山，却又发生一件他未曾意料的事儿——小僧们吵吵嚷嚷说殿门已被闩紧，敲门无人答应。

"听闻这话，乙通惊慌失措，担心要么被刺者方才是假死，要么是屋中本有其他人。于是他横下心，在那群小和尚背后现了身，装成恰好上山，刚刚赶来。

"旋即，他便匆忙将门闩斩断，且做出提防刺客的模样——为何要如此装腔作势？只因只有声势够大够乱，遇见了意外才能果断下手、杀人灭口。

"可他预料错了，待杀入门中，却只见得一具无头尸体。"

柳福娘一口气说完，稍稍缓了缓劲儿。

"那乙通为何要行凶？"癸镜不解道。

柳福娘摇摇头："我并不太清楚你们寺中恩怨，不过，从乙通那模样看，倒是可做些猜测。"

"什么猜测？"

"但凡闻不出气味，多半是鼻子有疾。也就是说他要么染过病，要么嗅过太多刺鼻头的玩意儿——比方说炼药制丹。

"而他人虽不壮实，面色却赤红，也似是服食丹丸所致。

"而与岩莲寺有仇的方士们，多半是被你们灭了门派的劫阳帮吧，乙通应是长久潜伏入寺的内应。"

"原来是劫阳帮吗……"癸镜喃喃道。帮派已覆灭了两年，那人惦念仇恨至今，直到住持故去，才找着这下手的机会？

"乙通的所作所为大抵便是如此了，再来说你家大师父……

"昨夜乙影应是在洞室中休憩，而宿在大殿的则是另一人；待到清早，他本也快从屋顶下来了，可在现身前，却听见殿中的异响。

"待他出洞一瞧，发觉那一人被刺杀在房内，凶徒不见了踪影。

"于是他立刻跃下，将殿门关上闩死，一来，是担心凶徒杀回；二来，是担心被其他僧人发觉。

"倘若被其他人发现这尸首，那以往二人扮作一人的戏码便会立刻暴露。

"那该如何办？最好的法子是藏起尸体——在我看来，那通向住持禅房的暗道本是藏尸不二之选。

"可压在上面的书柜并不轻巧，想要挪开它，得先将当中的书册腾个半空。

"就在那会儿，门外已有人来了，先是推门，再便是劈砍门闩。情急之下，乙影只得斩下那人的头颅，包裹起来，逃窜去了屋顶的窟窿中。"

癸镜不解道："可即便如此，那尸身还在房中，不一样也会暴露了吗？"

"并不一样——只要没有头颅，待到乙影解决事端、从容现身，便可向外人声称是此乃凶徒伪造，只是寻了个身材相仿的尸体罢了。至于那肤色，如你之前所言，可以用药物浸泡等缘故解释。"

"但是一旦头颅还留着，而两人面孔又相似的话，便不太好往那方推脱了。"

"原来如此……"

"当然，乙影溜去屋顶洞中，旋即便面临另一个窘境——万一大伙儿长期留驻在此，他便没啥机会逃走。"

癸镜缓缓道："所以，他才会丢下那钥匙，想借我之手破解这状况吗？"

"没错儿，从先前情形看，他赌的是对的，你的确去取药下毒了。"

这不多会儿工夫，癸镜心中思绪被条条理清，迷雾也几乎散尽，可就在这岔，有什么在他念头中一闪——

"等等……

"你方才说乙通冲进屋子，只因他知道大师父并未染疫而死……"

柳福娘眼睛扑闪几下道："是啊，没错。"

"那么几日前，大师父进入禅房，扛出了住持的尸身，也是因为一样的缘故吗？"

癸镜顿了顿，又兀自呢喃道："他……也许知道住持不是染疫。"

大殿幽深的密道再度在他眼前浮现——这条密道的存在，将住持禅院密不透风的幻象击碎了。

"也就是说——住持可能是大师父杀的……"

癸镜的面色煞白，这两年多，他自认搁下了所有与他人的感情羁绊，一心只求精进与复仇。

可当这几日混乱的杀戮乍现，他才发觉还是无法割舍下那些自以为的杂念。

赐予他容身之处的人、庇护培养他的人，这两人到底有什么恩怨……

就在这当口，柳福娘凝望着他，却忽然止住了话匣子。

癸镜慢慢转过身去，望着黑魆魆的院落，树枝在熏风中微微摇晃，月色给苍山笼上孝布的颜色，千百只鸣虫在鼓噪哀唱。

此刻虽是炎夏的晚上，可他身子却阵阵发冷。

往昔与今日种种忽涌上心间，癸镜慢慢停住脚步，死咬住嘴唇，不吭一声，似是喘不过气来。

就在这时，一只温暖的手探上他的脖颈，随后慢慢绕到他胸前，柳福娘便如此从身后拥住他。

"瞧你这丢了魂儿的没出息模样……"这言辞似是在责骂，语调却柔和如绵。

柳福娘轻轻低头，将脸颊贴在他光秃秃的额顶。一阵淡香徐徐入鼻，那是草木魂魄枯萎之味，其中丁香和薄荷的气味最为浓烈。

这一回，癸镜没再推开她那腕子，而是轻轻抓住她那手。

也许是弹指的工夫，也许是漫长的时辰，他翻滚的心灵如长风拂过的湖面，逐渐平复。

可就在下一瞬，癸镜的脊背忽一激灵，他低声吐出几个字儿："丁香，甘草，薄荷……"

"你闻到了？"柳福娘似是有意一般，在他耳侧缓缓吁出一口气，"是我用的牙盐的气味。"

癸镜低声道："刘记店铺中卖的，便是这种吗？"

"没错。"

癸镜身子僵直，他缓缓从柳福娘怀里挣脱，望向她道：

"我着实愚钝，竟然没想到那简单关节……"

昏黄烛火中，柳福娘依旧笑嘻嘻的，等待着接下来的言语。

"你方才说大师父也在你所在店铺里买了胭脂香粉与牙盐……

"可那日大师父和我一起回寺，后来也未再出过山门，今日我俩搜寻他屋中，并没找见这些东西。

"但你可晓得——你口中这味道，我只在一人身上闻到过，那便是住持……

"可方才我们也搜遍了住持房间，却未见着牙盐——那该有的物件为何却没了……"癸镜声音在颤抖，"房中其他陈设都未变——巾子、茶、笔墨，那些细微物件也没人动过，却独独少了那个小盒。"

他直直盯着柳福娘："现在想想，应是连同胭脂香粉一并被人收拢丢

256

弃掉了吧……

"干这事儿的多半是大师父，这些都是他亲手买来的物件；住持死后，断然不能让它们留在这屋中。"

癸镜道出深藏在心中的秘密："住持应是个女子。"

如同墓园中那尊石像，虽已被风吹蚀到不辨男女，但僧众们只需膜拜供奉，也不必去探究它雕刻的到底是谁。

之前虽有种种端倪，癸镜却未去朝那处细想——只因住持便是住持，给了自己安身之处的人，立于南境江湖的顶端的英豪、执掌岩莲寺权柄的枭雄。在他心中，早已消解了男女这些世俗意味。

可时值当下，仿佛枯苔剥落、散尘再聚，石像还复为久远之前的相貌。

柳福娘未吭声，癸镜继续道："按着平时她饮食作息，并没有合适下毒的机会；唯有一处破绽，其他人想也想不到——便是那胭脂、香粉与牙盐。"

"你应是早打听出她那秘密，才混入了刘记胭脂铺中，伺机在其中下毒，是这样吗？"他声儿已夹杂着咆哮。

住持擦拭毒物后，面孔溃烂，应也是老天替她作瞒吧——让她未被僧众辨认出真身。

"哎呀呀，我还以为你会迟些觉察哩，虽说先前都忍不住暗示你了。"柳福娘轻轻拍了拍掌。

她走到供着住持骨灰的桌案旁，瞥了一眼那乌黑的漆匣，从桌上香炉中扯出一截断香。

癸镜气息越发粗重，几乎要扑将过来："你为何要毒死住持，她与你有何仇怨？"

柳福娘将那断香折成两段，盈盈笑道："恩怨？前些年，她一直借我名头行凶作恶。祸害了那么多良善，也坏了我的名声，算是仇怨吗？"

"借……你的名头？"

"没错。"柳福娘笑了，"掰指头算算，她用血蝈蝈之名犯下的案子，大小怕是不下二十桩了。"

"血蝈蝈？"癸镜瞳孔一缩，"你是说……"

"没错，我便是血蝈蝈。"柳福娘轻轻一跃，坐上桌案。

"那'阴蝙蝠'……"

"也是我。"

一瞬间，癸镜耳畔似是炸起雷鸣，他低声道："为何……为何你要使两个名号……"

"名号只不过如帽儿，只需做几件惊动江湖的大事儿，自有人会戴去你头上。既都是自个儿的，倒也不用拘泥于戴哪一顶。"

"更何况我也不止这俩，其他那些——你听过的未听过的，能示人的不能示人的，可还有好些个呢……"

癸镜强抑住狂乱的心境，缓缓道："那银藻湾那凶案，是你做的吗？"

"银藻湾，莫非你说的是两年前的屠船案？"

"没错。"癸镜的身子微微颤抖，"那是我家的船……

"爹爹只是个老实本分的药商，却被血蝈蝈害了性命——到底是不是你干的？"

"药商？"柳福娘微微眯起眼，"此事我倒是听人说了个大概，不过那回行凶的不是咱。

"两年前，我被意外逮住，关在了应天府，花了三个月才逃出来的。"她摆弄着桌旁的香炉，"不信你可去当地问问——大到锦衣卫同知司松雪、府尹周筑良，小到那地儿的典史、狱卒，都晓得这事儿，简简单单便可核验得了。"

"若不是你……那便是住持吗？"可就在下一瞬，癸镜周身血液似是冻结了——他回忆起入寺那天的情形，甲藏一下便看破自己的虚言。

没准儿，那时甲藏应已认出了他，知道他便是船上逃走的那孩子。

倘若真是住持假借血蝈蝈之名，犯下了那些罪案，那当初听他痛陈复仇之意，住持定然已心如明镜——他真正的仇家恰是自己。

也就是说，这两年之中，他是在甲藏的刀尖儿上活下来的，要不要取他性命，全在那人一念之间。

柳福娘笑着叹了口气："所以，你也能猜着了——为何这些年岩莲寺资财丰厚了许多，可不单单只靠那些地租和佣金。其中不少，都是从商贾百姓身上啃噬的血肉……"

这句话似在癸镜心上又刺了一刀，他慢慢抬脸："那大师父他……难道也……"

"这我可就不晓得了，"柳福娘摇了摇头，"他是否与甲藏沆瀣一气、为虎作伥，我还没打听那么清楚，待会儿亲自问问他好了。"

"问问他？"癸镜诧异道，"哪里去问？你知道他在何处？"

"就在这墙外啊。"柳福娘指了指屋门口，"自打我俩进了这屋，他便一直蹲在那儿听壁角呢。"

癸镜大惊，不禁回头望去，他忽然想到——在柳福娘那诡异功法下，人想藏是藏不住的。

就在这一刻，墙后缓缓走出一人，如鬼魅般踏入房内。

正是大师父乙影。

"大师父，"癸镜本想迎上去，脚底却如同陷入泥泞，半步也迈出不得，他嗫嚅半天，方才问道，"柳姑娘说的那些，可都是真的？"

大师父没答他，只是双手合十，朝向柳福娘道："这位女施主，真乃心思灵慧，小僧佩服之至。"

此刻，他已摘去那面纱，再度露出满布火伤的面孔。

"过奖了。"柳福娘坐在桌案上，还了个佛礼，再凝神望了望乙影，开口道："瞧大师这模样，应是从外邦来的吧，难怪肤黑如此。"

接着，她又瞧向榻子上躺卧的那具尸身："这位死者，便是你的兄弟？"

"不是亲兄弟，是一个同族。"乙影道。

癸镜摸不着头脑，傻愣愣道："师父，外邦又是什么意思……"

"那事儿，说来话长……"乙影行到不远处，盘腿坐下了。只见他眼神涣散开，如梦呓般道："我，还有另一个乙影，皆来自数万里之外的异国。"

"数万里之外？"

"对，应是在此地以西吧，很远很远，那是一大片沙土与草滩交汇的平原。

"我俩本是一个村的，按此间说法——多少沾亲带故，岁数也相仿。

"而这身黑肤乃是天生，并非如先前所言，是浸泡药汤染上的。

"有一日，一群人袭击了那座村子。

"村中的老弱被肆意杀死，而青壮则像羔羊一样被逮住，像羔羊一样被贩卖，也像羔羊一样被驱赶。一路上，我们历经了诸多折磨，好些人都熬不下去，横死在半途。

"在路上行了好些日，我们被带到海边，那次我头一回看到了海——灰蓝、银亮，好似无尽流动的铅。在码头边停泊着好些船，庞大到骇人。当日晚上，大家便被押上其中的一艘，自此远离故乡土地。

"那些船只大多开往他处，只有我们那艘不同——它沿海岸一路朝东，途经许多陌生的陆地，来到此国南部的那片外洋。

"在那艘船上，饥饿、疾病、刑罚、死亡也如影随形。"

癸镜忍不住问道："住持呢？她也是被掳去那船上的吗？"

"甲藏确是在那船上的人，不过，她并非奴隶，而是个在船上做工的。

"那女人来自欧罗巴，自幼骨子里狂放，立志出海闯荡，建功立业。

"按着旧规矩，这些船舰忌讳带女子航行，传言会因此遭致海难。而她因长得高大结实，便伪装成男人，混入水手之中。

"甲藏的父亲是学医出身，她自幼耳濡目染，也习得了不少医术，在船上兼担了大夫的职务。

"也不知过了多少天，我们行到了交趾近岸。那一晚上，海上骤然起了风暴，船被吹翻了，大多数人都落入海中，喂了鱼。

"而我们三人顺海流漂上一座荒岛，才幸免于难；我俩与甲藏虽有旧怨，可按着那时状况，也成了同一根绳上的虫儿。于是，大家暂且搁下了争斗，一道想法子在岛上活命。

"再到后来，我们被路过的渔船救起，去到了交趾；在那里，又跟着一个商人做事儿，往来南境几地间，也学得了这边的官话。四年多后，三人一路行向东北，辗转来到广府。

"行走在此境，我们只是装作外邦的客商，并未与僧佛有啥瓜葛；遁入空门也是机缘所赐——就如我先前说的，那日路过钟磬寺，在一场大火中救下甲空。

"甲空很是感激，见我们也无常驻之所，便想邀来寺中小住。甲藏忽生念头，问他咱们可否剃度入寺。

"甲空自是晓得大家底细的，开始只道她在说笑，询问再三，见她确是认真，沉吟片刻，说'倒也不是不可'。

"他道，与其让我们扮作胡僧，倒不如借火伤之名将面孔覆盖，蒙混过去；而我这脸上确已留下烧灼之痕，平时拿来示人，也不用引得他们怀疑。不过，当时甲空也提了个建议——他见我与这弟兄身材相仿，便问我俩倘若入寺，能否伪装成同一人。

"我们仨都好奇为啥要这么做。就听甲空解释道，只因这寺内乱作一团，周遭又有其他帮派环伺，需得出些奇策，才能缓解岩莲寺之危……"

"所谓奇策，便是你二人装成一人，一个出入寺中，而另一个暗藏在洞窟，依着他安排，施行那监视、暗杀与陷害之事？"

乙影顿了顿："这么说，倒也无错，总之，我们三人以甲空恩人之名入了寺，实则是行使甲空心腹的活计。"

"可那老实住持也未料到——有一天这诡谋终被用到了自个儿身上。"柳福娘冷笑道。

"你说的是甲空之死？……"乙影沉默片刻，点了点头，"那桩事确是我做的，我还记得，那日细雨纷纷，我在殿院中静候着，待他行到山崖边，便腾然杀出，将他推落下去。"

柳福娘轻轻踱了两步："寺中知道这秘密的，只有你们几个吗？"

乙影摇了摇头："还有乙季，他虽未掺和谋划，却也知道甲藏是女人，不过只需保得他安逸，他也懒得理会这事儿。"

所以你们才对他纵容？——癸镜腾然明白了，一丝难言的苦涩蔓延在他舌尖，为了不得罪乙季，又要保全他平安，才将他打发去墓园待着。

平素自己偷师功法，大师父多半也是知道且默许吧……

"还有那劫阳之祸，现在想来，倒也怪异。"柳福娘又道，"劫阳帮在此地广有散布，虽说恶行累累，当时也未被逼得山穷水尽，为何要忽然得罪江湖上那些帮派？——这其中怕也有你们谋划之功呢……"

乙影干笑了一声："你能猜得此关节，确也是了不得了。"

那两人你一句我一句谈着，而癸镜立在一旁，如同泥塑般纹丝不动。此刻纵是落下惊雷，也不能让他心中起任何波澜。宛若陷于浊流，他竭力睁眼，却瞧望不清周遭，只能随水草与腐木一道浮沉。

乙影忽开口道："我倒也有一事不明——女施主来寺中所为何事？我看你也不像是来偷盗啥的。"

"何况你有如此好的本领，为何还要藏上几分，故意被这娃娃挟制？"

听闻这话，癸镜才稍稍回过神——乙影当下才与柳福娘见面，却一下能看穿她功夫了得？

"被不被他挟制，都不妨碍我做那想做的事儿。"柳福娘肆无忌惮地勾过癸镜的颈子，仿佛逮着了一只猫，"一人独来独去也挺无聊的，有个人陪着说说话逗逗乐，倒也多些趣味。"

将癸镜轻轻推开，她又懒懒散散道："至于我为啥要来寺中——当然是想看那恶人的党羽是否已被剪除干净，要不要再补上一刀。"

癸镜此刻虽木愣愣的，却猛然觉察一股迫人的杀气。

柳福娘忽一弹指，一只小物"唰"地飞向乙影，那人拿手一抓，摊开瞧望，却发现是只染红的死蝈蝈。

就在下一瞬，这整只蝈蝈自头颈断开，分成两截。

"施主……"乙影缓缓抬脸。

"你方才现身时，假若正提着刀，此刻应已是死了吧。"柳福娘笑颜如花，"再就是先前，倘若你径自走出大殿，杀了你这徒儿灭口——那你多半也活不到现在了。

"眼下看来，我倒未必一定要你性命。"

乙影如灰岩般僵立，半晌才合十道："阿弥陀佛。"

"况且，依着你方才所言，倒也可验证一件事——甲藏虽干下种种恶行，你也未必曾全然参与。"

转瞬间，柳福娘口气忽又凌厉了几分："只不过，你今日所为，端的是难看了些。"

乙影走到那尸身旁，攥紧那冰冷的手掌："我也是被蒙了心，竟想使出这断头伎俩，期望瞒天过海，骗过众人……"

"或许你本该就这么成了事儿。"柳福娘道，"可也该你遇着我俩这冤家，不光将大殿搜了个天翻地覆，还将那处密道暴露于了众人。"

乙影长叹一声："是啊，再精细算计，却挡不住横生这等枝节变故——这应是对我自作聪明的报应吧。"

柳福娘轻笑一声："我倒好奇，你原本是作何打算？——瞒得众人，揪出凶徒，再登那住持之位？"

"老实说，我并不觊觎那住持的位子。这数年来，都是甲藏让我做什么我便做什么，也未料到她会死在我之前；那一日见着她的尸身，我似是一下被抽去了魂魄……"

"慌乱之间，除了着急销掉所有证据，更无其余念想了。"

"我在洞窟中静待了几日，一切事务皆拜托这位'乙影'打理；可到了今日早晨，我腾然见他尸身横在堂间，不知为何，却一下成了只护食的狗。"乙影叹了口气，"而你俩将这条退路截断，我倒也好丢弃欲求，再度试着寻到本心……"

"甲藏死了，你大可不必再套着那没形儿的镣枷。"柳福娘笑了笑，"尽管按着自个儿的意图，好好活下去吧。"

乙影闻言，木然片刻，忽又上前半步，从袖中掏出一本棕皮的书册。

"癸镜，这一晚上，你应是在找这秘册吧。"

癸镜瞧见那物件，心一阵狂跳，一时却不知如何回答，迟疑片刻，终于开口道："是的。"

"你若要，便送与你好了。"乙影将其递了过来，"不过，先前诓了你，着实对不住——这并非什么武学卷册。"

"那这是……"癸镜忙将书翻开，只见许多页上绘着人相，仿若一个个运功架势，还有几页画着人断肢剖身的模样，就似被快刀劈开了一般。

每页都密密麻麻写着怪异文字，他瞅望几眼，全然都看不懂。

"这是甲藏随身携带的笔记，摘抄自她家乡的医书。"乙影轻轻叹了口气，"先前不让你看，只是怕你瞧出了异样，看破住持的来历罢了……"

"医书……"那一瞬，癸镜张大了嘴，他想大哭又想狂笑，可所有心绪涌上，统统梗在喉咙口，发不出丝毫声音。

"其实，这两年来，你已学完了寺内的武技，今后的功课便是勤加练习、操练揣摩。"乙影点点头，"换言之，此间除了佛法，也无你要修习的东西……

"若只是为了学武复仇，你，没必要继续待在寺中了。"

癸镜手一抖，差点将书册落在地上："可是，那大师父你……"

乙影一抬手，打断了他的言语。

这僧人面色寂然，兀自念道："私出山门、违背夜禁、滥食荤腥、偷师武技、冲撞同门、窃盗资材、亲近女色、毁坏寺产、欺瞒尊长、勾连贼寇。

"你已犯下住持定下的十条戒律，按着规矩，你也已不能待在此地。"

"我……"

"安如卿施主，且下山去吧。"

癸镜沉默片刻，朝乙影躬身，行了个佛礼，转身踏步走向门外。

柳福娘笑笑，也冲乙影拱了拱手道："大师，告辞告辞。"

旋即，她跨出门槛，与癸镜一同消失在无边夜色中。

月色冷冽，饮霞山的石径上，两人匆匆行走着。柳福娘在前头领路，她步履轻盈，哼着与年纪不太搭的童谣。癸镜紧跟其后，仿若行在母鸡身侧的鸡崽儿，背着个僧衣改成的包袱。

只需翻过一个小山头，前面便是丰禾镇了。

癸镜爬了几步石级，回望了岩莲寺一眼，星月光华下，诸个庙殿如叶片散落在山际，宁静平和，似是从未沾染过杀戮与鲜血。

"原来如此……"望见这景象，癸镜猛一愣神，继而喃喃道，"起这寺名儿的时候，也早将玄机暗藏在其中。"

所谓岩莲——山腰的那些屋宇就如莲叶与根，而山巅的藏经殿恰似莲花，暗道隐于山中，则是连接二者的杆子。

建造这寺庙的人，是否也期望有人能猜到这哑谜呢？

"安小弟弟，你在看啥？"

"安……"癸镜一愣，旋即才明白原是招呼自己，他摇了摇头道，"你还是叫我癸镜吧，习惯了……"

"是吗？我倒觉着你这两个名儿没啥不同……"

两人正聊着，只听"噗啦"一声，一本书册从包袱口中落下，砸在湿草叶上，癸镜赶忙将它捡起，用袖口擦了擦。

柳福娘回头望了一眼，问道："这不是那本医书吗？既已晓得它不是啥神功秘籍，你为何还执意留着？"

癸镜轻轻翻开一页，低声道："虽说是医书，可加以研习，说不定也能学到其中几分本事。"

"哦？又不想学武，想做郎中啦？"柳福娘轻笑了一声，拍了拍他的光头。

癸镜没有理会她，只是道："我家原先贩药，也算与医有缘，大概此乃冥冥中注定。"

他正说着，忽瞅见书中第一页右下方写着几个字："这是……"

柳福娘凑近瞧了瞧道："唔……似是谁人的签押，没准儿就是甲藏那婆娘的真名？"

"多半是了。"癸镜微微点头，"且不管她，待我改日学得这异国文字，再来仔细验验究竟。"

即便如此说着，他的指尖又在那处轻轻划拉了一下。

泛黄的纸上写着——"R A. Knox"。

篇末·僧舍内

此地却也是岩莲寺。

屋外一样响彻着蝉鸣，正午的日光灼灼，烤得枯苔都似要着起火来。两个年轻和尚立在僧舍之内，正盯着桌上一本薄册。头顶之上，浅黄的大叶风扇在呼啦啦啸叫，因着不合适改建，这旧的僧舍里就没装空调，只得用这种法子降降暑气。

翻完最后一页，癸镜将册子合上，望了望第一页上"破戒之徒"四个字。

这小册子约莫 A5 大小，米色封面，瞧这模样，应该是用打印机打出，再手工裁剪装订而成。

他抹去额前的汗，扬了扬嘴角。

一旁的壬朴直盯着师弟，却没看透他这表情——也不知这小子是在笑，还是在恼怒。

就在刚刚，两人一道读完了这个故事——一个用癸镜当主角的故事，发生在数百年前的明代，而其他角色也大多是用同门的法号命名的。

"这是哪个写的？"壬朴忍不住开了口，"为啥把咱们都编排进去了？"

"不知道……"癸镜摇了摇头。

"难道说师兄整的恶作剧？"壬朴又将册子捡起，"这里头的文法你看着还眼熟？能不能瞧得出是谁的大作？"

"我没看过太多寺中师兄弟写的东西。"癸镜摇了摇头，"不过从癖好上来看，也有可能不是年轻人写的。"

"为啥？"

癸镜指了指文末："你瞧，即便故事讲完，写文的还不忘打机锋，留下这么个尾巴不说明白——这似寺中那些老师父的癖好。"

　　"尾巴？"壬朴一脸懵懂。

　　"是啊。"癸镜点点头，"如果我没猜错的话，这故事题为《破戒之徒》，一则指主角是个打破了住持（原姓：诺克斯）定下的十条戒律的徒弟，同时也应暗指这篇小说本身是'破戒之徒'将诺克斯十戒统统违反了一遍吧。"

　　"诺克斯十戒？"壬朴神色更茫然了，他平素不太看书，"哪个十戒？"

　　"那是二十世纪初 Ronald A. Knox 提出的推理小说准则。"癸镜将小册翻到前头，"一条条应对的话，大概便是这样——

　　"比方说十戒第一条，提到罪犯必须是故事开始时出现过的人，但不得是读者可以追踪其思想的人——而在这故事里，两个凶手最开始都没出现过，是不是？

　　"十戒第二条，侦探不能用超自然的或怪异的侦探方法——文中，柳福娘使用了'寂音聆世'找到暗道，并从功法中获得了提示，那是现实中不可复现的，所以，这应属于超自然了。

　　他又将书朝后翻了翻："还有十戒第三条，犯罪现场不能有超过一个秘密房间或通道——凶案发生在藏经殿，那处有两个秘密通道，此点必然是与规矩相悖的。

　　"十戒第四条，作案时候，不能使用尚未发明的毒药，或需要进行深奥的科学解释的装置——回到最先，故事中毒死住持并能让她脸部溃烂的是几种复杂急效药物，当时应该没有被研制，所以这条也违反了。

　　"十戒第五条，不准有中国人出现在故事里——这倒好辨识，本作大部分是中国人，甚至为了公平起见，还加了欧洲人和非洲人。"书页之间缝隙夹杂着些灰泥，癸镜弹指将它掸去。

　　"十戒第六条，侦探不得用偶然事件或不负责任的直觉来侦破案件——纵观通篇，癸镜解开甲藏之死的真相就是靠了偶然的拥抱和直觉，所以是与第六条相左的。

　　"十戒第七条，侦探不得成为罪犯——罪犯的话，完成乙影无头案推理的柳福娘显然就是了。"

　　纸片摩挲，沙沙作响。"再到十戒第八条，侦探不得根据小说中未向读者提示过的线索破案——在解谜时，男主角判断线索之一是住持甲藏是女人，这一点之前未曾在故事中揭示。

"十戒第九条，侦探的笨蛋朋友，比如华生，必须将其判断毫无保留地告诉读者，此人的智力须轻微低于读者的平均水平——在配合柳福娘的部分，主角掩藏了部分自己的想法，而且文中他智商定位应该不低。

"最后是十戒第十条，小说中如果有双胞胎或长相极为相似的人时，必须提前告诉读者——此条也简单，乙影和另一人长相类似，这事儿是到揭秘部分才开始阐述的。"

面对愕然的壬朴，癸镜拿册子在手中拍了拍："所以，综上所言，文末藏着这么个包袱，也没全然点明。"

壬朴好奇道："那你看穿这事儿，是不是就能猜到是谁写的了？"

"当然不能，这俩又没啥关系。"癸镜苦笑道，"不过，比起谁写的这事儿，我倒更好奇是谁把这册子丢进屋里的。"

"啥？"壬朴一愣。

"中午咱俩离开的时候，你见着我床上搁着这册子吗？"

"对啊！没有。"壬朴眼睛一下瞪大——他清楚记得两人是一道走出这屋子的，要有这么个玩意儿，应该早就留意到了。

而且他俩是一同去寺外寄送包裹，中途也未折回。

更早先便是寺庙里打扫和早饭的时点儿。那会儿房门大开着透气，走廊下人来人往，各屋中电扇呼啦啦吹，僧院里吵得如同个集市。可在两人忙完回屋时，却也没见过这册子的踪迹。

"出门时，这些门窗也都锁死了吧。"癸镜抬头看了看窗户，玻璃完好无损，窗框四边也不见缝隙，怕是想塞张薄纸进来都费劲。

"对，对。"壬朴点点头，他虽然有点傻愣，办事儿还算细心。

癸镜点点头："你钥匙也一直没离身？"

"没错，"壬朴一摸僧衣上的口袋，"在呢。"

"我的也是。"癸镜捏出个匙圈抖了抖，"我记得这钥匙是上周才配的，只得咱俩有，师父他们都没一把可备用。"

"对啊……"

"那便怪了——"癸镜缓缓摇头，"既是这样，谁又能闯进来，丢下了这本小册子？"

壬朴环顾周遭，忽一张嘴："啊！难道屋里一直藏着个人？等咱俩一出门，他再偷偷溜出来，将册子放在床上……"

"怎么可能？这床铺桌椅都是四面透风的，哪儿藏得住谁。"癸镜听罢，叹了口气。

"要不去问问看门的吧，瞧瞧今天有谁凑近了咱屋子。"壬朴抬脸望了望大院儿，这一排都是僧舍，住的都是年轻人，拢共几十个人。

"也行。"癸镜将书合上，捏在手中朝外走去，将门拽上时，他抬手将风扇的开关拨停。

灰泥？

癸镜猛然一愣，停下了步子。

"怎么了？"壬朴回头看他。

"原来如此……"癸镜忙将书册打开，翻到方才沾上泥尘的那一页，"这便是它染了灰的原因吗？"

"什么灰？"

癸镜抬头朝上望去："我知道这书如何凭空出现在房内的了……"

"啊？怎么做到的？"壬朴也跟着抬脸，顺着同伴视线，他瞧见的是渐渐变慢的风扇。

癸镜笑笑，拿手一指："在我们上回进屋之前，这册子应该就已被藏在屋里了，也许就是早上吃饭那会儿、大门洞开之际。"

"它就藏在那风扇的叶片上。"

"叶片儿？"壬朴半张着嘴，似是明白，似又有些疑惑，"用胶粘上去的？"

"并没粘着，书页上没有胶水痕迹。"癸镜笑了笑，"那人只需将书册从中分开，夹在其中一片扇叶上，凭借转速，这小册子便不会落下来了。"

"所以这纸张缝隙里才擦上了灰？"壬朴一脸恍然，"可那样不会被甩飞出去吗？"

"应是夹着的摩擦和离心的力道相抵了吧，处于一个微妙的平衡中。"癸镜拿册子比画了一下，"而这封面颜色与风扇叶片又相仿，不仔细瞧，压根注意不到。"

"那它又怎会出现在了你铺上？"

"因为方才出门时，我俩将风扇关了。"癸镜回答，"叶片的速度一慢，上面卡着的册子便失了衡，没过多久就掉下来了。"

"原来如此……"壬朴连连点头，"不过，那人费尽心机打这哑谜做什么？"

"挑衅，还是考考我们？"癸镜搬来个矮凳，搁在铺面，踩了上去，"看来我没猜错，这片风扇的叶片上的灰尘被碰掉了些……"

忽然，他身子定住了。

"果真是想考考咱啊……"癸镜探出双手，在叶片之上小心摸索，"这就是破解密室把戏的奖励吗？"

伴随"吱"一声轻响，一本薄薄的书册被揭了下来，捏在了指间。

他小心从凳子上爬下，轻轻拍去小册子的浮尘："这一份倒是用了胶，粘得还挺牢。"

"上头又写了些什么？"壬朴赶忙凑近来瞧。

癸镜轻轻翻着书页，皱了皱眉头："似乎，说的是那之后的故事……"

尾声：舟中谭

风将船帆鼓满，又吹得大河中星辰翻滚，河两岸是无边的灰绿旷野。癸镜立在甲板上，面对着船舱黑洞洞的门。

他跨入门中，舱内腾然亮起烛火，驱散了周遭的晦暗。

一人正盘坐在不远处，身形健硕，皮肤黝黑，裹着一袭土褐色粗布。

正是大师父乙影。

乙影抬起头，与癸镜四目相对，他脸上的灼伤也已不见。

"安施主，别来无恙。"

"大师父……"癸镜慌忙行礼。

那僧人笑了笑："你早已不在寺中，倒不必叫我大师父，叫乙影便好了。"

癸镜犹豫片刻，点点头："那你也无须叫我安施主，还是叫癸镜吧，这一年来，我依旧用着这法号。"

乙影笑了笑："好，好，我瞧你尚未蓄发，多半还是以僧人之貌行走江湖吧。"

"是的。"

"癸镜、癸镜……"乙影微微垂下眼，"想当初，这法号还是我给你起的。那时你暂拜我门下，我左挑右挑，挑不出个合适的字眼。

"晚来出门闲走，路过浅池，忽看见水中倒影。"乙影面露微笑，"于是，便忽生出个念头，既然我是'影'，你作为徒儿，起个'镜'字，倒有些传承之意。"

"传承？你是说——地上影与镜中相，皆是虚幻、无定，且……随主而生吗？"不知怎的，癸镜将心中所想脱口而出。

"确是这样。"乙影点点头，"或许，也不只如此……"

河岸荒草中升出一轮月，映得那苇花莹莹生辉。

他目光望向仓外："眼下想想，咱几个的名字恰如谶语一般，天意注定，勾连了各自的命数。"

癸镜皱了皱眉："此话怎讲？"

"便如那甲藏，虽说那藏字取佛典古意，却也可另解为藏隐真身，藏去那西人之貌、妇女之相。

"再如那甲空，装作皆空，却真也只落得一场空。"乙影把话都往俗了讲，全然不似个修过佛法的高僧，"再有便是我这影，恰也是一人一影，通体乌黑，哈哈哈哈。"

癸镜只好陪着笑。

"再有你那同门的壬朴、壬直，名儿也一样暗合他们的性子……"乙影顿了顿，"倒是你……"

他忽然停住，直勾勾望着癸镜。

癸镜被瞧得浑身发毛，忙道："乙影师父请指教。"

"千载一面镜，照见英雄貌。"乙影念了个偈子似的词儿，"江湖上历来多少豪杰，遭遇正似你这般——天赋异禀，却先落得家破人亡，寻得个能教本事的先生，又再遇着如花似玉的美人……你的命数，恰也如明镜，照见他们的命数。"

癸镜一下不知如何作答，慌忙道："不敢当不敢当。"

乙影忽将话锋一转："可你只照见了他们吗？"

"您的意思是？……"

"依我之见，你这面镜，照见的是我们大伙儿……"

“照见你们？”癸镜不解道。

“是啊，当初那人在你父亲船上下了毒，你却也在寺庙中下了毒。

“乙通蛰伏寺中意在复仇，你也苦练武功一心复仇。

“我一路跟随甲藏漂泊，而你，当下正跟随着那女人……

癸镜道：“你是说柳姑娘？”

“柳？嗯，她说她是姓柳。”乙影微微眯起眼，“可那确是她真名儿吗？她自称福娘，怕不是自取‘阴蝙蝠’的蝠字，随便这么叫的。”

此刻，船外的风似是大了，帆拽着桅杆发出吱嘎吱嘎声响。

“况且，我记得她藏在丰禾镇那会儿，是叫作司茗儿。”

“司茗儿？”癸镜皱皱眉，“她说那是她起的一个假名字。”

“假名？倒也有些怪，谁起假名起个‘司’这么冷僻的姓呢，反而惹人注意。”

癸镜道：“嗯，当时我却也是这么问她的。”

“不过，这姓虽冷僻，我似还在哪里听过。”乙影沉吟片刻，“对了，我想起来了，那妮子说她曾被关在应天府，还说锦衣卫同知司松雪可以作证。”

“没错，就是那事儿。”癸镜也已忆起，连连点头。

“可她为何要特地提那人的名字。”乙影顿了顿，“为何……那人恰恰也姓司呢？”

“这……”癸镜一下愣住。

桌案上蜡烛烧塌了一角，一滴烛泪顺着烛身流下。

乙影的声音似乎变得很远：“你还记得她曾故意告知你牙盐与胭脂之事？”

“记得的……”

“倘若她从未提起牙盐与胭脂，你怕是永不会往那处想，也不会猜着甲藏是被那些物件给毒死的。”

癸镜缓缓点头：“对。”

乙影道：“这女子，是不是有将阴谋暗示予人看的癖好……”

癸镜强挤出一丝笑：“应不会吧……”

“倘若是真的呢，她刻意告诉你锦衣卫同知也姓司，恰是暗示你她与那人有千丝万缕的联系……”

"联系……"风继续吹着，船底微微涌浪，癸镜感到脚下船在摇晃。

"嗯，无论是父女、兄妹，抑或……那就是她本人。"乙影声音虽不大，却如山岩崩裂，"我也记得在墙外听得她说，她也不止'血蝈蝈'与'阴蝙蝠'两个名头，另有一堆听过未听过的、能示人的不能示人的身份……"

癸镜的喉头似一下肿胀，想发话却发不出声儿。

"会不会，其中之一，便与这锦衣卫同知有关?"乙影未管他的窘相，继续道，"但只需得关系亲密，那她被困应天府的证据——可还站得住脚吗?"

"你是说……"

"杀死你父亲那几船人的，会不会……依然是身为血蝈蝈的她?"

"怎会如此……"时下虽是凉秋，癸镜的背上却起了涔涔汗水，他艰难开口道，"那案子不是甲藏干的吗?关柳姑娘何事?"

"再说了，柳姑娘当'血蝈蝈'时，本是个义侠，只杀奸邪之人；即便做了贼盗，也只偷恶人的物件。我父亲只是个贩药的，为何需伤得他性命?"

"你父亲只是个贩药的?"乙影缓缓重复了他这句话，忽又问，"你且看这船，是什么船?"

"这是……我家那艘运药材的船。"

乙影摇了摇头："非也，这是当年我被掳走的运奴的船。"

"什么?"听闻这句，癸镜才察觉这仓有些异样，确是比他家货船的大了许多，木上漆色也更黯淡。

随着气息渐渐粗重，他鼻头嗅到血与汗水的腥臭。

"也许这亦是镜中之相吧……"乙影的声音如轰雷般震响："我早就说过——你恰如镜子，照着了大伙儿的命数。

"你觉着两艘船相仿，许是因你心中隐隐觉察了一些诡相。

"——为何你父亲在行船之前，会备下远多于船夫所需的口粮?

"——为何你睡在船舱中时，似是听着有人呜咽?

"——为何当初只有血蝈蝈一人，却能将一整条船从容驶走?"

舱中一切皆似被冻结，唯余下死寂。

良久，乙影又开了口："会不会你家那船，恰如这运奴船一般，暗行贩卖人口之事？

"所以，你父亲，以及船上的伙计，才被那血蝈蝈屠尽了。"乙影半张着口，仿佛是在笑，又似在恸哭，"你方才说的也没错，血蝈蝈，她确是只杀恶人。"

"你住口！"癸镜按捺不住，怒吼道，"我父亲只是个药商，药商！断然不可能行这伤天害理之事！"

乙影似未听见一般，继续道："那些年，劫阳帮闹得正凶，采生折割、炼丹焙药。不少无辜都被伤了性命，其中，有不少比你还小的孩儿。

"而那些娃娃，又是谁给他们送去的呢？会不会是你父亲？

"当初赋你这'镜'字，确是恰如其分，照此看来，你越发与我们相似了……"烛光摇曳，照着乙影魁伟的身躯，他身后的黑影似是扩散变大，逐渐侵满大半个船舱。

"你在这贩人的船上遭遇劫难，恰如甲藏也在贩奴的船上遭着劫难。

"你追随着有血仇的女子浪迹天涯，恰如我追随着本有血仇的甲藏浪迹天涯。"

"住口！"癸镜本想冲上，打断乙影的话头，却发现双足如坚岩般动弹不得。

乙影又笑了，笑容中夹杂着苦楚："其实，不单单只是追随吧……我跟甲藏同生共死数年，待到后来，发觉她已然扼住了我的魂魄。

"我不需得自己思考，只需相信她，照着她所说的做便是了；她的志向也成了我的志向，她的敌人也成了我的敌人；哪怕她曾戕害过我的至亲，折磨过我的身子。

"直到她那日死去，我却如同被掏去了心、抽去了脊一般。

"而你呢？那一日下山，便已亦步亦趋跟在那女子身后。

"那女子骂你没出息，却也没错——她单单趁你六神无主，卖弄了些机谋与本领，接着，又对你先加贬抑，再施以怀柔……这一下，便攥死了你的心。"

癸镜觉得气血都冲涌到头顶，咆哮道："空口无凭！方才皆是你胡乱猜测，你且拿出证据来啊！"

"证据？"乙影冷冷道，"你可记得——那女子说过，她见那一日景况，便知甲藏虽干下种种恶行，我也并未全然参与。"

"是，她确是这么说过，那又如何？"

"但是她是怎么得知的呢？"乙影直直望着自己曾经的徒儿，"那一日，我们谈及几桩事，包括甲空之死、劫阳之祸的阴谋，这些事儿，我可都是涉入其中的。

"唯有一件事——便是那屠船案，可对于这案子，我并未说什么。

"可为何我啥也没说，却能得知我未曾参与呢？

"只有一种情形可以证实——那便是这案子并非甲藏所为，而我听着那女子将其安在甲藏身上，却没有反驳。

"只有如此，她才会猜测我可能不知情，未必沾染了所有凶案。其余情形，皆对不上线索。"

听闻此言，癸镜僵愣在那处。

此刻，船外大风骤停，流水声也止了，大船似驶入了虚无的空间，远在夜云之上。乙影慢慢站起身："话说回来，那一日，那女子讲她夜入寺内，为的看那恶人的党羽是否已被剪除干净。"

癸镜确是记得这句。

乙影又道："眼下看来，她当初所言的'恶人党羽'，真的是指我吗？"

就在此刻，身后忽然传来轻巧的脚步声，癸镜回头，发觉柳福娘翩然踏入船中，身穿她那件黑如鸦羽的衣裳。

"福娘……"他嗫嚅道。

柳福娘笑得如平日一般灿烂，她勾住癸镜的脖子，低下头来。

"你……"

朱唇微启，隐约可见她雪白的牙、柔软的舌头——舌尖赫然趴着一只染血的蝈蝈。

乙影的声音自她背后响起："还是说，她本是想来瞧瞧——那日从船上逃走的少年，是否也是个贩童的恶人，需斩草除根呢？"

柳福娘将脸缓缓凑近，癸镜想开口，却挤不出半个字。就在嘴唇触碰到他面孔的刹那，柳福娘却似化作一大片混沌的浊泥，将他视线与身躯整个包裹。

唯有他耳朵还能听得见声儿，那是乙影在诵唱般呼号——

"我说得没错，'癸镜'这法号，起得着实巧妙！

"你这面镜子，照见你家腌臜的秘密，也照见你未来的命数——便会

274

如我那样，被操控、被支配，却甘之如饴！"

"不，不！"癸镜终于喊出一嗓子。

他手正胡乱扑腾，却一下被什么攥住了。

"醒醒，醒醒！"耳畔传来急切呼喊声。

癸镜猛一惊，刹那间，一丝光泄入这混沌。

他眼睛渐渐睁开，瞧见四周半明半暗，循着微光望去，雕花的窗棂透着隐隐白亮，青色幔帐如晨雾环绕。

侧近是柳福娘关切的面孔。

"这里是哪儿？"癸镜呻吟道。

"客栈啊，"柳福娘慵懒回答，"花了许多银钱，才住进这天号的屋子，你却还没睡舒坦？"

"客栈？"癸镜缓缓坐起身，望着外头天光，此刻应是卯时刚到。

他见柳福娘正用指节按揉着右耳。

"你耳朵怎么了……"癸镜平抑着气息。

"被你那一嗓子吼的。"柳福娘轻轻打了他胳膊一下，"当下右边这还嗡嗡嗡的，怕不是要聋了。"

"啊？要不我瞧瞧……"

"不用了，"柳福娘摆了摆手，"你刚刚是怎么了？发梦了吗？"

癸镜点点头："是，我梦见我在一条船上……"

"船上？"

"嗯，还似见着了乙影，与他说了些话。"

"乙影，你离开岩莲寺一年多了，却还惦记着那里吗？"柳福娘似是吃醋般撇撇嘴，"他和你说了些什么？"

癸镜愣了片刻，茫然道："我不记得了……"

"不记得也好。"柳福娘道，"吓成这样，多半也不是什么开心事儿。"

"是啊……"癸镜喃喃道。

就在此时，远处传来鸡啼声声，十月的凉风吹过窗外，隐约可见院中的桂枝树影微颤。

读罢这篇小说，癸镜面色淡然，轻轻嘟囔了一句："真有意思。"

壬朴叹了口气："可……这也看不出来是谁写的啊。"

"不着急，那人也没做啥害咱们的事儿。"癸镜将两本册子塞进口袋，"没准再等些日子，他又会将后面的故事再补出来呢。"

"等到那会儿，再看看能不能逮着他……"

壬朴望了望师弟，依旧看不透这人在琢磨些什么。

当下看来，这小说写得荒里荒唐，应只是假借了名字，调侃一二吧。

可壬朴脑子里忽飘过件事儿——癸镜确实早就没了父母。

他忍不住问道："那……你可认得有谁叫柳福娘的？"

癸镜看了他一眼，只是笑笑，并没有作答。

选自上海交通大学推理协会会刊《伪证之书》VOL. 2（2023 年 9 月）